De olho em você

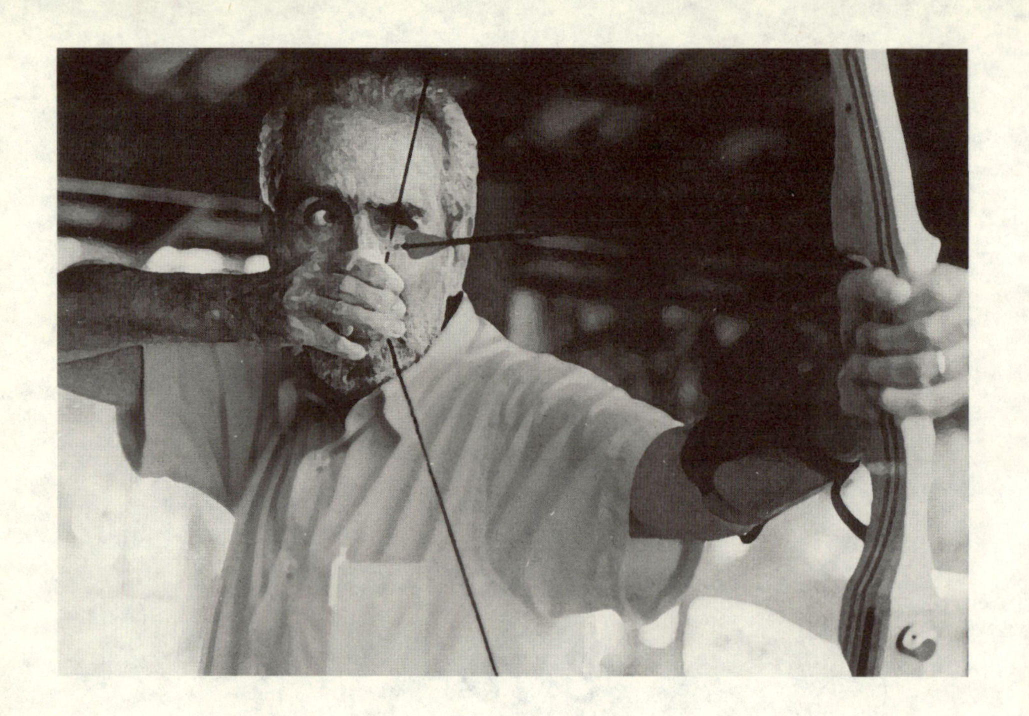

O Arqueiro

Geraldo Jordão Pereira (1938-2008) começou sua carreira aos 17 anos, quando foi trabalhar com seu pai, o célebre editor José Olympio, publicando obras marcantes como *O menino do dedo verde*, de Maurice Druon, e *Minha vida*, de Charles Chaplin.

Em 1976, fundou a Editora Salamandra com o propósito de formar uma nova geração de leitores e acabou criando um dos catálogos infantis mais premiados do Brasil. Em 1992, fugindo de sua linha editorial, lançou *Muitas vidas, muitos mestres*, de Brian Weiss, livro que deu origem à Editora Sextante.

Fã de histórias de suspense, Geraldo descobriu *O Código Da Vinci* antes mesmo de ele ser lançado nos Estados Unidos. A aposta em ficção, que não era o foco da Sextante, foi certeira: o título se transformou em um dos maiores fenômenos editoriais de todos os tempos.

Mas não foi só aos livros que se dedicou. Com seu desejo de ajudar o próximo, Geraldo desenvolveu diversos projetos sociais que se tornaram sua grande paixão.

Com a missão de publicar histórias empolgantes, tornar os livros cada vez mais acessíveis e despertar o amor pela leitura, a Editora Arqueiro é uma homenagem a esta figura extraordinária, capaz de enxergar mais além, mirar nas coisas verdadeiramente importantes e não perder o idealismo e a esperança diante dos desafios e contratempos da vida.

AMY LEA

Ele faz o coração dela acelerar

De olho em você

Título original: *Set On You*

Copyright © 2022 por Amy Lea
Copyright da tradução © 2023 por Editora Arqueiro Ltda.

Publicado mediante acordo com Berkley, um selo do Penguin Publishing Group, uma divisão da Penguin Random House LLC.

Todos os direitos reservados. Nenhuma parte deste livro pode ser utilizada ou reproduzida sob quaisquer meios existentes sem autorização por escrito dos editores.

tradução: Roberta Clapp

preparo de originais: Marina Góes

revisão: Livia Cabrini e Suelen Lopes

diagramação: Ana Paula Daudt Brandão

adaptação de capa: Natali Nabekura

impressão e acabamento: Bartira Gráfica

CIP-BRASIL. CATALOGAÇÃO NA PUBLICAÇÃO
SINDICATO NACIONAL DOS EDITORES DE LIVROS, RJ

L467o
Lea, Amy
De olho em você / Amy Lea ; tradução Roberta Clapp. - 1. ed. - São Paulo : Arqueiro, 2023.
320 p. ; 23 cm.

Tradução de: Set on you
ISBN 978-65-5565-433-2

1. Romance americano. I. Clapp, Roberta. II. Título.

22-80527 CDD: 813
CDU: 82-31(73)

Gabriela Faray Ferreira Lopes - Bibliotecária - CRB-7/6643

Todos os direitos reservados no Brasil por
Editora Arqueiro Ltda.
Rua Funchal, 538 – conjuntos 52 e 54 – Vila Olímpia
04551-060 – São Paulo – SP
Tel.: (11) 3868-4492 – Fax: (11) 3862-5818
E-mail: atendimento@editoraarqueiro.com.br
www.editoraarqueiro.com.br

A todas as pessoas que raramente se veem
representadas em livros e filmes.
A todas as pessoas que não correspondem
aos padrões de beleza convencionais.
Vocês merecem uma história de amor inesquecível.
Todo mundo merece.

nota da autora

A você que me lê:

Não tenho palavras para agradecer por ter escolhido minha comédia romântica de estreia, *De olho em você*, como sua próxima leitura. Embora este livro seja escrito de forma leve, bem-humorada e sarcástica, seria negligência da minha parte não informar sobre as questões sensíveis que serão abordadas aqui: gordofobia; ciberbullying, com referências a racismo; cultura fitness/dieta; e câncer.

A jornada de Crystal, uma mulher chinesa, birracial e cujo corpo não corresponde ao padrão estético da nossa sociedade, é uma experiência única e fictícia, filtrada pela minha visão de mundo enquanto sino-canadense criada em uma comunidade predominantemente branca.

É inegável a importância de retratarmos protagonistas de todos os grupos marginalizados que praticam o amor-próprio e o *body positive*, principalmente em romances. Da mesma forma, Crystal não é uma protagonista que precisa aprender a se amar e se respeitar, porque já o faz. Dito isso, o livro explora a sutileza – o "meio do caminho" – que há no fato de o amor-próprio não ser algo tangível que, ao ser alcançado, conseguimos sustentar para sempre. Amar a si mesmo o tempo inteiro, todos os dias, é uma jornada individual, com resultados muito diferentes para cada um.

Em *De olho em você*, tentei evitar representações do aspecto nocivo da cultura fitness. Crystal defende que malhar é um dos *inúmeros* meios de se ter um estilo de vida saudável e equilibrado, então ela não conta calorias nem monitora o peso. No entanto, o próprio tema – a cultura fitness e o universo das academias – pode ser um gatilho para algumas pessoas.

Como eu disse na dedicatória, este livro é minha carta de amor a todo mundo que, como eu, não se vê representado com frequência na mídia em geral. Em uma indústria faminta por representação, não assumi essa responsabilidade de forma negligente e consultei leitores beta e sensíveis enquanto escrevia este romance. Entretanto, não sou perfeita e enfatizo que as experiências fictícias aqui retratadas não pretendem definir nem representar uma única comunidade ou grupo marginalizado.

Com amor,
Amy

capítulo um

NA TEORIA, A ACADEMIA deveria ser meu espaço seguro. O lugar onde desestresso, recarrego as energias e reflito sobre mistérios aleatórios, tipo: como assim eu achava que estava arrasando com aquele cabelo repartido ao meio lá por volta de 2011?

Pelo mesmo motivo, estou igualmente horrorizada e chocada com o fato de Joe, meu casinho pós-término do Tinder, ter brotado bem na esteira à minha direita.

Eu me preparo para dar um oi constrangido e atrapalhado, mas por sorte a atenção dele parece fixa no painel da esteira. Enquanto ele aperta o botão para aumentar a velocidade, sinto cheiro de cachorro molhado. De forma não muito sutil, ele olha na minha direção antes de desviar os olhos.

Joe do Tinder tinha feito, sim, a gentileza de me pedir um Uber depois da nossa noite sem graça duas semanas atrás. Mas é realmente uma coincidência enorme malharmos na mesma academia morando em uma cidade do tamanho de Boston. Será que ele anda me stalkeando? Ou será que me achou muito boa de cama? Tão boa a ponto de colocar o FBI atrás de mim, descobrir qual academia eu frequento e encenar um encontro casual? Dada a minha presença nas redes sociais, é algo bem possível.

Sempre que tem uma oportunidade, meu pai me alerta sobre os perigos de postar meu paradeiro no Instagram, para que eu não acabe sendo sequestrada e vendida como escrava sexual, no estilo *Busca implacável*. Sendo que meu pai não é o Liam Neeson e não tem "habilidades especiais", a não ser sua lendária receita de frango com gergelim. E enquanto a Excalibur Fitness Center continuar me oferecendo a permuta da mensalidade por divulgação no Instagram, estou disposta a arriscar.

Joe do Tinder e eu cruzamos olhares mais uma vez enquanto recupero o fôlego no intervalo depois de um sprint. Esse olhar compartilhado dura dois segundos a mais do que o confortável, e não posso deixar de notar como seu cabelo perfeitamente penteado no estilo boy band permanece – de forma bastante suspeita – cem por cento intacto a cada passo de girafa que ele dá. Se ele me stalkeou ou não, meu primeiro instinto é sair correndo da esteira.

E é isso que faço.

Encontro abrigo no Setor dos Marombeiros, também conhecido como área de treinamento de força. Sendo frequentadora assídua da academia, troco acenos respeitosos com os outros alunos ao entrar. Um bando de universitários bombados já um tanto familiares perambula perto do supino enquanto bebem litros de shakes de proteína como se estivessem à beira da desidratação. Hoje, eles estão usando aquelas camisetas neon constrangedoras, supercavadas nas axilas. Dando o devido crédito, eles são bastante dedicados aos treinos. E depois de vislumbrar meu eu suado e vermelho como um tomate no espelho que cobre a parede de ponta a ponta, sob uma forte iluminação fluorescente, não estou em posição de julgar.

Sentado no supino, um cara com as pernas arreganhadas grunhe com exagero antes de atirar os halteres no chão com estrondo. Em geral, isso me irrita profundamente, mas estou muito ocupada saltitando rumo a uma visão majestosa demais para me importar. Meu precioso rack de agachamento está livre. Deus seja louvado!

O aparelho fica ao lado da janela e é um dos poucos desse tipo na academia. Possui vista panorâmica para um bar meio grunge do outro lado da rua que há anos serve de fachada para uma gangue de motoqueiros violentos. A luz natural é ideal para filmar meus treinos, ainda mais se comparada à outra opção disponível: um rack que fica no canto escuro ao lado do vestiário masculino e está sempre fedendo a desodorante.

O aparelho da janela fica perto o suficiente do gigantesco ventilador para permitir que eu saboreie uma brisa forte no meio daquele suadouro, mas não o bastante para me fazer sucumbir à hipotermia induzida pelo vento. Também tem uma posição privilegiada para que possamos encarar boquiabertos a televisão, que, por razões desconhecidas, vive num canal de culinária. Venero este rack de agachamento do jeito que a Mamãe

Gothel idolatra o cabelo mágico da Rapunzel. Ele me enche de vida. De vigor. Quatro séries de agachamento e fico chapada de endorfina pelo resto do dia, fantasiando sobre a força das minhas coxas esmagando a alma de mil homens.

Eufórica com esse pensamento, deixo clara minha intenção de usar o rack colocando o celular e os fones de ouvido no chão antes de ir até o bebedouro. Um homem de cavanhaque, com short cargo na altura do joelho e um legítimo walkman da Sony dos anos 1990, se aproxima ao mesmo tempo que eu. Ele graciosamente me cede a vez.

Dou um sorriso de gratidão.

– Obrigada.

Passo apenas três segundos de costas para a janela enquanto bebo um pouco d'água. Recém-hidratada e ansiosa para fazer meus agachamentos, viro e dou de cara com uma figura de ombros excepcionalmente largos se alongando bem na frente do aparelho.

Nunca vi esse cara antes e tenho certeza de que lembraria se tivesse visto. Ele é alto, bem mais de 1,80 metro, e tem uma massa muscular que preenche toda sua despretensiosa camiseta cinza e o short esportivo. Uma olhada em seus imensos bíceps e fica claro que ele não costuma faltar aos treinos. Um boné preto com um logotipo irreconhecível faz sombra em seu rosto. De perfil o osso do nariz tem uma leve protuberância, como se já tivesse sido quebrado.

Eu me aproximo dele para pegar meu celular, demorando alguns segundos a mais para transmitir a mensagem de que o rack está OCUPADO. Ele não entende o recado e, em vez disso, começa a ajustar as mãos enormes na barra, as sobrancelhas franzidas em intensa concentração.

Ou ele está me ignorando de propósito ou de fato não notou minha presença. A batida da música que está escutando vaza dos fones de ouvido. Não consigo identificar qual é, mas percebo que é pesada, uma espécie de trilha sonora heavy metal para levantamento de peso.

Dou um pigarro. Nenhuma reação.

– Com licença – digo, chegando mais perto.

Quando o olhar dele encontra o meu, dou um pulo, recuando instintivamente meio passo para trás. Os olhos são de um verde impressionante, como uma floresta de pinheiros surgindo em meio à nevoa em uma região montanhosa intocada. Não que eu já tenha estado em um lugar assim. Meu contato com a natureza selvagem se limita ao Discovery Channel.

Estou praticamente hipnotizada pela intensidade desses olhos até que ele vocifera um "Sim?", antes de remover com relutância o fone de ouvido direito. Sua voz é grave, rouca e abrupta, como se ele não tivesse tempo a perder comigo. Por um momento, o homem ergue o boné, revelando mechas onduladas e louras que cacheiam na altura da nuca. Lembra muito os cabelos desgrenhados dos jogadores de hóquei, que despertam na gente um desejo incontrolável de tocá-los. E é exatamente isso que ele faz. Minha garganta fica seca no mesmo instante que ele alisa os fios grossos com uma das mãos antes de deixar o boné cair de volta.

Ignorando o frio na barriga que me acomete, aceno em direção aos fones de ouvido largados às pressas na base do rack.

– Eu estava aqui.

Com indiferença, ele arqueia uma sobrancelha, me olhando com desprezo, como os marombeiros tendem a fazer sempre que uma mulher se atreve a tocar em algum equipamento que consideram ser *deles*.

– Não vi as suas coisas.

Sem me deixar intimidar por seu menosprezo, dou um passo à frente com confiança, reivindicando meu direito ao aparelho. Quando estamos praticamente cara a cara, ele cresce para cima de mim feito um colosso, o que é mais intimidador do que eu imaginava. Fico na expectativa de que ele recue, que se dê conta de seu comportamento reprovável, que perceba que está sendo um babaca, mas ele nem se abala.

Engolindo o nó na garganta, consigo projetar a voz mais uma vez:

– Vou levar só uns minutinhos, no máximo. Será que a gente pode revezar, pelo menos?

Ele dá um passo para o lado. Por um segundo, acho que está indo embora. Estou prestes a agradecer pela gentileza e simpatia... até que ele se atreve a colocar uma anilha de vinte quilos de um dos lados da barra, o bíceps tensionado contra o tecido da camiseta.

– Sério?

Eu o encaro, as mãos na cintura, o olhar pousando em seus lábios grossos e macios, que contrastam com o maxilar quadrado com a barba por fazer.

– Olha só, eu preciso estar no trabalho daqui a meia hora. Você não pode simplesmente usar o outro rack? Tá livre.

Enquanto equilibra a barra para colocar uma anilha do outro lado, sem um pingo de constrangimento sequer, ele mal olha para mim, como se eu não fosse nada além de uma mosquinha irritante.

Eu me orgulho de ser uma pessoa gentil. Aceno para dar passagem aos carros à minha frente nos cruzamentos, mesmo que a preferência seja minha. Sempre insisto que os outros saiam do elevador primeiro, como meus pais me ensinaram. Se ele ao menos tivesse sido educado, simpático, ou tivesse no mínimo se desculpado, eu teria deixado que ele ficasse com o aparelho. Mas ele não é nenhuma dessas coisas, e isso me irrita.

– Não – respondo, em nome dos meus princípios.

Ele apoia os antebraços na barra e trava a mandíbula. A forma com que se inclina para a frente, ocupando o aparelho com todo o peso do corpo, deixa claro um movimento puramente territorial. Ele dá de ombros de um jeito indignado e definitivo.

– Bom, eu não vou sair daqui.

Estamos aprisionados pelo olhar um do outro, com nada além de Katy Perry cantando "Firework" baixinho na playlist da academia e um homem grunhindo no leg press a alguns metros de distância para aliviar o silêncio. Meus olhos estão secos e coçando por minha recusa em piscar, e a intensidade do olhar dele não demonstra nenhum sinal de fadiga.

Quando a voz de Katy Perry desaparece, sendo substituída por uma propaganda da Excalibur Fitness, deixo escapar um grunhido, um misto de suspiro e resmungo. Esse cara não vale minha energia. Pego meus fones de ouvido do chão e saio pisando firme até o rack menos agradável, mas não antes de lançar um último olhar maléfico.

11h05 – POST NO INSTAGRAM: "BABACAS QUE SE ACHAM OS DONOS DA ACADEMIA", POR **CURVYFITNESSCRYSTAL**

Situação verídica: hoje de manhã um babaca arrogante com um cabelo mais bonito que o meu roubou meu rack de agachamento na maior cara de pau. Quem faz esse tipo de coisa? Se você faz, fala pra mim, QUAL É O SEU PROBLEMA?

Eu não conheço ele pessoalmente (e nem quero), mas me pareceu o tipo de gente que odeia cachorros e felicidade em geral. Sabe como é, né? De todo modo, acabei canalizando toda a minha raiva para o treino enquanto ouvia no último volume minha atual trilha sonora de academia favorita: "Fitness", da Lizzo (sério, essa música é demais).

Considerações finais: a maioria das pessoas que frequentam a academia não é babaca. Juro. Cerca de 99% delas são superprestativas e educadas, incluindo os universitários bombados! E se você esbarrar com esse infeliz 1%, mantenha distância.

Jamais dê a eles poder sobre você ou sobre seu treino.

Obrigada por ouvir meu TED Talk,

Crystal

Comentário de **xokyla33**: É ISSO AÍ, garota! Você tem tooooda a razão. Você é livre pra fazer o que quiser!!! ♡

Comentário de **_jillianmcleod_**: Eu não me sinto confortável de treinar na academia exatamente por isso. Prefiro malhar em casa. ♡

Comentário de **APB_rockss**: Você defende que as pessoas amem o próprio corpo do jeito que é, mas vive na academia malhando o tempo inteiro? Hipocrisia que chama, né? ♡

> Resposta de **CurvyFitnessCrystal: @APB_rockss** Na verdade, eu passo uma hora por dia na academia. Dedicar um tempo todos os dias para si mesmo, seja treinando, fazendo uma caminhada ou tomando um banho de banheira, é extremamente benéfico em todos os aspectos da vida, incluindo a saúde mental. Além disso, você pode amar seu corpo como ele é e ir à academia. Uma coisa não exclui a outra. ♡

DEPOIS DA TRETA DE ONTEM no Instagram, eu precisava muito de um banho de banheira para pensar na vida. Minha resposta à pessoa que me chamou de hipócrita acabou desencadeando um debate feroz e de proporções épicas entre meus fiéis seguidores e meus haters. Eu tento não dar um pingo de atenção aos haters, mas depois do Ladrão de Rack e duas taças de merlot, eu estava me sentindo levemente reativa. Algo que vinha acontecendo com mais frequência nos últimos meses.

Por sete anos, me esforcei para quebrar estereótipos nocivos e gordofóbicos no meio fitness. Conquistei 200 mil seguidores no Instagram com base na minha mensagem de nutrir o amor-próprio independentemente do tamanho do seu corpo. O drama sobre eu ser "grande demais" para atuar como personal trainer mas não "grande o suficiente" para representar pessoas gordas é típico no limbo também conhecido como seção de comentários. Não existe meio-termo.

Um raro body shaming violento e os eventuais insultos racistas foram se tornando mais comuns com o crescimento do meu número de seguidores. Com o intuito de manter uma mensagem positiva, tenho ignorado comentários de ódio. A questão é: eu amo meu corpo. Na maior parte do tempo. Mas também sou humana e de vez em quando os haters conseguem penetrar minha armadura. Quando isso acontece, me permito passar um tempinho chafurdando na lama da autopiedade. Depois, retribuo com um já conhecido dedo do meio em forma de *thirst trap* (uma selfie de corpo inteiro belíssima e sensual, para se ter uma noção do todo).

Mas ontem à noite, pouco antes de meus sais de banho de arco-íris com glitter se dissolverem por completo, me dei conta de que meus seguidores estão tão magoados com os comentários quanto eu, talvez até mais. Se eu quiser continuar a ser autêntica e fiel à minha plataforma body positive, talvez seja hora de começar a me posicionar.

O treino de hoje é o momento perfeito para refletir sobre minha estratégia. Mas, para meu desgosto, o Ladrão de Rack está de volta pelo segundo dia consecutivo. Está se alongando no Setor dos Marombeiros. Ele tinha mesmo que ter esse quadríceps magnífico?

O homem estreita os olhos na minha direção enquanto passo pela catraca. Imediatamente, sua expressão neutra se transforma em uma careta, como se minha mera presença tivesse acabado com o dia dele.

Olho de esguelha antes de fingir que estou desviando minha atenção para as frases motivacionais genéricas coladas na parede, todas em uma fonte gritante: SE NÃO TE DESAFIA, NÃO TE TRANSFORMA.

Evitá-lo durante o treino é mais difícil do que eu esperava. Onde quer que eu vá, lá está ele na visão periférica, ocupando um espaço precioso com seu corpo esplendidamente musculoso.

Quando acordei de manhã, me passou pela cabeça que ele poderia ser um novato na academia, que ainda não entendeu a etiqueta da Excalibur Fitness. Eu pretendia dar a ele o benefício da dúvida. Talvez o cara só estivesse tendo um dia ruim. Talvez tivesse passado a noite inteira olhando para o nada, perturbado pelo arrependimento. Deus sabe que eu mesma já treinei muitas vezes movida pela força do ódio.

Todas essas opções deixam de fazer sentido quando ele entra numa de pedalar mais rápido do que eu na airbike ao lado. Quando flagro aquele homem olhando minha tela, ativo o modo Mulher-Maravilha e acelero com tudo.

Ao atingirmos a marca de vinte calorias, paramos, ofegantes, curvados sobre os suportes para os braços. Minha maquiagem "natural" já derreteu por completo, e estou com a visão turva. Mas meu esforço valeu a pena: eu o venci por três metros inteiros. Meu adversário ferve de ódio quando lê a informação na minha tela. Obviamente incapaz de lidar com a minha vitória, ele faz um bico e sai apressado em direção aos aparelhos.

Menos de meia hora depois, minha paciência chega ao limite quando o vejo se afastar do leg press sem se dar ao trabalho de higienizar o assento. As profundezas do inferno estão reservadas para quem não limpa os aparelhos após o uso.

Compelida a falar em nome de todos os frequentadores de academia que respeitam as políticas de higiene, coloco meus halteres no chão e vou marchando na direção dele.

O cara estava no meio de uma série de flexões de braço na barra fixa, parecendo orgulhoso por fazer o exercício sem grande esforço. Fico lá parada, boquiaberta, involuntariamente hipnotizada pelos músculos tensionados e bem delineados de seus braços se flexionando a cada movimento.

Ele tem um ar meio Chris Evans, mas com mechas um pouco mais longas e voluptuosas. Não sei se é o brilho em seus olhos de pálpebras caídas ou as covinhas, mas ele tem um ar de menino que o faz parecer um pouco mais acessível quando não está olhando para mim de cara feia.

Ao perceber que o estou encarando feito uma tiete descontrolada, sedenta por uma selfie, ele interrompe o movimento e fica pendurado na barra.

– Como é a vista aí de baixo?

Estou prestes a dizer *divina*, não só porque é cem por cento verdade, mas também porque tenho o costume de elogiar as pessoas. É assim que eu ganho a vida. Mas a última coisa que esse cara precisa é de alguém inflando o ego dele.

Conscientemente, uno meus lábios em uma linha reta, reproduzindo a expressão séria que minha mãe faz quando está decepcionadíssima com minhas escolhas de vida. Faço a gentileza de estender uma toalha de papel, pré-pulverizada com bastante desinfetante, é claro.

– Não esqueceu nada?

Ele pisca.

– Não que eu saiba.

– Você se esqueceu de higienizar o leg press.

Ele solta a barra, aterrissando com suavidade enquanto olha para a toalha de papel entre meus dedos como se ela tivesse sido mergulhada em ácido sulfúrico.

– Tá tomando conta do meu treino?

– Não – respondo, um pouco na defensiva demais. – Mas você precisa limpar os aparelhos quando terminar o exercício. É a regra aqui. As pessoas não querem encostar no seu suor.

Eu me arrepio por dentro. Talvez também tenha inclinado a cabeça para o lado, numa postura do tipo alguém-chama-o-gerente-por-favor. Mas não posso recuar agora. Na verdade, vou um pouco além e aponto para a placa na parede à nossa direita, que diz *Favor limpar os aparelhos após o uso.*

Ele sequer se dá ao trabalho de olhar. Em vez disso, me encara com uma expressão de julgamento, os braços cruzados sobre o peito largo.

– Eu não terminei de usar o aparelho. Você não sabe o que são supersets? Tipo, quando você combina vários exercícios consecutivos…

– Eu sei muito bem o que é um superset! – disparo.

Sinto um calor subir da barriga até as bochechas ao me dar conta de que gritei com ele injustamente. Isso me mata. Em segredo, tenho vontade de me enfiar num buraco escuro imaginário. Talvez seja o universo me punindo por me meter na vida alheia.

Ele lança um sorriso malicioso pra mim e, com seu ar arrogante, volta ao aparelho para outra série.

Como se essa interação revoltante nunca tivesse acontecido, escapo de volta para a obscuridade, a fim de filmar meu tutorial de treino para costas. É uma excelente oportunidade para promover a marca de roupas esportivas dry-fit que está me patrocinando.

Estou no meio da gravação de uma série de dez repetições quando o Ladrão de Rack se materializa do nada. Ele decide estacionar seu corpo gigantesco, dentre todos os lugares possíveis, bem na frente da câmera. Em minha fúria silenciosa, perco a concentração por completo, sem conseguir lembrar se estou na primeira ou na décima repetição.

Ele se inclina preguiçosamente contra o aparelho, com um sorriso presunçoso que estou começando a achar que é a expressão natural de seu rosto.

– Sim? – pergunto entredentes, irritada com a perspectiva de ter que refilmar a série inteira.

Ele tira uma toalha de papel de trás das costas e a sacode bem na frente do meu rosto.

– Aqui. Pra você não esquecer de limpar o banco.

Seu tom sarcástico combinado com o sorriso de escárnio me diz que ele não está fazendo isso movido pela bondade que há em seu coração. É um ato hostil e agressivo, que cimenta nossa rivalidade.

Antes que eu seja capaz de formular uma resposta para lhe dar um corte, ele joga a toalha de papel no meu colo e sai andando casualmente em direção ao vestiário.

capítulo dois

PELO TERCEIRO DIA CONSECUTIVO, o Ladrão de Rack agraciava a Excalibur Fitness com sua arrogante presença. Eu já o havia nomeado oficialmente como meu inimigo número um da academia.

Cheguei há menos de meia hora e já estou fantasiando em borrifá-lo "acidentalmente" com desinfetante.

Tudo começou com um infeliz encontro logo na entrada. Ele segurou a porta aberta para mim e para outro aluno, como se de repente tivesse se transformado no mais perfeito cavalheiro. Fiz cara feia para ele, entrando com todo o cuidado enquanto tentava não admirar por mais de um segundo sua bunda belamente torneada.

No fim das contas, meu ceticismo em relação ao cavalheirismo dele era bem fundamentado. Ao que parece, ele está limitado a um ato de bondade por dia (ou pelo menos era o que eu achava), porque menos de quinze minutos depois se enfiou na minha frente no bebedouro e levou o tempo que bem entendeu enchendo sua monstruosa garrafa d'água. Até a borda.

Depois de roubar meu lugar na fila sem nenhum constrangimento, ele correu em direção ao supino, numa versão ligeiramente mais sexy do Super-Homem, para ajudar Patty, uma senhorinha que frequenta a academia e que nunca perde a oportunidade de reclamar com todos ao seu redor das inúmeras falhas do estabelecimento (a temperatura "congelante", a música "de marginal" e o ambiente "sem graça"). Quando o Ladrão de Rack deu um sorriso parcialmente autêntico e angelical ao impedir que ela fosse esmagada pela barra, fiquei perdida. Por acaso esse cara tem múltiplas personalidades?

Desvio meu foco de sua versão egoísta e mesmo assim extremamente confusa, e me volto para Mel, minha nova aluna presencial. Durante uma breve pausa após um circuito de bíceps e tríceps, estamos compartilhando situações aterrorizantes que aconteceram com a gente no Instagram.

– Teve um cara que passou meses me mandando fotos do pau dele por DM sempre que eu postava uma foto de biquíni – conta ela, contorcendo a boca e parecendo enojada com a lembrança enquanto me mostra a foto no celular.

Eu me inclino para a frente, demonstrando curiosidade, fingindo que ainda não vasculhei sua conta inteira até os idos de 2012. A foto está perfeitamente enquadrada. Mel sorri, os olhos encarando o nada, o exuberante cabelo cacheado caído sobre um dos ombros, as pernas pendendo no que parece ser uma piscina chique em uma cobertura exclusiva para pessoas bonitas. Ela está arrasando em um biquíni cor-de-rosa, bem Barbie.

Mel é uma das poucas influenciadoras de moda, beleza e estilo de vida no Instagram que não veste 34. Suas fotos são selecionadas a dedo, todas têm como cenário seu apartamento ultramoderno, inteiramente branco, com arranjos de flores naturais, detalhes em tons pastel, e brunchs e chás da tarde semanais. Ela passou anos resistindo a entrar na academia devido a uma lesão no joelho induzida pelo uso de saltos, mas me pediu um plano de treino voltado para hipertrofia depois de descobrir que nós duas morávamos em Boston.

Nos demos bem logo de cara. Ambas temos 27 anos e ascendência chinesa, embora ela seja adotada e eu tenha família irlandesa. Ambas somos defensoras convictas do movimento body positive. E, sem o menor constrangimento, somos obcecadas por reality shows, em especial qualquer coisa relacionada a *The Real Housewives*.

– Uau, caramba. Você tá mesmo maravilhosa nessa aqui. Não que isso seja um convite pra alguém te mandar fotos do próprio pau.

Faço uma pausa, olhando para a quantidade alucinante de curtidas na publicação.

Ela enxuga uma única gota de suor da testa com a unha de acrigel perfeitamente pintada antes de continuar a história.

– Além de ter sido o pau mais esquisito que eu já vi. Era envergado. Tipo… completamente torto pro lado. Parecia um gancho.

– Um *gancho*? – pergunto com a voz aguda que deixa evidente a minha surpresa.

– Aham, um gancho. Tipo um cabo de guarda-chuva, Crystal. Sem exagero. Você acha que é possível um pênis quebrar?

Estou prestes a responder que não faço a menor ideia e a prosseguir com um discurso sobre como fotos de pau nunca são atraentes, tenham eles formato de gancho ou não, quando o Ladrão de Rack se senta no banco ao nosso lado.

Seus lábios estão curvados para cima. Ou seja, ele está achando graça de alguma coisa e isso é chocante, porque eu não sabia que quem incorporava o Darth Vader era capaz de sentir alegria. Fico me perguntando até que ponto ele ouviu a conversa.

Depois do Evento da Toalha de Papel no dia anterior, jurei não me estressar com esse desconhecido presunçoso e digno de um soco. Mas isso é bem mais desafiador do que eu esperava quando ele está sentado tão perto, enchendo meu nariz com seu cheiro sedutor de roupa lavada, chamando minha atenção para o quão maravilhoso ele está de moletom grená e boné.

Fico me perguntando se ele é do tipo que manda fotos não solicitadas do próprio pau. Assim que me dou conta desse pensamento completamente sem sentido, eu o encaminho para um cantinho isolado e empoeirado da minha mente. Por que estou pensando no pênis dele?

Você sabe o que dizem sobre caras com pé grande…

Enquanto ele toma um longo gole d'água de sua garrafa, nos encaramos com um ódio mútuo. Parece mais um desafio, fazer o momento se estender até que eu pisque e desvie o olhar. *Crystal, fica zen. Canaliza sua paz interior.*

Volto a me concentrar em Mel, que lança um olhar curioso na direção dele.

– Enfim – digo, pigarreando para aliviar a tensão –, agora vamos fazer uns exercícios usando o trenó.

Ela faz cara feia. A última vez que usamos o trenó, ela quase vomitou e ficou com as extensões de cílios encharcadas de suor.

Tento animá-la durante a primeira volta, enquanto Mel bufa e resmunga palavrões a cada passo que dá com certa dificuldade. Fico esperando que comece a segunda volta, mas ela para no meio do caminho.

– Bom, pelo visto não preciso terminar a série, no fim das contas.

Ela aponta toda contente na direção do Ladrão de Rack, que casualmente está fazendo sua série de afundo com halteres bem no meio do caminho. No caminho da *Mel.* Quem esse cara pensa que é?

Fico boquiaberta, como uma mãe de comercial surpresa com o fato de o sabão ter removido a mancha insistente de molho de tomate da blusa branca.

– Desculpa. Só um minutinho – murmuro para Mel.

Com os braços cruzados, piso firme na direção dele, bloqueando sua tentativa de passar por mim e seguir em frente.

– Você não tá vendo a gente? Nós já estávamos aqui.

Gesticulo freneticamente na direção de Mel, que nos observa com grande interesse, descansando no trenó.

Sem dizer uma palavra, ele passa por mim como se eu fosse um mero obstáculo, um buraco na estrada a ser evitado. Estou prestes a chamá-lo de babaca arrogante, mas seguro a língua e me afasto, para manter o profissionalismo diante da minha aluna.

– Gente, qual é o problema dele? – pergunta Mel.

Com relutância, viro o trenó na horizontal, em direção a um corredor não tão bom quanto aquele.

– Ele só quer me irritar.

Lanço um olhar de reprovação, mas ele nem se dá conta. O Ladrão de Rack está no meio do movimento, o rosto presunçoso todo vermelho em razão do esforço, sem lamentar *nem um pouco* o peso de suas transgressões contra mim, feito um ser humano decente.

Mel arqueia as sobrancelhas delineadas à perfeição.

– Ele ficou te olhando mais cedo. Tipo, da cabeça aos pés, enquanto a gente estava falando sobre a história do pau.

– Provavelmente planejando me matar.

– Ou te comendo com os olhos.

Se alguém tivesse me sugerido isso anos atrás, eu teria duvidado na hora. Mas atualmente, depois de anos trabalhando meu amor-próprio e minha autoconfiança, não acho a ideia tão absurda.

Apesar de sempre ter gostado de esportes, nunca tive um corpo de atleta. Herdei a genética da minha mãe: estrutura grande, musculosa, com coxas grossas, peitos fartos e muita bunda – o oposto da minha irmã mais velha e dos parentes do meu pai, todos magros e pequenos. Baixo percentual de gordura não é viável para mim. Aceitar esse fato levou algum tempo. Hoje, me concentro exclusivamente em desestigmatizar e desmistificar a academia para pessoas que não se sintam pertencentes a esse espaço. Minha prioridade é estimular a autoconfiança, sem ficar contando calorias, e definitivamente sem *jamais* controlar o número marcado na balança.

– Mel, só mais três voltas – instruo com firmeza, mudando completamente de assunto. – Vamos fechar com chave de ouro antes de nossa noite só de meninas mais tarde.

O glorioso plano de hoje à noite – assistir mais uma vez a uma comédia romântica na Netflix com minha irmã, Tara – é exatamente o que eu preciso depois de todo esse drama envolvendo academia e Instagram.

O Ladrão de Rack permanece em meu campo de visão enquanto sigo Mel pelo corredor. Ele descansa apoiado em um aparelho, recuperando o fôlego. Quando me viro, vejo que ele está me encarando e ele me dá um sorrisinho babaca.

EU QUERIA MUITO ser uma pessoa madura. Juro.

Mas depois de refletir sobre o roubo do corredor por uns cinco minutos após a partida de Mel, eu só conseguia pensar naquela cara de espertalhão do Ladrão de Rack. A mesma que ele fez quando passou na minha frente no bebedouro, e quando sacudiu a toalha de papel na minha cara.

Passei a maior parte da vida sendo trouxa. No ensino fundamental, deixava que as outras garotas escolhessem primeiro as minhas Barbies (e eu acabava ficando com o Ken noventa e cinco por cento das vezes). Nas festinhas temáticas de aniversário, eu era relegada ao papel da Spice Girl menos popular (a Victoria). No ensino médio, sempre deixava os procrastinadores copiarem meu dever de casa dois segundos antes de a aula começar. E pior, me faltava presença de espírito para me defender ou reclamar.

Quando descobri a academia e a comunidade fitness na faculdade, jurei que isso mudaria. Dentro da academia, não sou capacho de ninguém. Sou forte e capaz. Eu me recuso a deixar que as pessoas passem por cima de mim, principalmente esse desconhecido irritante e gostoso demais para o meu gosto.

Então, quando o Ladrão de Rack esquece o celular em cima do colchonete ao passar para o supino, me sinto muito pouco moralmente obrigada a devolver o aparelho de pronto. Há uma grande chance de que eu fique remoendo isso pelo resto do dia, tomada de culpa e arrependimento, mas então lembro: ele me provocou. Era apenas questão de tempo até eu explodir. Esse cara merece sofrer um pouco.

Eu me imagino fugindo com o celular dele em um carro rumo ao pôr do sol, rindo feito louca enquanto piso fundo no acelerador. Mas em seguida lembro que não sou uma criminosa. Tenho princípios. E é exatamente por isso que escondo por um tempo o aparelho na prateleira cheia de cordas, acessórios aleatórios e peças para os aparelhos, apenas para garantir que não seja esmagado pelo tênis de alguém.

Feliz com minha boa ação, prendo meu celular no tripé e começo a filmar minha última série de abdominais inferiores, que envolve torções, elevação de pernas e abdominais invertidos suficientes para derrubar qualquer deusa fitness.

Estou na metade da série quando um vulto gigantesco surge acima de mim.

É o Ladrão de Rack em pessoa.

Ele se ajoelha no colchonete, lábios contraídos, olhos verdes vibrantes disparando raios laser na minha direção. Nesse ângulo, vejo de perto a curvatura dos cílios fartos. São injustamente longos e exuberantes para um espécime do gênero masculino.

Ele está muito perto, e seu cheiro de roupa lavada misturado com testosterona desnorteia meus sentidos. Cheiro de suor, em geral, não é algo atraente, mas nesse cara chega a ser um pouco viciante. Propositalmente, me abstenho de inspirar fundo, como uma viciada em drogas.

– O que você fez com o meu celular? – pergunta ele, com calma, enquanto minhas pernas caem no colchonete.

Ele arruinou meu vídeo. Mais uma vez.

Uma expressão ingênua, digna de uma participante de concurso de beleza, toma conta do meu rosto. Dou até uma piscadinha inocente e lenta para causar um efeito dramático.

– Não faço ideia do que você está falando – digo, e fico de joelhos para encará-lo, pronta para um embate.

Minha atuação não o convence.

– Eu sei que você pegou. Deixei aqui cinco minutos atrás.

– Costumam roubar coisas aqui nessa academia. Racks de agachamento, por exemplo. Como você sabe que não foi outra pessoa que pegou seu telefone?

– Sabendo.

Ele analisa meu rosto em busca de qualquer sinal de fraqueza, como um investigador que não tolera gracinhas.

– Você está sorrindo. Está respirando com dificuldade. E está evitando fazer contato visual.

Por mais justificado que seja, mentir nunca foi meu forte, mesmo que eu não tivesse de fato roubado o celular. Para manter as mãos ocupadas, levanto os braços para apertar meu coque bagunçado.

– Olha só, Sherlock Holmes, estou tentando filmar um tutorial de abdômen aqui. Será que você pode me dar licença?

Estou prestes a ceder e apontar para a prateleira onde o celular está escondido, mas me distraio por um segundo ao perceber que ele está olhando o *meu* telefone, que ainda está gravando. Com um movimento suave, ele tira o aparelho do tripé e coloca no bolso do short.

Lanço o corpo para a frente de forma abrupta, mas é tarde demais. Meu celular já era, está nas profundezas distantes de suas partes íntimas.

– Ei! Que merda é essa?

Os lábios dele se curvam em um sorriso satisfeito.

– Não vou devolver até você me dizer o que fez com o meu telefone.

Não permito que o sorriso hipnotizante me tire do prumo. Agora é guerra. Não vou sair perdendo.

– Eu preciso do meu celular.

– Eu também – responde ele suavemente.

– Pra quê, pra usar o Tinder?

Estou sendo uma completa hipócrita. Na verdade, o Joe do Tinder está outra vez na esteira enquanto discutimos.

Ele ri.

– Na verdade, não. Pra coisas importantes.

– Bom, eu uso o meu pra *coisas importantes* também. Eu sou influenciadora fitness.

Não faço ideia do que me deu para revelar a ele o que eu faço da vida. O cara poderia usar isso contra mim. Ou pior, zombar de mim. Fico esperando que ele bufe de escárnio ou me olhe de cima a baixo, incapaz de compreender como alguém como eu tem qualificação para dar conselhos fitness.

Mas não. Seu olhar é inabalável.

– Preciso do celular pro trabalho também.

Fico tentada a perguntar o que ele faz da vida. Imagino que seja algo que exija força física. Talvez ele seja lenhador. Ou dublê do Capitão América. Ou talvez um modelo de cuecas mal-encarado cuja foto em preto e branco está estampada em um outdoor na Times Square. Mas ele não é bonito o bastante para ser modelo. Talvez seja jogador de hóquei semiprofissional, levando em consideração o cabelo ondulado.

Com base nas minhas observações não tão sutis (ou bem óbvias), deduzi que não tem como ele ser um dos universitários que se cumprimentam com um soquinho e usam regatas neon. Ele me parece um pouco mais velho, talvez vinte e muitos ou trinta e poucos.

– Você realmente precisa dele pra trabalhar? – pergunto em um tom desafiador, interpretando sua expressão irritada como uma conquista pessoal.

Ele concorda brevemente.

– É caso de vida ou morte?

Surpreendentemente, ele de fato diz "sim", sem fazer nenhum esforço. Agora estou morrendo de vontade de saber o que ele faz, mas jamais vou perguntar.

– Então prova.

– Como?

– Parando de roubar as coisas de mim. Aparelhos, espaço físico, meu lugar na fila do bebedouro.

Aponto para o salão da academia.

Ele ri.

– Você já parou pra pensar que talvez eu também precise dos aparelhos ou do espaço? A academia não é *sua*.

Nos encaramos por mais algumas respirações antes que ele finalmente ceda.

– Beleza, eu devolvo o seu telefone. *Se* você devolver o meu. Ao mesmo tempo.

Faço que sim com a cabeça e me levanto para desenterrar o aparelho da prateleira a alguns metros de distância.

– Só pra constar, eu ia devolver antes de você ir embora.

Ele arregala os olhos ao ver o aparelho. A princípio imagino que ele só esteja grato por eu não o ter atirado no vaso sanitário e dado a descarga, o que, para ser sincera, passou pela minha cabeça.

Balanço o celular dele na altura do peito, puxando-o de volta e segurando com força, antes que ele tenha a oportunidade de roubá-lo da minha mão.

– No três?

Ele abaixa o queixo.

Um.

Dois.

Três.

Ele rapidamente recupera o celular dos meus dedos enquanto segura o meu fora de alcance.

Traidor. É claro que ele é do tipo que não dá a mínima para a santidade de um pacto.

O sujeito não tem um pingo de ética.

Eu resmungo.

– Sério? A gente tinha um acordo.

Os lábios dele se curvam em um sorriso discreto.

– Qual é o seu nome?

– Eu não revelo meu nome verdadeiro pra desconhecidos da academia.

Ele dá um passo à frente, reduzindo o espaço entre nós, e meus ouvidos latejam à medida que o sangue sobe todo pra cabeça.

Ele abaixa meu celular, graciosamente me permitindo uma rápida visualização da tela. Ainda está com a câmera aberta, mas a gravação é interrompida por uma enxurrada de notificações do Instagram. Ele sorri como o Gato de Cheshire quando meu nome de usuário aparece.

– Crystal.

Quando ele diz meu nome com aquela voz grave, macia e sensual, minhas pernas ficam bambas. Quase derreto.

Apesar de ter 1,73 metro – estou longe de ser baixa –, toda e qualquer tentativa de recuperar meu telefone é um fracasso absoluto. Com o braço estendido, ele o mantém a muitos centímetros de distância.

Dou um gemido, reclamando.

– Tá, agora você sabe que o meu nome é Crystal. Tá feliz? Já pode me devolver o celular.

Eu consigo ver a tela o suficiente para reconhecer que uma mensagem do Tinder tinha acabado de chegar.

Seus olhos se iluminam enquanto ele lê em voz alta.

– O Zayn quer saber se você tá disponível pra ver Netflix e... – Ele faz uma pausa, estreitando os olhos para a tela, como se confirmasse as palavras. – Dar uma "relaxada".

– Não responde!

Eu me estico em direção ao telefone outra vez, mas ele afasta o braço para trás.

Estou desesperada para preservar o pouco de dignidade e controle que ainda me restam. Eu nem conheço Zayn, na verdade. É um match aleatório do Tinder, eu só curti o perfil dele porque ele se parece com o Dev Patel nas fotos (morta!). Mas considerando a ideia dele de "dar uma relaxada", provavelmente é "não".

O Ladrão de Rack parece um vilão da Marvel prestes a aniquilar a Terra e todos os seus habitantes.

– Vou pedir pra ele definir o que é "ver Netflix e dar uma relaxada".

Então me dou conta de que o cara está se divertindo com o meu desespero, sendo o perturbado que é. Na verdade, meu desespero provavelmente o encoraja, dá uma espécie de onda, sei lá. Então mudo de tática.

– Vai lá. Duvido.

Meu tom é categórico. Demonstra confiança, mesmo que a última coisa que eu queira seja um desconhecido vingativo enviando mensagens constrangedoras em meu nome.

Para meu azar, o tiro sai pela culatra. Ele digita a mensagem e, com ar triunfante, clica em *Enviar*, virando o celular na minha direção para provar que mandou mesmo.

– Pelo visto você está bastante familiarizado com o combo "ver Netflix e dar uma relaxada" – digo.

– Você acha, é?

– Aham.

Ele balança a cabeça.

– Não. E eu pensaria numa cantada melhor do que essa.

Eu meio que dou risada.

– Me mostra, então.

Ele sorri e passa a mão pelo queixo bem marcado, fingindo estar pensativo.

– Bem, trocar GIFs sempre funciona. Ou talvez eu mandasse uma piada clássica.

– Uma piada clássica? Tipo?

Ele apoia o cotovelo no aparelho ao nosso lado.

– Muito bem... Você tá pronta pra ficar de queixo caído?

Eu dou a ele um olhar inexpressivo.

Seu rosto inteiro se suaviza e sua atitude passa do Ladrão de Rack para um falso-charmoso-com-sorriso-hipnotizante bem diante dos meus olhos. Seus dentes são brancos e reluzentes, embora um deles seja ligeiramente torto na frente, o que o torna um pouco mais humano. As orelhas também se destacam um pouco, mas isso só aumenta seu falso charme.

– Você caiu do céu? Porque parece um anjo.

Minha expressão está dura feito pedra, para não proporcionar a ele um pingo de satisfação. A cantada é tosca. Mas a maneira como ele falou, de modo tão sincero, é quase adorável. No momento em que esse pensamento é registrado, eu mentalmente me dou um tapa.

E aí ele lança mais uma:

– Por acaso você vai de ônibus? Porque você tá no ponto!

Minha barriga dói por segurar o riso. Isso por si só já é um treino de core.

– Tá, isso ainda tem que melhorar muito pra chegar a ser péssimo. Espero que você não tenha realmente usado isso com uma mulher de verdade.

Ele finge se ofender, levando a mão ao coração.

– Essas são as minhas melhores – diz ele, que então dá uma última olhada na tela e balança meu telefone na altura do peito. – O Zayn respondeu... com uma carinha piscando – completa ele sem rodeios, me estendendo o celular.

Com a velocidade de um ninja, eu agarro o aparelho antes que ele mude de ideia e o mantenha como refém para sempre.

– E qual é o seu nome?

As palavras saem da minha boca antes que eu sequer possa pensar no que estou dizendo. Por que quero saber como ele se chama? Ladrão de Rack combina perfeitamente.

Prendo a respiração, aguardando a resposta.

Achando graça, ele abre a boca, mas nenhuma palavra sai. Em vez disso, ele apenas vai embora.

capítulo três

– OBRIGADA POR ME DEIXAR dormir aqui hoje – diz Mel.

Enrolada nas cobertas, ela está sentada ao meu lado no colchão inflável que colocamos na sala. Mel está usando um pijama de seda Ted Baker daqueles de grã-fino, que provavelmente foi mais caro que o meu sofá.

Tara se joga em cima da gente, usando uma camiseta com a frase *Time Peter Kavinsky*, que ela mesma estampou.

– Muito bem, coloca aí *Para todos os garotos que já amei*. Me sinto pronta – declara ela, e atira uma lata de Pringles na nossa direção.

– Sério, Tara? Você pegou a *original*?

Encaro isso como uma afronta pessoal. É por esse motivo que não deixo minha irmã escolher petisco nenhum.

Ela faz uma cara feia para mim, pegando a lata de volta e segurando-a confortavelmente junto ao peito, como se quisesse proteger as batatinhas das minhas duras palavras.

– Com licença? A original é a melhor, tá?

– Aham, pra quem gosta de papelão salgado – rebato.

Tara ri.

– Falou a pessoa que acha que pretzels estão na mesma categoria que batatas chips.

Ela se vira para Mel, sua trança embutida chicoteando minha bochecha.

– Sim, ela é dessas que curte *pretzel* – sussurra Tara em tom conspiratório, olhando para mim como se eu fosse uma espécie rara de humano-toupeira que supostamente mora nos esgotos.

Mel assente com uma expressão séria, como se entendesse.

Dou um chutinho na canela de Tara.

– Eu me recuso a ser ofendida dessa forma.

Tara finge gritar de dor por dois segundos antes de começar a falar sem parar sobre o último carinha aleatório pelo qual ela supostamente "se apaixonou". Minha irmã conheceu o sujeito no elevador do hospital onde trabalha. Segundo ela, ele tem potencial para ser sua alma gêmea. Isso porque ofereceu um pacote de balas de caramelo e ainda disse que gostou de seu uniforme florido antes de sair do elevador.

– Bala de caramelo? Tem certeza que ele não era um idoso desdentado? – pergunta Mel.

– Não, ele não tinha mais que trinta – responde ela alegremente, embora um pouco na defensiva.

– Meu Deus, estou surpresa por você não ter levado um boa-noite-cinderela – digo, decepcionada.

Nossa resenha se transformou em uma festa do pijama depois que o irmão de 19 anos de Mel insistiu em dar um festão no apartamento dela. Sinto calafrios só de imaginar aquele bando de universitários manchando o sofá branquíssimo, um item essencial na maioria das fotos postadas por ela no Instagram.

Ao contrário da casa de Mel, meu apartamento não é branco e moderno. Fica em um antigo quartel do corpo de bombeiros convertido em residências, com paredes de tijolos vermelhos expostos e móveis vibrantes de formato arrojado, a maioria deles repaginada por mim e por minha mãe. Pintar e estofar peças antigas virou uma obsessão nossa durante o verão antes do meu último semestre na faculdade. Até hoje tenho o hábito de dar uma olhada em bazares, brechós e lojas de decoração em busca de objetos dos quais definitivamente não preciso.

O item mais interessante em meu apartamento é o poste original do quartel, que vai do loft que serve como quarto para Tara até a espaçosa sala de estar. Com a mesa de centro encostada no suporte da televisão, conseguimos enfiar um colchão inflável queen-size no ambiente.

Apesar de nosso amor por Lara Jean e Peter Kavinsky, mal prestamos atenção no filme. Estamos, na verdade, muito distraídas com a comida, o vinho e a conversa. Eu não sabia ao certo como seria a interação entre minha irmã e Mel, considerando sua personalidade extremamente sincera e até autoritária, e a natureza sensível e amorosa de Tara. Mas parecem estar se dando muito bem. A noite começou com um brainstorming para minha campanha sobre amor-próprio, mas depois de algumas taças de vinho e alguns "ai-ai" aleatórios por conta da fofura meio pateta de Peter, a conversa muda de rumo.

– Rolou mais alguma interação com o Ladrão de Rack depois que eu fui embora hoje? – pergunta Mel.

Ela ajeita o cabelo farto em um rabo de cavalo alto muito elegante. Invejo garotas como ela, que conseguem prender o cabelo com tanta facilidade, sem aqueles fiozinhos recém-nascidos esvoaçando para todo lado. Quando tento fazer isso, pareço um jovem orangotango descabelado, a menos que eu aplique spray nos fios arrepiados.

Tara dá um gemido em protesto.

– Ela ainda tá reclamando desse cara?

Eu havia contado para minha irmã sobre o roubo do rack de agachamento, e ela me chamou de "mesquinha", o que é irônico. Tara é a pessoa que maliciosamente planejou o próprio casamento, agora cancelado, para agosto, o mês em que a ex-sogra pretendia viajar para a Islândia.

– Tem uma tensão sexual rolando entre eles – explica Mel.

– Não é verdade – digo, pegando duas Pringles quebradas da lata.

Mel revira os olhos com desdém.

– Vocês ficam se encarando, um em cada ponta da academia.

– Encarando com *ódio*. E daqui em diante eu vou ignorar ele.

– Ah, fala sério. O cara parece ser bem legal. Tá sempre segurando a porta para as pessoas. Outro dia eu vi quando ele ajudou aquele sujeito que parece o Dr. Phil com o levantamento terra.

Dou um suspiro, estendendo a mão para colocar para dentro a etiqueta saliente na parte de trás da camiseta de Tara.

– Tá, e por que ele deveria ganhar uma estrelinha por ser uma pessoa minimamente decente? Meus padrões não são *tão* baixos assim.

Tara puxa a trança por cima do ombro ossudo e examina as pontas duplas.

– Eu preciso ver uma foto do cara antes de fazer qualquer julgamento.

Queria muito não ter uma imagem mental dele e daquele sorriso presunçoso gravada para sempre na minha memória.

– Você não está com sorte. Não sei nem o nome dele.

Omito o fato de que eu perguntei como ele se chamava e que ele simplesmente saiu andando. Na verdade, esse fato doía um pouco, tipo aquela dorzinha chata de um microcorte feito com papel, do qual a gente se lembra toda vez que lava as mãos, mas se contém para não choramingar sempre que acontece.

Mel se endireita para saborear o vinho.

– Ele é gato. Tipo, bem gato. Alto. Todo musculoso. Pega pesado no treino, o que significa que tem bastante resistência... – acrescenta ela, erguendo sugestivamente as sobrancelhas.

Tara assente, parecendo aprovar a descrição enquanto pinta as unhas dos pés com um esmalte horroroso cor de ameixa.

– Por que você ainda não pulou no pescoço dele?

– Essa suposta *tensão sexual* é um mito. Nós somos no máximo inimigos número um.

Tara coloca a mão no peito, quase deixando pingar esmalte no meu tapete.

– Eu e o Seth também não íamos com a cara um do outro no começo – diz ela, virando-se na direção de Mel para explicar. – Seth era o meu noivo. A gente se conheceu no hospital. Fui eu que o pedi em casamento... mas cancelamos tudo há uns meses.

O ex-noivo é a razão pela qual Tara está ocupando meu loft/escritório. Sete meses antes de seu elaborado casamento para 150 convidados no Sheraton, Seth terminou o relacionamento do nada.

Tara apareceu na minha porta às duas da manhã, de pijama, apenas com uma mala cheia de livros, precisando desesperadamente de junk food e de um lugar para ficar. Uma noite logo se transformou em dois meses, e não há nenhum sinal de que ela vai embora em algum momento.

Dada a fragilidade de seu estado, que envolve chorar o tempo todo e ouvir Taylor Swift sem parar, tenho relutado em sugerir que ela se mude. Só nas últimas semanas ela voltou a usar calças e se preocupar com as sobrancelhas. Eu e minha mãe suspeitamos que em breve ela vai aparecer namorando de novo. Tara *ama* o amor, inclusive preferindo o Dia dos Namorados ao Natal.

– E você tem planos de sair com alguém em breve? Mesmo que casualmente? – pergunto.

Tara simula um calafrio enquanto mastiga outra Pringles.

– Eu não tenho relações casuais. Se não sei nem o sobrenome do cara, não vou sair colocando a mão no pau dele.

Mel se retrai.

– O universo dos relacionamentos é aterrorizante. Eu conheço bem os espécimes disponíveis no mercado.

– Prefiro arrancar meus pentelhos um por um a recorrer a aplicativos. O Tinder parece um terreno baldio totalmente improdutivo – acrescenta Tara, olhando na minha direção e esperando que eu concorde. – Você tá há quanto tempo livre do Neil, alguns meses?

Meu estômago revira com a mera menção ao nome de Neil.

– Aham.

Mel se deita de bruços, apoiando as mãos no queixo.

– Qual é o lance com esse tal de Neil?

– É meu ex.

Lanço um olhar de alerta para Tara. A última coisa que quero é acabar com a noite falando do Neil. Ele sempre azeda meu humor.

– Ele é o Justin Bieber e ela é a Selena – diz Tara a Mel, como se isso explicasse toda a dinâmica. – Só que o Neil é um músico asqueroso e fracassado que se acha um presente dos deuses pras mulheres. A Crystal é meio que o estepe quando as coisas dão errado com a ex.

Dou de ombros quando Mel olha para mim. A explicação de Tara é cem por cento precisa. Neil e eu nos conhecemos em uma festa de Halloween. Eu tinha sido convencida por uma amiga da faculdade a ir com ela, de última hora. Como não tinha fantasia, peguei uma coroa de flores aleatória, passei uma maquiagem furta-cor e fui de "Filtro do Snapchat". Neil estava de monge. Perguntei se ele era celibatário, e ele deu um tapa na parede, ofegante de tanto rir, antes de marcar um ponto no joguinho alcoólico da vez. Eu deveria ter entendido isso como o primeiro sinal.

Mesmo tendo acabado de sair de um relacionamento, Neil parecia muito a fim de mim. Dava risada de tudo o que eu dizia e imitava meus trejeitos. Era um flerte descarado. Ele tocava no meu braço e me pegava pela cintura.

"Você é tão diferente da minha ex", disse ele, tomando de uma só vez o que restava no copinho descartável vermelho. Mais tarde, descobri que a ex, Cammie, era modelo. Uma versão mais alta da Daenerys, de *Game of Thrones*, com cabelo louro platinado e esbelta. O oposto de mim. Com ascendência asiática e fora do padrão.

Fiquei vermelha e respondi: "Eu não sei o que achar disso."

Ele sorriu, puxando uma mecha do meu cabelo e chegando mais perto. "É uma coisa boa. Vai por mim."

E foi o que eu fiz. Engoli todo o papinho dele reforçando que eu era especial. Que tínhamos uma conexão incomparável. Saímos por quase um ano, mesmo depois de toda a minha família odiá-lo porque ele apareceu bêbado no aniversário do meu pai, decidido de que aquela era uma boa ocasião para debater questões mundiais controversas. Depois disso, nunca mais permiti que ele se aproximasse da minha família nem dos meus amigos, por medo de ele ofender alguém. Além disso, Neil nunca se deu ao trabalho de me apresentar para as pessoas da vida dele. Era como se nós existíssemos apenas em nossa pequena bolha, somente os dois enfurnados no meu apartamento por dias a fio. Então, sem aviso, ele me largou para voltar com a Cammie.

– Eu já superei – tranquilizo Mel e Tara, mesmo que as palavras saiam forçadas.

Na verdade, eu ainda sinto falta dele às vezes. E a dor triplica sempre que ele ressurge na minha vida feito uma espinha inflamada, pedindo conselhos sobre relacionamento.

Mel senta sobre os joelhos, se ajeitando para poder me encarar.

– Bom, se você já superou o Neil, então talvez devesse sair com alguém que se pareça com o Ladrão de Rack.

– Concordo – diz Tara, se abanando por razões desconhecidas, já que ela não faz ideia de como ele é.

Eu contenho uma risada.

– Não estou julgando os níveis de carência, mas isso não vai acontecer. Já chega de encontros casuais.

Logo depois que Neil terminou comigo, eu preenchia o vazio saindo com desconhecidos. Era divertido, eu me sentia empoderada. Talvez tenha conseguido suprir uma necessidade física. Mas, na manhã seguinte, acordar com um cara aleatório qualquer babando do seu lado, um cara cuja cama não passa de um colchão jogado no quarto sem sequer um lençol que caiba direito, é uma realidade difícil de aceitar. Vem aquele leve desejo de afeto, de estar conectada com quem quer que seja por um breve momento. A gente se lembra de como é bom. Como é maravilhoso ser tocada, abraçada. E aí vem aquela zona cinza. Sombria. Um vazio. Uma solidão esmagadora.

E assim, ao longo das últimas duas semanas desde Joe do Tinder, eu me livrei desses casinhos sem futuro com o intuito de estar disponível para algo que seja verdadeiro.

Apesar das esperanças de Mel e Tara, essa guerra que estou travando com meu inimigo da academia precisa acabar. Não vai ter romance nenhum nem encontros casuais, especialmente com ele. Na verdade, não vai rolar nada além de inimigos seguindo caminhos diferentes.

10h – POST NO INSTAGRAM: "CAMPANHA SIZE POSITIVE", POR **CURVYFITNESSCRYSTAL**

Pegue a balança e a fita métrica e jogue tudo no lixo! Você não vai precisar delas.

Talvez você esteja pensando: "Crystal, senta aí. Pega uma taça de vinho. Por que você está falando pra eu jogar fora minha balança de 200 dólares?"

Tá bem, talvez eu tenha sido um pouco dramática. O que quero dizer é: pare de confiar na balança e na fita métrica para se sentir bem com você mesma. Hoje é o lançamento oficial da minha campanha primavera/verão, SIZE POSITIVE. Então desafio você a medir seu avanço em termos físicos com base em COMO VOCÊ SE SENTE, sem ficar presa a números que, de acordo com estudos, só servem para deixar as pessoas ansiosas e desencorajá-las.

Como a maioria de vocês sabe, passei anos lutando com o meu peso. No vestiário, durante o ensino médio, comecei a me dar conta de que todas as outras garotas eram minúsculas comparadas a mim. Eu adorava a aula de educação física, mas ficava com vergonha de me trocar na frente das outras alunas, então ia pras cabines do banheiro. Pra me esconder. Um dia, a professora me disse que eu não podia mais me trocar na cabine, então eu fui pra casa e chorei.

Se eu pudesse falar com a Crystal de 12 anos, eu lhe diria que ela vale muito mais do que um número na balança. Falaria pra ela aprender a comer até estar satisfeita, não empanturrada. Comer aquilo que faz com que ela se sinta bem, não apenas porque está triste ou entediada. Pra ela sair pra almoçar com as amigas e apenas se divertir, em vez de se preocupar com quantas calorias tem um sanduíche do Subway.

Grande parte do bem-estar físico é saúde mental. Se você está infeliz, estressada e pegando pesado com você mesma o tempo todo, seu corpo vai rejeitar a mudança mesmo que seja algo bom. E você com certeza não vai se sentir tão inspirada a continuar avançando se isso for difícil.

E é por isso que desafio você a participar da campanha SIZE POSITIVE, ignorando os haters e os números, e vivendo da melhor forma que puder. Seu tamanho não significa nada se você não está feliz. Quem vem comigo?

Comentário de **trainerrachel_1990**: Amei!!! Estou superdentro. Que se dane a balança. ♡

Comentário de **BradRcerrr**: Então você acha que tá tudo bem as pessoas serem obesas desde que sejam "felizes"? Kkkkkkk ♡

Comentário de **_jillianmcleod_**: Me identifico demais. Também odiava trocar de roupa no vestiário. ♡

Comentário de **Pilatesgirl1016**: Obrigada por dividir com a gente a sua história e essa campanha incrível! Muito inspiradora! Concordo, me sinto muito melhor quando não fico me pesando. Não faço mais isso há anos. Me concentro apenas no progresso que faço na academia. ♡

Comentário de **Kelsey_Bilson**: Como posso controlar meu peso sem fazer dieta nem me pesar? Não preciso gastar o que consumo? ♡

> Resposta de **CurvyFitnessCrystal**: **@Kelsey_Bilson**, se essas coisas funcionam pra você, não cabe a mim sugerir que pare. Mas se estiver começando a te incomodar ou te estressar, pare por algumas semanas e apenas ouça e respeite seu corpo. ♡

capítulo quatro

EIS O QUE ACONTECE todos os anos, no domingo de Páscoa, com a precisão de um relógio:

Minha família por parte de mãe, os McCarthy, se reúne no bangalô da vovó Flo. Assistimos à versão original de *A fantástica fábrica de chocolate*, espremidos no sofá de estampa floral e estofado duro, e nos permitimos comer uma tonelada de ovinhos de chocolate.

Tara diverte a família com sua interpretação excepcional de Veruca Salt cantando no filme – e que chega a ser assustadora de tão precisa. "*I want the world/ I want to lock it all up in my pocket/ It's my bar of chocolate/ Give it to me* now!", diz ela enquanto cubro os ouvidos.

O "terceiro filho" da minha mãe, uma Chihuahua pavorosa de pouco mais de dois quilos chamada Hillary (sim, mamãe a batizou em homenagem a Hillary Clinton), choraminga incessantemente para todos os homens da família em busca de atenção. E quando não consegue nada, ela se vinga fazendo xixi no tapete persa da vovó.

Perto da hora do jantar, todos já estão cansados demais uns dos outros para que haja qualquer esforço em manter a educação. Meu pai engole com dificuldade o peru ressecado feito pela vovó e minha mãe pisa no pé dele por baixo da mesa quando ele começa a não sustentar mais a cara de que está tudo bem. Depois, minha mãe e tio Bill trocam acusações passivo-agressivas sobre quem faz mais pela vovó Flo.

Este ano está sendo diferente.

A vovó Flo não convidou a gente para jantar. Em vez disso, ela e duas amigas de infância embarcaram em uma viagem de carro de última hora até o Plainridge Park Casino, o que não faz nem um pouco o estilo dela. Minha avó não gosta nem de bingo ou raspadinhas. Tara está convencida de que vovó está passando por uma crise de terceira idade.

Como até dois dias atrás ninguém estava ciente dos planos dela de ir para o cassino, o jantar está sendo um despretensioso ensopado chinês na casa dos meus pais.

Papai está satisfeito com a comida, pois assim consegue ficar longe do peru da vovó até o Dia de Ação de Graças. Minha família por parte de pai é dona de um restaurante chinês conhecido, por isso ele é bem exigente quanto à qualidade das refeições.

– Você tem pelo menos seis meses de salário de reserva? – pergunta ele para mim, limpando com delicadeza o canto da boca usando um dos guardanapos cuidadosamente cortados ao meio que ele tem o hábito de guardar quando pede comida em casa.

Eu dou um gemido.

– Pai, sério. Para de se preocupar. Eu não tô gastando dinheiro à toa. A academia e todas as minhas roupas são patrocinadas. Estou prestes a receber uma grana da Nike. Além disso, tenho dinheiro mais do que suficiente para o futuro, tanto na poupança quanto em investimentos, só por precaução.

Desde que o caldo de carne começou a ferver, papai está fazendo um discurso bem-intencionado sugerindo que eu preciso reavaliar minhas opções de carreira, já que minha renda atual é "temporária". Ele vive enchendo meu saco para que eu arrume um "emprego de verdade", para ter "segurança financeira no longo prazo". Mesmo que sua empresa de limpeza de estabelecimentos comerciais seja um sucesso, ele ainda vive contando dinheiro. Tara e eu até o inscrevemos para participar daquele programa *Muquiranas,* do Discovery. Quando os produtores ligaram e o convidaram para participar, ele recusou o convite e passou cinco dias sem falar com a gente.

– Minha intenção não é colocar você pra baixo. Seu Instagram é um ótimo hobby. Mas eu sou seu pai, é minha obrigação me preocupar com você – diz ele, me lançando um olhar sério enquanto me sirvo de molho.

Meu pai nunca esconde sua decepção por eu não ter seguido o plano de ingressar no mundo corporativo depois de me formar em administração na Northeastern University, como uma boa menina de família chinesa. Mas no terceiro ano da faculdade eu já ganhava significativamente mais do que o salário típico de um iniciante no mercado, só com patrocínio e publi. Parecia ridículo eu ter que me contentar em ganhar menos para ficar de nove às cinco presa em uma baia e ainda receber ordens de um baby boomer insatisfeito que sequer sabe o meu nome.

Mamãe sempre faz eco às queixas do meu pai, mas esta noite ela está visivelmente abalada por conta de vovó Flo.

– Eu só acho tudo muito esquisito – diz ela do nada, mergulhando sem habilidade um pedaço de carne no molho de soja.

Depois de quase trinta anos casada com meu pai, ela ainda não dominava a arte de comer com pauzinhos. Destreza não é seu forte.

– Vai ver ela queria ter uma Páscoa mais tranquila esse ano, já que o Bill e a Shannon estão com as crianças na Europa – sugere meu pai.

– Mas um cassino? Em um fim de semana religioso? Ela é católica fervorosa.

Mamãe balança a cabeça, segurando Hillary, que treme em seus braços. O restante de nós odeia a ideia de ter Hillary à mesa como se fosse um ser humano, mas minha mãe se recusa a ceder, encarando como um ataque pessoal toda vez que reclamamos. Na verdade, ela passa metade do tempo conversando com a cachorra.

Eu concordo, engolindo um cogumelo enquanto tento fugir dos olhinhos pretos e redondos de Hillary.

– Tem razão. Alguma coisa não bate.

Tara se esforça para pescar uma almôndega de peixe da panela.

– Gente, dá um tempo pra vovó. Essas datas têm sido difíceis pra ela desde que o vovô morreu.

Eu nunca tinha parado para pensar nisso dessa maneira. Se a morte do vovô três anos atrás foi difícil para nós, imagina como foi para a vovó.

– Talvez. Mas achei que ela adorava receber a gente.

– Ela adora – concorda Tara. – Se ela não quis receber a gente esse ano, deve haver algum motivo.

A imagem mental da vovó Flo de luto me dá um aperto no coração.

– E se eu desse uma ligadinha pra ela agora? Só pra ver como ela está.

Mamãe se inclina para a frente, ainda com Hillary no colo, praticamente enterrando seu cotovelo no meu.

– Aham. Vamos ver como ela está.

Meu pai solta um longo suspiro e em seguida toma um gole d'água.

Antes que ele ou Tara possam se manifestar, já pressionei *Ligar* e coloquei o celular no viva-voz. O número da vovó chama cinco vezes até que ela atende.

– Alô?

Sua voz estridente quase estoura meu tímpano. Eu me encolho na cadeira e afasto o aparelho do ouvido.

– Oi, vovó. É a Crystal.

– Ah, Crystal. Oi.

Silêncio constrangedor. Está sossegado onde quer que ela esteja. Não há nenhum sino ou campainha que você esperaria ouvir em um cassino.

– Escuta, eu recebi sua mensagem no Facebook sobre o compromisso da semana que vem e quis clicar no joinha, mas apertei o botão de cocô em vez disso. Você sabe como eu sou com essa tela do celular. Ainda bem que você não herdou os polegares grossos dos McCarthy. Espero que não tenha ficado ofendida, querida.

Tara e eu nos entreolhamos e tentamos não rir. Essa confusão com os emojis é comum para a vovó Flo. No mês passado, ela se confundiu e acabou inserindo cinco emojis chorando de rir em um post que informava o falecimento de um amigo.

– A propósito, feliz Páscoa – acrescenta ela.

– Sem problemas. Eu imaginei que o emoji de cocô tinha sido por engano. E feliz Páscoa pra você também. Só estava ligando pra saber como está sendo a viagem com as amigas. Já ganharam dinheiro aí no cassino?

– Cassino?

Vovó faz uma pausa, como se eu tivesse acabado de perguntar sobre a vida em Marte. Noto os olhares desconfiados de todos à mesa, e então ela continua:

– Ah, claro. Sim. O cassino. É bom. Mas não ganhamos nada – responde ela com uma risadinha tensa.

– O que você já jogou por aí? – pergunta mamãe, se intrometendo e colocando Hillary no chão, o que resulta em mais choros incessantes. – Calma! Não seja mal-educada – sussurra ela para a cachorra com certa fúria, como se Hillary fosse uma criança.

Vovó faz outra pausa.

– É… Bridge.

– Bridge? Num cassino? – questiona mamãe, e suas narinas se dilatam.

– Ah, querida. Eu quis dizer blackjack.

O silêncio se estende enquanto papai se levanta para despejar mais caldo na panela. Vovó nunca pôs os pés em um cassino. Ela obviamente está mentindo. Mas por quê?

Considero entrar com tudo no modo detetive, imaginando o olhar penetrante do Ladrão de Rack quando escondi o celular dele. Mas pisco e volto para a realidade, me sentindo culpada de repente. Se a vovó sentiu necessidade de inventar uma mentira elaborada para conseguir ter algum espaço durante a Páscoa, quem sou eu para me incomodar com isso?

– Bem, é… que bom que você está se divertindo.

Decido salvá-la daquela situação, pois mamãe já está inclinada sobre a mesa de jantar, pronta para iniciar um interrogatório.

– Estamos com saudades.

– Também estou. Seu pai deve estar feliz de não ter que comer meu peru este ano – diz vovó.

Os olhos dele se arregalam.

– Você contou pra ela? – sussurra ele para mamãe, que nega com a cabeça de modo nada convincente.

– Bem, eu preciso ir. Amo você, querida! – despede-se vovó antes de encerrar a ligação.

Eu pisco lentamente, revirando meu molho enquanto tento digerir aquela conversa bizarra.

– O que foi isso?

Mamãe cerra os lábios, pegando Hillary no colo de novo.

– Com certeza ela não está no cassino.

APÓS A ESTRANHA LIGAÇÃO com a vovó Flo ontem à noite, bem como alguns comentários desagradáveis sobre o lançamento da minha campanha Size Positive, vou para a academia me distrair um pouco. Está vazia, como é esperado em um fim de semana de Páscoa. Até os funcionários estão de folga, de modo que só é possível entrar com o cartão de acesso. Pelo visto, os bombados também comemoram a Páscoa, porque há apenas eu e duas outras mulheres mandando ver no Setor dos Marombeiros.

A energia feminina positiva se dilui no momento em que o Ladrão de

Rack passa abruptamente pela catraca, exalando testosterona suficiente para preencher todo o salão. Ele está com o boné de sempre, calça de malha e moletom verde-escuro, que realça o verde dos seus olhos. Somos obrigados a fazer contato visual quando ele passa por mim a caminho do vestiário.

Apesar de nos encararmos várias vezes durante nossos respectivos treinos, mantemos distância. Ele está fazendo uma série de perna. Eu estou focando em exercícios de bíceps e ombros.

Descubro que essa trégua estranha e silenciosa funciona para mim. Talvez agora possamos voltar a ser completos desconhecidos, embora ele saiba meu nome, minha profissão e meu nome de usuário no Instagram, informações que podem ser usadas contra mim.

Falando em Instagram, preciso checar meus e-mails. Estou esperando que Maxine, uma cliente particularmente carente, confirme nosso encontro virtual hoje à tarde. Mas quando saio da posição de cachorro olhando para baixo para pegar meu celular, ele não está onde deixei. Para ter certeza de que não estou delirando, refaço meus passos, examinando o chão ao redor de todos os aparelhos que usei. Não o encontro em lugar nenhum.

A menos que meu celular tenha evaporado, há somente uma explicação. Eu encaro o Ladrão de Rack, que naquele momento está ocupado nas cadeiras adutora e abdutora. Ao que parece, nossa trégua foi anulada.

Cansada e mal-humorada, vou pisando firme na direção dele e paro com a mão no quadril.

– Bom, já chega dessa brincadeira. Pode me devolver o meu telefone.

Ele olha para mim, no meio da série.

– A pessoa precisa ser muito perturbada pra roubar o celular de alguém na academia.

– Eu não roubei o seu celular. Só guardei por questões de segurança.

– Eu também não peguei o seu, *Crystal* – diz ele, sorrindo daquele jeito cínico de sempre quando menciona meu nome, como se fosse muito poderoso.

– Pegou sim – disparo de volta. – Ele estava comigo o tempo todo. A não ser quando deixei no colchonete pra ir me alongar.

Ele faz uma careta enquanto completa a última repetição. Soltando a carga do aparelho, ele se inclina para a frente, respirando com dificuldade.

– Alguém deve ter pegado, então, porque não está comigo.

– Não acredito em você.

– Bem, pode acreditar. Não tá comigo – diz ele mostrando as palmas das mãos para proclamar sua falsa inocência. – Mas até que eu ia gostar se estivesse. Imagina só quanto eu poderia me divertir no seu Tinder.

O mero pensamento o deixa radiante.

Ignorando-o, aponto para a parte inferior de seu corpo, muito atraente, aliás, naquele short soltinho.

– Esvazia os bolsos – exijo.

Ele se levanta do aparelho, enfiando as mãos nos bolsos, e tira o próprio celular.

– Tá vendo?

Não sei o que dá em mim, mas estendo a mão para apalpar os dois bolsos dele, como um fiscal de aeroporto extremamente dedicado. Estão leves e vazios, exceto pelo tilintar das chaves. Nenhum sinal do meu celular.

– Você acabou de me revistar, é isso mesmo?

Sua risada grave e retumbante faz meu corpo estremecer de uma maneira que não deveria.

Solto uma bufada de escárnio, rapidamente perdendo o interesse. Meu celular não está mesmo com o cara. Mas, se ele não pegou, quem foi?

Bato em retirada para fazer uma última inspeção completa da academia. Quebro a cabeça tentando encontrar possíveis explicações. Será que uma das mulheres roubou? As duas eram completamente comuns. Meia-idade. Cara de mãe. Tinham um corte de cabelo parecido, desses que não dão trabalho para cuidar. Uma delas estava até usando uma viseira de tênis. De fato não era do tipo que armaria para roubar um iPhone 10 amassado com uma capinha cafona e espalhafatosa comprada numa promoção em Chinatown. Mas, enfim, qualquer um pode ser cleptomaníaco.

Sigo imaginando possibilidades assustadoras até que o Ladrão de Rack passa rindo por mim, enquanto estou abaixada feito uma tonta, espiando os vãos cheios de poeira de um shoulder press.

Eu me viro, seguindo-o como um cão atrás do osso.

– Você escondeu em algum lugar, não foi?

Ele dá meia-volta, andando de costas e passando pelas esteiras a passo de caracol.

– Acredita em mim, se eu quisesse encher seu saco, seria capaz de pensar em maneiras muito melhores de mexer com você.

O jeito perverso como ele diz *mexer com você*, a voz grave e aveludada, quase me deixa sem ar. Mas só por um instante. Deixo escapar um grunhido quando ele entra no vestiário masculino e sai do meu campo de visão.

Uma lufada de desodorante Axe entorpece meus sentidos quando paro de repente na porta. Faço uma varredura rápida no local. Não há outros homens na academia naquele momento exceto o Ladrão de Rack. E eu *preciso* do meu celular. Minha cliente está me esperando, não posso simplesmente não aparecer. Eu me orgulho de ser confiável, pontual e de estar sempre disponível para as minhas clientes. Toda a minha marca e a minha reputação se baseiam nisso.

Dane-se.

capítulo cinco

É ESTRANHO ENTRAR NO VESTIÁRIO MASCULINO. A planta é idêntica à do vestiário feminino – fileiras de armários na frente, chuveiros e sanitários nos fundos. Mas é como se eu tivesse ido parar em Nárnia, ou no covil de uma fera. O simples fato de que eu não deveria estar aqui me faz sentir um calafrio assim que passo pela primeira fileira de armários.

Quando estou quase abortando a missão, vejo o Ladrão de Rack no segundo corredor. Ele está revirando o interior de seu armário, as costas nuas. Tiro alguns segundos para admirar as camadas rígidas de músculo que se entrelaçam e compõem seu torso. Ele tem aquela estrutura afilada. Ombros largos e cintura estreita.

Eu não deveria estar vendo isso. Minhas palmas não deveriam estar suadas. Minhas orelhas não deveriam estar queimando. Meu corpo não deveria estar formigando do umbigo para baixo. Eu me tornei oficialmente uma pervertida, uma bisbilhoteira, uma *voyeuse*. Fecho os olhos com força. Eu deveria mesmo era dar meia-volta e meter o pé. Se eu sair agora, posso esquecer que algum dia vi tudo isso. Mas dá tempo de uma última olhadinha, né? Só mais uma.

Aposto que ele é um desses caras que têm o caminho da felicidade. Aqueles sulcos na cintura que apontam diretamente para o…

Merda. Ele tem. Como a vida é difícil! O que eu fiz para merecer esse destino cruel?

Neste momento, ele está bem de frente para mim e eu não sei para onde olhar. Para o tanquinho definido? A penugem de fios castanho-claros em seu peito? Para o caminho da felicidade? Os ombros musculosos? Para os belos olhos arregalados de surpresa ao me ver ali, confirmando que sou uma stalker? O corpo do cara é uma obra de arte. Devia estar em um museu parisiense, protegido por uma corda de veludo e por seguranças armados.

Ele me analisa, os lábios formando um meio sorriso. Ao mesmo tempo que acha graça, está compreensivelmente confuso.

– Crystal. Em que posso te ajudar?

Ajeito minha postura, estufando o peito, lembrando a mim mesma o verdadeiro motivo pelo qual estou ali, o que *não* envolve admirar gulosamente nenhum aspecto, pedaço ou detalhe do corpo do Ladrão de Rack. E é claro que eu *não vou* fantasiar sobre nada disso mais tarde.

– Eu sei que você pegou o meu celular. Já chega dessa brincadeira, me devolve agora.

Ele solta uma risadinha, como se eu fosse comprovadamente doida. E talvez eu seja mesmo. Mas minha vida inteira está dentro desse aparelho. Fotos. Conteúdo pré-editado. Vídeos. Planos de treino das minhas clientes. A pior parte: meu espaço de armazenamento do iCloud acabou há meses e eu fiquei com preguiça de comprar mais. Se eu perder esse telefone, perco tudo.

– Tem certeza de que você não tá só um pouco confusa e cansada depois de todos aqueles shoulder press? – pergunta ele, achando graça e incapaz de reprimir o tom condescendente.

– Eu não fico cansada. Nunca. Mas agradeço a preocupação – acrescento, minha voz mais doce do que as tortas da vovó Flo.

– Ah, eu sei como te deixar cansada.

Os olhos dele brilham, e eu quase engasgo com a indireta (se é que era mesmo uma indireta).

– Na verdade, acho que você já está completamente exausta de mim.

– Nem perto disso.

– Não é muito difícil te deixar irritada.

Sua voz rouca quase me faz perder a concentração quando ele se aproxima do armário, a porta ainda aberta. Meus olhos vasculham atrás dele. Não é coincidência que tenha se movido para a frente do armário como um segurança de porta de boate. Meu celular está lá dentro, mantido como refém. Tenho certeza.

Como uma pantera focada na presa, vou depressa na direção dele.

Estamos cara a cara, peitos arfando, conectados em mais um embate.

Mas, desta vez, ele está sem camisa e estou perdendo a batalha que é resistir a olhar para ele com volúpia a cada segundo que passa.

Para me distrair, observo o rosto dele em busca de algo para criticar. Qualquer coisa. Nadica de nada. Até aquele momento, eu não tinha notado que suas pupilas são rodeadas por delicados anéis dourados.

A seriedade de sua expressão é quebrada com um leve levantar de sobrancelha.

Encaro isso como um sinal de fraqueza. É minha hora de atacar.

Olho para a esquerda para distraí-lo antes de ir na direção do armário. Quando enfio a mão lá dentro, ele me bloqueia com o ombro. Eu tento empurrá-lo para trás, mas o cara parece um tronco de árvore. Uma daquelas majestosas sequoias de três mil anos do Parque Nacional de Yosemite. Ele não se mexe nem um milímetro.

O Ladrão de Rack apenas me observa, a boca franzida de quem está achando graça no momento em que dou um passo para trás em um acesso de raiva.

– Você não vai mexer no meu armário – diz ele, como se fosse um fato, algo tão simples quanto um mais um são dois.

Ele estende o braço para o lado, a palma da mão contra o armário, impedindo qualquer futura investida. Mas eu não desisto tão fácil. Mesmo ciente da força dele, tento uma última vez.

Ele me intercepta no momento em que avanço, colocando as mãos em meus ombros. Então me vira de forma ligeira, mas gentil, contra os armários.

– Pode continuar quanto quiser. Eu posso passar o dia inteiro aqui.

A frieza do metal tocando minhas costas compensa o calor da minha pele. Tento sem sucesso ignorar a maneira como ele suavemente circula o polegar direito por cima do meu ombro. Seus olhos de pálpebras caídas mantêm meu corpo imóvel, apesar do fato de ele não estar me segurando com tanta força assim. Não está me mantendo ali contra a minha vontade. Provavelmente eu conseguiria me desvencilhar e sair a qualquer momento. Na verdade, eu talvez devesse fazer isso. Mas não vou, e não sei por quê.

Não me atrevo sequer a piscar. Piscar é para os fracos. Só quebramos o contato visual quando o olhar dele vai na direção dos meus lábios. Olho para os dele também. Não são nem muito finos nem muito grossos. Na verdade, são perfeitos. Minha mulher das cavernas interior quer desesperadamente senti-los nos meus. E é nesse instante que questiono minha sanidade. Se houvesse um equivalente feminino apropriado para "pensar com a cabeça de baixo", minha foto estaria bem ao lado. A Crystal de verdade, uma mulher racional e pragmática, jamais se sentiria atraída por esse babaca irritante.

De repente, ele roça os lábios nos meus, roubando meu ar. Sinto uma onda de calor percorrer meu corpo como um tsunami pronto para destruir tudo à sua frente. Todos os meus órgãos se contraem. Meus músculos também. Meus olhos se fecham. Meus dedos do pé se curvam.

Será que eu ainda estou viva? Ele realmente acabou de me beijar?

Estou congelada no tempo e no espaço. Não consigo me mover.

O beijo é leve como uma pluma; ele explora o terreno, como se não tivesse certeza se deveria continuar. O gosto de sua boca é familiar em alguma medida, fresco e mentolado, me envolvendo lentamente, mas com segurança. Ele solta os meus ombros, como se estivesse confiante de que não vou me afastar. A mão direita desliza pela minha nuca e afunda no meu cabelo.

Fico em pânico, porque meu cabelo está todo suado e emaranhado feito um ninho de rato. Mas quando sinto as pontas de seus dedos roçando a parte de trás da minha cabeça, para cima e para baixo, fico presa a esse instante. Quero saboreá-lo para sempre. Inclino o queixo para cima para aprofundar o beijo, e ele aceita com avidez. Há um leve tremor em sua mão quando a ponta do polegar alisa a minha bochecha. Ninguém jamais tocou meu rosto desse jeito, como se valorizasse cada curva, cada linha.

Só agora percebo que meus braços estão pendurados ao lado do corpo, feito macarrão mole. Percorro seu abdômen rígido com as mãos, até a parte de cima dos ombros, e sinto os músculos dele se contraírem. Estou praticamente na ponta dos pés quando cravo meus dedos em sua nuca, grudando meu corpo ao dele. Ele solta um breve suspiro de alívio na minha boca.

Nos beijamos em um ritmo lento. Dou um gemido, e ele se afasta por uma fração de segundo. Há uma mudança tempestuosa na cor das íris quando o olhar dele se intensifica, assumindo um verde-musgo brilhante, minha nova cor favorita. O ar muda ao nosso redor, como se estivéssemos no olho de um furacão.

Desespero, aflição, instintos à flor da pele. Eu o puxo para baixo, para mais perto de mim, até senti-lo duro tocando a minha barriga.

Nosso beijo se transforma em uma frenética sequência de puxões de cabelo, dentes batendo e mordidas nos lábios. Quanto mais longe a língua dele vai, mais profundamente eu adentro uma névoa, um sonho do qual não quero nunca mais acordar. Toda vez que seus lábios se atrevem a deixar os meus, eu o puxo de volta, mais forte, reduzindo a distância entre nós, querendo mais e mais.

Quem sou eu e como vim parar aqui, pegando um desconhecido no vestiário masculino da academia? Eu realmente deveria sair correndo. Mas a sensação daqueles lábios nos meus é como uma explosão de euforia. De tudo que quero e preciso. O gosto perfeito. A sensação perfeita. A pressão perfeita. Tudo perfeito.

Ele desliza a mão até a minha bunda, enganchando-a debaixo da minha coxa direita e colocando minha perna ao redor de sua cintura. Um gemido baixo escapa de sua boca, vibrando na minha enquanto meus quadris se enroscam nos dele, irradiando uma onda de choque inebriante até as partes esquecidas do meu corpo. Seus lábios percorrem com avidez o canto da minha boca, depois descem pelo meu pescoço enquanto ele me levanta do chão. O Ladrão de Rack me apoia contra o armário mais uma vez, minhas pernas enganchadas em sua cintura.

Nenhum homem nunca me levantou antes. Chamar isso de "excitante" é o maior eufemismo do século.

– Putamerda – sussurra ele em meu ouvido.

Meu corpo oscila contra o dele, uma mão ao redor de seu pescoço, a outra agarrando seu cabelo. Ele está olhando *para mim*, não através de mim. Em todos os casos que tive, acho que nunca mantive contato visual por mais de dois segundos antes de desviar o olhar. Na verdade, não me lembro de ter me conectado desse jeito nem com o Neil.

A expressão do Ladrão de Rack é uma mistura perfeita de prazer, adoração e sinceridade. Eu não sabia que ele era humanamente capaz de tal coisa. A sensação é deliciosa. Me deixo envolver por completo. Estou prestes a entrar em combustão espontânea quando a porta do vestiário se abre com um rangido.

Ele joga a cabeça para trás, na direção da porta. Seus músculos se contraem e travam por baixo de mim, me mantendo no lugar para poder dar uma respirada. Quero congelar esse instante para sempre. Ainda estamos nos encarando fixamente quando ele me coloca no chão, com mais gentileza do que eu esperava, e me lança um olhar de "Merda, pegaram a gente".

Um homem corpulento e calvo, mal coberto por uma toalha minúscula, se aproxima, assobiando. Com o rosto vermelho da sauna, ele para de repente quando me vê, o peito arfando, os lábios inchados, enjaulada contra um armário. Eu só vejo a reação atordoada do homem por uma fração de segundo, porque o Ladrão de Rack muda de posição, como se tentasse impedir que o sujeito me visse.

Eu pisco, o silêncio me trazendo de volta à realidade. Com as bochechas ardendo como as chamas do inferno, passo pelo Ladrão de Rack e saio do vestiário sem olhar para trás.

A caminho do vestiário feminino em busca de abrigo, quase derrubo uma das mulheres que vi antes. A da viseira.

– Com licença, querida. Esse celular é seu? – pergunta ela, segurando meu iPhone branco na mão estendida. – Eu peguei por engano perto dos colchonetes. Achei que era meu, mas deixei o meu no carro hoje. Força do hábito.

Em vez de estar em êxtase por reencontrar meu amado celular, tudo o que consigo pensar é: "Merda."

Eu estava totalmente equivocada.

O Ladrão de Rack é inocente.

– Ah, sim, obrigada por devolver – consigo dizer em meio à confusão mental.

Mal posso encarar os olhos da mulher sem corar.

Novamente em posse do meu celular, passo pelo menos meia hora dentro do vestiário, sentada no banco, em transe, os cotovelos apoiados nos joelhos. Não posso sair. O risco de cruzar com o Ladrão de Rack é grande demais. Ele deve achar que eu sou cem por cento doida, acusando-o de roubar meu celular e depois montando nele dentro do vestiário.

Apesar de me esforçar o máximo que pude, mesmo depois de tomar banho e me vestir, meu coração teimosamente se recusa a voltar à frequência ideal para um estado de repouso.

capítulo seis

ENTRO NA ACADEMIA com o boné cobrindo os olhos em uma tentativa vã de passar despercebida, ou de ficar o mais invisível possível em uma legging rosa-choque da Lululemon. Minha bolsa de ginástica engancha na catraca. Preciso puxar duas vezes para conseguir soltá-la.

Quando o cadeado da bolsa faz um barulho alto, ecoando um ruído metálico contra a catraca de aço inoxidável, Claire, a garota ruiva atrás do balcão da recepção, cobre a boca com a mão numa tentativa frustrada para não rir na minha cara.

Lá se foi minha tentativa de discrição.

Olho ao redor tentando disfarçar enquanto sigo para o vestiário, com a certeza de que inevitavelmente vou dar de cara com o olhar debochado do Ladrão de Rack bem ao lado de um dos aparelhos que planejo usar. Todo o pessoal de sempre está aqui. Os marombeiros veiudos. A fisiculturista dedicada fazendo poses diante do espelho, admirando sua impressionante forma física digna de competições e prêmios. Mas o Ladrão de Rack não está em lugar algum.

De cabeça baixa, me ocupo filmando as séries planejadas para o dia. Mas toda vez que um cara alto e musculoso entra na academia, sinto um vazio no peito e preciso olhar duas vezes para me certificar. Estou em estado de alerta, só esperando ele aparecer. Mas isso não acontece.

Verdade seja dita, estou aliviada. Como vou conseguir encará-lo outra vez depois de ontem? Foi sem dúvida o momento mais sexy da minha vida, e não tirei uma única peça de roupa. Na verdade, eu diria que foi melhor do que sexo. Estaria mentindo se dissesse que não pensei nisso. Sem parar.

Infelizmente, há noventa e nove por cento de chance de ele achar que eu inventei que meu celular tinha sido roubado como desculpa para atacá-lo no vestiário. Isso não só me faz parecer uma tarada maluca, como também torna impossível não pensar no que teria acontecido se aquele careca não tivesse entrado e nos interrompido. Teríamos ido mais longe? Talvez, já que estávamos nos pegando loucamente contra os armários, minhas pernas enroscadas ao redor da cintura dele feito um pretzel. E, pior de tudo, vira e mexe eu me pego desejando que tivéssemos seguido em frente, o que vai contra minha promessa de dar um tempo nos encontros casuais.

Embora não tenhamos transado, nenhum cara aleatório do Tinder jamais me fez sentir... *isso*. Nunca imaginei que seria logo meu inimigo número um, que inclusive se recusa a me dizer seu nome.

Com as coxas ardendo por conta do treino, saio da academia me martirizando por não conseguir parar de pensar nele. Preciso resistir ao desejo de pensar naquele homem, não importa quantos gominhos ele tenha na barriga, nem quão profundas sejam as entradas na cintura dele.

Estou a meio quarteirão de casa quando minha mente entra em uma espiral de possibilidades. E se ele estiver me evitando? Deve estar. Ou então ele ficou doente do nada, ou morreu em um acidente bizarro. A explicação mais lógica, no entanto, é que ele está tentando me evitar. Não é coincidência o fato de a rotina dele ter mudado depois de dias indo treinar exatamente no mesmo horário que eu. Claro, ele não quer esbarrar comigo.

Talvez não suporte lidar com o climão, tipo quando tenho vontade de desaparecer ao esbarrar com o Joe do Tinder, que, a propósito, continua agindo como se eu não existisse.

Tento tirar o Ladrão de Rack da cabeça enquanto verifico a caixa de correio no saguão do prédio e sigo em direção ao meu apartamento, carregando panfletos, contas e um pacote imenso de barras de proteína enviadas por um patrocinador.

No momento em que abro a porta do apartamento, sou surpreendida por uma vovó Flo de olhos brilhantes, com o permanente retocado e empunhando um batedor coberto de massa. Ela está usando o avental de Tara com a frase "HOJE TEM", coberto de farinha.

Antes que eu seja capaz de perguntar por que ela está na minha casa, o batedor já está dentro da minha boca, me fazendo engasgar.

– Dá pra sentir o gosto da manteiga? – pergunta ela.

Seus olhos castanhos luminosos perfuram os meus. Ela parece um policial interrogando um prisioneiro novo sob aquelas luzes fluorescentes indutoras de convulsão.

Quando engasgo violentamente, ela faz a gentileza de afastar o batedor.

– Uhum, dá pra sentir a manteiga, sim. Por quê? – respondo, tendo um vislumbre de Tara rindo no sofá em meio a uma pilha de livros.

Tara seguiu meu embalo no Instagram. Ela é bookstagrammer, ou seja, uma blogueira de livros, alguém que lê 483.398 livros por ano e publica resenhas. Com milhares de seguidores, ela recebe toneladas de livros antes do lançamento, os quais as editoras querem que ela divulgue e comente. Lembrá-la de mantê-los no quarto dela em vez de entupir minha sala de estar com eles se tornou meu segundo trabalho. Tara ganha algum dinheiro com isso, mas com certeza não o suficiente para transformar a atividade em um emprego em tempo integral, que é a única coisa que a salva da desaprovação de mamãe e papai. Ela tem um emprego "de verdade". É enfermeira na ala neonatal do hospital infantil.

Satisfeita com minha resposta, vovó volta para a cozinha, ainda falando:

– Na festa da igreja, a Janine perguntou pra Ethel se o meu biscoito amanteigado tinha sido *comprado em loja*. Que ousadia!

Janine Fitzgerald é a inimiga número um de vovó Flo na igreja. Pelo que contam, a rivalidade entre elas começou em um cobiçado banco de igreja e desembestou mesmo depois de um dia particularmente dramático durante os estudos da Bíblia. Ouço por alto o que vovó está resmungando, sobre como Janine gosta de manter as mãos erguidas durante os sermões de propósito, só para bloquear sua visão.

Eu me jogo no sofá ao lado de Tara.

– Há quanto tempo ela tá aqui? – pergunto baixinho.

– Faz umas duas horas, disse que tinha umas coisas pra resolver no centro. Ela nem se deu ao trabalho de bater, já saiu entrando. Eu estava pelada.

– Por que você estava pelada na minha casa? – sussurro com alguma irritação. – Não era pra você estar de plantão?

Tiro meus tênis de corrida e jogo a correspondência sobre a mesinha de centro. Ela balança a cabeça, ignorando solenemente minha primeira pergunta.

– Era, mas fui liberada mais cedo.

A expressão dela me diz que há algo mais, então permaneço em silêncio, esperando.

– Fui a triste vítima de uma diarreia explosiva verde-ervilha.

Cubro a boca, sufocando uma gargalhada enquanto abro meu notebook. Preciso começar a preparar um plano de treino para um cliente do Arkansas.

– Essa foi a melhor coisa que ouvi hoje.

– Foi muito forte. Você teria desmaiado – diz ela com uma expressão séria.

– Enfim, por que a vovó tá aqui? – pergunto.

Tara abre a boca, ansiosa para contar a fofoca, mas para quando vovó Flo sai da cozinha com um prato de biscoitos na mão. Ela os coloca diante de Tara, que, segundo ela, está "muito magra" e corre o risco de "sumir" a qualquer momento.

Depois de se acomodar na cadeira, vovó revira uma das minhas pequenas suculentas na mesinha ao lado do sofá. Aparentemente insatisfeita com o aspecto da planta, despeja de qualquer jeito o resto do chá de Tara em cima dela. Descanse em paz, suculenta. Vovó Flo nunca teve dedo verde.

– Como vocês sabem, eu cancelei a Páscoa esse ano – diz ela devagar, escolhendo as palavras com cuidado.

Vovó faz uma pausa, puxando um fio solto da costura da minha cadeira. Fecho parcialmente meu notebook para dar atenção total a ela.

– Você estava mesmo no cassino?

– Não. Eu estava… com *uma pessoa*.

– Com uma pessoa? – perguntamos Tara e eu ao mesmo tempo.

Ela estica a mão, revelando o que parece ser um rubi, ladeado por uma elegante faixa amarelo-ouro.

– Estou noiva – conta ela, e então respira fundo como se estivesse se preparando para nossa reação.

Enquanto Tara se levanta e solta gritinhos de alegria, praticamente esmagando vovó com um abraço, eu afundo no sofá, salvando meu notebook segundos antes que ele caia no chão. Minha mente se recusa a registrar o que ela acabou de dizer.

– *Noiva*? – questiono.

Como assim, gente?

O único homem com quem consigo imaginar vovó Flo é o vovô. Embora ele tenha morrido de câncer nos ossos há três anos, eu jamais imaginei que ela se envolveria com alguém de novo. Penso em como eles costumavam sentar lado a lado em suas poltronas reclináveis toda noite, assistindo a game shows. Ou como suas noites mais animadas consistiam em assistir à missa de terça-feira e depois voltar para casa às oito para devorar uma caixa de cereais enquanto fofocavam sobre o pessoal da igreja.

– Eu não sabia nem que você estava namorando – digo, as palavras soando estranhas. Então me viro para Tara e pergunto: – Você sabia?

– Não – responde ela. – Mas não é demais? A vovó tem uma vida amorosa mais ativa do que a nossa.

Tara olha para o dedo em que seu enorme diamante com lapidação princesa costumava ficar. Estou quase convencida de que uma das piores partes do fim do relacionamento dela foi abrir mão do anel.

– Com quem você vai se casar? – pergunto, voltando minha atenção para o assunto principal.

– Com Martin Ritchie – responde vovó, sorrindo como uma jovem apaixonada.

Tara a interrompe.

– Ah! Eu sei quem é! É o cara que mora na sua rua, né?

Vovó faz que sim, orgulhosa.

– Ele mesmo.

– Aquele cara? Sério? Aquele de bigode com quem você e o vovô costumavam jogar bocha?

Eu evoco em minha mente uma imagem borrada de seu bigode grosso de ator pornô dos anos 1980. Pelo que me lembro, ele sempre usava uma camisa polo listrada.

Vovó Flo começa a divagar sobre como Martin é um cara ativo. Algo sobre fazer passeios de barco e jogar tênis. Ela fica emocionada e seus olhos ganham um ar nostálgico enquanto detalha o final de semana que passaram em Cape Cod. Os frutos do mar. O enjoo no barco. O apoio inabalável que ele lhe dera. O pedido de casamento romântico ao pôr do sol. Eu mal assimilo o que ela diz. Não sei como processar a informação. Não é que eu esteja chateada por ela ter cancelado nosso tradicional e familiar almoço de Páscoa. Na verdade, o que me chateia é o fato de ela estar basicamente levando uma vida dupla.

– Uau. Quer dizer, eu estou um pouco chocada, mas feliz por você – digo com esforço e dou um meio sorriso. – Quando é o casamento?

Ela dá de ombros.

– Ainda não chegamos nesse ponto. Um casamento no verão seria bom, embora já esteja muito próximo. Seria difícil encontrar locais disponíveis...

Tara emite um daqueles suspiros ofegantes de quem se lembrou de alguma coisa, me assustando. Parece que ela acabou de encontrar a cura para uma doença gravíssima.

– Ah, meu Deus! Eu ainda tenho a reserva do local onde ia ser o meu casamento. O Sheraton. E a maioria dos serviços ainda estão contratados.

Vovó pisca várias vezes.

– Você não cancelou?

– Ainda não. Eles não vão devolver o dinheiro do sinal e eu achei que... talvez houvesse alguma chance de o Seth mudar de ideia.

Ela faz uma pausa, o queixo tremendo.

– Mas isso não vai acontecer, então você pode ficar com tudo se quiser. Assim todo esse dinheiro e o planejamento não vão ser desperdiçados.

O sulco entre as sobrancelhas finas de vovó Flo se aprofunda enquanto ela leva aquela proposta bizarra em consideração.

Seguro as bordas do notebook com força, analisando a expressão ilegível de Tara.

– E você vai ficar bem com isso? – pergunto.

Sendo bem honesta, não sei como me sentiria testemunhando outra pessoa entrando pelo tapete vermelho, no local do meu casamento, na minha data, com a decoração e a música que escolhi, sabendo que deveria ser eu.

– Eu já estou bem com isso – responde ela, parecendo sincera.

Pela maneira com que vejo minha irmã relaxar os ombros, acredito até que ela possa estar um pouco aliviada.

– Você sabe que o papai seria totalmente a favor. Seria uma atitude *responsável e financeiramente inteligente* – acrescenta ela, imitando a voz de meu pai.

Vovó Flo sorri, concordando.

– Sabe, acho que eu vou aceitar, sim. Preciso falar com o Marty primeiro, mas tenho certeza que ele vai adorar a ideia.

Enquanto ela e Tara se abraçam em um momento sentimental, tento imaginar o que a vovó vai vestir. Será que ela vai escolher um vestido de noiva tradicional? Um vestido de festa? Algum terninho elegante? A situação toda é bizarra e quase impossível de imaginar, já que a vida toda eu só a vi usar suas roupas de vó. Blusas com estampa de natureza na frente. Um casal de mergulhões. Uma folha de árvore. Uma raposa. Certamente nada de vestido de noiva.

– Ah, isso me lembra de uma coisa – diz vovó Flo, juntando as mãos. – Vocês têm planos para amanhã à noite?

– Acho que não.

Pouso a cabeça no encosto do sofá e olho para o teto, desejando em silêncio que a vida volte a uma época mais simples, quando vovó Flo não estava se apossando do casamento de Tara. Melhor ainda, quando eu não me atracava com meu inimigo sem nome na academia depois de jurar que não teria mais nenhum relacionamento casual. Eu preciso beber alguma coisa forte.

– Ótimo. Gostaria que vocês conhecessem a família do Martin. Fizemos uma reserva no Mamma Maria's.

Deixo escapar um suspiro prolongado diante da ideia de passar a noite socializando com desconhecidos. Tara encobre minha resposta pouco entusiasmada bajulando o anel, intercalando os elogios com uma conversa detalhada sobre o casamento. Meio sem jeito, faço que sim e comemoro a notícia para parecer pelo menos um pouco entusiasmada, embora ainda esteja em estado de choque. Vovó por fim embala o restante dos biscoitos (para Martin) e vai embora, mas não antes de expressar desaprovação por minhas leggings, apontando meu mega capô de Fusca.

– Crystal – diz Tara, jogando a almofada de lantejoulas em cima de mim no momento em que a porta se fecha. – Não se atreva a dar uma de *Entrando numa fria* com o Martin. Ele é um velhinho fofo.

Atiro a almofada de volta, que ricocheteia no joelho dela e cai no chão.

– O quê? Você acha que vou dar uma de Robert De Niro com ele? Eu não tenho um polígrafo nem nada.

– Ainda – rebate ela, e, depois de uma pausa: – Porque é exatamente esse tipo de coisa que você faz. Você entra no modo mamãe-leoa com todo mundo.

Jogo de leve os ombros para trás, as sobrancelhas franzidas.

– Não entro, não.

Ela lança um olhar de desaprovação na minha direção, como se aquele fosse um assunto que estivesse querendo trazer à tona.

– Você odiou todos os caras que eu namorei. Sabia que o Seth tinha medo de você? Você não dirigiu a palavra a ele pelos primeiros, sei lá, seis meses. E isso só aconteceu porque você pediu emprestado o fatiador de legumes dele.

Eu a encaro. Nunca devolvi o fatiador. Provavelmente porque o macarrão de abobrinha se tornou um alimento básico na minha alimentação, e também porque sabia que Seth seria um bosta. Mas talvez Tara tenha razão. A última coisa que quero é deixar a vovó Flo chateada por ter tido uma segunda chance de ser feliz.

– Prometo ser legal dessa vez.

capítulo sete

MARTIN NÃO TEM MAIS BIGODE. Passei a última meia hora olhando para a pele nua acima do lábio superior, bem como para a verruga considerável em seu pescoço. Estou resistindo à vontade de arrancar um pelo que desponta bem do meio dela.

Ele fala sem parar sobre os muitos membros de sua família à medida que vão entrando no salão privativo do restaurante. Martin não poupa detalhes dos bastidores, como o fato de sua sobrinha-neta ter tirado nota máxima em todas as disciplinas que cursou no último semestre da faculdade, a Duke, apesar de conviver com o amianto no teto de seu dormitório.

Eu sei que ele só está sendo simpático, tentando enturmar todo mundo. Mas tomar conhecimento da amplitude do último surto de herpes-zóster de sua filha mais velha não é exatamente a conversa ideal antes de um jantar italiano de quatro etapas.

– Crystal, você pode vir aqui um segundo? – interrompe mamãe.

Ela me puxa pelo cotovelo, oferecendo a Martin um sorriso completamente falso. Herdei sua incapacidade de controlar as expressões faciais, ainda mais em situações em que estamos insatisfeitas.

– Fala – digo em um sussurro, me inclinando na direção dela.

O olhar nervoso de mamãe flutua por todo o salão iluminado por velas, percebendo o quão constrangedora é aquela situação, nossas duas famílias, uma em cada lado da mesa.

O lado da família da minha mãe, os McCarthy, é uma galera mais formal. Somos um grupo pequeno, mamãe tem apenas um irmão e ele tem dois filhos. Não somos excessivamente barulhentos, como os Chen, o lado da família do meu pai.

Todos tentam permanecer calmos e serenos mesmo estando extremamente desconfortáveis com a visão de vovó Flo abraçando Martin com o corpo inteiro, em cima de um divã, fazendo mais poses para as fotos do que Tyra Banks. Martin ficou a noite inteira enchendo-a de carinhos, de um jeito bastante agoniante.

A família dele parece seguir o padrão branco, pés no chão, do Meio-Oeste, cem por cento estadunidense. Ele tem três filhos, além de netos já crescidos e vários irmãos, todos bastante entusiasmados falando sobre seus chalés e a próxima temporada de pesca. Eles também aproveitam a bebida liberada, dão tapinhas alegres nas costas uns dos outros e falam muitos decibéis acima do apropriado para o salão.

– Só queria te salvar daquele papo sobre herpes – diz mamãe, dando uma piscadela e afastando a franja dos olhos. Depois de uma única conversa, fica claro que Martin é dessas pessoas que compartilham informações demais. O oposto da natureza sempre rabugenta e reservada do vovô.

– Como você tá se sentindo em relação a isso tudo? – pergunto a ela, tentando ser acolhedora.

Dentre todos, talvez mamãe seja a pessoa com mais dificuldades em lidar com a notícia. Ela era muito próxima do pai. Tara achava que mamãe estava bem, mas não acredito nela depois da paranoia de que eu iria incorporar o Robert De Niro e estragar a noite. Mamãe passa o dedo na borda da taça de champanhe, forçando outro sorriso.

– Bem. Por que não estaria? Se a vovó está feliz, eu também estou.

Aparentemente Tara não estava exagerando.

Mas é um bom argumento. Vovó parece tão cheia de vida, com um elegante vestido de renda dourada e xale combinando. Seu cabelo grisalho curto está bem penteado em ondas à moda antiga. Ela ainda está enganchada no braço de Martin, gargalhando no estilo Julia Roberts, enquanto ele a encara como se ela fosse a luz de sua vida.

– Você tá linda hoje – elogia mamãe, observando meu vestido azul-marinho. – Faz tempo que não te vejo sem suas leggings de marca.

Por mais que ela negue, eu sei que esse comentário é também uma leve crítica à carreira que escolhi.

– Você sabe que eu vou usar leggings pro resto da vida, né? – digo, chegando à conclusão de que este não é o momento nem o lugar para entrar nesse assunto.

Além disso, as leggings da Lululemon são tudo. Segundo eles, eu sou responsável por fazer com que centenas de mulheres se rendam ao conforto glorioso e transformador que é a legging da linha Align.

– Não trouxe a Hillary hoje?

Mamãe solta um suspiro triste e eu me arrependo na mesma hora de ter abordado o tópico.

– O restaurante não ia autorizar sem a documentação provando que a Hillary é uma cadela de suporte emocional.

– Mãe, a Hillary não é uma cadela de suporte emocional – digo, olhando para ela. – Você tem que parar de ficar falando isso por aí.

Mamãe coloca a mão no peito, horrorizada por eu ter *chegado a esse ponto.*

– Ela é como um cão terapeuta pra mim.

– A gente já conversou sobre isso. É algo sério, sabia? Algumas pessoas precisam desses animais por motivos legítimos de saúde. Não só porque são obcecadas pelos cachorros e não conseguem deixar que eles fiquem sozinhos sem entrar em parafuso.

Mamãe aparentemente discorda, revirando os olhos. Ela bebe o resto do champanhe como se fosse água enquanto vovó Flo enfim anuncia que é hora de sentarmos para jantar.

Ela fez cartões com o nome de cada um, uma tradição dos jantares em família. Eles estão posicionados em meio a arranjos de ranúnculos em cores vibrantes, artisticamente preparados por Tara e mamãe hoje cedo.

Infelizmente, as famílias estão misturadas de propósito, um de nós entre dois ou três deles, para ajudar na interação. O pior pesadelo de um introvertido.

Eu tenho o privilégio de me sentar entre o próprio Martin e um cartão que diz *Scott* em uma caligrafia fluida. De todos os membros da família Ritchie a quem fui apresentada esta noite, não me lembro de ter conhecido ninguém chamado Scott. Quando os garçons começam a servir a salada, noto que todos os lugares à mesa estão ocupados, exceto o de Scott. Martin se inclina na minha direção, mastigando sua salada Caesar. Um pedaço de crouton voa de sua boca, pousando perigosamente perto do meu pulso, e eu imediatamente coloco a mão no colo sob a proteção da toalha de mesa.

– Esse sentado ao seu lado é meu neto, Scott.

Martin me dá um sorriso radiante, como se eu tivesse tirado a sorte grande no que diz respeito à disposição dos assentos. Que alegria.

Por um segundo me distraio com a cena do meu pai todo animado cumprimentando o filho de Martin com um *high-five* do outro lado da mesa. Papai é uma dessas pessoas capazes de entrar em uma sala cheia de desconhecidos e sair quinze minutos depois com novos melhores amigos para a vida toda. Ele é um extrovertido por excelência, o primeiro a chegar em qualquer social e sempre o último a ir embora.

– Parece que o Scott está um pouco atrasado – digo, olhando para a cadeira vazia ao meu lado.

Uma mulher de olhos verdes com um corte de cabelo estiloso, que Martin apresentou como Patricia, sua nora, se volta para mim, na diagonal, do outro lado da mesa.

– Ele disse que vinha direto do trabalho – comenta ela, olhando o relógio.

Pela forma como está aborrecida e enrugando o nariz, presumo que seja a mãe dele.

– Meu neto é bombeiro – informa Martin com orgulho. – Seguiu os passos da família.

Analiso Martin, tentando imaginá-lo como bombeiro, quarenta anos atrás, mas não consigo.

– O senhor deve sentir orgulho dele.

– Ah, Tara, por falar no Scott – diz vovó Flo, sentada de frente para Martin. – Espera só ele aparecer. O rapaz é um gato.

Tanto Tara quanto eu nos mexemos desconfortavelmente em nossas cadeiras. Desde o noivado fracassado de Tara, vovó Flo está determinada a bancar a casamenteira.

Não é como se eu quisesse a minha avó me arrumando uns caras aleatórios. Mas, só para entender melhor, uma vez perguntei por que ela não tentou arrumar alguém *para mim*. Ela deu um tapinha no ar, dizendo que eu sou do tipo "independente". Em seguida, começou a elogiar o meu *rosto*, falando sobre como sou uma mistura perfeita dos meus pais, e como é raro eu ter herdado os olhos cor de âmbar de minha mãe. Elogiar minha "beleza facial" é o comportamento típico de quando as pessoas tentam trazer alguma compensação, presumindo erroneamente que estou precisando de alguma injeção de confiança no que diz respeito ao meu corpo.

Pelo bem de Tara, tento desviar o foco de sua solteirice.

– Se o Scott é tão bonito, por que ele é solteiro? – pergunto, dando um sorrisinho malicioso para garantir que todos saibam que estou brincando.

– Ele não é – diz Martin, voltando-se para Patricia. – Ele está namorando aquela patinadora artística profissional. Diana. Não é, Patricia?

Patricia faz que sim.

– Isso, estão juntos há uns seis meses. Mas ela agora está em turnê com o *Disney on Ice* – acrescenta Patricia, distraidamente olhando para o relógio mais uma vez. – Não quero que todo mundo fique esperando. Como sempre, ele ainda deve estar no trabalho.

Martin dá de ombros.

– Ossos do ofício – diz ele.

Meu incômodo com o tal Scott, o atrasadinho, só aumenta após a confirmação de que ele é a única razão pela qual ninguém, exceto Martin, tocou na salada. Já são sete e meia. Fiz um lanche leve na expectativa de uma refeição mais pesada no jantar, o mais tardar às sete. Fiquei me perguntando por que eles estavam enrolando para servir os drinques e as entradas.

Martin coloca a mão no encosto da cadeira da vovó antes de dar um beijo em sua têmpora.

– O Scott não vai se importar se a gente for começando. Vou fazer meu discurso, então.

Ele joga o guardanapo de pano na mesa à sua frente e se levanta com a taça cheia de vinho tinto. Todos voltam a atenção para ele.

– Antes de comermos, estaria em falta se não agradecesse à minha família e à família de Flo por terem vindo esta noite, e a Tara por nos proporcionar um casamento completo – acrescenta ele com uma piscadinha, destacando o infortúnio de Tara pela quinta vez esta noite.

Todos riem desconfortavelmente enquanto Tara, apreensiva, segura o garfo da salada.

– Não sei se todo mundo sabe, mas Flo e eu frequentamos a mesma escola no fundamental. Fomos colegas de classe até o oitavo ano. Ela era de longe a menina mais bonita da turma, com suas trancinhas – conta ele carinhosamente. – Quando eu tinha…

O discurso de Martin é interrompido de repente quando a porta do salão privativo se abre.

Os Ritchie explodem de entusiasmo, gritando:

– Scotty!

Meus olhos pousam na figura volumosa que ocupa quase toda a largura da porta. Os olhos verde-floresta. O rosto de Chris Evans.

Não é possível.

É o Ladrão de Rack. O Ladrão de Rack é o *Scott*.

Não sei se alguma vez desejei tanto sumir de um lugar quanto agora.

capítulo oito

O UNIVERSO ESTÁ OFICIALMENTE conspirando contra mim. Eu devo ter feito alguma merda muito grave em uma vida passada.

Scott, mais conhecido como o Ladrão de Rack, está quase irreconhecível sem as roupas de academia e o boné que sempre lança uma sombra sinistra sobre seu rosto. O cabelo ondulado está úmido e penteado para trás, como se ele tivesse acabado de sair do banho. Sob a luz quente das velas, o tom intenso dos olhos reluz como esmeraldas. Ele está vestindo um casaco esportivo por cima de uma camisa azul-clara de botão e uma calça bege, o caimento das peças no corpo é de uma precisão injusta.

Ao me ver ao lado do avô, ele meio que tropeça dando um passo para trás, se segurando no batente da porta. Obviamente, a situação é tão chocante para ele quanto é para mim. Na verdade, eu meio que torço para que ele dê meia-volta e saia correndo do restaurante.

Vê-lo aqui é uma surpresa, levando em consideração a última vez que estivemos na presença um do outro, cada centímetro quadrado de nossos corpos suados e colados.

Meu estômago revira quando Martin, já de pé, diz, com alegria:

– Scott! Meu garoto!

Minha mente dispara quando cai a ficha de que o cara com quem tive o melhor beijo da minha vida não é solteiro. Ele tem namorada. A sinceridade em seus olhos ao me encarar era uma grande mentira. Uma merda de farsa. Uma atuação digna do Oscar.

E pior, me sinto péssima por Diana, a namorada patinadora artística. Tenho bastante familiaridade com a traição, o desgosto, a raiva e a sensação de demérito que acompanham esses eventos. Olhando para trás, tenho motivos para suspeitar de que durante algumas semanas eu e Cammie, a ex de Neil, fomos enganadas, antes de ele voltar oficialmente para ela. A última coisa que eu gostaria de fazer é ser *essa* pessoa na vida de outra mulher. Não que o ônus deva recair sobre o terceiro envolvido. Mas não quero desempenhar nenhum papel nessa história.

Scott desvia seus olhos desonestos de mim, dando ao avô um sorriso caloroso e genuíno. Ele dá a volta na mesa para puxar Martin para um abraço amoroso.

– Me desculpa pelo atraso. Tive uma chamada de incêndio no finalzinho do turno.

– O que aconteceu? – pergunta o avô.

– Uns garotos começaram um incêndio na cozinha de casa. Os pais não estavam. Se o vizinho não tivesse ligado pra emergência, teria sido bem grave. Eles ficaram muito abalados. Eram muito novinhos. Eu e a minha equipe ficamos um tempo lá pra ter certeza de que estavam mesmo bem – diz ele, com falsa modéstia.

Deixo escapar uma bufada levemente audível. Meu cérebro não consegue conciliar a imagem daquele Ladrão de Rack sem moral socorrendo crianças trêmulas e indefesas. Ele só pode estar exagerando. Na verdade, eu apostaria que ele estava em casa só de cueca, fazendo nada. Talvez tenha perdido a hora organizando diligentemente seus vários sabores de whey protein, ou admirando sua própria imagem no espelho.

Martin dá um tapinha no ar, complacente.

– Deixa disso, meu garoto. Eu sempre soube que você me daria muito orgulho.

Scott assente, demonstrando a solidariedade de um falso herói e depois se vira, abraçando vovó Flo com os bíceps que acabei de descobrir que são usados para salvar a vida das pessoas em incêndios... e para me levantar e me encurralar contra armários em vestiários.

– Flo, você está deslumbrante – elogia ele, os cantos dos olhos enrugando levemente.

Não é irritante apenas o fato de Scott estar lançando um sorriso simpático e encantador para ela, é irritante também ele já ser tão íntimo da *minha* avó.

Sinto que estou numa zona cinzenta. Isso me lembra da época em que Kelsey, uma amiga do ensino médio, começou a namorar nosso professor de inglês quando fomos para a faculdade. Além de ser uma relação extremamente repugnante e inapropriada, ele aparecer nas festinhas em nosso dormitório era bizarro demais. Como dois mundos muito distantes que jamais deveriam colidir.

Nossos olhos se encontram outra vez. Seu pomo de adão desce e sobe quando ele percebe que o lugar livre, o lugar *dele*, é bem ao lado do meu.

Antes de se sentar, Martin nos apresenta.

– Scott, esta é uma das lindas netas de Flo, Crystal Chen.

Quando Scott estende a mão para mim, minha vontade é tirar aquela expressão presunçosa da cara dele com um tapa.

– Scott Ritchie. Prazer em conhecê-la, *Crystal* – diz ele.

Como se nunca tivéssemos nos visto antes. Como se 48 horas atrás as coisas entre nós não tivessem pegado fogo no vestiário da academia.

Ele não se dá ao trabalho de disfarçar o quanto está se divertindo com a situação. Se ele se sente minimamente culpado por trair a namorada patinadora comigo, não há nenhum sinal aparente. E isso me dá raiva.

Quero contar para todo mundo que ele é infiel, aqui e agora. Expor seus crimes. Mas penso melhor. A última coisa que gostaria de fazer é estragar o jantar da vovó, ainda mais depois de ter prometido a Tara que não faria isso. Então respiro fundo e seguro a língua.

– O prazer é meu – respondo em um tom afetado.

Dou uma olhada desconfiada enquanto ele se senta ao meu lado. Se eu já o achava cheiroso todo suado depois do treino, o perfume agora é ainda mais delicioso e isso é absolutamente frustrante. Uma fantasia envolvendo um banho *caliente*. Ele está cheirando a sabonete. Sem dúvida acabou de sair do chuveiro. Um odor viril. Um pouco picante. Bastante sedutor. Ao que parece, esse é o perfume de um traíra de coração gelado que não demonstra qualquer remorso.

Meu corpo me trai. Estar perto dele faz com que uma descarga elétrica percorra meu corpo. Eu me endireito na cadeira, virando para o lado oposto enquanto Patricia lança para ele um olhar severo e maternal, que, percebo, grita silenciosamente: "Como você se atreve a se atrasar para o jantar de noivado do seu avô?"

Eu me recuso a olhar para ele e Martin retoma seu discurso:

– Como eu dizia, eu amo a Flo desde o primeiro ano. Desde o dia em que ela roubou meu boné no recreio e se recusou a devolvê-lo. Ela provavelmente vai discordar, mas ficamos juntos durante a maior parte do ensino fundamental, até que ela terminou comigo para ficar com Ned Reeves – diz ele, e olha para ela com um sorriso nostálgico.

Vovó Flo, que está sentada, dá um tapinha no braço dele.

– Eu terminei com você porque você beijou a Peggy Penton.

Os dois riem e Martin continua:

– De todo modo, passamos alguns anos separados... muitos, na verdade – explica, e, nesse momento, a voz dele falha. – Vivemos a maior parte de nossas vidas como amigos queridos, mas sempre tive muito carinho por ela. Eu adorava o Roger também.

Sem pressa, ele olha para cada membro da minha família.

– Sendo assim, prometo cuidar dela tão bem quanto ele cuidou ao longo de cinquenta e sete anos.

Todos fazem "Aaah" e aplaudem com educação antes de fazermos um brinde à vovó Flo.

Estou em choque quando ergo minha taça de vinho, encostando-a roboticamente na de Scott. Martin é apaixonado pela vovó Flo desde o primeiro ano. Por mais adorável que a história seja (e digna de virar letra de música country), só consigo pensar no vovô. Penso em todas as vezes em que Martin estava na casa deles quando Tara e eu íamos visitar. Penso no quanto a vovó falava sobre ele. O fato de eu conhecê-lo tão bem como amigo dela me faz questionar se sempre houve algo a mais acontecendo. Martin também era casado, mas, pelo que me lembro, a esposa faleceu já faz pelo menos dez anos. É possível que a vovó estivesse traindo o vovô com o Martin? Será que ela amava o Martin esse tempo todo?

Sempre mantive o relacionamento dos meus avós em um pedestal. Vovô costumava levar flores para ela toda sexta-feira. Embora por fora fosse um cara rabugento, ele sempre preparava refeições especiais para ela, mesmo quando vovó passou por uma fase em que seguia uma dieta macrobiótica crua. Fico imaginando se era tudo fingimento. E agora tenho que lidar com a presença de Scott, o Infiel.

Tento avaliar como o restante da minha família reage ao discurso de Martin, mas ninguém mais parece incomodado. Mamãe está ocupada perguntando aos garçons como eles evitam a contaminação cruzada na cozinha. Tara está totalmente imersa em uma conversa com a vovó. Papai ainda está envolvido no que parece ser um *bromance* com o filho de Martin.

Não sei se é o vinho, mas estou irritada com o calor, espremida entre o novo amor da vida da vovó e o Infiel. Fico de pé de repente e derrubo o guardanapo do colo enquanto me arrasto para o corredor escuro ao lado dos banheiros. Sinto a parede fria contra meus dedos. Fecho os olhos com força, inspirando e soltando o ar profundamente, tentando aprisionar o monstro antissocial que vive dentro de mim. "É *só* durante o jantar", digo a mim mesma. "Depois você pode ir para casa, deitar na cama em posição fetal e evitar a realidade."

Quando inspiro mais uma vez, lá está o cheiro de sabonete. Nem preciso olhar para saber que é Scott.

Abro os olhos e, de fato, ele está bem na minha frente.

– Tá tudo bem? – pergunta ele com a voz rouca, analisando meu rosto. – Você tá um pouco pálida. Posso pegar um copo d'água se quiser.

Ele se balança para a frente e para trás nas pontas dos pés, as mãos nos bolsos.

– Tudo bem. Só precisava de um pouco de espaço – respondo, nervosa demais para pensar em uma resposta minimamente seca.

Ele inclina a cabeça para o lado, indicando que não acredita em mim, mas decide deixar para lá.

– Você não foi pra academia hoje. Nem ontem – digo, as palavras saindo antes que eu seja capaz de impedir.

O que parecia um olhar de preocupação desaparece, substituído por um sorriso satisfeito.

– Sentiu minha falta?

Ele é tão cheio de si que deve ter várias selfies emolduradas na mesa de cabeceira.

– Não, não senti – debocho.

– Com certeza sentiu. Só um pouquinho – diz ele e ri, desviando o olhar para o celular na minha mão. – Vejo que você finalmente encontrou seu telefone. Que não estava comigo, é claro – acrescenta.

Eu solto um pigarro e endireito minha postura, ignorando a segunda parte do comentário. Prefiro morrer a admitir que estava errada.

– Foi você que começou a ir pra academia no mesmo horário que eu.

– A academia do batalhão vai passar os próximos meses em reforma. A Excalibur fica bem no meio do caminho até a minha casa.

Ele faz uma pausa, inclinando-se para mais perto, e acrescenta:

– E como sei que você tá morrendo de vontade de saber, eu trabalhei no turno da manhã nos últimos dois dias. Por isso tenho ido à academia à noite.

Eu faço uma careta.

– Por favor, me poupe dos detalhes pavorosos da sua rotina. Não dou a mínima.

– Disse a pessoa que foi atrás de mim no vestiário.

– Eu estava atrás do meu celular.

Ele me lança um olhar provocador.

– E conseguiu um pouco mais do que planejava, né?

Afasto a lembrança dos momentos quentes em que fui pressionada entre o armário e aquele corpo rígido.

– E isso nunca mais vai se repetir. Foi um lapso, óbvio. Pra nós dois.

– Aham.

Seus olhos se demoram em mim, entretidos, como o babaca arrogante que ele é.

– Nunca mais – digo de novo, para garantir.

– Claro. Como quiser.

Olho para ele, incapaz de decifrar se está sendo sarcástico ou não. Escolho minhas palavras, me preparando para finalmente confrontá-lo sobre seu relacionamento, quando ele interrompe meus pensamentos.

– Então, sua avó e meu avô, hein? É estranho, né?

Fico surpresa com o tom que ele usa. Em vez do sarcasmo habitual, a voz soa normal. Como uma conversa casual entre amigos ou conhecidos. Pisco algumas vezes.

– É bem estranho – admito.

– Eu sinto muito pelo seu avô. Sei que ele faleceu há alguns anos.

A voz dele é calma e comedida. Pela maneira com que seus olhos buscam os meus, como se de alguma forma entendesse minha dor, sinto que está sendo sincero.

– Obrigada.

Respiro fundo com dificuldade, tentando impedir que as lágrimas venham. Não existe a menor chance de isso acontecer na frente do meu nêmesis fitness, também conhecido como o Infiel, mesmo que ele esteja sendo um ser humano parcialmente decente pela primeira vez. Inspiro de novo, me recompondo antes de voltar para o salão.

PELO VISTO, O ARRANJO dos lugares foi bem-sucedido em quebrar o gelo entre as duas famílias. De volta ao salão, todos interagem alegremente, menos eu. Estou o mais perto possível de deitar na cadeira do restaurante. Metade do meu corpo está no assento, relaxado e torto, as pernas esticadas para a frente.

Admito que não estou me comportando bem, mas foram emoções demais para uma noite só. Na verdade, os parentes sociáveis de Martin me deixaram exausta, por mais adorável que sejam. Só quero ir para casa, me enroscar debaixo do edredom e assistir a algum reality show viciante.

Não ajuda que meu estômago esteja revirando, e não só por causa de toda essa situação com vovó Flo, Martin e Scott, ou porque talvez tenha comido fettuccine demais. Estou há dez minutos encarando o celular, relendo uma mensagem que chegou do nada.

NEIL: Oi.

Com apenas uma palavra, sou tragada para uma montanha-russa descontrolada, dessas com vários loopings, e perco o fôlego, não no bom sentido.

Nunca mais tive notícias de Neil desde a última vez que ele me mandou uma mensagem para reclamar da Cammie e da "vida sexual de merda" deles, que eu não respondi. Só no último mês cheguei ao ponto de não passar mais o tempo todo ansiosa à espera de uma mensagem dele.

– No Tinder de novo? Falando com o Zayn? – pergunta uma voz grave por cima do meu ombro.

Scott retoma o assento depois de passar os últimos vinte minutos perto do bar, socializando e enchendo o lugar com sua risada contagiante. Quem diria que o Infiel era capaz de rir com um prazer tão puro e desimpedido?

Ele lê a mensagem por cima do meu ombro. Está tão perto que posso sentir a leve brisa de sua respiração arrepiando minha nuca.

Eu agarro o celular, pressionando-o contra o peito.

– Com licença. Não é da sua conta.

– Só estava aqui me perguntando por que você tá no celular durante a festa de noivado da sua avó.

– Não é como se eu estivesse sentada aqui deslizando pra esquerda e pra direita, ok? Estou respondendo mensagens de trabalho.

Para dizer a verdade, respondi um único e-mail. Estou mais é agonizando em meio à dúvida de se devo ou não responder a mensagem de Neil, enquanto pesquiso o modelador da Kim Kardashian e o da Spanx para saber qual dos dois é melhor.

– Me parece que você tá mandando mensagem pra esse tal de *Neil*.

Viro a cabeça para me certificar de que ninguém mais da minha família o ouviu dizer o nome de Neil. Claramente não, ou alguém já teria me cercado, encenando uma intervenção.

– Não, não estou.

Ele se inclina, achando graça, girando uma colher de chá ainda limpa sobre a mesa.

– E aí, você foi ver Netflix com o Zayn, e dar uma *relaxada*?

– Não.

– Por quê?

– Porque não conseguimos concordar sobre qual *The Office* é melhor, o americano ou o britânico – minto.

A verdade é que eu nunca respondi ao tal Zayn. E por que Scott se importaria com isso?

– Qual você acha que é melhor?

– O americano, é óbvio.

Ele se recosta um pouco, me dando um aceno de cabeça em desaprovação.

– Preciso dizer que estou com o Zayn nessa. É simplesmente impossível vencer o sarcasmo do humor britânico.

– E é por isso que a gente não se dá bem – disparo.

Ele me dá um sorriso preguiçoso.

– Acho que às vezes a gente se dá bem, sim.

Sinto uma descarga elétrica atravessar meu corpo outra vez, a ponto de as bochechas arderem, mas isso não é verdade. Porque o cara é um canalha. A única coisa lógica a fazer é me afastar e evitá-lo pelo resto da noite e pelo resto da minha vida.

Quando estou prestes a fugir, Tara se joga no assento vazio de Martin à minha esquerda.

– Acho que o garçom ruivo tá apaixonado por mim – murmura ela. – Não olha agora.

Dou uma espiada no garçom, que está olhando fixamente para ela enquanto serve chá para mamãe. O pobre coitado não parece ter mais de 17 anos.

– Você flertou com ele?

– Claro que não. Ele é um adolescente. Mas eu não o julgo por sonhar tão alto. Porque né, estou um escândalo nesse macaquinho – diz ela atrevidamente, apontando para seu traje de lantejoulas cor champanhe.

Eu dou uma risada fraca e ela muda de assunto.

– Eu já te contei do dia em que comi uma caixa inteira de donuts? – pergunta, esfregando o abdômen sarado.

– Não.

Ela começa a divagar sobre os acontecimentos que a levaram a comer meia dúzia de donuts. Algo sobre um jantar envolvendo lagosta, Seth e pegar o transporte público. Para ser sincera, estou ouvindo apenas parcialmente, porque Scott parece absorto em uma conversa alegre com vovó Flo à minha direita.

Estou borbulhando de raiva de ver que ele está ali de papo com a minha avózinha. É claro que ela acha o Infiel o máximo. Todo mundo acha. Mal sabem eles que isso não passa de uma fachada extraordinariamente esculpida.

Scott assente, as bochechas rosadas, enquanto vovó Flo cochicha algo em seu ouvido. Nossos olhos se encontram outra vez quando ele diz algo que não consigo entender.

As palavras que saem em seguida da boca de vovó Flo soam abafadas porque a voz de Tara está mais alta. Ela está em uma parte animada da história agora.

– E aí o cara teve a audácia de perguntar se eu estava indo pra uma festa e eu fiquei, não, meu filho, esses donuts são só para mim…

Enquanto isso, Scott e vovó Flo jogam a cabeça para trás de tanto rir, como se fossem melhores amigos. Nesse ritmo, logo, logo estarão usando pulseiras da amizade. Estou esperando um aperto de mão sincronizado, no estilo *Operação Cupido.*

Já chega. Não posso ficar aqui sentada testemunhando esse fingido desse Scott em ação nem por mais um segundo. Levanto-me de repente, com a bolsa na mão, cambaleando um pouco por causa das cólicas intestinais causadas pelo molho alfredo. Não me dou ao trabalho de falar com ninguém ao sair correndo do recinto. Dou uma olhada rápida por cima do ombro, lançando a Scott um olhar de repulsa antes de ir embora do restaurante como o diabo fugindo da cruz.

Não é do meu feitio ir embora de uma festa sem me despedir, mas, depois de tudo, preciso desesperadamente ficar sozinha, de preferência na horizontal.

A calçada está repleta de gente passeando com tranquilidade, aproveitando a brisa fresca da primavera. Enquanto peço um Uber, Tara desce os degraus de pedra, seus cachos balançando a cada passo.

– Tá tudo bem?

Dou um suspiro, olhando para a rua em busca de qualquer sinal do Honda Civic branco 2016 que está vindo me buscar.

– Tá, sim, só estou cansada. Meu lado introvertido está vindo à tona.

– Tem certeza de que não tem nada errado?

Eu prendo a atenção dela com uma expressão séria.

– Sabe Scott Ritchie, o neto? Ele é o Ladrão de Rack.

Tara cobre a boca com a mão.

– O quê? Tá falando sério?

– Tô.

– Esse é o cara com quem você se pegou no vestiário da academia?

Eu faço que sim levemente e Tara levanta a sobrancelha ao se dar conta.

– E ele tem namorada…

– Aham. Ele é um babaca nojento. Que surpresa!

Seu choque se transforma em uma cara amarrada.

– É por isso que não confio mais nos homens.

– Nem me fala – digo e faço uma pausa, assimilando a raiva. – Mas não comenta nada, ok? Não quero estragar o jantar e é por isso que estou indo embora.

Confiro meu Uber, que chega no horário previsto.

– Nossa, que vontade de ir lá falar umas verdades na cara dele – dispara Tara, dando meia-volta enquanto eu abro a porta do carro.

– Não! – grito.

Revelar a infidelidade de Scott em uma festa de noivado parece mesquinho e infantil. Também me faz parecer "a outra", desprezada e ciumenta, o que eu não sou.

Mas é tarde demais. Tara já está lá dentro.

capítulo nove

"NUNCA MAIS VOU comer laticínios", prometo a mim mesma. Infelizmente, eu estava destinada à intolerância à lactose. Toda a minha família por parte de pai sofre com isso.

Depois de abrir meu sutiã ainda por baixo do vestido, lanço a peça de qualquer jeito na sala e me esparramo no sofá em coma alimentar. Estou prestes a ligar a TV no Bravo quando a tela do meu celular acende na mesinha de centro. Minha garganta se fecha. Torço para que não seja Neil. E não é. É um direct no Instagram. De Ritchie_Scott7.

Ai, não acredito.

Pego meu telefone e abro a mensagem.

RITCHIE_SCOTT7

Ei, Crystal. Sua irmã me disse que vc estava chateada.

Passo alguns segundos olhando para a mensagem antes de sacudir violentamente meu celular. Ele é mesmo igual aos outros caras. Na verdade, ele é o infiel clássico, desses que sai invadindo a caixa de mensagens das mulheres.

E como responder a essa mensagem? Decido remediar a situação evitando-a ao máximo. Não vou dar mais nenhum espaço para esse comportamento dele.

Jogando meu celular de lado, pego o controle remoto e ligo numa reprise do meu amado *Real Housewives of Orange County.* No meio de uma briga escandalosa entre Tamra e Vicki, meu celular acende novamente.

RITCHIE_SCOTT7

Eu vi que vc leu a minha mensagem. Não pretende responder? Aceito até um emoji como resposta.

Por pouco não solto uma bufada. Consigo imaginar aquele rostinho que eu adoraria socar e ouvir sua voz grave enquanto leio o direct. Passo o restante do episódio rolando as fotos dele no Instagram e não me orgulho disso. Não são muitas, mas analiso cada uma como uma perita forense.

Na foto de perfil, ele está usando óculos de sol aviador com um céu azul e ensolarado ao fundo. Ele segura no colo um imenso cachorro da raça goldendoodle. O cachorro está literalmente sorrindo. Mostrando os dentes. Aparentemente, eu estava errada no meu discurso no Instagram. Ele gosta de cachorros. Na verdade, ele parece ser obcecado pelo cachorro, porque a bio dele diz: "Pai de pet de Alvo Doodledore."

Mesmo sabendo que não deveria, continuo rolando as fotos, cheia de ódio no coração. Nem sinal de Diana, a namorada patinadora de que Martin e Patricia estavam falando. Em vez disso, há uma infinidade de fotos de natureza, outras em que aparece apenas Alvo Doodledore em alguma trilha, e mais algumas de caminhões e outros caras vestidos com equipamentos de bombeiro.

Nenhuma selfie sem camisa na academia. Na verdade, só tem uma foto sem camisa, dele com outro amigo em um píer na beira de um lago. Amplio a imagem com precisão cirúrgica, para garantir que não vou curtir a foto sem querer. O tanquinho é inconfundível. E a foto é de 2016. Caramba. Há *anos* ele é bonito desse jeito. É quase injusto.

Não há provas de seu lado mulherengo, mesmo depois de checar as fotos em que ele foi marcado. Nada de fotos em boates com modelos peitudas ou mulheres de biquíni em iates. É claro que todos os amigos têm corpão e são atraentes, mas não vou começar a julgar as pessoas por terem amigos bonitos, então abandono a tarefa e deixo o celular de lado.

Poucos minutos depois, o aparelho acende novamente. Mas, desta vez, é uma mensagem de Tara.

TARA: Ei, espero que esteja melhor. Só queria que você soubesse que vou ficar até mais tarde pra ajudar a mamãe a tirar todas as flores do restaurante etc. Obs: o garçom ainda tá por aqui e a hostess me garantiu que ele tá criando coragem pra me convidar pra sair. Vou ter que decepcioná-lo. Me deseje sorte.

CRYSTAL: Boa sorte! Chateada de não estar aí pra ajudar. Fala pra vovó que eu sinto muito por ter ido embora.

TARA: Não se preocupa! Não tem muita coisa pra fazer. E acho que você deveria falar com o Scott. Só pra você saber, ele quer te pedir desculpas.

Reviro os olhos. Pedir desculpas por ter sido desmascarado? Por acaso ele vai implorar para eu não contar a ninguém? Não, obrigada.

CRYSTAL: Tara, eu não quero as desculpas dele. Não tô nem aí.

Jogo meu celular de volta na mesa. O simples fato de ele querer agir corretamente e "pedir desculpas" me irrita ainda mais.

Percorro minhas mensagens de texto, revisitando a mensagem aleatória de Neil.

Ainda não respondi.

Crystal, você não pode ceder, digo a mim mesma várias vezes, os olhos fixos no teto.

Para me distrair da tentação de responder a qualquer um dos dois, apesar da curiosidade que só aumenta, troco de roupa e vou para a academia – o único lugar onde consigo encontrar alguma paz. Minhas cólicas diminuíram com a raiva, e estou louca para pegar peso.

NÃO HÁ VIVALMA na Excalibur Fitness Center, exceto eu. Porque é meia-noite e a maioria das pessoas em sã consciência não puxa ferro a uma hora dessas.

O som sequer está ligado, o que aumenta a tranquilidade. O ambiente me faz lembrar de quando eu era adolescente e trabalhava na Pottery Barn do shopping: chegava nas primeiras horas da manhã para abrir a loja e a fechava tarde da noite. A quietude de um lugar que normalmente vive cheio de gente é desanimadora para alguns, mas é o que há de melhor em termos de serenidade para mim.

Antes do treino, tiro uma foto dos meus tênis de corrida e halteres e posto nos stories do Instagram com a legenda: "Treino da madrugada. Gastando um pouco de energia!"

Recuperando o fôlego, massageio a leve bolha que se forma nas palmas das minhas mãos calejadas depois de duas séries. Fecho os olhos, me concentrando no ar que entra e sai dos meus pulmões, quando a porta da academia se abre.

Scott passa pela catraca.

Ele ainda está com o casaco esportivo que vestia no jantar muito bem ajustado ao corpo, e eu estou com um macacão fluorescente horroroso que destaca meus piores atributos. Preciso desesperadamente lavar roupa.

Pelo rubor de suas bochechas e a velocidade com que seu peito sobe e desce, aposto que tinha acabado de fugir do restaurante.

– Será que a gente pode conversar um minuto?

Coloco a barra no chão com um grunhido.

– Acho que a pergunta é: como você sabia que eu estaria aqui?

Minha expressão ameaçadora, provavelmente com uma irritação sincera, o faz parar. Ele dá um pequeno passo para trás, mantendo uma distância de alguns metros entre nós.

– O story que você postou.

– Quer dizer que agora você está me stalkeando no Instagram?

Com certeza papai surtaria se descobrisse que seus medos se tornaram realidade, que de fato um stalker veio atrás de mim.

– Bem, parece bem bizarro falando desse jeito.

– Por que você veio aqui?

Ele solta um longo suspiro, dando um passo em minha direção.

– Me desculpa mesmo…

– Scott, me poupe. Não tenho interesse nenhum em ser o seu lanchinho secreto quando a sua namorada não tá por perto.

– Crystal – diz ele, a expressão de total desconforto. – Isso é um mal-entendido.

– Ah, é? Você é comprometido, mas sem querer sua língua foi parar dentro da minha boca?

Meu sangue ferve. Estou em chamas, pronta para assá-lo até a morte.

Ele joga a cabeça para trás, levando as mãos às têmporas.

– Eu não tenho namorada. Nunca teria te beijado se tivesse.

– Então por que o seu avô e a sua mãe acham o contrário? Diana, a patinadora artística? Não precisa mentir. Não vou desmascarar você. Tenho mais o que fazer.

Ele dá um passo à frente, chegando um pouco mais perto de mim.

– Eu *tinha* uma namorada. A gente terminou faz duas semanas. Pouco antes de eu te conhecer, na verdade. Eu não tinha contado à minha família até hoje à noite.

Foi bom não estar segurando a barra, porque com certeza a teria deixado cair em cima dos meus pés. A história soa muito conveniente. Balanço a cabeça.

– Scott, você não precisa inventar toda essa mentira. Boa noite – digo, e me viro para começar minha próxima série de dez repetições.

– Não estou mentindo.

Ele dá a volta no rack e para ao meu lado, onde fica esperando em silêncio.

– Crystal – chama ele com firmeza quando chego à última repetição.

– Vai embora.

Coloco a barra de volta no rack com um baque, ainda incapaz de entender por que ele simplesmente não desapareceu assim que eu lhe dei essa chance.

– É isso mesmo que você quer?

Nossos olhares se encontram por longos segundos, e eu tento descobrir se ele está sendo sincero ou não. Quero acreditar nele. Quero valorizar o nosso beijo. Quero dizer: "Não. Fica." Mas me detenho.

Não faz a menor diferença o fato de ele estar sendo sincero ou não. Scott acabou de terminar com a namorada. Preciso do dobro desse tempo para superar o fim de uma temporada de *Game of Thrones*, imagina um ser humano com quem tive algum envolvimento romântico. E não ajuda nada que Diana seja de fato uma princesa patinadora da Disney. A julgar por uma rápida busca nas redes sociais, ela se sai muito bem como a Bela, de *A Bela e a Fera*. Além de seu corpo minúsculo de patinadora artística, ela tem os mesmos olhos de boneca de Bela, pele de porcelana e rosto perfeitamente simétrico em formato de coração. Que cara não voltaria correndo para uma garota assim se tivesse a chance?

Eu não quero ser um tapa-buraco, um alívio momentâneo para um cara que nem se deu conta ainda do quão magoado está. Acabei de sair da Zona de Relacionamentos Rebote por causa do Neil e não pretendo voltar.

– Aham, vai embora – respondo, cerrando os olhos em uma triste tentativa de apagar a existência dele.

Scott suspira, erguendo as mãos em rendição.

– Tá bem. Beleza. Mas eu não tô mentindo. Não tenho namorada. Nunca faria algo assim.

Minha expressão permanece inalterada. Depois de alguns segundos de silêncio pesado, ele abaixa a cabeça e sai, derrotado.

10h47 – POST NO INSTAGRAM: "CAMPANHA SIZE POSITIVE – CONHECENDO SEU VALOR", POR **CURVYFITNESSCRYSTAL**

Muito bem, apertem os cintos. Este post é sobre um assunto muito sério.

Você por acaso diria a uma amiga "Você é nojenta", "Você é feia", "Você não é inteligente o suficiente", "Você não é boa o suficiente para ele"? Acho que NÃO. A menos que você seja uma amiga de merda, ou uma sociopata. Se você jamais diria essas coisas para uma amiga, então por que diz para você mesma?

Autoestima não tem a ver só com o peso ou o nível de condicionamento físico. Tem a ver também com saúde mental, espiritual e afetiva. Se tem uma coisa que aprendi ao longo da minha jornada fitness, é que coisas negativas atraem mais coisas negativas. Elimine da sua vida tudo que é tóxico. E sim, isso inclui pessoas. Se você é tóxica com você mesma, vai atrair pessoas tóxicas pra sua vida. Não permita que te coloquem em posições que te façam se sentir inferior. Assuma o controle e não tenha medo de colocar as pessoas no lugar delas quando necessário.

Então faz um favorzinho pra mim? Faça uma lista com tudo que gosta em você. Seu cabelo maravilhoso. Suas pernas incríveis. Seu senso de humor. Qualquer coisa. Depois, dá uma olhada nessa lista e decora tudo, como se fosse apresentar um trabalho. É pra ler todos os dias.

Se tiver um daqueles dias em que gosta do que vê no espelho, ou depois de ter feito um treino incrível, ou se estiver feliz com a maneira como lidou com alguma situação, anota tudo e guarda pra quando você tiver algum pensamento negativo. A gente tende a se lembrar mais das coisas ruins do que das boas.

Com amor, Crystal

Comentário de **Train.wreckk.girl**: Eu precisava ouvir isso hoje. Obrigada. ♡

Comentário de **Melanie_inthecity**: Sim!!! Não dê às pessoas o poder de apagar seu brilho. ♡

– O QUE ACONTECEU QUANDO você voltou para o restaurante? – pergunto a Tara, finalmente saindo do meu quarto depois de dormir até tarde, o que não era nada comum.

Ela está deitada de ponta-cabeça no sofá, lendo o último livro recebido e que, pela capa, parece ser um romance histórico. Ela me faz esperar alguns segundos antes de erguer o rosto por cima das páginas e arregalar os olhos ao avistar o estado do meu cabelo. Estou parecendo uma boneca assassina que precisa de um bom exorcismo, e não quero falar sobre isso.

– A mamãe, o papai e a vovó estavam preocupados, tentando entender o que tinha acontecido. Eu falei pra eles que você estava chateada porque o Scott era um babaca – explica ela.

– Tá…

Gesticulo para ela continuar, enquanto me empoleiro na beirada do sofá.

– Acho que o Scott ouviu, porque depois ele veio todo constrangido falar comigo. Eu estava contando pra ele sobre a minha experiência desastrosa na Biblioteca Pública de Nova York e de repente os olhos dele ficaram vidrados por mais de um minuto… você sabe que essa história é muito boa – acrescenta ela defensivamente. – Primeiro pensei que ele era só meio esquisito, olhando pra todos os lados, com uma cara triste. Mas, na real, ele estava preocupado com você. Ele queria saber por que você tinha ido embora. Como achei que era você que deveria explicar isso pra ele, disse só "Pergunta pra ela" e deixei por isso mesmo. Aí o Nathan, o garçom, discretamente deixou o número dele em um guardanapo no meu prato. Eu peguei. Acho que se eu ainda estiver solteira daqui a dez anos, vou mandar uma mensagem pra ele.

– Você não vai estar solteira daqui a dez anos – digo.

Me jogo de costas no sofá, dando uma olhada nas notificações do meu post mais recente, promovendo a Size Positive.

– O Scott apareceu lá na academia, aliás.

Tara arregala os olhos de novo.

– Jura?

– Ele disse que não tem namorada – conto com uma bufada. – Disse que terminaram. Convenientemente duas semanas antes de a gente se conhecer, no dia em que ele roubou meu rack.

– Por que ele diria isso se não fosse verdade? – pergunta ela, e me encara, piscando.

– Porque é exatamente isso que esses caras fazem. Contam uma mentira atrás da outra. A única coisa com a qual eles se importam, além de comer alguém, é com a própria imagem.

– Mas e se ele estiver falando a verdade? E se ele estiver mesmo a fim de você?

– Não importa, Tara. Ele tem sido um babaca comigo na academia. Mesmo quando me beijou, não foi um beijo romântico. Foi um beijo tipo "quero te comer em pé aqui mesmo".

A segunda parte do que eu disse não é verdade, mas me recuso a ficar remoendo o jeito carinhoso que ele me olhou. Do quão gentil foi ao me tocar.

Ela me dá um olhar de escárnio enquanto coloca o livro virado para baixo em cima da mesinha de centro.

– Não sei, não. Ele foi atrás de você na academia. Achei bem relevante. E ele não é o Neil, você sabe disso, né?

– Talvez ele esteja só tentando ficar com a consciência tranquila – continuo, ignorando-a. – Talvez se sinta culpado por trair a namorada. É provável que só esteja tentando se safar. Duvido que ele queira que a família fique sabendo que no fundo ele é um galinha. Ainda mais agora que as nossas famílias se conhecem. Ele deve estar no modo contenção de danos.

– Ele não faria isso se estivesse apenas tentando *ficar com a consciência tranquila.* Eu diria que quem trai não tem consciência.

Balanço a cabeça, duvidando.

– As pessoas vão fazer tudo que puderem pra manter as aparências, Tara. Ninguém gosta de passar vergonha. E mesmo que ele não esteja mentindo, não vou me envolver em nenhum drama pós-término, ainda por cima com um cara que agora vai fazer parte da família.

Além da promessa de não ter mais nenhum relacionamento casual, faço um novo voto para mim mesma: jamais vou ser o rebote de ninguém. Nunca mais.

capítulo dez

– ELE TÁ OLHANDO pra você com cara de cachorrinho abandonado – sussurra Mel enquanto nos dirigimos para o remo.

Passei a primeira metade do nosso treino atualizando Mel sobre os eventos da noite anterior. Acho que, assim como Tara, ela também é uma traidora. Mel está a bordo do trem Scott Ritchie com uma passagem não reembolsável. Na verdade, o entusiasmo dela por ele aumentou dez pontos quando Scott educadamente veio devolver a garrafinha d'água que ela esqueceu ao lado da barra. Tentei explicar que ele não merece biscoito só por existir, mas ela não me deu atenção.

Em momento algum de todo o nosso treino ele roubou qualquer um dos aparelhos. Na verdade, em uma hora em que aparentemente estávamos indo para a mesma estação, ele parou e virou para a esquerda. Sequer deu aquele habitual sorriso do outro lado do salão, aquele que me desarma.

– Você disse que ele é bombeiro, é isso? – pergunta ela entre uma remada e outra.

– Disse, sim.

Tento suprimir as imagens invasoras de Scott se esquivando heroicamente de uma chama perigosa e ardente para salvar filhotes indefesos de goldendoodle, tudo isso sem camisa, é claro.

Nada sutil, Mel dá um confere nele, que está do outro lado da Excalibur Fitness.

– Você não acha que ele parece aquele cara do filme do Nicholas Sparks? O que casou com a Miley Cyrus.

– Eles se divorciaram – digo, sentindo de repente como se precisasse defender o Liam Hemsworth por absolutamente nenhum motivo lógico. –

E pode ir guardando o teste de gravidez. Não estou pegando o Scott. Mas se você acha ele tão atraente assim, talvez você devesse pegar, embora eu não aconselhe.

Ela bufa.

– Eu tenho namorado. Peter, lembra? Ele parece o Henry Golding. É bonito o suficiente pra mim.

Tento não babar só de pensar nisso.

– Henry Golding, hashtag-gato-demais-pra-esse-planeta.

Damos risada, e finjo não admirar a resistência de Scott ao longe enquanto ele faz uma sequência dolorosa com a barra.

Quando vejo Mel acompanhando a direção do meu olhar, desvio e bato palmas em direção ao remo.

– Você tá indo bem. Mais algumas centenas de metros e pronto.

– Acho que você deveria dar uma chance pra ele. Seja rebote ou não. Usa o corpo dele pelo menos – sugere ela, ignorando o que eu tinha acabado de dizer.

Sinto um arrepio na nuca só com a ideia de transar com Scott. Se a pegação no vestiário for um indício do quão incrível isso seria, eu provavelmente estaria perdida pelo resto da vida.

– Não curto esse lance de ser "a outra", muito obrigada.

Quando Mel conclui os últimos metros, encontro acidentalmente o olhar de Scott enquanto ele faz uma pausa. Ele sorri e minhas bochechas coram no mesmo instante. Desta vez, não é aquele sorriso arrogante. É gentil, parece sincero. Como se gritasse "me desculpe".

Que confusão. Como assim a ciência ainda não desvendou a viagem no tempo? Queria desesperadamente poder me lançar de volta ao passado e evitar aquela pegação frenética. Odeio esse climão. Na verdade, eu trocaria tudo pela picuinha de antes.

Fazendo um esforço para ignorar por completo a existência dele, mantenho meus olhos fixos adiante enquanto sigo com Mel até a saída. Antes de passar pela catraca, ouço passos apressados atrás de nós.

É Scott, cuja aparência em nada demonstra que acabou de concluir um WOD intenso de CrossFit.

– Crystal? Será que posso falar com você rapidinho antes de você ir?

Mel me lança um olhar malicioso e dá um tchauzinho apressado.

– Tchau, gata – diz ela por cima do ombro, me abandonando na entrada ensolarada com Scott.

Faço uma nota mental para montar um treino megadifícil para ela na próxima vez, uma vingança pela insensibilidade por me abandonar em um momento de necessidade. Eu me viro para ele, cruzando os braços sobre o peito, a bolsa de ginástica pendurada no ombro.

Scott olha para o chão antes de voltar seus olhos lindos para os meus. A luz do sol ilumina os pontinhos dourados em meio ao verde denso.

– O que mais preciso fazer pra você aceitar as minhas desculpas?

– Eu aceito as suas desculpas. Tá feliz? – digo roboticamente.

Só quero que ele me deixe em paz. Tenho coisas mais importantes a fazer hoje do que ficar aqui discutindo com Scott.

Ele pisca para mim.

– Jura? Porque você tá me olhando como se quisesse cortar minhas bolas com uma faca.

– Talvez você mereça uma punição severa – disparo, e deixo as palavras ecoarem pelos segundos que ele leva para assimilar, temendo pela própria vida. – E não é porque aceitei as suas desculpas que a sua namorada deveria fazer o mesmo.

Ele suspira, desviando o olhar para o teto, como se estivesse pedindo ajuda aos deuses.

– Não sei o que fazer pra provar que não tenho namorada.

Eu dou de ombros, sem dizer nada enquanto outro aluno da academia passa por nós com impaciência, lançando um olhar estranho como se estivéssemos atrapalhando seu dia apenas por estarmos ali. Damos um passo para o lado, desbloqueando a passagem.

Scott passa a mão na nuca.

– Olha, por que você não pergunta pra Flo? Eu contei ao meu avô ontem à noite que tinha terminado. Jamais mentiria pra ele.

Lanço um olhar entediado antes de me virar em direção à saída.

– Quem sabe.

VOVÓ FLO SEMPRE FOI ACUMULADORA. Não em um grau tão extremo quanto as pessoas daquele programa *Acumuladores*, com lixo podre e gatos mortos em meio a pilhas de jornais de 1978, mas, ainda assim, vale uma intervenção.

Há pelo menos cinquenta edições da revista *Oprah* debaixo de sua mesinha de cabeceira, junto com intermináveis cestas entupidas de novelos de lã de todas as cores possíveis e texturas que dão coceira só de olhar. Na cornija da lareira, também tem uma coleção gigantesca daquelas bonequinhas de porcelana assustadoras que são vendidas em catálogos. Encaro uma de aparência particularmente demoníaca, disfarçada de bailarina delicada, enquanto espero que vovó me traga o chá. A boneca está ao lado de um porta-retratos empoeirado, com uma foto de mamãe e tio Bill ainda jovens, com cortes de cabelo horrendos e tudo mais.

Há um porta-retratos menor à esquerda que abriga duas fotografias dessas de levar na carteira, uma minha, outra de Tara, lado a lado, ambas com uniforme escolar. Tara está com 12 anos e é a cara do papai, só que com um delicioso sorriso cheio de dentes e uma pesada franja lateral. Já eu estou no auge da fase mais desajeitada, aos 10, meio que piscando, usando blusas de três camadas de cores sortidas da Hollister. Sempre que pergunto por que, em nome de Deus, ela exporia logo essa foto minha, sua resposta é algo do tipo "Ela captura sua essência", e só me resta questionar toda a minha existência.

– Cuidado, está muito quente, querida – diz ela, colocando a caneca sobre o porta-copos na mesa de centro, cheia de cupons da Joann Fabrics.

– Obrigada, vó.

O sofá floral range quando me inclino para pegar a caneca fumegante.

– Então, como estão os preparativos do casório?

Ela se acomoda em sua poltrona reclinável, chinelos de crochê apontados para o teto.

– A maioria dos detalhes mais importantes já foram definidos. A Tara é extremamente organizada. Tem só uns detalhezinhos, como os arranjos de flores, que ainda preciso definir.

Desconfortável com o assunto, apenas faço que sim depois de soprar o chá escaldante. Além de esclarecer a conversa com Scott, estou desesperada para perguntar se ela e Martin estavam juntos antes da morte do vovô. Mas é impossível fazer isso de maneira sutil.

– Estou surpresa de você ter se decidido por fazer uma festa tão grande – digo em vez disso.

Ela dá de ombros, ajeitando a blusa.

– Eu e seu avô não tivemos festa de casamento. Ele não ligava para luxos nem glamour. Você sabe como ele era. Não gostava muito de ser o centro das atenções.

Verdade. Meu avô não gostava sequer de ser fotografado, muito menos ter um dia inteiro com tudo voltado para ele.

– Então, enfim, quando surgiu o assunto da festa de casamento, ele concluiu que seria melhor que nós investíssemos o dinheiro em uma casa. E foi isso que a gente fez.

– E você ficou feliz com isso?

– Eu meio que tive que ficar, né? O dinheiro era dele – responde ela com naturalidade.

Vovó gosta de me lembrar de como eram as coisas antigamente. Como se ainda devessem ser assim até hoje.

Ela era dona de casa e vovô, que trabalhava com finanças, era quem tomava conta do dinheiro. A vovó sequer tinha uma bolsa até ele falecer.

– E o Martin também quer uma festa grande?

– Ele também não teve festa no primeiro casamento. Martin e Sheila fugiram pra se casar em Las Vegas, imagine só. Acho que nós dois queríamos uma festa. E isso também vai ajudar a Tara, assim ela não perde os depósitos – explica vovó, mas sua voz falha enquanto ela mexe na bainha da blusa. – Você acha que é loucura? Eu me casar aos 77 anos?

Olhando por esse ângulo, é difícil dizer que não. E, embora eu tenha minhas suspeitas quanto a uma possível traição, de repente parece errado questioná-la. Na prática, quero que ela seja feliz e livre de qualquer sentimento de culpa, independentemente do passado.

Balanço a cabeça, forçando um sorriso.

– Não. Eu acho ótimo. Vocês vão morar juntos?

– Acredito que sim, mas estamos tendo dificuldades pra decidir onde. Não quero sair da minha casa e o teimoso não quer sair da dele. Martin sugeriu diminuir a quantidade de coisas, mas…

Ela lança um olhar triste ao redor de sua sala de estar toda bagunçada.

– Eu não sei mesmo.

Pensar na inevitável tarefa de vasculhar todo esse lixo me dá arrepios. Só Deus sabe que criaturas vamos desenterrar daqui.

– Tenho certeza que vocês vão conseguir chegar a um acordo antes do casamento. Não precisa ter pressa.

– Então – diz ela, tomando um gole de chá, os olhos brilhando. – O que você achou do Scott?

Meus ombros relaxam de alívio. Estou grata por não ter que trazer o assunto à tona.

– Na verdade, queria falar com você sobre ele. Mas primeiro, preciso me desculpar por ter ido embora do jantar tão cedo. Eu não estava me sentindo bem.

Ela assente, como se já soubesse.

– Sem problemas, querida.

Há uma longa pausa antes de eu perguntar:

– O Scott tem namorada?

Os cantos da boca da vovó se curvam para cima com animação.

– Por quê? Você gostou dele?

Antes que eu possa responder com um "não" exagerado, ela continua:

– A princípio eu achei que ele seria perfeito pra Tara, mas talvez ela fique melhor com alguém que a idolatre e a cubra com atenção total. Scott é ocupado demais pra isso. Mas *você*... ah, eu consigo ver vocês juntos. Imagina só os filhos!

Ela comemora e junta as mãos diante do mero pensamento de nós dois procriando.

Arregalo os olhos e me inclino para trás, longe dela.

– Bem – digo, e solto um pigarro, tentando trazê-la de volta à minha pergunta original. – O Martin não disse que ele tinha namorada?

– É o que todo mundo achava. Mas depois do jantar o Scott contou que eles terminaram recentemente. Algo sobre a distância ser muito difícil pros dois. O Marty disse que ele parecia meio pra baixo por causa disso. Coitadinho.

Fico em silêncio por um segundo, segurando minha caneca. Estou aliviada ao descobrir que Scott não estava mentindo. Não é um infiel no fim das contas. Mas isso ainda não muda o fato de que ele acabou de sair de um relacionamento e está "pra baixo" por causa disso.

– Mas na minha opinião – continua vovó –, ele não tem nada com que se preocupar. É um ótimo partido, não vai ficar solteiro por muito tempo. Cem por cento americano. Bonito. Ótimo neto. Próximo da família. Corajoso. Só trabalha demais… mas ao mesmo tempo isso significa que ele seria um ótimo provedor. E se eu tentar arranjar alguma coisa? Você tá livre amanhã à noite?

– Obrigada, vovó. Mas não sei se ele é o *meu* tipo.

Convenientemente deixo de fora o fato de sermos inimigos na academia e nos detestarmos.

– O que disse, querida? Você está sussurrando – diz ela, levando a mão ao ouvido de um jeito teatral.

– Não acho que ele seja o meu tipo – repito.

Ela me olha desconfiada, como se eu tivesse acabado de dizer algo ridículo.

– Ah, querida, ele é o tipo de *qualquer uma*. E você já não é tão jovem assim, não é mesmo?

Vovó Flo é produto dos anos 1950, não que isso seja uma justificativa para ser ignorante. Mas ela ainda acredita que as mulheres devem se casar na casa dos vinte anos. Estar com vinte e tantos anos e ainda ser solteira é beirar o status de solteirona, de acordo com sua humilde opinião.

– A menos que ainda esteja interessada em ser uma dessas mulheres que investem na carreira. Dá mesmo pra imaginar você fazendo isso – diz ela.

Finjo checar qualquer coisa no celular, ignorando o fato de minha própria avó achar que vou morrer sozinha. Ela ainda é incapaz de entender que as mulheres podem ter uma família e uma carreira ao mesmo tempo.

– Preciso ir. Tenho uma reunião virtual com uma cliente – digo, mentindo. – Mas nos vemos amanhã pra ir fazer o exame de sangue?

Sou eu que levo vovó Flo a todos os seus compromissos, já que tenho o horário mais flexível da família. Ela concorda, me observando enquanto eu me levanto.

– Estarei prontinha aqui te esperando.

No momento em que me sento ao volante, ainda na entrada da garagem dela, abro o Instagram de Scott. Talvez eu deva um pedido de desculpas. É o mínimo que posso fazer por tê-lo feito passar por todo aquele mal-estar e ainda acusá-lo injustamente de ser mulherengo.

CURVYFITNESSCRYSTAL

Vc tinha razão. Desculpa por não ter acreditado em vc.

Quando entro na garagem do meu prédio, Scott já respondeu.

RITCHIE_SCOTT7

Você conversou com a Flo?

CURVYFITNESSCRYSTAL

Conversei. Ela confirmou que você é solteiro.

RITCHIE_SCOTT7

Isso significa que vc não tá mais desejando a minha morte?

CURVYFITNESSCRYSTAL

Talvez.

RITCHIE_SCOTT7

Então quando você vai me levar pra sair?

Impossível não rir. Qual é o lance dos caras e essa incapacidade de ficar solteiro?

Quero digitar em maiúsculas, negrito e sublinhado: "Você está solteiro há pouco mais de duas semanas. Provavelmente ainda está chorando agarrado no travesseiro por causa da ex". Mas em vez de uma resposta dramática, me dou um minuto para me acalmar.

CURVYFITNESSCRYSTAL

Nunca.

RITCHIE_SCOTT7

Posso saber por quê?

Estou tentada a apenas mandar a real: faz muito pouco tempo que você terminou. Mas, não. No fundo, ele é o Ladrão de Rack. Sinto prazer em fazê-lo se contorcer.

CURVYFITNESSCRYSTAL

Pq não.

RITCHIE_SCOTT7

"Pq não" não é uma resposta aceitável.

CURVYFITNESSCRYSTAL

Estou autorizada a não querer sair com vc sem precisar de justificativa.

RITCHIE_SCOTT7

É verdade. Mas eu tenho certeza que vc meio que gosta de mim. Até fingiu que o celular tinha sumido pra poder me atacar no vestiário...

CURVYFITNESSCRYSTAL

🙄 Vc se acha, né? Esse é um dos motivos pelos quais eu não vou sair com vc.

RITCHIE_SCOTT7

Um dos motivos? Existem outros?

Sorrio ao ver que ele ficou intrigado.

CURVYFITNESSCRYSTAL

Aham.

RITCHIE_SCOTT7

Se incomoda em compartilhar?

CURVYFITNESSCRYSTAL

Guenta aí, pode ser que demore um pouco pra digitar.

RITCHIE_SCOTT7

Kkkk aguardando ansiosamente

CURVYFITNESSCRYSTAL

Além do primeiro motivo – o fato de você ter um ego do tamanho dessa cidade:

2) Nós frequentamos a mesma academia e as nossas famílias estão se juntando. E se não der certo? A gente vai ter que continuar se vendo. Seria estranho e desconfortável pra todos os envolvidos.

3) Pra me conquistar, o cara tem que mandar aquelas cantadas toscas clássicas. E até agora vc não conseguiu fornecer nenhuma que me convencesse.

4) Não tô a fim de ser rebote de ninguém.

RITCHIE_SCOTT7

1) Eu não sou nem um pouco convencido. É tudo fingimento. Só fachada. Mas não conta pra ninguém.

2) É só um encontro. Não um pedido de casamento. Se não for legal, podemos ser só amigos, como pessoas adultas e maduras.

3) Peraí.

Vc sabe estacionar? Porque tem uma vaga pra vc no meu coração.

CURVYFITNESSCRYSTAL

RITCHIE_SCOTT7

Ah, fala sério. Essa é muito boa.

Não posso deixar de notar que ele ainda não abordou o quarto motivo. O maior deles. O verdadeiro motivo que está de fato me impedindo de aceitar sua proposta.

CURVYFITNESSCRYSTAL

Não é a pior que eu já ouvi na história das cantadas ruins.

RITCHIE_SCOTT7

Muito bem. Desafio aceito.

9h34 – POST NO INSTAGRAM: "CAMPANHA SIZE POSITIVE – MITOS SOBRE SER GORDA", POR **CURVYFITNESSCRYSTAL**

Nada me tira mais do sério do que o estigma em torno das pessoas gordas. Aqui estão alguns mitos que gostaria de abordar:

1) Pessoas gordas nunca são saudáveis: nem os profissionais de saúde conseguem entender que isso não é verdade. Não sei dizer quantas vezes os médicos culparam o meu peso por alguma lesão, mesmo que meu tornozelo torcido não tivesse nada a ver com isso. Você sabia que pode ter um IMC considerado "saudável" e mesmo assim ter milhares de problemas de saúde? Minha irmã (desculpa, Tara) veste tamanho 40 e a dieta dela consiste apenas em batatas chips.

2) Pessoas gordas são preguiçosas e desmotivadas: se alguém é "preguiçoso" e "desmotivado", isso não tem nada a ver com o peso. Qualquer pessoa, independentemente do tamanho, pode estar lutando contra a compulsão alimentar ou passando por algo que a deixe desmotivada para levar um estilo de vida saudável.

3) Pessoas gordas são tristes, solitárias e têm baixa autoestima: desculpa, mas nosso peso não define quem somos. Eu não vivo minha vida pensando no meu peso o tempo inteiro. Pessoas de todos os tamanhos têm graus variados de autoconfiança. Minha deusa Lizzo, por exemplo.

4) Pessoas gordas só se exercitam para perder peso: esse é o mais importante para mim. Só porque você me vê na academia, não significa que eu esteja lá pra queimar calorias e perder peso (e não, não estou dizendo que isso não deva ser o objetivo de alguém). Mas eu, pessoalmente, vou à academia pra puxar ferro. Ponto final.

Comentário de **trainerrachel_1990**: MANDOU VER 🙌 ♡

Comentário de **rileyhenderson**: Concordo. As pessoas sempre me olham torto na academia e se oferecem para me ajudar presumindo que eu não consigo fazer as coisas porque sou gorda. ♡

Comentário de **Cafi80**: Acho seu conteúdo excelente! Não me leve a mal, mas eu sinto que você está mirando em nós, mulheres magras. Eu me esforço muito pra ter essa barriga e esse corpo... me esforço mais do que as pessoas que estão acima do peso porque vejo resultados, e obviamente os outros não veem. Sinto que o seu perfil não valoriza toda a minha disciplina. ♡

Comentário de **Arthur.Dilstraa**: kkkkkkkkkk continue se enganando ♡

OBSERVO O QUADRO acima da cabeça da vovó Flo, uma fruteira genérica. É suave, discreto e sem controvérsia, a decoração ideal para uma clínica médica onde os ânimos tendem a ficar exaltados.

Por exemplo: acabamos de testemunhar uma senhora assustadora, de cabelos curtíssimos e descoloridos, agredindo verbalmente a recepcionista por não ter seu endereço residencial atualizado no sistema.

– Vó, você tem certeza de que não precisa que eu te leve para casa depois disso?

Vovó Flo me cutuca, lançando um olhar de desaprovação para a Mulher Oxigenada, que agora murmura baixinho, fazendo ameaças vazias, enquanto pisa firme até uma cadeira bem na nossa frente.

– Imagina, querida, tá tudo bem. Martin vem me buscar – diz ela tranquilamente, como se tivesse sido esse o plano desde o começo.

A Mulher Oxigenada olha para nós, os lábios franzidos.

– Esse lugar parece um zoológico. É administrado por vagabundos incompetentes.

Sinto que a mulher espera que vovó e eu nos juntemos a ela no palanque, e exponhamos nossas queixas também. Lanço um sorriso simpático de solidariedade em um esforço de garantir nossa segurança. A cara fechada e os olhos inquietos me dizem que ela é uma bomba prestes a explodir, pronta para violar a integridade física de qualquer um que ouse atravessar seu caminho. Eu me volto para a vovó.

– Eu realmente não me importo de levar você pra casa. Assim o Martin não teria que vir até aqui.

Ela balança a cabeça outra vez, pegando a edição de setembro de 2019 da revista *Oprah*, que em seguida cai do seu colo.

– Ele quer me levar no armarinho pra eu buscar aquela lã...

O sininho pendurado acima da porta de entrada atrás de nós toca, alertando a recepcionista de que alguém chegou. A expressão fechada praticamente desaparece do rosto da Mulher Oxigenada. Quando ouso olhar para quem a transformou em uma adolescente prestes a desfalecer em um show do One Direction, encontro um familiar par de olhos verdes.

– Ah. Ei, Crystal – diz ele.

Scott está vestindo uma camiseta azul-marinho que diz *Corpo de Bombeiros de Boston*. A calça jeans abraça seu corpo tão perfeitamente que estou convencida de que os olhos de meros mortais não são dignos dessa visão.

Vovó Flo abre um sorriso. Se eu não soubesse que ela tem 77 anos, jamais acreditaria nisso depois de vê-la saltar da cadeira feito um palhaço na caixa para dar um abraço nele. Não consigo disfarçar o sorriso ao perceber como ele é imenso comparado a vovó Flo, que tem menos de 1,60 metro.

– Scott, querido, muito obrigada por ter vindo.

– O que ele tá fazendo aqui? – pergunto, lançando um olhar acusatório para vovó e sua carinha travessa.

Scott e vovó Flo se entreolham enquanto ele, inocente, se senta ao lado da Mulher Oxigenada, que descaradamente o observa como se ele fosse um sorvete Magnum.

– A senhora me ligou ontem e disse que precisava de alguém pra te buscar na clínica e levar pra casa.

– Liguei? – Vovó Flo coloca a palma da mão na bochecha.

Meu pescoço quase estala quando viro a cabeça na direção dela.

– Achei que o Martin vinha te buscar, não?

Vovó Flo dá de ombros, incapaz de parar de sorrir. Ela é uma péssima atriz.

– Você sabe como eu sou, fiquei um pouco confusa depois de velha – diz ela, como se não estivesse em pleno controle de suas faculdades mentais e não soubesse a resposta de oitenta por cento das pistas do *Jeopardy!*

– Florence McCarthy! – chama Brandy, a enfermeira, da porta que leva às salas de exame.

Vovó junta as mãos e se levanta, saindo alegremente da situação constrangedora que ela mesma criou. Reviro os olhos, fazendo um esforço gigantesco para não dar uma bronca nela dez segundos antes que se submeta a um exame de colesterol e um eletrocardiograma.

– Quer que eu entre com você?

Ela balança a cabeça, olhando para um Scott bastante confuso.

– Vocês dois deveriam vir. Pode demorar um pouco.

A enfermeira nos conduz pelo corredor branco e vazio até uma sala de coleta também estéril.

Pelo vinco na testa de Scott, posso dizer que ele não fazia a menor ideia desse pequeno "encontro" orquestrado pela vovó Flo. Me sinto culpada por ela ter desperdiçado o tempo dele e imagino se ele precisou reorganizar a agenda para vir até aqui. A situação também é um pouco desconfortável depois do fora que dei nele por mensagem.

Brandy arruma a vovó na cadeira e começa a levantar a manga de sua blusa.

– Lembra o que eu disse da última vez? Vamos fazer alguns exames de sangue de rotina para verificar os níveis de colesterol.

Scott e eu ficamos de pé lado a lado, em frente à parede, enquanto vovó e Brandy conversam sobre o episódio desta manhã do *Live with Kelly and Ryan*, um talk-show que ela adora. Quando o braço dele quase roça o meu, dou um grito por dentro, incapaz de reprimir minha inquietação. Fico me balançando para a frente e para trás, alternando entre ajeitar a camiseta e o cabelo e cutucar as unhas, o que em nada ajuda a reduzir minha ansiedade.

Ele precisa ficar tão perto de mim assim? Será que ele não entende o conceito de espaço pessoal?

Meu corpo está totalmente descompensado, incapaz de decidir o que quer fazer. Parte de mim está morrendo de vontade de chegar um centímetro mais perto, para sentir apenas uma fagulha daquela eletricidade que rolou no vestiário. Mas ainda estou incomodada. Afinal, Scott Ritchie não ser um infiel sem escrúpulos não muda o fato de eu não querer mais ter relacionamentos casuais, em especial com meu inimigo número um – o cara que anda pela academia como se fosse a segunda aparição de Cristo na terra. Esse tipo de arrogância não me desce.

– Ela é impossível – murmuro, demonstrando meu desagrado.

Scott ri, braços cruzados contra o peito largo.

– Ela acha que está sendo sutil.

– Fica à vontade pra ir embora. Posso levar vovó pra casa.

Ele balança a cabeça, encontrando meu olhar.

– Não, eu tô de boa.

– Bom, não faz sentido nós dois ficarmos aqui.

Na prática, ele ir embora é melhor para nós dois, assim como para a minha maquiagem, que está derretendo no rosto, me deixando a cara da Bruxa Má do Oeste depois de levar um balde d'água.

A expressão dele continua a mesma. Na verdade, os lábios estão um pouco curvados. Acho que talvez ele esteja se divertindo com tudo isso. Pelo menos alguém está. Queria muito ter redobrado o desodorante hoje de manhã. Tento dar uma checada nas minhas axilas, mas estou bem na visão periférica de Scott. Não tenho como fazer isso discretamente.

Estamos em poses idênticas, os braços cruzados, ouvindo vovó tagarelar sobre sua dieta e rotina de exercícios ao longo do último mês.

O sorriso fácil de Scott não sai do rosto. Até que Brandy traz as seringas. Quando ela enrola o pequeno elástico logo acima do cotovelo de vovó, Scott respira fundo, alto o suficiente para eu ouvir. Quando Brandy ergue a agulha, ele perde um pouco do equilíbrio na hora e se vira para mim. Está estranhamente pálido. Na verdade, está branco fantasmagórico.

– Você está bem? – pergunto, dando-lhe uma cotovelada nas costelas.

Ele balança a cabeça, desviando o olhar quando Brandy começa a inserir a agulha no braço de vovó Flo.

– Eu… É… Detesto agulhas.

Há um momento de silêncio enquanto registro essa informação totalmente inesperada.

– Scott Ritchie tem medo de agulha?

Ele faz que sim, os olhos ainda fixos no teto, o pomo de adão subindo e descendo.

– Sério? – pergunto, esperando que ele pare de besteira e admita que está brincando.

Quando avista a segunda agulha por acidente, Scott quase engasga.

– Scott, querido, você quer esperar lá fora? – pergunta vovó da cadeira.

Ele balança a cabeça, vai até a pia ao lado e se apoia na borda.

– Não. Eu tô bem – diz ele entredentes.

– Qual é o seu problema com agulhas? – pergunto.

Ele contorce o rosto, como se eu tivesse acabado de fazer uma pergunta ultrajante, tipo por que alguém não gosta de diarreia ou de doenças sexualmente transmissíveis.

– Elas machucam.

– Falou o cara que combate incêndios.

Ele dá de ombros.

– Eu uso equipamento à prova de fogo.

Olho para ele por um momento, incapaz de conceber que incêndios e agulhas sejam coisas remotamente comparáveis.

– Acho melhor você ficar lá na sala de espera.

Vovó Flo assente.

– Também acho. Por que você não vai com ele, Crystal? Só pra garantir que ele vai ficar bem.

Posso não gostar de Scott como pessoa, mas não quero que ele desmaie em público por causa de uma agulha minúscula. Reviro os olhos enquanto o conduzo para fora da sala de coleta.

Ele respira fundo ao chegarmos à relativa serenidade da sala de espera. Eu o direciono para uma cadeira fora do campo de visão da Mulher Oxigenada. Ela se inclina por trás da coluna de drywall para ter outro vislumbre sedento de Scott. Ele se atira na cadeira, cobrindo os olhos com a mão, as longas pernas estendidas.

Eu me inclino na frente dele para examinar seu rosto. Ainda está pálido.

– Já volto.

Ronnie, a recepcionista, olha para mim com uma cara entediada, como se pessoas quase desmaiando no consultório fosse algo muito comum durante um dia de trabalho, o que provavelmente é.

– Posso ajudar?

– Você tem alguma coisa pra homens adultos prestes a desmaiar? Alguma coisa doce?

Ela faz que sim em silêncio e afasta a cadeira do balcão. Sem sequer se levantar, enfia a mão no frigobar e tira uma caixinha de suco.

Aceito a caixinha, grata.

– Perfeito. Obrigada.

Desde o sexto ano, momento em que passou a ser totalmente reprovável levar merenda para a escola, eu não segurava uma caixinha daquelas. Estou espantada com seu tamanho diminuto.

– Aqui, isso deve fazer você se sentir melhor.

Eu insiro o canudo minúsculo na caixa, deixando o plástico na mesa lateral por enquanto. Scott abre os olhos, depois os semicerra, desconfiado.

– Suco de maçã?

– Vai ajudar. Cala a boca e bebe.

Ele obedece e começa a sugar do canudinho. Admito que assistir a um bombeiro alfa de quase 1,90 metro tomar suco de caixinha é estranhamente atraente. Por que minha atração aumenta quando ele está vulnerável e precisando de cuidados médicos? Afasto o pensamento. É uma questão mais profunda para outra hora.

Scott acaba com o suco em três goles.

– Obrigado, Crystal. – Ele consegue dar um sorriso fraco.

– Agulhas realmente te afetam tanto assim?

Ele coloca os dedos sobre a ponte do nariz.

– Aham. Evito estar perto delas. A todo custo.

– Você não gosta de ver sangue, é isso?

– Não, fico de boa com sangue. O problema são as agulhas mesmo.

– Você está me dizendo que nunca toma vacina contra a gripe, então? Você prefere ficar abraçado com a privada, vomitando loucamente, a enfrentar uma mísera agulha?

Ele faz que sim.

Eu me afasto com um gesto dramático, olhando para ele de um jeito engraçado.

– Não vai me dizer que você é antivacina, é? – sussurro em um tom conspiratório.

A cor do rosto dele já está de volta. Scott me dá um meio sorriso, o que faz meu coração palpitar.

– Claro que não. Eu acredito na medicina moderna. Só tenho horror a agulhas mesmo.

– Jamais imaginaria isso.

– Viu só? Sou cheio de surpresas.

Suas covinhas mantêm meus olhos presos a ele. Não sei se é a caixinha de suco, ou o fato de ele ter pavor de agulhas feito uma criança, mas estou levemente encantada.

Ele aponta para mim.

– Agora você tem que me dizer uma coisa que odeia.

– Quando as pessoas não limpam os aparelhos na academia – digo de um jeito incisivo.

Ele balança a cabeça, decepcionado.

– Não. Não vale. Isso eu já sei.

Dou um suspiro, sucumbindo à tentação de saber mais sobre ele.

– Só se você me disser outras também.

– Claro.

– Beleza... Hum, eu também odeio restaurantes com cardápios plastificados. Eles estão sempre pegajosos e fico apavorada.

Ele passa a mão pelo queixo, pensativo.

– Nessa linha também, eu odeio adesivos de para-choques.

– O último gole de uma garrafa d'água.

– Quando estou tentando escolher um GIF pra mandar junto com a mensagem e a pessoa envia uma mensagem antes e fica tudo fora de ordem.

Impossível não gargalhar com essa.

– Sugestão de amigos no Facebook. Tipo, a namorada nova do meu ex. Eu não quero ser amiga dela.

– Pessoas que enfiam o pé no acelerador quando o sinal abre. Por que tanta pressa?

Eu interrompo a brincadeira, apontando para sua camiseta bem ajustada.

– Você veio direto do trabalho?

– Não, estou de folga hoje. Geralmente faço três ou quatro turnos de doze horas e depois tenho o resto da semana livre.

Meu corpo se encolhe de vergonha, me sentindo culpada mais uma vez por vovó Flo ter feito com que ele viesse até aqui em um dia de folga.

– O que você faz quando não está combatendo incêndios?

Ele passa a mão no queixo.

– Na maior parte do tempo fico com meu cachorro, Alvo, vou ao mercado, à academia, assisto a uns jogos aleatórios com os amigos. E você?

– Uau, que adulto.

Por dentro, aprecio a simplicidade de sua rotina e evito responder. Ele abre um sorriso.

– Sou um homem de 30 anos. É mesmo o que eu espero.

– Há quanto tempo você é bombeiro?

– Você ficou interessada na minha vida de repente…

Faço um esforço para desfazer o que suponho ser um sorriso quase maníaco.

– Não. Não fiquei, só estou tentando descobrir quais são as suas fraquezas pra poder tirar proveito de você.

Ele dá de ombros.

– Ah, sim. Bem, sou bombeiro desde que saí da faculdade. Tive sorte e consegui entrar assim que me formei.

– Você sempre quis ser bombeiro?

Ele esmaga a caixa de suco e fecha o olho esquerdo, mirando na lixeira do outro lado da sala. A caixinha aterrissa perfeitamente. Ele me olha triunfante.

– Meu avô falava com frequência sobre a profissão, então é uma coisa que sempre esteve na minha cabeça. Mas só comecei a pensar nisso a sério no ensino médio.

Lanço um olhar furtivo para seus bíceps, incapaz de impedir que a pergunta saísse da minha boca:

– Você já participou daqueles calendários com homens pelados?

Os cantos de seus lábios se erguem.

– Por quê? Quer um pra colocar na sua parede?

– Não se iluda – zombo, me segurando para não reivindicar este calendário hipotético em versão ampliada.

Antes que eu acabe fazendo isso de fato, vovó Flo volta, sua monstruosa bolsa vermelha pendurada no cotovelo. Seu olhar se estreita na direção de Scott.

– Scott, você está bem?

Ele se levanta, novinho em folha.

– Estou, a enfermeira Crystal cuidou de mim – diz ele, e me dá uma piscadela.

– Peguei um suco de caixinha pra ele na recepção – explico, me levantando para acompanhá-los em direção à saída.

Vovó dá um tapinha carinhoso no bíceps dele, que graciosamente segura a porta aberta para ela.

– Sinto muito por ter incomodado você, Scott. Eu me confundo às vezes com tantos compromissos, sabe? Mas a Crystal pode muito bem me levar pra casa.

Fico esperando que ele manifeste alguma irritação por ter perdido uma hora de seu dia, por ter sido confrontado com seu maior medo e quase ter desmaiado no processo, mas Scott não parece incomodado. Quando ele sorri para ela, eu me pergunto se alguma coisa de fato o perturba.

– Tudo bem, Flo. Você pode ligar sempre que precisar.

Estamos na calçada do lado de fora da clínica. Scott parece frustrantemente tranquilo, sem pressa de ir a lugar algum. Enquanto os dois falam sobre o tempo, não consigo parar de pensar no calendário. Ele participou de algum calendário ou não? Faço uma nota mental para pesquisar no Google assim que estiver sozinha. E em seguida me repreendo. *Pare de pensar em como os olhos dele parecem a grama em um dia de verão. Mais do que isso, pare de pensar no bíceps definido. Não tem propósito. Nada disso tem.*

Scott é arrogante. Absurdamente charmoso sem ser bajulador. E, muito provável, um mulherengo que vai voltar para a ex depois de conseguir o que quer de mim. É o tipo de cara que eu não quero cutucar nem com uma vara de três metros.

– Bom, fala pro vovô que eu mandei um beijo – diz ele para vovó Flo, com as mãos nos bolsos enquanto seguimos em direção ao meu carro.

Estou andando em um ritmo acelerado em comparação com vovó Flo porque tenho coisas para fazer hoje, como gravar um vídeo com perguntas e respostas sobre nutrição. Não tenho tempo para ficar puxando papo com meu inimigo em um estacionamento.

– Ah, a propósito, ele pediu pra eu te lembrar de ir assistir à partida do Blackhawks na semana que vem. Se você estiver livre – diz vovó.

– Estarei lá – diz Scott, baixando a altura do rosto quando ela entra no carro.

Giro as chaves nos dedos antes de abrir a porta do lado do motorista.

– Você torce pro Blackhawks?

– Existe outra opção na vida? – responde ele sem emoção.

– Quinto motivo – murmuro.

Ele é tomado por uma expressão satisfeita.

– Acho fascinante que nenhum desses cinco motivos inclua você não estar interessada em mim. Até agora só ouvi desculpas esfarrapadas.

Tento ao máximo manter uma fachada de sangue-frio. Tanto, que acabo ficando sem uma gota de sangue-frio por dentro. Sinto raiva de mim por me irritar com ele e sua persistência. Sua arrogância está passando dos limites. Nossos olhos se encontram e eu solto um pigarro.

– Muito bem. Sexto motivo: não estou interessada em você.

– Eu aceitaria, se fosse verdade. Mas não estou convencido.

Somos dois, então. Ele me olha por alguns segundos, me dando a oportunidade de voltar atrás.

– Não perca seu tempo, Scott. Eu não saio com caras como você. Ponto final.

Ele reprime uma risada, olhando para um carro que passa ao nosso lado.

– Mas abordar esses caras em vestiários tudo bem, né?

Fico paralisada, a raiva aumentando. Já é ruim o suficiente ele não deixar essa história para lá, mas dizer isso na frente da minha avó conservadora? Fecho a cara e bato a porta do carro para que a vovó Flo não possa nos ouvir.

– Nós não temos nada pra falar sobre isso. Para de voltar nesse assunto.

– Então a gente vai agir como se não tivesse acontecido?

Não é que eu queira necessariamente agir como se nada tivesse acontecido. Mas falar sobre isso afeta bastante a firmeza da minha decisão. Se pretendo sobreviver aos quatro meses até o casamento de vovó Flo sem quebrar a promessa e acabar mergulhando de cabeça numa confusão, preciso acabar com essa tensão sexual entre nós dois, e rápido.

– Aham, vamos. No que me diz respeito, nada aconteceu.

Ele joga a cabeça para trás, sua mandíbula se contraindo.

– Certo. Muito bem, então.

– Muito bem.

Ele balança a cabeça, incapaz de deixar para lá.

– Eu só fico curioso com uma coisa. Você fez um estardalhaço quando achou que eu tivesse namorada, o que significa que se importa em alguma medida. Tô errado?

Scott pode não ser infiel, mas isso definitivamente não exclui a hipótese de que seja mulherengo. A forma supernatural com que ele flerta só pode ser resultado de muita prática. E, convenhamos, ele tem todo o direito. É um cara solteiro. Pode fazer o que quiser. Mas nada de bom pode sair dessa situação, apenas lágrimas inevitáveis e decepção. Assim como foi com o Neil.

Lanço um olhar duro para ele. Hora de lançar a bomba da verdade.

– Scott, você é um cara arrogante, sabe? Acostumado a conseguir o que quer na vida porque é bonito e sabe disso. E o único motivo pelo qual está incomodado agora é o fato de eu estar te dizendo "não", e não é isso que você quer ouvir. Ou isso ou você é simplesmente um homem das cavernas que não consegue entender o recado.

Ele fica boquiaberto, perplexo, como se eu tivesse dito algo absurdo.

– É isso mesmo que você acha?

– A minha opinião não mudou nos últimos três segundos.

Tenho dificuldade em falar com ele desse jeito, porque me lembro de como ele fica petrificado feito uma criança diante de agulhas, e de como foi gentil o bastante para vir buscar minha avó na clínica em seu dia de folga. Infelizmente, tudo isso é ofuscado pela arrogância.

Ele bufa, mãos na cintura, peito estufado.

– Nossa, que engraçado… logo você, que prega todo esse lance de amor-próprio e "nada de estereótipos", fazendo vários julgamentos precipitados a meu respeito. Você é uma hipócrita, Crystal.

Estremeço com as palavras. Ele não está errado, mas não dá para esquecer que ele foi um babaca quando se recusou a sair do rack, além das inúmeras afrontas. Não é culpa minha que a personalidade dele corresponda ao estereótipo.

Scott sai pisando firme, mas depois de alguns passos raivosos, dá meia--volta.

– A propósito, pode ficar tranquila que eu não vou atrás de você. Meu cérebro de homem das cavernas já entendeu o recado. Muito bem, aliás.

VOVÓ FLO ESTÁ EM SILÊNCIO absoluto quando entro no carro e bato a porta. Definitivamente ouviu nossa discussão pela janela. Ela sabe que alguma coisa aconteceu entre mim e Scott, e estou constrangida. Eu me preparo para um sermão no caminho de volta, mas ela não diz uma palavra sobre o assunto. Em vez disso, tagarela a respeito dos planos para o casamento, que incluem Tara e eu como damas de honra. Ao que parece, ainda terei o prazer de usar o vestido pêssego que comprei para o casamento de Tara. Sorte a minha.

– Obrigada pela carona, querida – diz quando chegamos à casa dela. – Depois me lembra de, na próxima vez que você entrar, me dar uma ajuda com o meu iPad? Não consigo descobrir como faz pra desligar essas malditas notificações toda vez que recebo uma mensagem. Me assusto toda hora.

Eu dou um sorriso falso.

– Pode deixar.

Quando está prestes a fechar a porta do passageiro e me dar um tchauzinho, ela coloca a cabeça de volta para dentro.

– Sabe, Crystal, você não foi muito legal com o pobre do Scott lá no estacionamento.

Aí está.

– Ele nem sempre é legal comigo também.

O olhar que ela me lança é aterrorizante o suficiente para assustar um criminoso e fazê-lo se curvar a seus pés.

– Isso não é justificativa.

– Mas…

– Peça desculpas a ele, Crystal.

capítulo doze

JÁ SE PASSARAM três dias desde meu confronto acidental com Scott, e apesar dos inúmeros pedidos de vovó Flo, ainda não pedi desculpas. Na verdade, estou evitando a academia nos horários em que sei que ele pode estar lá – oito da manhã ou depois das seis da tarde –, a depender do turno durante o qual esteja trabalhando.

A cada dia que passa, a culpa por ter atirado a bomba da verdade aumenta mais. Eu não devia ter dito aquelas coisas, mesmo que houvesse um fundo de verdade naquilo tudo. Scott pode ser um cara prepotente e irritante, mas não merecia ser agredido verbalmente, nem ser chamado de homem das cavernas.

Pensei muito em mandar uma mensagem para resolver as coisas, mas não fiz isso porque, ao que tudo indica, sou uma pessoa emocionalmente incapaz. Dizer a ele que sinto muito seria a coisa certa a fazer, mas meu orgulho não permite. Já o acusei falsamente de práticas anti-higiênicas *e* de adultério. Agora, sem que ele sequer pudesse antecipar, o ataquei mais uma vez. Não há a menor chance de ele aceitar um pedido de desculpas que soe pouco convincente, e é por isso que tomo a sábia decisão de deixar as coisas como estão.

Melhor assim, penso enquanto estou indo me encontrar com vovó Flo na floricultura. Era Tara que deveria ir, mas ela recebeu uma chamada do hospital.

Quando entro no estacionamento no minishopping esquisito que abriga a floricultura, vovó Flo balança os braços loucamente da calçada, como uma vítima de sequestro pedindo ajuda na beira de uma estrada no meio do nada depois de uma fuga ousada. Ela corre na minha direção quando desço do carro, pronta para me puxar para um abraço, como se não tivéssemos nos visto poucos dias antes.

– Desculpe o atraso – digo. – Tive uma reunião virtual com uma cliente que durou um pouco mais do que eu esperava.

Deixo de fora o fato de que saí de casa com tanta pressa que acabei esquecendo de colocar o sutiã. Só percebi quando passei por uma lombada e meus seios volumosos praticamente acertaram o teto solar. Foi quando me dei conta de que até poderia ficar sem sutiã, mas que seria impossível domá-los apenas com uma regatinha. Na ausência da armação de arame, há um alto risco de eles escapulirem dependendo de como eu me abaixar. Vovó Flo me condenaria até o fim dos tempos, então voltei para casa e isso me atrasou.

– Deixa pra lá. Já está resolvido.

Ela aponta para as lojas de um jeito displicente e em seguida toma a liberdade de puxar minha regata até o queixo para cobrir meu decote. Depois sorri, satisfeita por eu não estar mais parecendo uma meretriz bíblica.

Franzo a testa, verificando a hora no celular.

– Eu só me atrasei dez minutos. Eles te atenderam mais cedo?

Ela me dá um breve aceno de cabeça.

– Eu estava aqui pensando que a gente poderia passar um tempinho juntas, fazer algo divertido.

Vovó gesticula na direção da loja bem ao lado da floricultura. A placa preta diz *Batalha de machados* em uma fonte branca e chamativa, no estilo grafitti.

– Vovó, ali é onde as pessoas arremessam machados.

Sinto a necessidade de esclarecer, porque não é possível que minha avó, a rainha do crochê, esteja interessada em arremesso de machados, a mesma atividade realizada por pessoas que usam exclusivamente camisas xadrez e se acham muito duronas.

– Está na minha lista de desejos – esclarece ela em tom casual, como se fosse uma atividade usual para mulheres idosas.

Ela começa a puxar meu braço, me arrastando em direção à porta com mais força do que o esperado. Quando a porta se abre, o cheiro de cedro, terra recém-revolvida e testosterona me dá um tapa na cara. Um cara imenso com jeito de lenhador, usando um coque e uma previsível camisa de flanela, nos dá um aceno convidativo de trás de uma ampla mesa de madeira. Ele e vovó não trocam uma única palavra. Apenas sorriem um para o outro, com ar conspiratório, aumentando minhas suspeitas.

Olho para o cara de relance enquanto ele aponta para um corredor sinistro, todo escuro, à esquerda. Seus gestos indicam que devemos acompanhá-lo.

– A pista dois está pronta pra vocês – diz ele a vovó Flo.

– Como é? – pergunto, lançando um olhar acusatório para ela quando desembocamos em um salão imenso e aberto.

São dez espaços, separados por cercas de arame. Cada seção contém o próprio alvo e a plataforma de madeira. O espaço no canto direito está ocupado por um grupo de hipsters em idade universitária. Eles *definitivamente* não vieram com suas avós.

Tudo no lugar é de madeira, xadrez ou empalhado (há duas cabeças de veado empalhadas penduradas nas paredes das extremidades). Não é o meu tipo de ambiente. Nem da vovó Flo. Por que ela faria todo o esforço de planejar isso, fingindo ter sido uma decisão de última hora?

E é quando eu ouço. Duas vozes escandalosas. Dois homens emergem do que parece ser um corredor que leva aos banheiros.

Scott e Martin.

É UMA CILADA. Não admira que confiança seja um assunto sensível pra mim.

Martin se aproxima para me envolver em um abraço caloroso. Ele tem cheiro de biblioteca, papel velho e mogno enfumaçado. Em meio ao choque, retribuo o abraço. É tudo o que o típico abraço de um avô deve ser, sincero e reconfortante.

Ou poderia ser, se Scott não estivesse me lançando olhares ameaçadores por trás do ombro de Martin. Com base na cara horrível que ele está fazendo para mim, como se eu fosse uma presença hostil, posso dizer que ele não superou nosso último encontro.

– Oi – digo baixinho, me soltando do abraço de Martin.

Há um momento de silêncio enquanto Scott e eu nos encaramos. Minha persistência dura dez segundos, antes de desviar o olhar, feito uma frouxa. Não estou pronta para o embate. Na verdade, estou prestes a deixar escapar um pedido de desculpas pelo transtorno de estresse pós-traumático que ele pode ou não estar sofrendo em razão da minha ira, até que foco em sua mão.

Scott está empunhando um machado. Quando ele me encara, tenho certeza de que está prestes a lançá-lo bem no meio da minha testa. Com certeza está calculando quanta força será necessária para um arremesso certeiro, ou planejando algo tão sinistro quanto. Praticamente Jack Nicholson em *O Iluminado*.

Sem sequer me cumprimentar direito, ele se vira e entra na gaiola. Vovó Flo e Martin ignoram a óbvia tensão entre nós. Estão ocupados demais observando a respiração ansiosa do Santo Scott enquanto ele caminha pela plataforma. Scott não perde tempo e arremessa o machado com habilidade em direção ao alvo usando só a mão direita. O machado perfura o centro do alvo tão suavemente que quase parece não ter demandado esforço.

Enquanto Martin e vovó Flo batem palmas e comemoram, elogiando efusivamente os dotes atléticos sobre-humanos de Scott, eu engulo em seco. Preciso prestar atenção. De todos os lados. Pode ser que ele me mate a sangue-frio. Este parece ser o lugar perfeito para isso. Seria fácil simular um deslize e fingir que não passou de um acidente trágico e sangrento.

Em uma tentativa meia-boca de estabelecer um clima minimamente neutro enquanto ele passa por mim, jogando outro machado no ar, pergunto:

– Tem praticado muito?

Ele segura o machado como se fosse uma bola de beisebol e não uma arma. Parece satisfeito consigo mesmo por poder demonstrar suas habilidades precisas de assassino. Quando fica cara a cara comigo, seu sorriso se fecha, substituído por pura animosidade.

– Aham, nos intervalos entre ser um galinha e um homem das cavernas.

Seu tom é casual o suficiente para não alarmar nossos avós. Parece apenas uma piada estranhamente colocada. Ele se vira para a vovó, passando o machado com gentileza.

Para minha surpresa, minha avó é melhor nisso do que eu esperaria de uma mulher que usa mocassins ortopédicos extralargos. Em sua terceira tentativa, apesar de não acertar o alvo, ela consegue cravar o machado na madeira. Depois de parabenizar sua futura noiva, Martin me dá um tapinha nas costas e depois um leve empurrão para a frente.

– Crystal, você precisa tentar. É ótimo para aliviar o estresse.

Aposto que sim. Para doidos desvairados.

Scott bufa e diz:

– É, *Crystal.* Por que você não vem aliviar toda essa raiva reprimida? Pode até ajudar com oscilações de humor agressivas.

Ele mantém os olhos cravados em mim, enquanto remove o machado de vovó Flo do alvo.

– Hum… melhor não. Eu tô bem aqui. Vai você primeiro, Martin – gaguejo, o suor se acumulando na base das minhas costas.

– Eu insisto. Primeiro as damas.

Martin gentilmente se afasta, me conduzindo na direção de Scott. Ele estende o machado, pelo cabo.

Engulo o nó do tamanho de uma bola de golfe que se formou em minha garganta, olhando para ele, apreensiva. Hesitante, pego o machado de sua mão. É mais leve do que parece.

– Os funcionários não dão nenhuma orientação de segurança? – pergunto, atrasando o arremesso.

– Eles já fizeram isso – responde vovó Flo. –Antes de você chegar. Mas tá tudo bem. O Scott vai te mostrar o jeito certo de arremessar.

Scott lhe dá um sorriso cem por cento falso, claramente perturbado pela perspectiva de estar perto de mim.

– Não precisa.

Solto uma tosse nervosa e subo cambaleante na plataforma.

Sou uma pessoa naturalmente competitiva. Não posso errar nem demonstrar fraqueza, em especial depois da exibição de Scott e de suas discretas alfinetadas. Vamos lá. Fecho meu olho esquerdo, balançando o machado acima da cabeça.

– Puta merda!

Sinto a mão de Scott agarrar as minhas, um milésimo de segundo antes de o machado ser solto, rudemente arrancando-o dos meus dedos sem um pingo de delicadeza. Seus olhos estão arregalados, como os de um ermitão que vive isolado em uma cabana de um cômodo só e sem eletricidade.

Eu me viro.

– Cara, qual é o seu problema?

Ele segura o machado fora do meu alcance.

– Sua postura tá completamente errada. Tá querendo matar alguém?

Reviro os olhos ofendida, fazendo uma cena dramática para ilustrar meu sofrimento.

– Só porque eu sou mulher não significa que automaticamente não tenho responsabilidade ao segurar uma arma, ok? Sei me virar. Eu jogava tênis no ensino médio – acrescento, sabendo muito bem que tênis e arremesso de machado não são atividades nem um pouco parecidas.

Ele não responde. Em vez disso, segura meus ombros com força, me girando de frente para o alvo. Tenho que admitir, essa pegada bruta dá muito tesão.

– Que mão você usa? – pergunta ele.

Seu tom é glacial, contrastando com o calor de seu peito que roça ao longo das minhas costas.

Meu Deus.

– É… eu sou destra.

Com os dedos calejados, Scott enfia o machado na minha mão direita por trás. Depois posiciona minha palma na base do cabo antes de dobrar minha mão esquerda sobre ele para dar firmeza. Então chuta meu pé esquerdo para alinhá-lo a uma marca preta na plataforma.

– Agora, quando soltar o machado, faça isso na altura dos olhos. Nem um centímetro pra cima ou pra baixo – instrui ele, enquanto guia meus braços para cima.

Concordo, o que é a única coisa possível no momento. Estou surpresa por ainda estar respirando com o corpo dele praticamente me abraçando. Tento afastar os pensamentos invasores enquanto prossigo com um movimento suave. O machado cai, pousando na borda do alvo.

Eu me viro para agradecer a Scott pela ajuda surpreendentemente valiosa, mas ele não está mais atrás de mim. Suponho que esteja fazendo drama e se escondendo, mas em vez disso, está acenando com a cabeça em uma conversa animada com a vovó Flo, como se eu não existisse. O cara consegue ligar e desligar o charme feito um interruptor.

Ao longo dos quarenta minutos seguintes, nos revezamos nos arremessos. Scott acerta o alvo em quase todas as tentativas, assim como Martin, que nos lembra com alegria que machados fazem parte do equipamento dos bombeiros. É uma vantagem injusta. Vovó Flo melhora no final, apesar de sua preocupação em ter deslocado o ombro. Quando nosso tempo acaba, saímos em fila indiana, chegando à calçada muito quente.

– Não foi divertido? – pergunta vovó Flo, o olhar oscilando entre mim e Scott, esperançosamente.

Será que ela não notou como passamos o tempo todo evitando um ao outro, como o diabo foge da cruz? Tirando a parte em que ele me ajudou com a postura.

– Sim, foi muito divertido – respondo.

Na verdade, arremesso de machado até que é bem legal. A satisfação de acertar o alvo é viciante. Até mesmo as muitas anedotas antigas contadas por Martin, da época em que era bombeiro, foram legais. Eu realmente me diverti com as histórias.

– Nos falamos em breve, crianças. Prazer em ver você, Crystal. E Scott, manda um beijo pra sua mãe.

Martin acena ao se acomodar no banco do motorista de seu Lincoln. Enquanto eles saem da vaga do estacionamento, Scott se vira em silêncio, talvez em direção ao seu carro. Já eu, fico ali parada feito uma tonta, olhando para suas costas por muitos passos até que a culpa fica pesada demais.

– Scott? – chamo.

Ele para e espera por alguns segundos antes de girar bem devagar para me encarar, os braços cruzados e o peito estufado.

Minhas pernas me carregam até a metade do estacionamento, parando na frente dele a alguns metros de distância. Quando seus olhos ardentes encontram os meus, minha mente fica vazia e me torno incapaz de formar uma frase adequada:

– Eu, é… eu queria, hum… te agradecer.

A testa dele se franze.

– Agradecer pelo quê?

– Por me ajudar com a minha postura – respondo.

Nossa, como eu sou covarde.

– Não fiz isso por você. Fiz isso em nome da segurança de todos.

Afundo o queixo, estreitando os olhos contra o sol forte.

– Também queria… te pedir desculpas.

O rosto dele registra uma satisfação momentânea antes de retomar a expressão digna de um sargento.

– Pelo quê?

Porra, ele não está facilitando.

Eu mordo o lábio.

– Pelo outro dia. Por estereotipar você. Por presumir que você era um galinha. E por te chamar de homem das cavernas. Foi desnecessário e hipócrita.

Há um silêncio prolongado enquanto ele me encara. Acho que está esperando para ver se vou retirar o pedido de desculpas, mas não faço isso. Por fim, ele passa a mão pela nuca e assente.

– Obrigado.

Silêncio outra vez. Quanto mais ele olha para o chão rachado, mais eu afundo na culpa.

– Realmente errei. Tenho algumas questões de confiança que preciso resolver – digo, inclinando a cabeça.

Quando olho para cima, vejo que a expressão dele suavizou um pouco ao me encarar nos olhos.

– Tudo bem.

– Então tá tudo bem entre a gente agora? – pergunto, esperançosa.

Ele balança o corpo para trás, descruzando os braços.

– Acho que sim.

Nervosa, enrolo uma mecha de cabelo nos dedos.

– Não me pareceu muito convincente.

– Crystal, eu tô de boa. Tá convencida agora? – diz ele, dando um sorriso forçado no estilo Chandler Bing.

Solto um suspiro exasperado.

– Por que você tem que ser tão difícil? Tenho que ofertar meu filho primogênito a você? Vender a minha alma?

Ele fica pensativo por um momento, como se estivesse realmente levando as ofertas em consideração. Então seus lábios por fim se transformam no sorriso presunçoso que conheço tão bem. Mas, por mais incômodo que seja, estou aliviada por ele ter reaparecido.

– Me encontra na academia amanhã – responde ele.

– Na academia?

– Aham. Mas vamos fazer o treino que eu escolher – propõe, enquanto se dirige para o carro.

Estou tentada a dizer que sim só porque não sou de fugir de um desafio. E talvez porque vê-lo malhar seja um espetáculo à parte. Mas, como já sei que isso não tem como levar a nada de bom, pondero a proposta até ele já estar quase no carro.

– E se eu fizer o seu treino misterioso vou ser perdoada? Simples assim? – pergunto.

Mesmo à distância, posso ver um vislumbre de animação em seus olhos.

– Não me subestime, Chen. Você vai ter que correr atrás.

capítulo treze

QUANDO MEL ME CONVIDOU para um "almoço de trabalho", aceitei na hora. É óbvio que eu estava curiosíssima para ver se o apartamento dela era tão glamoroso quanto parecia no Instagram, sem filtro. E assim como ela, de fato é.

No momento em que Mel abre a porta, já vai enfiando uma bandeja cheia de sanduichinhos chiques e variados bem na minha frente. Uma diversidade de macarons e bolinhos, além de mimosas me esperam em sua reluzente cozinha toda branca. Ela afirma que puxou à mãe, que é a "a melhor anfitriã de Stepford". Seja como for, a situação me faz ficar horrorizada com as *minhas* habilidades de anfitriã, que se limitam a bandejas cheias de petiscos industrializados e batatas chips, sem nem usar tigela.

Mel vive em um daqueles prédios modernos no Theater District com janelas que vão do chão ao teto e que permitem que o vizinho veja tudo do lado de dentro. Mesmo sendo o sonho de qualquer stalker pervertido, são perfeitas para a estética de seu Instagram. Sorrio e aponto quando vejo a espreguiçadeira empoeirada de veludo rosa perto da janela onde ela tira muitas de suas fotos, como se eu estivesse em um tour de *Sex and the City*, subindo a icônica escada de Carrie Bradshaw pela primeira vez.

Passar a tarde com Mel é uma distração muito necessária para que eu não pense em Scott e no fato de que vou encontrá-lo na academia mais tarde para resolver as coisas. Sim, quero passar horas babando nele, sem restrições. Mas não tem nada a ver porque estou fazendo isso em prol da paz. Pelo bem de nossas famílias. Fim de papo.

Estou prestes a pedir a opinião de Mel sobre as mudanças no algoritmo do Instagram e a queda no meu engajamento ao longo das últimas semanas, quando um cara magro e sem camisa entra na cozinha. Está vestindo apenas cueca samba-canção estampada com desenhos de cachorros-quentes. O cabelo louro está espetado para cima, como se ele tivesse passado por um túnel de vento.

– Olá, olá.

Ele me dá um sorriso galanteador, o peito estufado. É bonitinho de um jeito juvenil. Se eu fosse dez anos mais nova e ainda bebesse torres de cerveja, quem sabe.

Mel revira os olhos, dando-lhe um olhar de peixe morto.

– Julian, cresce!

– Relaxa, Mel. Só estou sendo simpático.

Ele lança um olhar desafiador para ela e começa a vasculhar a geladeira, mas não antes de dar uma piscadinha para mim. Ele lembra um pouco o falecido pai adotivo de Mel, com seus olhos azul-bebê e rosto estreito, cuja foto vi uma vez na internet.

Mel lança um olhar indignado por cima do ombro.

– Esse é o Julian, meu irmão totalmente destituído de charme. Julian, essa é a minha personal e grande amiga, Crystal.

Ela faz uma pausa e se inclina na minha direção.

– Eu jamais viveria com um universitário por opção. Juro. Mas a minha mãe está me obrigando a passar por isso enquanto ele tenta *descobrir o que quer da vida*.

– Sei bem como é.

Dou uma risadinha, olhando para Julian, que está batendo o pé impacientemente, esperando a torradeira terminar de aquecer seu bagel.

– Pelo menos a Tara tem 29 anos – diz Mel, franzindo os lábios em uma leve carranca. – Eu gostaria de ter uma irmã.

– É ótimo. Mas só às vezes. Quando elas não estão roubando suas coisas.

Tara nunca roubou minhas roupas, dada a nossa diferença de tamanho. Mas ela está sempre roubando minha maquiagem e meus produtos de cabelo. Volto minha atenção para o notebook enquanto sofro calada pelas últimas gotas do meu shampoo caro que ela usou ontem.

Estou tentando me atualizar dos comentários no meu post mais recente do Size Positive. Apesar dos haters e dos comentários de ódio gordofóbicos que mal consigo ler sem começar a tremer, fico feliz que tantas pessoas estejam gostando. Isso faz com que valha a pena enfrentar todos os comentários negativos.

– Qual te parece melhor? – pergunta Mel, enfiando o celular a dois centímetros do meu rosto.

Eu me inclino para trás, estreitando os olhos. Há duas fotos dela lado a lado usando um vestido de bolinhas muito fofo. É a mesma foto, mas uma tem um filtro um pouco mais escuro.

– Primeiro, você tá maravilhosa com esse vestido. Mas eu gosto do mais claro.

– Eu também. Inclusive meus peitos parecem maiores nessa – diz ela, checando a foto mais uma vez. – Acho que vou começar a usar o *preset* rosa. Notei que tenho recebido mais curtidas quando uso ele.

Estou prestes a oferecer a ela alguns de meus *presets* favoritos quando recebo uma notificação.

Ritchie_Scott7 começou a seguir você.

Meu estômago dá cambalhotas.

Antes que eu possa sequer pensar em segui-lo de volta, recebo uma notificação de que ele curtiu meu post mais recente, um vídeo do meu treino de abdômen do dia em que ele roubou meu celular.

Chegam mais de vinte notificações em um minuto. Todas dele. Um sinal inegável de que nem tudo está perdido. De que ele não me odeia completamente.

Ritchie_Scott7 curtiu seu post.
Ritchie_Scott7 curtiu seu post.
Ritchie_Scott7 curtiu seu post.
Ritchie_Scott7 curtiu seu post.
Ritchie_Scott7 curtiu seu post.

ESTOU QUASE ME ARREPENDENDO de vir à academia quando Scott sai do vestiário ostentando um sorriso presunçoso, como se já soubesse que eu viria. Eu meio que pensei em não aparecer, mas depois das notificações, pequenos e provocantes lembretes da existência daquela criatura deliciosa, não consegui mais tirar o compromisso da cabeça. Não parava de olhar o relógio, tentando resistir à ideia de vestir meu conjunto de ginástica mais bonito e atraente, ficar em casa e pedir a Tara para me ajudar a criar um pedido de desculpas por escrito. Infelizmente, minha força de vontade é nula.

Fico corada no instante em que nossos olhares se encontram. Ele parece ter acabado de sair da capa da *Men's Fitness*. Em um esforço para evitar ficar boquiaberta com sua beleza e seu queixo quadrado, noto meu cabelo todo desgrenhado pelo reflexo do espelho enquanto alongo as panturrilhas no Setor dos Marombeiros. Sinto um profundo arrependimento por não ter usado spray de cabelo hoje.

– Ora, ora, ora. Olha quem apareceu – diz ele com um olhar malicioso, sua enorme garrafa d'água pendurada no dedo indicador.

– Você curtiu todas as minhas fotos – comento, mudando de assunto.

– Desculpa, eu perdi a noção. Num minuto, estava ali olhando seu perfil, conferindo o vídeo dos abdominais. Até quando vi, estava curtindo suas selfies de 2014.

– Você é maluco.

Eu secretamente admiro sua sinceridade, enquanto finjo que não pesquisei no Google suas conquistas atléticas no ensino médio.

– Você vai me seguir de volta? – pergunta ele. – Seria um passo em direção ao perdão.

Dou de ombros.

– Talvez sim. Talvez não. Mas se isso acontecer vai ser só por causa do seu cachorro.

Ele sorri como um pai orgulhoso.

– Você é fã de Harry Potter? – pergunto.

Ele chega bem perto e fica me observando. Mesmo visto de cima, o cara é tão bizarramente atraente que estou convencida de que só pode ser bruxaria.

– Não, não! Mas já era o nome dele quando o adotei no abrigo. Não tive coragem de mudar. Achei que iria confundir o coitado.

Meu coração palpita sem querer ao pensar em Scott salvando cachorrinhos indefesos. Imagino os bichinhos momentos antes de serem sacrificados, até a hora em que Scott aparece e os leva para uma fazenda gigantesca...

Seu olhar de expectativa me tira do devaneio. Balanço a cabeça, desviando daquele olhar hipnotizante.

– Então, vamos ficar aqui de papo ou vamos malhar? – pergunto, tentando dar um tom sério à minha voz.

Fracasso miseravelmente. Pareço uma criança tentando imitar o pai dando uma ordem. Scott ri e tira um papelzinho do bolso, rabiscado com o que parece ser uma série de exercícios. Tenho certeza de que vejo a palavra "Vingança" no topo da página, sublinhada várias vezes.

– Ah, nós vamos malhar, sim.

Ele não está para brincadeira.

Scott me obriga a fazer um circuito de CrossFit pesado, envolvendo uma quantidade assustadora de rounds na airbike, burpees, agachamento com barra e box jumps. Novamente agindo com hostilidade pra cima de mim, talvez para me cansar e depois poder realizar algum tipo de ataque surpresa. Não ajuda que ele esteja competindo comigo, sempre garantindo que seja mais rápido do que eu em todos os circuitos. Quando termino meus burpees antes dele, Scott parece arrasado.

Entre uma respiração ofegante e outra, passamos o tempo todo em silêncio. Culpo minha transpiração excessiva pelos sorrisinhos que ele me dá de vez em quando. Treinar com alguém que poderia muito bem ser um galã de Hollywood é mais desafiador do que eu esperava.

É estranho ter ele de instrutor. Estou acostumada demais a ser eu dizendo aos outros o que fazer. Agora sei como é ter alguém mandando na gente quando se está à beira de desmaiar, ou vomitar, sei lá.

– Pra mim chega. Acho que vou vomitar – diz ele ofegante, curvado para a frente, as palmas das mãos apoiadas nos joelhos.

– Ei, isso é tudo culpa sua. Seu desejo de vingança maluco – rebato, apoiando meu cotovelo no rack de agachamento. – Acho que não vou conseguir andar amanhã.

– Uma das coisas que os caras gostam de ouvir depois de um encontro.

Scott me dá um sorriso malicioso e rapidamente se arrepende quando vê meu queixo cair. Ele levanta as mãos na defensiva.

– Brincadeira, brincadeira. Por favor, não me mata.

Estendo a mão e dou um soquinho de brincadeira no peito dele.

– Você é podre. E isso não é um encontro.

Ele dá de ombros, enxugando o suor da testa com a camiseta.

Sentamos cara a cara no chão. Com as pernas esticadas na frente do corpo, pressiono as solas dos meus tênis contra os dele para aprofundar meu alongamento. Seus pés são quase o dobro do tamanho dos meus. Puta merda.

Uma série de imagens de um pênis gigantesco passa pela minha mente em alta velocidade. Quando me lembro do membro duro dele pressionando meu corpo durante nosso amasso no vestiário, dando credibilidade a essa associação, minha garganta imediatamente fica mais seca do que o deserto do Saara. Acho que vou precisar de terapia intensiva para tirar essas imagens da cabeça. Tento engolir, mas acabo tossindo.

– Quanto você calça?

Um sorriso malicioso surge em seu rosto.

– Por que você quer saber?

Reviro os olhos dramaticamente enquanto tusso outra vez.

– Você é péssimo.

– Você deu a deixa – diz ele, passando a garrafa de água para mim. – Me desculpa mesmo assim. Sério. Desenvolvi um senso de humor grosseiro depois de dez anos trabalhando em um quartel.

Bebo um gole, agradecida, meu olhar vagando para os caras da academia aglomerados ao redor do rack de agachamento para incentivar o amigo.

– Então, você já me perdoou?

Ele me analisa, inclinando a cabeça de um lado para o outro, refletindo.

– Não, ainda não. Você passou por esses burpees com muita facilidade.

Reviro os olhos novamente.

– Se eu implorar por misericórdia e vomitar nos seus tênis você vai ficar satisfeito?

Ele não responde. Está ocupado demais olhando pela janela.

– Ei, vamos sair daqui.

capítulo catorze

– POR QUÊ? E pra onde? – pergunto, confusa.

– Sei lá – diz ele, dando de ombros e ficando em pé. – Mas tá um dia lindo lá fora e acho que a gente não deveria desperdiçar ficando aqui dentro. Vamos tomar um sorvete? Por sua conta, é claro, já que você ainda tá aí rastejando pelo meu perdão e tudo mais.

– Ué, mas vocês crossfiteiros não fazem dieta paleo?

Embora em choque, tento manter a ilusão de que sou uma pessoa tranquila. Se pagar um sorvete para Scott é o suficiente para ter seu perdão de vez, estou disposta a comprar todos os sabores.

Ele balança a cabeça, me dando uma olhadela curiosa.

– Eu? Eu não. E você? Não toma sorvete?

– Sou intolerante a lactose.

Ele coloca a mão no peito, como se eu tivesse dito que tenho apenas um mês de vida.

– Caramba. O que você fez pra merecer isso?

– Não sei, mas é uma merda mesmo.

– Ainda bem que conheço um lugar que tem um sorbet maravilhoso. Fica no fim da rua.

Lanço um último olhar hesitante em direção à porta para não parecer ansiosa demais. No fim das contas, a pitoresca sorveteria no fim da rua é um daqueles lugares com um milhão de sabores e coberturas, além de vender chocolates artesanais. Depois de um longo período de agonia até chegar a uma decisão, resolvo tomar um sorbet tropical e Scott pede o mesmo sabor.

– É junto ou separado? – pergunta o adolescente apático atrás do balcão vestindo uma camiseta que diz *Weed King*.

– Junto.

É estranho dizer isso. Passa pela minha cabeça que talvez o adolescente ache que somos um casal. Aprecio esse pensamento por tempo demais antes de ser atropelada pela realidade. Não posso pensar nele desse jeito. Nós somos inimigos de academia puramente platônicos que se tornaram conhecidos. Só isso.

– Você sabe que podia ter pedido um sorvete de verdade, né? – digo enquanto o adolescente passa os potes de sorbet por cima do balcão.

– Me sinto mal comendo na sua frente. Não quero que você acabe ficando com cólicas por tabela, ou seja lá o que acontece na sua barriga.

Ele me dá uma piscadinha quando me recuso a pegar a notinha. Só ele é capaz de transformar uma piada envolvendo indigestão em algo remotamente encantador.

– É verdade. Você não quer me ver mal-humorada.

– Esse não é o seu estado natural? – pergunta ele fazendo graça.

Dou uma ombrada nele ao sair da sorveteria. Fico alguns passos à sua frente, me esforçando para manter a boca em posição neutra. Sorrio como uma criança na Disneylândia e me recuso a permitir que ele veja. Estou gostando das brincadeirinhas desprovidas de ódio muito mais do que ele precisa saber.

Seguimos em direção à orla. O sol cria uma pátina brilhante na superfície da água. Há um cruzeiro ancorado à frente, apenas esperando que os turistas embarquem.

– O Alvo não se sente sozinho durante o dia enquanto você está no trabalho ou na academia? – pergunto.

Chego um pouco para o lado quando um homem que passeia com um pequeno terrier de sapatinhos cor-de-rosa passa por nós dois na calçada. Será que Scott calça sapatos em Alvo Doodledore?

– Não. Eu e o Trevor, o amigo com quem divido o apartamento, quase sempre trabalhamos em turnos diferentes. Ele é alocado no mesmo batalhão que eu, então em geral está em casa quando não estou. Ele leva o Alvo pra passear e tal.

– Parece um bom amigo.

– Quando não está enchendo meu saco por causa do Blackhawks, até que ele é legal, sim.

Me distraio com a visão de Scott lambendo o sorvete da colher.

– Não sei se a nossa amizade vai dar certo. Eu simplesmente não confio em torcedores do Blackhawks.

Ele aponta a colher para mim.

– Ei, quem foi que disse que nós voltamos a ser amigos? Como você sabe que eu te perdoei?

Sinto um aperto no estômago.

– Você não me perdoou?

– Perdoei. Na verdade, não costumo guardar rancor – diz ele, e o sorriso que dá é reconfortante.

Eu bufo.

– O que foi? Você guarda rancor?

– Não.

Ele me olha desconfiado.

– Tenho a sensação de que você se apega demais às coisas.

– Nah, mas minha irmã, sim. Há algumas semanas ela descobriu que o babaca do ex ainda estava usando a Netflix dela. Daí em vez de mudar a senha como uma pessoa normal, ela bagunçou o algoritmo dele assistindo aos primeiros três minutos de mais de vinte comédias românticas. Depois, esperou ele chegar no penúltimo episódio de *Stranger Things* e mudou as configurações do perfil dele para que ele só conseguisse ver conteúdo infantil.

Scott joga a cabeça para trás em uma gargalhada.

– Que maravilhoso!

– Aham. Ele ficou puto. Isso é o que chamo de rancor verdadeiro.

Faço uma pausa, sorrindo com a lembrança.

– Você curte *Stranger Things*?

– Não. Eu não curto ver TV nem filmes.

Paro mortificada, piscando lentamente.

– Nada?

– Na verdade, não. Eu vejo TV às vezes. De preferência programas que tenham não mais que vinte minutos de duração.

– Mas por que você não assiste a séries mais longas? Ou filmes? O que tem contra eles?

Ele me dá um sorriso tímido.

– Eu pego no sono. Todas as vezes.

Quando retomamos a caminhada, eu o imagino aconchegado em um sofá assistindo a um filme. O peitoral parece bastante convidativo...

– Vai ver você simplesmente não assistiu a nenhum filme bom – digo, fugindo da imagem.

– Acho que não é isso. Eu sempre relaxo e acabo cochilando se não estiver me movendo. Uma garota uma vez terminou comigo porque eu dormi no cinema durante um encontro.

Deixo o sorvete derreter na língua, saboreando o gosto quase tanto quanto saboreio a visão daquele sorriso lindo.

– Entendo, ela de fato não tinha nenhuma outra opção a não ser terminar com você.

– A gente foi ver um filme romântico. Que diferença faz se eu estava ou não assistindo? O importante era *ela* gostar.

– Ficar acordado é parte da experiência de ir ao cinema com outra pessoa, Scott. Caso contrário, ela poderia muito bem ter ido ao cinema sozinha sem ter que dividir a pipoca com você.

– Acho que você vai precisar me obrigar a assistir a um filme – sugere ele com um sorriso brilhante.

Eu o encaro.

– Conhecidos assistem a filmes juntos?

– Não vejo por que não.

Jogo o pote de sorvete vazio em uma lata de lixo próxima. Mas ele, é claro, precisa tentar atirar a dele na lixeira como se fosse o LeBron James.

– Então esse lance de fitness e personal training é algo que você faz em tempo integral? – pergunta ele enquanto continuamos andando.

– Aham, desde a faculdade.

– Você tem muitos seguidores, né, que loucura. Eu fiquei realmente impressionado.

– Obrigada.

Não gosto de falar do meu sucesso no Instagram, porque me sinto uma fraude. Quando as pessoas perguntam como ganhei meus seguidores e de que maneira elas também poderiam ganhar dinheiro com o Instagram, nunca sei como responder direito. Não sei o que motivou as pessoas a me seguirem, além de uma pitada de sorte, pesquisa e muito trabalho. Parece tosco dizer "Só seja você mesmo", mas foi de fato o que funcionou para mim.

– O que te fez querer começar com esse tipo de coisa? – pergunta ele.

– Sempre gostei de esportes, desde nova. Aí na faculdade eu passei a gostar muito de ir pra academia, como uma forma de desestressar. É óbvio que academia não é pra todo mundo, mas pra mim era muito terapêutico. E aí, quando percebi até que ponto o mundo fitness pode ser tóxico, principalmente na internet, quis dar um exemplo positivo pra outras mulheres.

Faço uma pausa enquanto nos esquivamos de um grupo de ciclistas que passa por nós.

– Tipo… o meu caso, por exemplo… eu tenho um biotipo que jamais vai ser magro, então perder peso nunca foi o objetivo. Adoro levantar peso e me desafiar. Então queria ajudar outras mulheres como eu, que nem sempre se sentem tão confiantes, ou que não sabem como começar uma atividade física. Ganhar dinheiro pra promover marcas que eu amo também não é nada mal.

Eu o observo, esperando que ele faça um discurso bem-intencionado sobre eu não ser uma mulher "grande", ou pior, que comece a dar conselhos não solicitados sobre como perder peso, feito tantas outras pessoas com quem tive o prazer de interagir.

Mas não. Então continuo:

– A sociedade diz que as mulheres não estão em forma a não ser que vistam 36 e tenham uma barriga de tábua de passar.

Ele arqueia uma sobrancelha.

– Obviamente nunca viram você na academia. Você arrasa.

Sinto meu rosto corar.

– Obrigada. Tipo… eu só acho que ser saudável não tem a ver apenas com tamanho ou peso, mas com o modo de pensar e a saúde mental.

Ele assente, pensativo.

– Concordo.

– Falou o Sr. Tanquinho.

Scott faz graça, batendo seu ombro contra o meu.

– Eu nem sempre gostei de malhar.

– Ah, fala sério. Você tem essa barriga desde pelo menos julho de 2016.

Ao perceber que tinha me entregado, dou uma olhada de soslaio para ele. Scott dá um sorriso engraçado.

– Isso é bem específico. Como você sabe?

Minhas bochechas começam a arder. Estou mortificada. Mas então lembro que ele curtiu todas as minhas fotos de 2014 em diante.

– Vi no seu Instagram – admito, com falsa confiança.

– Quer dizer que você andou investigando a minha vida?

Eu dou de ombros.

– Eu precisava ter certeza de que você não era um assassino em série. Não sei você, mas eu sou meio exigente em relação a pessoas que acabei de conhecer.

– Estou honrado por ter passado na sua seleção – diz ele, e de repente seu rosto fica sério. – Mas, na verdade, eu era supermagricela e desengonçado quando era criança. Não gostava de esportes nem nada até chegar ao ensino médio.

– Sério? – pergunto, incapaz de imaginá-lo sem músculos.

– Sério. Nós passamos alguns anos bem difíceis quando morávamos em Illinois. Fast food barato e nenhum dinheiro pra praticar esportes. O pessoal na escola era bem babaca.

Fecho os olhos por um instante, tentando evocar a imagem de Scott como uma pessoa excluída. Penso na minha versão pré-adolescente durante o ensino médio. Houve um ano em que meus amigos decidiram que eu não era mais "descolada o suficiente". Ficava sozinha no recreio, andando em círculos, de cabeça baixa, tímida demais para me aproximar de outros grupos.

– Eu jamais poderia imaginar que a escola foi uma época difícil pra você.

Seus olhos brilham de leve e ele trinca os dentes como se fosse aprofundar o assunto, mas acaba desistindo.

– Enfim, quando cheguei no ensino médio, nós já estávamos com uma situação financeira melhor. Meu pai conseguiu um emprego muito bom aqui em Boston, e minha mãe ficou feliz porque era perto tanto dos meus avós maternos quanto paternos. Daí a gente se mudou pra cá e eu pude recomeçar. No auge da puberdade. Foi quando comecei a praticar esportes.

– E aí do dia pra noite você ficou um gato?

Ele sorri, mantendo os olhos à frente.

– Não. Eu ainda não tinha nenhum traquejo social na época do ensino médio. Mal conseguia falar com as garotas, quanto mais ter uma namorada.

Absorvo seu sorriso sincero. Por fora, Scott é a pessoa mais confiante do mundo. Mas, na realidade, isso é uma ilusão. Ele é como todos nós, meros mortais, e se desestabiliza com coisas idiotas que sem querer a gente diz em voz alta. Isso me faz sentir ainda pior em tê-lo julgado. Ele não tem culpa de ser um belíssimo espécime.

– Não acho que te falte traquejo social. Muito pelo contrário, na verdade. A menos que eu também não tenha.

– Eu não disse que continuo sendo assim – diz ele, exibindo seu sorriso encantador.

– Sempre arrogante, né?

– Bom, agora que você conhece meus segredos mais sombrios, o que você faz além de ir à academia?

– Não faço muitas outras coisas, pra ser sincera.

Estou prestes a retirar o que disse. Será que quero mesmo que ele ache que eu sou praticamente uma reclusa? Passei a vida inteira ouvindo que, em alguma medida, ser introvertida é ser inferior. Que ser extrovertido como meu pai é mais desejável. Mas, depois da sinceridade total com que Scott se abriu, parece errado ser qualquer outra coisa além de verdadeira.

– Você é do tipo caseira?

– Aham. Tenho leggings Lululemon especificamente designadas pra usar em casa e pra sair.

– Um hábito… bem caro – brinca.

– O que posso fazer? Sou uma pessoa introvertida.

Ele me olha com curiosidade.

– Tá bem, mas quão introvertida?

– Digamos que se eu tiver planos pra mais de duas noites consecutivas, talvez passe a semana inteira estressada por causa disso. Ah, e se alguém cancela um programa, eu sinto como se tivesse ganhado na loteria.

Ele sorri.

– Agora já sei como fazer você gostar de mim. Vou marcar um programa com você e depois cancelar.

Estranhamente, a ideia de Scott cancelar um compromisso comigo não soa tão atraente quanto eu gostaria.

Conversar com ele é fácil. Mais do que fácil, na verdade. Me faz sentir leve e alegre. Temos um senso de humor sarcástico muito parecido e mentes sujas também. Não sinto necessidade de planejar o que vou dizer, o papo apenas flui. E se alguma coisa soa estranha, ele não parece notar, ou pelo menos não deixa isso óbvio.

Quando concluímos a volta no píer, já fiz uma lista de filmes ultralongos que ele precisa assistir, do começo ao fim, obviamente. Scott parece feliz em aceitar o desafio. Ele também gosta de me fazer perguntas aleatórias, como quem é minha cantora favorita (Lizzo) ou para onde quero ir nas férias (Nova Zelândia). Também aprendi mais sobre os gostos dele.

A cor favorita é azul. Ele não gosta de gatos nem de abacaxi na pizza. Quando era criança, tinha uma tartaruga de estimação chamada Bob. Ele tem duas irmãs mais velhas (uma mora na Inglaterra e outra no Arizona), que, segundo ele, o torturaram ao longo da infância (ele tem uma cicatriz no joelho esquerdo para comprovar). Desde que o pai faleceu, é o único homem na vida da mãe e das irmãs.

Quando começa a me contar sobre sua obsessão doentia por *Bill Nye, The Science Guy*, finalmente chegamos ao estacionamento da Excalibur Fitness.

Ele solta um longo suspiro.

– Queria poder continuar te contando fatos constrangedores sobre a minha vida, mas preciso voltar pra casa pra ficar com o Alvo. Eu até falaria pra você ir comigo, mas acho que é muito cedo pra ele te conhecer.

– Você é sempre tão exigente em relação às pessoas que apresenta ao Alvo?

– É claro. Não posso simplesmente trazer qualquer um pra vida dele. Nessa idade ele ainda é muito impressionável.

– A propósito, isso não foi um encontro, de jeito nenhum, ok? – digo, para lembrá-lo. – Foi só um sorbet de desculpas entre dois ex-desconhecidos, que se tornaram inimigos, que depois se tornaram conhecidos e cujos avós vão se casar. Uma trégua.

– Isso é uma confirmação de que não somos mais inimigos mortais?

Faço que sim.

Ele me dá um sorriso satisfeito e me puxa para um abraço casual, mas caloroso.

7h35 – POST NO INSTAGRAM: "CAMPANHA SIZE POSITIVE – PARA QUEM SE SENTE INSEGURO EM RELAÇÃO A SER FITNESS", POR **CURVYFITNESSCRYSTAL**

Nem sempre fui mega confiante na academia. Juro. Basta perguntar à Crystal de 15 anos. Eu tinha acabado de levar um pé na bunda do meu primeiro namorado – um garoto desengonçado chamado Bobby, com notas muito abaixo da média e que era mais conhecido por comer uma peça inteira de queijo se fosse desafiado. Um dia, depois da aula, eu estava literalmente soluçando na esteira por causa dele e acabei escorregando nas minhas próprias lágrimas. Então voei pela parte de trás e esfolei meu queixo e os joelhos. Acho que fiquei inconsciente por alguns segundos, porque acordei com o cara mais popular da escola (pensa num Peter Kavinsky bombado) segurando minha mão e fazendo carinho nas minhas costas. kkkkkk

Depois, teve também a primeira vez que tentei fazer barra sem testar se minhas mãos teriam força suficiente para me sustentar. Caí de bunda no chão.

E ainda teve a vez em que tentei fazer flexão depois de fazer uma mega série de peito. Caí de cara no chão.

Por que estou compartilhando minhas experiências constrangedoras na academia? Para falar com todos vocês que têm medo de entrar para o universo fitness. Nada pode ser pior do que as minhas histórias. Sério. E mesmo que você se coloque em alguma situação embaraçosa, lembre-se de que todo mundo que frequenta a academia tem histórias como essas, não importa o quão profissional e "apta" essa pessoa pareça. Todos já passaram por algo assim. Pode confiar.

Se você está insegura sobre como transformar seus hábitos (seja na academia ou em casa), ou simplesmente voltar a treinar depois de fazer uma pausa, apenas dê mais uma chance. Não estou dizendo que todo mundo precisa se exercitar para ser feliz. Não estou dizendo que você precisa entrar para a academia e levantar peso. Fazer exercícios trouxe muita alegria para mim e para muitas outras pessoas. Mas ser fitness não é para todos, e tudo bem. Só estou pedindo que reserve um tempo para fazer algo por você. Que seja até dar uma volta no quarteirão e esvaziar a mente. Ou se aconchegar em algum lugar com um livro que você goste. Garanto que não vai se arrepender!

E lembre-se: a pior parte de malhar é vestir o top.

Comentário de **_averyking**: pode ser frustrante voltar a fazer exercícios, mas vale a pena. ♡

Comentário de **greenjay4**: não me surpreende que o seu namorado de adolescência tenha te largado. ♡

Comentário de **KathyHilliker**: kkkk morri de rir com essas histórias. Obrigada por colocar um sorriso no meu rosto!! ♡

capítulo quinze

UM HOMEM ATARRACADO com bíceps salientes de anabolizantes, usando um capacete e suspensórios no mesmo tom de amarelo, esfrega suas partes em vovó Flo ao ritmo de "Pony", do Ginuwine. É a última coisa que imaginei testemunhar na vida. Preciso apagar a imagem da cabeça com urgência. Pra ontem. Mas, infelizmente, sei que vai ficar gravada na minha memória por toda a eternidade.

Compelida a preservar o espetáculo só para deixar cicatrizes nas futuras gerações, faço vários vídeos. A filmagem é instável, para dizer o mínimo. É difícil ouvir a música por conta dos gritinhos agudos ao fundo, em parte graças aos martínis. A gargalhada uivante e inconfundível de vovó Flo é audível enquanto ela serpenteia as mãos para cima e para baixo no peito nu e generosamente lubrificado do homem ao mesmo tempo que suas melhores amigas de longa data, Annie e Ethel, se aglomeram ao redor dele, tirando fotos desfocadas com seus iPads imensos.

A ideia de fazer a despedida de solteira da vovó na Noite das Mulheres em um clube de striptease foi delas, inclusive. Tara gentilmente encomendou uma série de biscoitos de açúcar em formato fálico, de todas as cores, circunferências e comprimentos. Dada a tendência que vovó Flo tem de se chocar com tudo, tinha certeza de que aquilo não daria certo – que ela acharia as atividades da noite indecentes e "impróprias". Mas todos os meus medos caíram por terra quando a vi posar de forma espontânea para uma foto fingindo fazer um *deep throat* com um dos biscoitos.

Quem é esta mulher? Com certeza não pode ser a mesma vovó que lavou minha boca com sabão quando eu tinha 10 anos depois de eu pronunciar a palavra "inferno" em um domingo – "o Dia do Senhor". Certamente não é a mesma mulher que obrigou meus pais, que não dão a mínima para religião nenhuma, a enviar Tara e eu para o acampamento da igreja por três verões consecutivos. Começo a achar que minha avó foi abduzida por alienígenas e substituída por uma réplica muito mais legal, até o momento em que a própria, com toda naturalidade, informa a Tara que ela "jamais será capaz de segurar um homem" se não aprender a cozinhar.

Dou uma fugidinha do salão para respirar do lado de fora. Fico parada na calçada, mordiscando um dos biscoitos de piroca que surrupiei. Além do risco de receber uma *lap dance* indesejada, o lugar estava começando a ficar apertado e quente em razão do excesso de martínis. A música, as luzes e a máquina de fumaça não ajudavam, não que as nuvens de fumaça de cigarro, o lixo fedorento e um toque de cheiro de esgoto do lado de fora sejam muito melhores.

Em meu leve estado de embriaguez, sinto uma vontade persistente de mostrar o vídeo a alguém. E a única outra pessoa que apreciará a excentricidade da cena em sua plenitude é Scott. Temos nos falado por mensagens desde o encontro do sorbet na semana anterior. Inclusive trocamos várias mensagens durante as despedidas de solteiro de nossos respectivos avós. Scott aparentemente alcançou o status de "melhor amigo" do meu pai. Ele até me enviou selfies dos dois jogando golfe juntos para provar.

RITCHIE_SCOTT7

Uau. Nunca mais eu vou conseguir desver esse vídeo.

CURVYFITNESSCRYSTAL

Né? Deveria ser proibido.

RITCHIE_SCOTT7

A culpa é de vocês. Eu me ofereci pra participar. Assim teriam um bombeiro de verdade com mais de 1,50 metro.

CURVYFITNESSCRYSTAL

Kkkkkk

Na verdade, a visão de Scott se esfregando na vovó Flo é provavelmente mais perturbadora do que a do stripper profissional. Sinto calafrios só de imaginar.

RITCHIE_SCOTT7

Hahaha, tô zoando. Não sou muito bom em pole dancing. Saio melhor em fotos.

CURVYFITNESSCRYSTAL

Você já posou pra um calendário ou não?

RITCHIE_SCOTT7

Caramba, você tá mesmo doida pra saber, né?

CURVYFITNESSCRYSTAL

Não tô nada. Esquece que eu perguntei.

RITCHIE_SCOTT7

Dica: tô no mês de junho.

Seu pai tá bem bêbado, aliás. A cara dele tá muito vermelha kkkk

CURVYFITNESSCRYSTAL

Fala pra ele parar de beber. Isso aí é rubor asiático!

RITCHIE_SCOTT7

Vou tentar. Ele é hilário. Aos poucos estou convencendo ele a revelar todos os seus segredos de infância.

CURVYFITNESSCRYSTAL

...

RITCHIE_SCOTT7

Ele me contou de quando você entrou pelada no palco na formatura da pré-escola. Ousada, hein?

CURVYFITNESSCRYSTAL

Parem de falar sobre mim!

RITCHIE_SCOTT7

Impossível.

CURVYFITNESSCRYSTAL

Em minha defesa, aquele vestido dava muita coceira. Tenho sérias questões com tecidos que dão coceira.

RITCHIE_SCOTT7

Seu pai me deu autorização pra sair com você.

Ah, e pra casar com você também, aparentemente.

CURVYFITNESSCRYSTAL

Fico feliz de meu pai estar garantindo meu futuro
já que, ah, meu Deus, como eu sou incapaz!
Transmita a ele meus mais sinceros agradecimentos.

Meu celular vibra com uma chamada de vídeo. Meu pai. Seu rosto rosado e sorridente aparece na tela com uma parede de madeira e um alvo de dardos atrás dele.

Aceno para a câmera.

– Oi, pai.

Ele me dá um sorriso cheio de dentes.

– Crystal! – grita ele, um rock clássico muito alto tocando ao fundo.

A cabeça de Scott de repente surge ao lado de papai.

– Conta pra sua filha o que você acabou de me dizer.

Papai olha diretamente para a câmera.

– O Scott tem minha permissão para pedir sua mão em casamento.

Levanto uma sobrancelha com exagero.

– Eu tenho direito de opinar?

Em seu típico estilo dramático, papai desvia e desaparece abruptamente, abandonando o celular nas mãos habilidosas de Scott. Consigo vê-lo ao fundo, cumprimentando um dos amigos de Martin. Scott parece estar se afastando da multidão para se refugiar em uma área mais tranquila do bar.

– Ei, eu seria um ótimo marido. Quase não dou trabalho – afirma ele, confiante.

– Não é a impressão que tenho. Você é bem carente… desmaia quando vê agulhas, tá sempre precisando que alguém massageie seu ego e tal…

– Detalhes ínfimos. Tem só duas coisas que eu realmente preciso com certa frequência: sexo e comida.

– É uma tarefa difícil – provoco.

Fico arrepiada com a visão de suas covinhas.

– Vamos combinar de casar se chegarmos aos 40 ainda solteiros? – pergunta ele.

– Oi? Tipo um pacto?

Pigarreio diante daquele pensamento-péssimo-mas-não-tão-péssimo-

-assim de dar a *ele* sexo e comida caseira com regularidade. Seria necessário que alguém me obrigasse a… quer dizer, não.

Scott dá de ombros casualmente, como se só tivesse me chamado pra entrar no time dele de baseball com os amigos.

– Muitos amigos têm pactos assim.

Faço que sim lentamente. Antes que eu possa responder, ele começa a estreitar os olhos para a câmera, seus lábios se curvando em pura diversão.

– Isso que você tá segurando é um biscoito de piroca?

Eu quase engasgo com um pequeno pedaço que desce por acidente pelo buraco errado.

– Talvez.

– Nossa… é bem… veiudo – aponta ele. – Essas manchas pretas seriam pentelhos?

– Exato. E fique você sabendo que está delicioso. Peguei mais alguns, quem sabe levo um pra você. Se você se comportar.

Um largo sorriso toma conta do rosto dele.

– Há tantas coisas que eu poderia dizer nesse momento.

– Por favor, não.

Ele faz um movimento de zíper fechando os lábios. Depois se inclina mais um pouco em direção à câmera.

– Onde você está?

– Sentada na calçada do lado de fora do clube de striptease.

– Por quê? Tá tudo bem? Essa área aí não é muito boa – diz ele, e a voz fica mais grave de preocupação.

– Tá tudo bem. Só me sinto um pouco deslocada. Acho que vou chamar um Uber e voltar pra casa mais cedo.

– Não sai daí, ok? Eu vou até aí pra esperar com você. Estou no pub, uns dois quarteirões de distância.

Arqueio a sobrancelha.

– Aparentemente você sabe muito bem onde fica o clube de strip, hein? Você vem sempre aqui? É cliente VIP?

– Ha-ha, muito engraçada. Você me disse mais cedo que estava no Diamonds. Fui aí uma vez pra despedida de solteiro de um amigo. De nada, tá?

– Aham…

Minha voz desaparece enquanto olho ao redor, o barulho distante de uma sirene ficando cada vez mais alto. Há um cara maltrapilho usando uma calça com estampa de zebra e uma grossa corrente dourada vagando na frente do beco imundo à minha esquerda, lançando olhares evasivos para todos os lados.

– Fica onde está. Chego em alguns minutos – diz ele antes de desligar.

– A SENHORITA TEM UM TROCADO? – diz uma voz rouca.

Meus olhos se abrem. Eu peguei no sono? Por quanto tempo?

Com os olhos turvos, viro e me deparo com um sem-teto magricela vestindo um casaco por cima do outro se aproximando à minha direita. Parece estar morrendo de fome e precisando de uma refeição quente.

– Hum, deixa eu ver.

Eu me esforço para procurar nas profundezas esquecidas da minha bolsa. Só Deus sabe o que se esconde lá no fundo. Não faço a menor ideia se tenho alguma moeda. Quem anda com dinheiro hoje em dia?

Com os dedos irremediavelmente emaranhados nos fios do meu fone de ouvido, descubro um Skittle meio amassado e o recibo de uma lanchonete de dois anos atrás. Assim que consigo localizar uma moedinha de um dólar, uma sombra paira acima de nós.

É uma figura muito alta e musculosa, com cabelos claros saindo de um boné preto. De camiseta de malha, o cara parece um agricultor sexy, robusto e recluso que conquistou bíceps salientes apenas atirando fardos de feno por aí. Com as mangas arregaçadas para acentuar os músculos, ele passa os dias domando cavalos selvagens e andando sem rumo em seu trator por terrenos de vários graus de dificuldade. Teimosamente se recusa a vender a terra que pertence à família há milênios para empreiteiros corporativos malvados da cidade grande. Consigo focar um pouco mais quando a luz da rua bate em seus olhos verdes.

Eu perco o ar. É Scott. De repente, sinto que gostaria de ter vestido algo um pouco mais decotado do que aquele body de gola alta. Pelo menos estou usando saltos e uma calça jeans que me favorece um pouco.

Scott dá a ele uma nota de vinte dólares.

– Aqui, amigo.

O homem abaixa a cabeça, agradecido ao pegar o dinheiro.

– Obrigado. Deus te abençoe.

– Tenha uma boa noite! – digo.

Estou praticamente deitada na calçada. Não foi apenas o álcool que me tirou o fôlego, mas o caráter de Scott. Sua bondade. A maioria das pessoas passa por indivíduos sem-teto sem sequer prestar atenção. Se eu estivesse sóbria e com pressa, talvez fizesse isso também.

Scott se ajoelha, analisando meu rosto ao mesmo tempo que mantém um olhar atento no homem de calça com estampa de zebra.

– Você não deveria estar aqui sozinha desse jeito.

– Por que não? Tô beeeeeem. Eu ia chamar um Uber ou ir a pé para casa. Moro a uns quarteirões de distância só – gaguejo, incapaz de evitar olhar para Scott como se ele fosse um pacote de Doritos picante.

– Cadê a sua mãe? E a Tara?

– Elas ainda estão lá dentro. Provavelmente recebendo *lap dances*. Tem um cara que parece o Tom Brady. Estamos obcecaaaadas com o rapaz.

Por razões desconhecidas, decido que é uma boa hora para lançar um sotaque britânico.

– Você agora é inglesa, por acaso? – pergunta ele, e a voz treme com a risada reprimida.

– Do norte da Inglaterra, pra ser mais exata. Tô com uma aluna nova que é de lá – esclareço. – Outro dia ela me falou o peso dela em libras. Eu tive que usar um conversor. E então ela falou sobre como ficava com vários caras na faculdade e usou uma gíria totalmente nova pra mim.

O rosto de Scott se contorce em confusão.

– Gíria? Que gíria?

– Ah, uma gíria maluca lá – respondo dando risada.

– Fala de novo com sotaque? É tão excitante – brinca.

Eu imito minha aluna, tentando segurar a gargalhada e ele dá um meio sorriso.

– Muito bem, Crystal do norte da Inglaterra. Acho que tá na hora de eu te levar pra casa.

– Ah, é? – pergunto, fracassando cem por centro em fazer minha voz sexy.

Parece que estou com laringite e quem sabe tenha engolido algumas bolas de pelo. Talvez eu esteja um pouco mais do que altinha.

– Você entendeu.

Scott revira os olhos e pega minhas mãos. Seus antebraços flexionam quando ele me levanta.

– Consegue andar ou quer que eu peça um Uber pra você?

– Pffff. Claro que eu consigo andar.

É parcialmente verdade. Consigo andar. Só não em uma linha muito reta. Mas quem precisa andar em linha reta?

Ele envolve minha cintura com seus enormes braços e me guia pela calçada, me impedindo de sair rodopiando em direção ao trânsito. Faço meu melhor para ser o mais discreta possível ao cheirá-lo, me banhando em seu inebriante perfume de sabonete. Quero perguntar como ele consegue manter aquele cheirinho de banho depois de um dia inteiro jogando golfe. Bruxaria? Genética boa?

– Muito bem. Você não vai conseguir ir a pé – diz ele, que então pega o celular e começa a digitar. – Sua carruagem vai estar aqui em cinco minutos. Qual é o número da Tara? Vou mandar uma mensagem pra ela avisando que você tá indo pra casa.

Dou de ombros, parando para me apoiar em um poste cheio de teias de aranha. Quem é que sabe de cabeça os números das pessoas?

– Tem um três… e um quatro. Talvez um sete.

Ele suspira, estendendo a mão.

– Me dá o seu celular.

Tenho dificuldade em localizá-lo na bolsa.

– Aqui. Mas acho bom você não entrar no meu Tinder de novo.

Ele ergue uma sobrancelha enquanto desliza minhas mensagens.

– Ainda no Tinder, né?

– Não. Não tenho entrado ultimamente. É triste demais.

Ele ergue os olhos do meu celular.

– Como assim?

Lanço as mãos no ar, distraída por um jipe que passa depressa com uma música nas alturas.

– Não quero mais relacionamentos casuais.

Scott assente, concluindo depressa a mensagem que estava digitando. Depois se inclina para colocar meu celular de volta na bolsa.

– Em busca de alguma coisa mais séria, então?

Tiro o sapato para massagear a bolha que se formou na lateral do pé, ainda usando o poste como apoio.

– Acho que sim. Não sei o que estou buscando exatamente, pra ser sincera. Meu último relacionamento terminou mal. Me deixou com medo de namorar *qualquer* pessoa.

– Ah, claro. Questões relacionadas à confiança.

Fico presa naquele olhar hipnotizante, os lindos olhos brilhando sob a luz da rua. São tão vibrantes que dá para vê-los do espaço.

– É por isso que você não quer sair comigo? – pergunta ele.

Enfio o pé no sapato, surpresa. Vou precisar dos dois pés bem plantados no chão para responder isso. Desde a nossa discussão no estacionamento da clínica, ele nunca mais falou sério sobre sairmos. Apesar do flerte, presumi que aquilo estava fora de questão.

– Não sabia que você ainda estava interessado.

Ele solta uma risada suave enquanto passa a mão pelo cabelo, um gesto que sempre me desarma.

– Sério? Eu só te mando um milhão de mensagens por dia – diz Scott, e, depois de uma pausa: – Estou interessado, Crys. Mas como você deixou claro que só queria ser minha amiga, não toquei mais no assunto.

– Fora tentar me atrair para um pacto de casamento – lembro.

– Pode acreditar em mim, prefiro sair com você bem antes dos 40. Mas aceito o que vier.

Meus braços se arrepiam quando ele entra em foco. Eu o encaro por alguns segundos, imaginando como seria sair com Scott Ritchie. Sinto um aperto no estômago só de pensar, e fico automaticamente enjoada com um choque daquilo que chamo de "realidade". Não posso repetir os mesmos erros do passado.

– Eu não posso, Scott. E não é porque não estou interessada.

Ele murcha um pouco.

– Então?

Deslizo as palmas das mãos pelas bochechas. Não faço ideia de como ele vai ouvir o que tenho para dizer.

– São muitos motivos. Mas principalmente porque nossas famílias estão se unindo. E o fato de você ter acabado de sair de um relacionamento.

Ele abre um pouquinho a boca e me analisa durante o intervalo de algumas respirações. Suas sobrancelhas relaxam com o que parece ser um misto de confusão e alívio.

– Jura? É esse o motivo?

– Eu gosto de você. De verdade. Mas não quero ser o seu rebote enquanto você se lamenta pela sua ex. Fui o relacionamento rebote do meu ex, o Neil, e depois ele voltou com a garota que namorou antes de mim.

A testa dele se franze.

– Eu e a Diana não nos demos bem na maior parte do nosso relacionamento. Deveríamos ter terminado meses atrás. Confia em mim, eu não vou voltar com ela.

– Não é que eu não queira... Só não quero me machucar de novo. Talvez eu arriscasse se você fosse só um cara aleatório que conheci na academia, mas nossos avós vão se casar, sabe? Não quero que fique um climão se as coisas não derem certo.

Desvio os olhos, tentando encontrar um ponto na calçada para focar, mas tudo ainda está girando. Scott percebe minha perda de equilíbrio e passa um braço ao redor da minha cintura, me estabilizando.

Quero muito acreditar nele quando diz que está tudo acabado com Diana, a patinadora artística. Mas então me lembro de como Neil costumava dizer o quão "acabadas" estavam as coisas com a Cammie. Ele falava sem parar sobre como estava feliz por se livrar dela, e sobre como ela nunca passava pela cabeça dele. Olhando para trás, é claro que ele estava compensando o fato de pensar nela, provavelmente o tempo todo, enquanto estava comigo.

Não duvido que Scott esteja sendo sincero. Ele está quase explodindo de boas intenções. Mas sentimentos são complicados. Faz apenas algumas semanas desde que eles terminaram de fato. Ele pode estar mais magoado do que deixa transparecer, ou do que ele mesmo é capaz de perceber. Precisa de tempo para resolver sentimentos não identificados antes que eu acabe sofrendo as consequências.

Scott aperta meus ombros com carinho, os dedos gentis me acariciando em um movimento circular.

– Por que você tem tanta certeza de que não vai dar certo?

– Porque nunca deu certo antes, não pra mim. Principalmente com caras que acabaram de sair de um relacionamento.

– Beleza, eu entendo. Mas posso só saber quanto tempo é preciso pra não ser mais considerado um rebote?

Olho para o céu da meia-noite em busca de respostas, mas acabo caindo para o lado, bem no peito de Scott. Ele me segura com firmeza.

– Sei lá. Uns três meses pelo menos.

Não tenho a menor ideia de onde vieram os *três meses*. Não tem relevância histórica nas profundezas da minha mente. É completamente arbitrário.

Ele assente, reflexivo.

– Três meses a partir da data em que terminei com a Diana, certo? Isso nos leva exatamente ao dia 6 de agosto. O dia do casamento dos nossos avós. Você vai pelo menos pensar na possiblidade de a gente sair, então? A gente pode ir bem devagar. Pra ter certeza.

Eu me ilumino como uma árvore de Natal. Um calor percorre meu corpo enquanto luto para esconder um grande sorriso. Isso me dá esperança de que ele esteja falando sério o suficiente para esperar por mim.

– Você realmente esperaria tanto tempo? – pergunto. – Tipo, eu não te julgaria se ficasse entediado e se envolvesse com outras pessoas.

Ele não ri da minha tentativa de piada. Na verdade, sua expressão é tão genuína e séria que começo a tremer feito vara verde no meio da rua.

– Crystal, eu não vou fazer isso – diz Scott, e faz uma pausa e tira o celular do bolso. – Vou marcar a data no meu calendário. Dia 6 de agosto. É bom ir se preparando.

capítulo dezesseis

RITCHIE_SCOTT7

Tem alguma coisa errada com o meu CELULAR.

CURVYFITNESSCRYSTAL

??

RITCHIE_SCOTT7

Não tem o seu número nele.

CURVYFITNESSCRYSTAL

GIF Michael Scott indiferente

RITCHIE_SCOTT7

Mas falando SÉRIO agora, quando você vai me tirar do purgatório das DMs e me dar o seu número de verdade? Ou eu vou ter que esperar até 6 de agosto pra isso também?

CURVYFITNESSCRYSTAL

Talvez.

RITCHIE_SCOTT7

Aposto que sou a pessoa pra quem vc mais manda mensagens e com quem vc passa mais tempo por aqui.

Ele não está errado. Nas últimas semanas, desde a despedida de solteira de vovó Flo, trocamos mensagens o tempo todo, nos comunicando em especial através de GIFs. Ele está sempre disposto a resolver coisas aleatórias comigo depois de nossos treinos cada vez mais regulares, como ir à farmácia para comprar absorventes. Inclusive, foi atencioso o suficiente para me comprar ovinhos de chocolate quando eu estava de TPM.

Teve também uma vez em que ele me ajudou com uma compra gigantesca no supermercado, itens para preparar minhas refeições de verão. Ele carregou quatrocentos dólares de comida até o meu apartamento em uma única viagem, porque mais de uma é supostamente um sacrilégio. Uma vez dentro do meu apartamento, ele consertou por iniciativa própria o alarme de incêndio, que estava quebrado desde que me mudei (informação que o deixou bastante perturbado).

Ele ainda está flertando comigo, pesado. E eu estou flertando de volta – e me esforçando muito para ir com calma.

CURVYFITNESSCRYSTAL

Quando chegar a hora vc vai saber o meu número.

Tá me mandando mensagem do trabalho?

RITCHIE_SCOTT7

Aham. Acabei de voltar de uma chamada médica.

CURVYFITNESSCRYSTAL

Vc não deveria estar combatendo incêndios? Salvando vidas? Reanimando alguém?

RITCHIE_SCOTT7

Vc tá querendo que eu te reanime?

Ai, sim, estou.

CURVYFITNESSCRYSTAL

*GIF da *Judge Judy* dando um aceno de cabeça condescendente*

RITCHIE_SCOTT7

O que vc vai fazer hoje à noite?

CURVYFITNESSCRYSTAL

Vou preparar o conteúdo de uns posts da semana que vem. E vc?

RITCHIE_SCOTT7

Ia perguntar se vc toparia me ajudar numa missão ultrassecreta de alta prioridade.

CURVYFITNESSCRYSTAL

Ela exige que eu saia de casa?

RITCHIE_SCOTT7

... sim. Vc teria que colocar a legging "de sair".

Acabei de me acomodar no sofá com Tara, onde planejava permanecer a noite inteira, como uma velha rabugenta. Mas a perspectiva de estar com Scott é impossível de ignorar.

CURVYFITNESSCRYSTAL

??

RITCHIE_SCOTT7

Eu preciso saber se aceita a missão antes de passar mais informações.

CURVYFITNESSCRYSTAL

Aff, tá bom. Eu aceito.

RITCHIE_SCOTT7

Preciso de uma cômoda nova. Da IKEA.

CURVYFITNESSCRYSTAL

E vc precisa de ajuda pra montar a cômoda? Kkkk

RITCHIE_SCOTT7

Hahaha não. Essa parte é tranquila. Mas a minha mãe diz que não tenho nenhum senso estético. Seria bom ter alguém pra me orientar.

Estive no apartamento de Scott uma vez para pegar um rolo de massagem que ele generosamente se ofereceu para me emprestar. A casa dele se encaixa no modelo "dois homens jovens e solteiros com zero senso estético". Sem vida. Sem graça. Minimalista. Fiquei tentada a levar uma planta ou algumas almofadas para dar uma vida ao ambiente, mas, segundo a Mel, isso é o que uma namorada faria. E eu definitivamente não sou namorada dele.

CURVYFITNESSCRYSTAL

Eu curto decoração...

RITCHIE_SCOTT7

Blz. Te busco às 18h30 quando sair do trabalho.

DÁ PARA APRENDER MUITO sobre uma pessoa atravessando uma IKEA inteira com ela. É um verdadeiro teste de paciência, noção espacial, maturidade e autodisciplina. Em especial na última seção, com suas violentas tentações em forma de enroladinhos de canela e caramelos de chocolate. Por que você está tentando acabar comigo, IKEA?

Acontece que Scott tem a paciência de um santo. Estamos presos atrás de uma família com três crianças rebeldes, todas com menos de 7 anos. Estão gritando porque os pais negaram sorvetes de casquinha. Quando o mais novo solta um uivo ensurdecedor, tomo um susto e cravo as unhas nas palmas das mãos. Scott assobia alegremente ao meu lado, como se estivéssemos dando um passeio por uma campina exuberante e tranquila em um dia fresco e ensolarado. Seu passo é confiante, sem pressa e tão sexy que eu poderia ficar horas assistindo às filmagens das câmeras de segurança com ele fazendo nada além de andar pela loja.

Scott também parece ter um excelente senso de direção. Desliza pelo lugar como um verdadeiro profissional, sem se intimidar com distrações. A última vez que estive aqui, em uma missão solo para comprar um mero porta-retratos, acabei completamente desorientada, apesar das grandes setas no chão. Mas, sim, Scott é bombeiro. Presumo que ter orientação espacial ao se deparar com prédios desconhecidos em chamas seja um pré-requisito para o trabalho.

Apesar disso, ele não tem a menor maturidade na seção de colchões. Nem eu. Vamos testando um por um, avaliando o nível de ressalto, suporte e maciez de modo geral.

– Eu preciso dessa cama – diz ele, os olhos fechados, enquanto deitamos lado a lado em um colchão queen-size que parece feito de marshmallow.

Quando me viro para ele, o colchão afunda mais do que o esperado, me fazendo rolar inadvertidamente para seu ombro. Sinto um frio na barriga só de tocar o calor do corpo dele. A sensação é a da mais pura felicidade.

Ele me lança um olhar de esguelha, sedutor.

– Tá tentando fazer uma conchinha comigo?

– Não.

Eu me afasto de repente para reestabelecer uma distância apropriada. Exagero e quase caio da cama. Isso é o que chamo de estar à beira da glória...

– Acho que você estava, sim.

– Acho que você gostaria que eu estivesse.

Na verdade, o peito dele parece aconchegante e convidativo. Tudo que eu quero fazer é me aninhar em seu pescoço, mas consigo me puxar de volta à realidade e manter o controle, embora a bolha do meu espaço pessoal seja vazia, fria e solitária.

– Nunca imaginei que vir à IKEA fosse tão legal – diz ele, mudando de assunto.

Olho para Scott com cara de assustada.

– Tudo é muito divertido até você chegar ao depósito. Aí é puro caos.

Ele ri e se senta na cama, estendendo a mão para mim.

– Muito bem, vamos lá escolher uma cômoda.

Pego a mão dele sem pensar. Mas, no momento em que nossos dedos se tocam, uma onda de eletricidade envia um choque pela minha coluna.

Com a mão travada ao redor da minha, ele atravessa a loja, sorrindo o tempo todo. Suspiro e vou atrás dele pelo corredor, o tempo inteiro atenta à ponta do dedo dele traçando círculos na parte macia abaixo do meu polegar. Fracasso miseravelmente em afastar pensamentos sexuais ou românticos. Tento pensar em outra coisa, em literalmente qualquer coisa para afastar aqueles pensamentos proibidos. Meus olhos se fixam no display de uma bela sala de estar.

– Sabia que eu sou meio obcecada por casas e decoração? – pergunto.

Scott me olha com interesse.

– Já imaginava, baseado na sua mobília. Você é praticamente uma caçadora de antiguidades.

– Quando era pequena, fazia meu pai me levar para passear de carro pela vizinhança durante a noite, pra eu poder ver dentro das casas das pessoas.

Scott de repente para no meio do corredor, para desespero do idoso atrás de nós. Abro espaço para o homem passar e acidentalmente esbarro no peito de Scott. Solto a mão dele e me viro. Ele sorri e coloca as mãos uma em cada lado da minha cintura, como se esse fosse o lugar delas.

– Quer dizer então que você ficava espiando as casas das pessoas à noite? E seu pai te ajudava e te encorajava?

Por um breve momento, o encaro, observando toda a extensão de sua altura elevando-se sobre mim antes de recuar. Com as bochechas rosadas, ele analisa meu rosto e vai abrindo um sorriso.

Faço que sim, como se não fosse nada de mais.

– Mais ou menos isso. Ele aproveitava a oportunidade pra ouvir um CD da Shania Twain no último volume. Ela é o crush eterno do papai.

Ele joga a cabeça para trás, segurando o peito ao dar uma risada estrondosa e desinibida.

– Jamais diria que o Will é fã de country. E você está basicamente um degrau abaixo do status de assassino em série – diz ele, e faz uma pausa enquanto voltamos para a seção de cômodas. – Você também tinha um binóculo?

Dou um tapinha no braço dele de brincadeira.

– Agora já sei que é melhor deixar as cortinas fechadas – diz ele.

Luto contra a vontade de rir e mantenho a expressão séria.

– Minha intenção não é espionar as pessoas, obviamente. Eu só gosto de ver a decoração e a organização das casas.

– Você se daria bem com a minha mãe então. Ela vive assistindo a esses programas de decoração. É apaixonada pelos caras do "Irmãos à Obra" – diz ele quando nos aproximamos da seção de cômodas.

Depois de um leve estímulo, eu o convenço a escolher a cômoda Hemnes de seis gavetas em um tom cinza-escuro (bastante espaço para todas as suas lingeries de renda, argumento). Conseguimos então localizar o número do modelo correto no depósito com relativa facilidade. Com base no quanto ele está se divertindo ao conduzir o carrinho, concluo que o depósito é sua parte favorita de toda a loja.

– Sobe aí – ordena ele, acenando para o carrinho com uma cara séria.

Dou a ele meu olhar autoritário mais severo.

– Não. Vamos lá pagar.

Ele insiste.

– Sobe no carrinho.

Suspiro, cedendo. Meus pés precisam de um descanso depois de atravessar o labirinto que é essa loja nessas sapatilhas de oncinha horrorosas que custaram duas por dez dólares na Target. Lição de vida: não confie em sapatilhas de cinco dólares para dar o suporte adequado para o arco do seu pé.

Eu me acomodo no carrinho, de costas para ele. Seu rosto está tão perto de mim que o aroma sedutor da loção pós-barba invade minhas narinas, espalhando uma onda de eletricidade por todo meu corpo. Quero muito recostar nele. Namorar Scott seria assim? Rir e fazer merda juntos enquanto realizamos as tarefas mais mundanas?

Estou praticamente dobrada ao meio de tanto rir enquanto voamos pelos largos corredores, um após o outro, desviando por pouco de espectadores inocentes.

Ao passarmos por uma estante de livros, uma funcionária grisalha e esgotada da IKEA suspira horrorizada.

– Senhora, é contra a política da loja sentar nos carrinhos a não ser que você tenha menos de 10 anos.

Quando Scott para de repente o carrinho, ela praticamente dispara lasers em mim com seus olhos de falcão como se eu fosse uma criminosa imoral.

– Desculpa – murmuro, voltando na hora para o chão.

Scott e eu reprimimos as risadas até ele acelerar por outro corredor à minha frente, quase batendo o carrinho em um casal que carregava uma caixa longa e fina.

No momento em que o alcanço, ele está se desculpando profusamente para uma mulher loura com uma franja pesada. Ela o encara, os olhos azuis de boneca arregalados, lábios contraídos, ofendidos, como se ele os tivesse esmagado.

Coloco a palma da mão no ombro de Scott ao me aproximar.

– Sinto muito. Deixei ele sem supervisão por um segundo. Realmente preciso arranjar uma coleira pra ele…

Quando o homem vira a cabeça, o ar se esvai dos meus pulmões. O cabelo despenteado. Os penetrantes olhos azul-gelo. Neil.

Ele se solta do abraço da mulher, que agora reconheço como Cammie. Ela parece diferente com essa franja nova. Neil dá um passo para trás, quase tropeçando na parte da frente do carrinho de Scott enquanto gira para me encarar, boquiaberto.

– Crystal.

Os olhos de Cammie se estreitam, me examinando. Não faço a menor ideia se ela sabe quem eu sou. Eu não ficaria surpresa se ele nunca tivesse contado a ela sobre minha existência.

– Neil… Oi – mal consigo dizer.

O sangue corre para a minha cabeça. As vozes ao nosso redor ecoam distantes, como se estivéssemos em um aquário.

Scott me lança um olhar preocupado e recua o carrinho. Ele está de pé ao meu lado agora, ombros para trás, braço roçando o meu. Seu toque me mantém firme e me impede de ser sugada para dentro do tornado de Neil.

– O que você tá fazendo aqui? – pergunta Neil, a voz muitas oitavas acima do normal.

Ele está fazendo um péssimo trabalho em disfarçar o choque. Iluminada pelas luzes do depósito, uma única gota de suor escorre pela testa. Ele parece prestes a se mijar ao ver Cammie e eu no mesmo lugar e, sinceramente, eu também.

– Eu, é…

– Nós viemos comprar uma cômoda – interrompe Scott.

A maneira como ele diz "nós" não passa batida por mim. É ousado, mas me sinto grata.

Ver os dois cara a cara é interessante. Neil não é franzino, mas ainda assim Scott o supera por mais de dez centímetros e quase vinte quilos de músculos.

– Estamos comprando móveis novos pra sala de estar, pra nossa casa nova – informa Neil, olhando nervosamente para mim.

– Móveis novos pra sala de estar?

Então me dou conta das várias caixas empilhadas no carrinho deles. Cammie abaixa o queixo em um aceno de cabeça, mantendo a expressão inocente e o olhar gentil.

– Estamos indo morar juntos – admite Neil.

Parece estranho, embora nada surpreendente, que os dois tenham decidido morar juntos algumas semanas depois de Neil me mandar uma mensagem, talvez para reclamar dela.

– Sério? A gente também – diz Scott em um tom excessivamente alegre.

Consigo perceber que a fala é falsa, mas só porque o conheço muito bem. Ele deve estar sentindo meu desconforto, porque joga o braço no meu ombro, me puxando para perto. Nesse exato segundo uma onda de calor percorre meu corpo inteiro, me tornando impenetrável. Com Scott ao meu lado, nada que Neil possa fazer será capaz de me tirar do prumo.

– Ah.

Vejo um lampejo de irritação profunda nos olhos de Neil e em seguida ele faz um bico, claramente nem um pouco feliz em ver que sua segunda opção não está mais disponível.

– Não sabia que você estava namorando.

Estou tentada a fazer um comentário ácido, do tipo "Minhas mais sinceras desculpas por esquecer de mencionar isso nas últimas três vezes que você me mandou mensagem", mas não estou nem um pouco a fim de ser mesquinha. Então dou de ombros casualmente, como se não fosse nada de mais.

Scott dá um pigarro para preencher o silêncio constrangedor e aperta meu ombro.

– Melhor a gente ir, baby.

– Sim, sim, melhor.

Nem me esforço para me despedir de Neil e sua namorada. Saio andando até que ambos estejam fora de vista. Alguns corredores adiante, paro, esperando Scott me alcançar com o carrinho.

Quando estamos a uma distância em que não podem nos ouvir, rumo às filas monstruosas no caixa, Scott diz:

– Crys, sinto muito mesmo se passei dos limites, eu…

Eu me viro para ele, meus dedos roçando seu antebraço. Quando sinto que ele retesa a musculatura, solto o braço na hora.

– Você não passou dos limites, não. Obrigada. De verdade.

– Imagino que aquele seja o tal ex, certo?

Faço que sim distraidamente, correndo os dedos sobre acessórios de cozinha aleatórios no corredor do caixa.

– Aham.

– Sem querer ofender, mas o cara é um escroto. Você não faz ideia do quanto eu queria dar um soco na cara dele – comenta Scott, mantendo o olhar fixo na fila à nossa frente.

Esse comportamento protetor me conforta. Eu chego mais perto dele, nossos ombros se tocando.

– A cara dele dá mesmo vontade de socar. Mas o que te faz querer bater nele?

– Porque é por causa dele que eu tenho que esperar meses pra ficar com você. E eu também odiei o jeito que ele olhou pra você.

– Que jeito?

– Como se ele fosse seu dono ou coisa assim. Como se você fosse um brinquedinho dele na mão de outra pessoa.

Scott se aproxima, chegando tão perto que sua respiração balança meu cabelo.

– Você vale muito mais do que isso, Crystal.

De alguma maneira, Scott conseguiu captar com exatidão como me sinto quando estou perto do Neil. Como se eu não valesse nada. Não é que ele tentasse fazer com que eu me sentisse assim de forma proposital, mas depois de ser a segunda opção por tanto tempo, eu praticamente me acostumei com isso.

Abaixo a cabeça.

– Obrigada. Foi muito estranho ver os dois juntos… ele me largou pra ficar com ela. A ex-namorada.

A mandíbula de Scott fica tensa.

– Que merda gigantesca. Sei que deve ser difícil pra você.

– É… Mas eu devia ter imaginado isso. Mesmo quando nós estávamos juntos, sempre senti que ele não tinha superado a Cammie por completo. Neil sempre encontrava maneiras estranhas de trazer ela à tona. Uma vez, literalmente quinze minutos depois de a gente transar, eu peguei ele olhando o Insta dela.

Scott se encolhe, incomodado.

– Nossa…

– O pior de tudo é que eu não sou uma pessoa ingênua. Pelo menos, não achava que fosse. E, mesmo assim, acreditei em tudo o que ele me disse por muito tempo. Isso me deixou mal de verdade.

– Eu superentendo. É difícil quando a pessoa revela ser exatamente quem a gente esperava que ela não fosse.

– Você já teve algum relacionamento ruim? – pergunto.

Estou cada vez mais consciente de que essa conversa talvez não seja a mais adequada para a fila do caixa da IKEA. Mas, de fato, ninguém ao nosso redor parece estar prestando atenção. A mulher na nossa frente está com a cara enfiada no celular, enquanto o casal atrás de nós está estranhamente entretido com formas de gelo.

Ele faz que sim, engolindo um nó na garganta.

– Aham. O último.

Dou um suspiro curto. Nunca perguntei a ele sobre o que aconteceu com Diana, principalmente porque ele nunca tocou no nome dela.

– O que aconteceu?

– A gente se conheceu no ano passado. Ela é patinadora artística. As coisas estavam indo bem no primeiro mês, até que ela foi convidada pra fazer uma turnê com a Disney. Ela não tinha certeza se queria aceitar, já que nosso relacionamento era muito recente, mas dei força. Não queria que ela desistisse do sonho dela por minha causa. Achei que a distância seria moleza, mas não nos falamos muito enquanto ela estava na turnê, em especial nos últimos meses. E o fato de eu estar sempre trabalhando e pegando turnos extras não ajudava também. A gente brigava o tempo todo por causa da distância.

Scott faz uma pausa e fecha a cara.

– Enfim, acabamos terminando depois que ela veio passar um fim de semana. Eu presumi que as coisas voltariam ao normal se a gente se visse. Mas não foi o que rolou. E ela admitiu que começou a gostar de um patinador que trabalha com ela. Clichê, né?

De fato um clichê. Eu franzo a testa.

– Sinto muito. Mas chegou a rolar de fato alguma coisa entre eles?

O olhar dele desvia para os pés por um segundo.

– Ela disse que não, mas não sei se acredito.

– E você acha que vai levar muito tempo pra você confiar em alguém de novo?

– Não.

– Sério? Não te machuca mais o fato de ela ter começado a gostar de outra pessoa?

Os olhos dele pairam sobre os meus.

– Claro que machuca, mas só porque uma pessoa traiu minha confiança não significa que todo mundo vai fazer isso, entende?

Ficamos em silêncio durante a viagem de volta ao meu apartamento. Scott parece mergulhado nos próprios sentimentos depois da conversa sobre Diana. Estou morrendo de culpa por acabar com a sua alegria.

Também estou decepcionada comigo mesma. Pouco tempo depois de praticamente fazer uma conchinha com ele e andar no carrinho da IKEA feito criança, quase quebrei o pacto que fiz comigo mesma. Fiquei tentada a ceder, beijar Scott e me deixar ser o rebote dele, e vice-versa.

Mas ver Neil e Cammie fazendo compras de móveis, quase a caminho do altar, me fez lembrar de que eu não fui nada para ele além de um alívio temporário para a dor. Uma coisa para limpar o paladar. Um escape. Alguém para reforçar o fato de que ele ainda amava outra mulher.

Se eu quero ser um modelo para minhas seguidoras e praticar o que prego com a Size Positive, preciso me valorizar. Ser mais uma vez o rebote de alguém está fora de cogitação.

capítulo dezessete

– Eu não sei como você tem tanta força de vontade. Eu já teria quebrado essa regra de três meses e pulado em cima dele.

Mel bufa, sem fôlego em razão do quadragésimo quinto dos cinquenta arremessos de bola que impiedosamente lhe atribuí.

– São menos de dois meses agora, se levarmos em conta a data em que ele realmente terminou com a ex – explico. – E não é uma regra rígida e definitiva. Só acho que é um período de tempo saudável entre um relacionamento e outro.

Nas duas semanas que se seguiram após nosso passeio pela IKEA, Scott e eu nos encontramos na academia pelo menos quatro ou cinco vezes por semana, com exceção dos dias em que ele trabalha dois turnos seguidos. Às vezes, ele me ajuda com a gravação dos vídeos ou me dá novas ideias de exercícios para demonstrar e compartilhar. Scott ocupa a maior parte dos meus fins de semana também. Passamos horas juntos assistindo a esportes na casa dele, andando pelo parque ou pelo porto com Alvo, visitando Martin e a vovó Flo, ou absortos em nosso estranho novo hábito de navegar pelos sites de lojas de decoração.

Na noite passada ele me acompanhou em um jantar na casa dos meus pais (papai gentilmente estendeu o convite) e começou a fazer amizade com Hillary. Eu avisei que ela talvez fizesse xixi em cima dele, mas Scott a pegou nos imensos braços e deixou que ela lambesse o rosto dele inteiro com sua repugnante língua de lagarto. Essa atitude consolidou seu título de "homem perfeito", de acordo com mamãe, que é a mais nova fã de Scott, junto com o resto da família, que insiste com vigor para que eu o namore o mais rápido possível.

– Cinquenta! – diz Mel, jogando a *med ball* no chão uma última vez antes de se encostar na parede.

– Arrasou, gata. Você foi muito bem a série inteira – elogio, dando um tapinha na mão dela no caminho para o vestiário.

Orgulhosa, Mel sorri e bebe o restante da água da sua garrafinha. Um mês atrás, esse circuito teria sido muito difícil, e hoje, ela simplesmente arrasou.

– Enfim, entendo o motivo de você estar sendo cautelosa, considerando o envolvimento entre as famílias e tudo mais.

Seguro a porta do vestiário aberta para ela.

– Pois é. Eu meio que fui com muita sede ao pote no meu último relacionamento… se é que dá pra chamar aquilo de relacionamento. Então acho bom ir devagar.

Mas é fato que manter meus sentimentos por Scott sob controle tem sido mais difícil a cada interação.

Mel me lança um olhar sério ao passar por mim em direção a um banco.

– Falando nisso, acho melhor você não ser uma babaca esquisitona no final e voltar atrás. Você *precisa* sair com ele, ok? O cara tem uma mega EPG. Você não pode deixar isso escapar assim.

– EPG?

– Energia de pau grande – explica ela, para o choque e horror de uma senhora de cabelos grisalhos com permanente que aplicava camadas generosas de desodorante roll-on no banco ao nosso lado.

– Como é que dá pra medir a EPG de alguém? – pergunto, baixando a voz para um sussurro.

– Pelo jeito de andar. Superconfiante, como se ele tivesse a manha das ruas ou total desenvoltura entre os amigos em um churrasco. O tipo de cara que é um doce com a sua mãe e depois acaba com você no quarto.

Ela faz uma pausa, ainda sem se preocupar em baixar a voz enquanto se senta no banco.

– Sabe o cara do *Crepúsculo*?

– Robert Pattinson?

– O cara tem zero EPG. Nem um pingo de malemolência, o que é surpreendente, considerando todo aquele ar de "escritor atormentado que se trancou numa cabana no meio do nada pra superar o bloqueio criativo".

Eu curtia o Robert Pattinson. Mas, tipo, eu tinha 15 anos e ainda dormia com um bicho de pelúcia.

– Acho que entendi. O cara parece estar sempre à beira de um colapso emocional.

Luto para reprimir minha gargalhada enquanto a senhora com permanente sai do banco furiosa, indo para longe de nossa discussão inapropriada.

Mel abre o armário, rindo.

– A propósito, eu te falei que a Berry Cloth & Co. me procurou pra fechar uma parceria? Eles estão estendendo um pouco mais a coleção de outono e vão me mandar algumas peças.

Agito as mãos, ao mesmo tempo chocada e eufórica.

– Mentira! Sério?

– Aham! Estou tentando fazer eles me notarem há um tempão e agora finalmente aconteceu.

– Nossa, animada por você! Eles têm coisas muito legais. Embora os tamanhos maiores sejam sempre mais caros, o que é péssimo – digo, meus ombros murchando.

Ela faz uma careta.

– A Taxa Extra do Gordo. Eu sei. É errado. Na verdade, mencionei isso quando falei com a menina do marketing e ela superconcordou.

– Pois é. Não existe quase nenhuma marca pra pessoas gordas que não custe uma fortuna.

Mel concorda e cerra os lábios, pensativa.

– Ei, você gostaria de fazer um vídeo como convidada mostrando o seu armário? Talvez algumas das suas roupas de treino? Foi exatamente por isso que comecei meu perfil no Instagram.

Analiso minha vestimenta atual com repulsa – uma camiseta larga e rasgada do Boston Bruins com furos em lugares questionáveis, minha legging horrorosa que não valoriza nem um pouco a minha bunda e o cabelo emaranhado em um coque bagunçado.

– Duvido que "mãe de quíntuplos de 2 anos de idade" seja a estética que você deseja promover.

Mel revira os olhos.

– Eu já vi o seu armário. Você tem roupas superfofas. Você só não usa, sei lá por quê.

Suspiro, repassando mentalmente todas as roupas esquecidas que não veem a luz do dia desde a confusão com Neil.

– É… não sei.

Ela me dá um aceno solidário.

– Tá bem, olha, não quero pressionar. Só achei que poderia ser legal essa troca. Fazer uma parceria e tal.

Eu me sinto culpada no mesmo instante. Mel promoveu horrores minha plataforma, mesmo que esteja pagando pelos meus serviços. Por causa dela, ganhei várias clientes e centenas de seguidoras. O mínimo que posso fazer é retribuir.

– Tá bem. Eu aceito. Tenho algumas peças que podem funcionar.

Ela se ilumina.

– Ah, que bom, Crys. Vai ser incrível. Prometo.

TRANSCRIÇÃO DO ESPECIAL DE **MELANIE_INTHECITY** COM CRYSTAL CHEN (**CURVYFITNESSCRYSTAL**)

MEL: *Oi, pessoal! Aqui é a Melanie_inthecity e estou com uma convidada muito especial, Crystal Chen, uma referência no movimento* body positive. *Se você gosta do mundo fitness, provavelmente já segue o perfil dela, CurvyFitnessCrystal.*

CRYSTAL: *[Aceno com as duas mãos] Olá, olá! Muito obrigada por me receber, Mel.*

MEL: *Imagina. Eu já fiz uma postagem sobre isso no meu canal antes, mas caso alguns de vocês sejam novos aqui, a Crystal e eu nos conhecemos porque a contratei como minha* personal trainer *no mês passado. [Se vira para Crystal] Você tem prazer em me fazer malhar até eu quase vomitar, né?*

CRYSTAL: *Ei, só tô tentando obter resultados. E você está indo muito bem, aliás. [Olha para a câmera] Ela começou sem conseguir fazer uma única flexão. Agora já faz vinte.*

MEL: *[Risos] Muito mal! Mas enfim, adoro o seu estilo. [A câmera mostra as roupas favoritas de Crystal] Vejo muitas roupas confortáveis, mas superchiques. Muitos vestidos de jersey, jaquetas jeans e tons bem neutros.*

CRYSTAL: *Bem, como vocês podem ver eu não visto 36. Garotas como eu não podem simplesmente entrar em qualquer loja e escolher o que quiserem. Qualquer uma que não seja tamanho padrão sabe que a alfaiataria é nossa amiga, mas pode ser muito cara. É por isso que eu amo tecidos versáteis.*

MEL: *Conta pra gente como você escolhe as peças.*

CRYSTAL: *Na faculdade, eu costumava comprar toneladas de roupas em* fast fashion. *Os preços são ótimos, mas logo a gente percebe que a durabilidade é péssima.*

MEL: *Verdade, é difícil encontrar roupas de boa qualidade com preços acessíveis.*

CRYSTAL: *Então, ultimamente, tenho tentado comprar menos, mas com uma qualidade superior. [Mexe no cabideiro] Tenho alguns itens básicos mais neutros, tipo essa saia lápis, ou esse vestido cinza, uma camiseta branca lisa, jeggings pretas, o tipo de peça que dá pra combinar com qualquer coisa.*

MEL: *Concordo plenamente. Ter peças básicas é muito importante. Eu sou uma grande fã do pretinho básico.*

CRYSTAL: *Isso. Bom, eu trabalho com o universo fitness, então, sinceramente, passo muito tempo de legging. Mas com a chegada do verão, quero começar a usar vestidinhos mais leves.*

MEL: *Você tem algum conselho pra outras mulheres com corpos maiores?*

CRYSTAL: *Eu jamais tenho a intenção de me pronunciar em nome de todas as mulheres gordas, então falo só das minhas próprias experiências.*

Mas a sociedade nos diz que não podemos usar certas coisas. Muitas marcas sequer têm peças acima do 44. E quando têm, elas são mais caras. Existem algumas marcas incríveis por aí, posso colocar o link aqui embaixo nos comentários. Mas, na verdade, é tudo uma questão de descobrir seu próprio estilo. Assim como no mundo fitness, você precisa descobrir o que funciona pra você. Por mais importante que seja se sentir confiante e aceitar o seu corpo, é preciso estar confortável com as roupas pra que isso aconteça.

MEL: *Excelente conselho. Vale pra todas as mulheres, independentemente do tamanho.*

CRYSTAL: *Com certeza.*

MEL: *Vamos dar uma olhada no seu armário.*

[Minimontagem de Crystal modelando vários looks]

MEL: *Crys, muito obrigada por deixar a gente bisbilhotar as suas roupas. Foi ótimo ter você aqui!* [Vira-se para a câmera] *Obrigada por assistirem, pessoal. Não se esqueçam de seguir a Crystal pra mais conselhos incríveis sobre como aceitar o corpo e viver de uma maneira melhor e mais saudável!*

Comentário de **_RobinAnne_Mc**: Vocês são maravilhosas! Adorei a Crystal. Mais vídeos juntas, por favor. ♡

Comentário de **Danthegamer_384**: A Melanie é toda *fake*. Vai lá fazer outro preenchimento labial. ♡

> Resposta de **CurvyFitnessCrystal**: **@Danthegamer_384** Você não tem nada melhor pra fazer do que escrever comentários grosseiros sobre a aparência de outras pessoas? ♡

Comentário de **CourtneyG-1324**: pq vcs têm essa necessidade de dizer o tempo todo pra pessoas gordas que elas ficam bem em roupas que não servem direito? ♡

Resposta de **Aquariusgirlly**: **@CourtneyG-1324** por causa de pessoas como você. Crystal e Mel, vocês estão maravilhosas!! ♡

Resposta de **CurvyFitnessCrystal**: Obrigada **@Aquariusgirlly**. ♡

capítulo dezoito

O HALTER ATINGE O TAPETE de borracha aos meus pés fazendo um barulho mais alto do que o esperado. Patty, a reclamona crônica, coloca a mão no peito como se eu a tivesse deflorado. Ela está empoleirada no banco ao lado como uma rainha, enxugando a testa totalmente seca com uma toalha de ginástica azul-royal.

Scott revira os olhos para mim com discrição, colocando seus próprios halteres ao lado dos meus com toda a gentileza. Estamos desacelerando com algumas séries de treinamento de força depois de uma aula de spinning brutal, apenas com músicas sobre girl power. Scott era o único homem na turma. Achei que ele seria viril demais para isso, mas, com muito prazer, ele se deleitou com a atenção não tão sutil das mulheres.

– Tá tudo bem? – pergunta ele. – Você está fazendo aquela coisa com a mandíbula. Aquilo que faz quando tá irritada.

Faço questão de suavizar minha expressão gelada, enquanto tento não ranger os dentes.

– Tá, sim. As pessoas são muito escrotas.

– O que rolou? – pergunta ele, sentando-se no tapete e dando um tapinha no espaço ao seu lado.

Sento-me ao lado dele, soprando uma mecha de cabelo do rosto.

– Participei de uma live no Instagram da Mel ontem. Alguns dos comentários passaram um pouco dos limites.

– Como assim, "passaram um pouco dos limites"?

Eu abro o vídeo salvo. Nossos dedos se roçam levemente quando passo meu celular para ele, enviando uma pequena faísca de eletricidade pelo meu corpo.

Scott rola a tela por alguns segundos, balançando a cabeça antes de jogar o aparelho de volta no meu colo. Ele olha para o vazio ao longo de metade da propaganda da Excalibur Fitness antes de me encarar. Sua expressão não é de pena. É suave e sincera, como se ele se importasse de fato.

– Crystal, eu sinto muito que você tenha que lidar com isso. Você sabe como as pessoas são...

Levanto a mão para detê-lo.

– Eu sei. Isso acontece desde que eu criei o perfil. Mas tá tudo bem, de verdade.

Faço uma pausa, percebendo como isso soou.

– Quer dizer, *não tá* tudo bem, obviamente. Mas eu aprendi a lidar com essas coisas. Não me importo com o que esses babacas saídos do lodo da internet têm a dizer sobre o meu corpo.

Ele mantém o contato visual.

– Eu sei, e isso é ótimo. Mas será que não tem um jeito de bloquear essas pessoas?

Dou de ombros, admirando os bíceps impecáveis de uma fisiculturista quando ela passa atrás de Scott.

– Na verdade, não. Antes eu até tentava, mas é impossível bloquear tantos perfis. Sinceramente, estou mais preocupada com as minhas seguidoras do que comigo mesma.

E é verdade. Sei que consigo lidar com esse tipo de situação, mas morro de medo de deixar as minhas seguidoras lerem esses comentários de ódio.

Uma veia se flexiona em seu antebraço quando ele toca os dedos dos pés.

– Eu sei. Você se preocupa com todo mundo. E sei que você é forte, mas... não consigo evitar me preocupar com você também. Sei que você diz que os comentários não te incomodam, mas às vezes eles te atingem sim, né?

Contraio os lábios, tentando bloquear as palavras que estão desesperadas para sair. Admitir isso significaria que não estou vivendo a ideia do body positive, e isso é difícil de engolir.

– Às vezes – admito, e sinto como se uma placa de vinte quilos tivesse sido tirada do meu peito.

– Eu já te contei do babaca do ensino médio? – pergunta ele.

– Não.

Scott dá um empurrãozinho no halter.

– Na metade do sexto ano eu mudei de escola. Cheguei atrasado no primeiro dia porque minha irmã Kat teve uma crise nervosa antes de sairmos de casa. Enfim, só cheguei no meio da aula de educação física. Eles estavam fazendo um aquecimento de basquete, lances livres e tal. Eu fazia dupla contra um cara chamado Alex. Ele era enorme pra um garoto de 12 anos. Era basicamente do tamanho de um adolescente.

Os olhos de Scott ficam mais escuros e ele prossegue:

– Eu fiz uma cesta antes dele e ele ficou puto. Jogou a bola na minha cara e quebrou meu nariz.

– Meu Deus, que absurdo.

– Pois é. Ele fez muito bullying comigo depois disso.

Abaixo a cabeça.

– Sinto muito. Por que ele escolheu você?

– Sei lá, porque eu era novo na escola, talvez? Magricelo. Era um alvo fácil. Ele me aterrorizava todo recreio. Me imobilizava e me fazia comer areia. Basicamente me usava como um saco de pancadas.

O sorriso fácil de Scott é substituído por uma expressão severa enquanto ele se concentra em um rasgo no tapete.

Volto ao dia em que fomos tomar sorbet, quando descobri que ele nem sempre foi a confiança em pessoa. É chocante e doloroso imaginar um Scott adolescente arrasado e humilhado, comparado ao homem (excessivamente) confiante que ele é hoje. Ninguém ousaria desafiar aquele alfa agora, em toda a sua segurança. Espantada com a transformação, sinto o estômago embrulhar. Crianças podem ser muito escrotas.

Ele levanta o boné e passa a mão áspera pela cabeleira.

– Enfim, desculpa, eu fico muito preocupado com isso. Acho que é porque sei como você se sente… – comenta ele, e recua, um pouco constrangido. – Sei que não é a mesma coisa… ser intimidado por um idiota de 12 anos em comparação com o que você está passando hoje, mas…

– Não, eu entendo. Obrigada por compartilhar – interrompo, percebendo um fundo de dor em seus olhos.

Coloco uma mão gentil em seu antebraço e seus músculos se flexionam sob meu toque.

– Você já pensou que seria mais feliz se…

Scott para de falar ao se dar conta do peso do que está prestes a dizer. Desvia o olhar, como se estivesse com medo da minha reação.

– Se eu excluísse o meu perfil? – termino a frase por ele.

– Eu jamais sugeriria isso. Sei o quanto é importante pra você, só que eu não consigo imaginar como é lidar com isso todos os dias. Isso é cyberbullying, Crys.

Ajeito a postura.

– Eu tô bem, Scott.

Meu tom é mais duro do que pretendia, o que não parece incomodá-lo.

– E entendo perfeitamente a sua preocupação. Mas eu sou uma mulher adulta, não uma criança. Às vezes é difícil, sim, verdade. Mas acredito na mensagem que quero passar. Se isso significa ter que lidar com pessoas idiotas, tudo bem, desde que eu consiga ajudar alguém a se sentir melhor consigo mesmo.

Ele coloca a mão no meu ombro e eu me inclino na direção dele. Outra vez, não parece um gesto de pena. É apoio. Conforto.

– Tá bem. Bom, saiba que eu sempre vou estar aqui para apoiar você. Isso inclui os dias difíceis.

Sinto um calor no peito ao seu toque. Durante anos, não confiei em ninguém além de mim mesma para me sentir segura e digna de apreço. Nunca precisei de um ombro no qual chorar diante da fúria dos haters e não pretendo mudar isso. Mas só de saber que ele está aqui para ajudar a aliviar o que está sendo um fardo solitário há sete anos faz toda a diferença.

ESTOU PERAMBULANDO DO LADO DE FORA do Corpo de Bombeiros de Boston, Viatura 10, Torre 3 (o que quer que isso signifique) com uma pilha de potes de vidro nos braços.

É o último lugar onde imaginei que iria parar depois de um treino bem-sucedido. Consegui gravar uma semana inteira de vídeos. Acordei de manhã com mais energia do que o coelho da Duracell, em parte porque dormi nove horas seguidas, mas principalmente por causa de Scott.

Depois da nossa aula de spinning no dia anterior, uma entrega apareceu na minha porta. Era um buquê exuberante de tulipas cor-de-rosa, brancas e roxas. O cartão dizia:

Crystal, você é linda.
Scott

O que me fez derreter como uma bola de neve num vulcão. Talvez seja a coisa mais gentil que já fizeram por mim. Uma mensagem simples, mas exatamente o que eu precisava ouvir para sair da minha espiral de negatividade. Aquela era a prova concreta de que eu era realmente especial para ele, que eu realmente importava.

Então, quando Scott mencionou de passagem que tinha esquecido de levar o jantar, senti o irresistível desejo de socorrê-lo. Eu já tinha mesmo preparado para mim uma salada de couve com sementes de papoula e limão, além de wraps de peru, então pensei em levar os que sobraram, para que ele não morresse de fome.

Há quatro imensas portas abertas, abrigando três caminhões de bombeiros de um vermelho vivo. Entro na garagem hesitante, totalmente deslocada. O lugar tem um cheiro parecido com o de uma oficina mecânica: óleo, gasolina e testosterona.

A última vez que estive em um corpo de bombeiros foi durante um passeio da escola no segundo ano. Uma das minhas colegas de classe, uma garota chamada Alyssa, que galopava pelo pátio durante o recreio imaginando ser um cavalo, vomitou pizza no caminhão de bombeiros. De acordo com o Facebook, atualmente ela é casada, tem dois filhos e mora em uma casa pitoresca em um bairro residencial nos arredores da cidade.

Enquanto assimilo essas lembranças, vejo um cara alto e musculoso com cabelos escuros bem aparados e o braço direito fechado de tatuagens. Está mexendo em algum tipo de geringonça na lateral do caminhão. Ele me dá um sorriso muito sexy quando me aproximo.

– Perdida, senhorita? – pergunta, exalando aquele tipo de charme flagrante que faria a maioria das mulheres ficar de quatro.

Minhas bochechas ardem. Estou arrependida da decisão de aparecer sem avisar. Deveria ter mandado uma mensagem para Scott primeiro. Mas agora que fui vista, é tarde demais para voltar atrás.

– Hum, é… eu estou procurando por Scott Ritchie.

Ele levanta a sobrancelha com interesse enquanto me dá uma olhada não tão sutil.

– Scott? Ele tá lá em cima no lounge.

Estou prestes a dizer a ele que não faço ideia de onde fica o lounge quando ele estende a mão.

– Eu sou o Trevor.

– Crystal – digo com um aperto de mão educado, me dando conta de que conheço aquele nome.

Trevor. O cara que divide o apartamento com Scott e é padrinho de Alvo. Ainda não tínhamos nos conhecido porque sempre que vou à casa de Scott, Trevor ou está trabalhando ou está com alguma amiga. De acordo com Scott, ele é um solteiro convicto. Na verdade, ele carinhosamente se referiu ao amigo como um "um galinha hipócrita porque tem questões com o pai", o que resume bem a vibe que estou sentindo.

Trevor me dá um sorriso pretensioso, como se já soubesse quem sou. Eu me pergunto o quanto Scott contou a ele sobre mim. Mas, também, será que um cara contaria a um amigo muita coisa a respeito de uma garota que vive enrolando ele?

– Você mora com o Scott, né? – confirmo.

– Aham. Imagino que ele tenha te contado só coisas boas a meu respeito.

Ele se inclina contra a lateral do caminhão, braços cruzados, bíceps tatuados proeminentes, aparentemente sem pressa de me levar até Scott.

Mas, antes que eu possa responder, um homem musculoso e careca com olhos castanhos intensos vem correndo ao redor do caminhão.

– Conselho de amigo, não olhe esse cara diretamente nos olhos. A maioria das mulheres não consegue se recuperar.

Dou uma risada quando Trevor dá um soco no braço dele.

– Anotado.

– Você tá procurando o Scott, é isso? – pergunta o homem.

Dou um sorriso constrangido e assinto. Ele faz um gesto para que eu o siga por uma pequena porta lateral e suba uma escadinha estreita de cimento. Trevor vem logo atrás.

– Eu sou o Kevin. Você é namorada do Scott ou algo assim? – pergunta ele, olhando os potes em meus braços.

Rio outra vez.

– Não. Sou amiga dele. Crystal.

Kevin me dá um sorriso malicioso, obviamente nem um pouco convencido. Passamos por uma sala de reuniões minimalista, adornada com fotos comemorativas de bombeiros que presumo terem morrido em serviço. As imagens me fazem perceber o quão sério é o trabalho de Scott. Todos os dias, ele mergulha de cabeça em cenários perigosos. Enquanto personal trainer, minha maior preocupação é deixar cair um halter no dedão do pé ou estirar um músculo. Por outro lado, Scott pode perder a vida a qualquer momento. Ele é um herói. E, no entanto, ninguém jamais diria isso só de conversar com ele, porque ele nunca se gaba do que faz.

Kevin me conduz alguns passos corredor adentro, até uma área aberta com uma TV de tela plana e um monstruoso sofá de camurça, grande o suficiente para acomodar ao menos doze pessoas. Scott está deitado no sofá, braços cruzados, boné sobre os olhos. Pela forma lenta como seu peito sobe e desce, parece estar cochilando.

Trevor me dá um olhar engraçado, como se dissesse, "Só observe". Ele pega uma bola de tênis aleatória em cima da mesa e a joga direto no abdômen rígido de Scott.

Scott se levanta, sobrancelhas franzidas, desorientado, enquanto Trevor, Kevin e eu rimos.

– Que porra é essa, cara?

– Você tem uma visita muito especial – diz Trevor, observando a bola de tênis quicar no chão.

Scott se inclina para a frente, olhando para mim como se eu fosse uma miragem.

– Crys?

Dou um aceno constrangedor para ele, como um pai tentando ser descolado na frente da filha adolescente e suas amigas. Faço uma nota mental para nunca mais fazer isso na vida.

– Parece que o trabalho tá bom. Talvez bom demais – brinco.

Meu corpo se contrai de vergonha. Minha vibe de pai nada descolado saiu totalmente do controle agora.

Scott se levanta, contornando o sofá e indo em minha direção.

– Faz uma hora que eu voltei de uma chamada superestressante, engraçadinha.

Desvio o olhar de seus lindos olhos para os potes em minhas mãos.

– Eu te trouxe o jantar. Pra você não morrer de fome.

– Jura?

Eu faço que sim, entregando os potes a ele.

– Salada de couve e wraps de peru.

Ele sorri e me puxa para um abraço de um braço só.

– Você é incrível. Obrigado.

Um arrepio involuntário percorre minha coluna apenas com a vibração de sua voz no meu ouvido.

– Imagina. Tinha de sobra.

Olho para Trevor e Kevin, que estão ombro a ombro, achando graça da conversa.

– Enfim, é melhor eu ir. Acho que a Mel vai lá em casa hoje ver um filme comigo e com a Tara.

Eu deveria me virar e ir embora, mas não me movo. Balanço para trás na ponta dos pés, enrolando, porque quero absorver aquela presença magnética por mais um tempinho.

Hesitante, Scott morde o lábio inferior.

– Ei, antes deixa eu fazer um tour com você.

– Não precisa. Você parecia estar muito ocupado – provoco.

Ele dá um encontrão no meu ombro.

– Ei! Vou até deixar você entrar no caminhão.

Kevin dá um assovio.

– Ora ora, somente as garotas especiais podem entrar no caminhão.

As bochechas de Scott ficam vermelhas.

– É verdade.

Eu reprimo um sorriso gigantesco.

– Tá bem, aceito.

Scott me conduz pelo prédio, me apresentando a todos que passam. Todos os caras são descontraídos, amigáveis e muito interessados na minha visita. Um deles me pergunta se gostei das flores que recebi, o que aquece meu coração, porque agora sei que Scott falou de mim no trabalho.

Depois de enchermos o saco de Scott por conta de seu amor pelo Blackhawks, ele me mostra onde guardam os equipamentos e ferramentas. Até me deixa segurar a calça e a jaqueta que usa ao combater incêndios, que devem pesar uns bons vinte quilos.

– Quanto tempo você tem pra colocar todo o equipamento? – pergunto.

– O ideal são uns trinta segundos – diz ele, sorrindo enquanto coloca o capacete na minha cabeça. – Você ficou uma gracinha com ele.

Minhas bochechas ardem instantaneamente e o capacete cai para a frente, escondendo meus olhos.

– Não diz que eu tô uma gracinha.

– Desculpa, só estou falando a verdade.

Ele levanta o capacete com um sorriso atrevido e aponta para outra porta estreita.

Quando voltamos para a garagem, ele aponta para um caminhão reluzente.

– Já entrou em um desses?

– Quando tinha uns 8 anos.

Ele aponta para os corrimãos em ambos os lados da escada de metal que leva à entrada.

– Segura aí enquanto estiver subindo.

– Ok, mas você tem que prometer não olhar pra minha bunda – provoco, com um pé no primeiro degrau, totalmente ciente de que ele está olhando.

Sou grata por estar usando minhas melhores leggings, que valorizam minha bunda.

– Não posso prometer nada – responde ele, fazendo questão de avaliar meu traseiro de todos os ângulos.

Subo no caminhão, que na verdade não é tão espaçoso por dentro, dados todos os anteparos e equipamentos. Vou para o banco do motorista no mesmo instante.

– Qual é o botão que liga as sirenes? – pergunto, apontando para o painel.

– Não toca em nada.

Scott dá um tapinha na minha mão de brincadeira antes que eu tenha a chance de causar qualquer estrago. Depois, ele se acomoda no banco do passageiro com os potes no colo. Tiro um garfo da bolsa e entrego a ele. Ansiosa, observo em silêncio enquanto ele dá a primeira garfada, como um competidor esperando nervosamente o julgamento de um chef famoso em um reality show.

– Obrigado, Crys. Tá muito gostoso.

– Que bom.

Ele captura o meu olhar e me encara.

– Amei.

No momento em que essas palavras saem de sua boca, arrepios explodem em todos os lugares, mais notavelmente em meus braços. Minha garganta seca no mesmo segundo. É como se ele tivesse dito que me ama, embora apenas ame minha salada. Eu dou um pigarro, endireitando as costas, desesperada para mudar de assunto.

– Então, além de dormir, o que vocês fazem entre uma chamada e outra?

– Tarefas gerais, basicamente. Muita limpeza, a gente se certifica de que o equipamento esteja sempre pronto pra ser usado. Fazemos treinamentos também. Ah, e reuniões. Mas às vezes o dia é bem parado, então a gente fica trocando ideia ou vendo TV, dependendo de quem tá supervisionando.

– E você gosta?

– Aham. Eu amo entrar em ação. Qualquer chamada coloca a adrenalina nas alturas. Tipo, a gente recebe muitas chamadas toscas, mas tratamos todas da mesma forma. Você nunca sabe muito bem o que vai encontrar quando chegar lá.

Ele fica superatraente com o rosto iluminado ao falar do trabalho.

– Ser bombeiro também me faz sentir mais perto do meu avô. Somos conectados por isso.

– Você deve mesmo admirar muito o Martin, já que tá seguindo os passos dele – digo, hipnotizada por sua paixão.

– Muito. A gente sempre foi bem próximo – conta ele, e a voz falha de leve. – Principalmente depois que meu pai e minha avó Sheila faleceram no mesmo ano. Tem uns dez anos mais ou menos. Quando coisas desse tipo acontecem a gente sente vontade de valorizar as pessoas que fazem parte da nossa vida.

Meu estômago se revira com a revelação.

– No mesmo ano? Eu sinto muito, Scott. Que triste.

– Meu pai sofreu um infarto do nada e minha avó morreu uns meses depois. A saúde dela meio que afundou depois que perdeu o filho.

– Seu pai devia ser muito jovem.

– Ele era. Foi totalmente inesperado, ele era muito ativo. Sempre correndo e andando de bicicleta. Tentando criar novos recordes pessoais.

Scott faz uma pausa e dá outra garfada.

– Parece até alguém que eu conheço – digo carinhosamente.

Sua expressão vazia ganha vida de novo, como se ele não quisesse continuar aquele assunto.

– Enfim, chega disso. Você vai gostar dessa história…

Enquanto devora a salada, Scott descreve uma chamada de um homem que liga frequentemente. O cara usa um chapéu de papel-alumínio e liga para a emergência pelo menos três vezes por semana, alegando que um governo estrangeiro está deixando mensagens cifradas em forma de sacos de papel queimados em sua porta.

Eu rio ao vê-lo devorar o wrap de peru. O gemido alto que ele dá na primeira mordida envia uma onda de calor que percorre todo o meu corpo. Eu me remexo um pouco, me recostando no banco, tentando me concentrar em qualquer outra coisa, como uns fiapos perdidos na minha legging.

– Essa é a minha nova comida favorita – declara.

– Qual era sua comida favorita antes?

– Costela. E a sua?

– Tangerina.

Seus olhos se arregalam de euforia.

– Nossa, são viciantes.

– Né? Ninguém gosta.

– Eu gosto. Contanto que não tenha aquela parte branca e fibrosa.

Reviro os olhos.

– Você tem os hábitos alimentares de uma criança, Scott.

Ele sorri e dá outra mordida.

– Tenho um paladar sofisticado, tá bem? E isso daqui é incrível.

Ao vê-lo sorrir, percebo o quão diferente é o nosso relacionamento hoje em dia se comparado a um mês atrás. Ainda brincamos o tempo todo, mas agora vejo uma ternura em seus olhos quando ele olha para mim. Como se ele realmente se importasse.

– Tenho uma pergunta séria pra fazer – digo, hesitante, depois de alguns segundos de silêncio. – E você não tem permissão pra mentir.

– Tá – responde ele, parecendo não se incomodar com o meu tom.

– Você me odiava quando a gente se conheceu na academia?

Ele balança a cabeça, como se estivesse ofendido com a pergunta.

– Eu não odeio ninguém. E definitivamente não odiava você.

– Você não se importou nem um pouco de roubar o rack de mim. Eu inclusive te chamava de Ladrão de Rack até o dia do jantar de noivado.

Scott começa a rir, sua gargalhada grave enviando vibrações por todo o meu corpo.

– Sendo sincero, fiquei tão atordoado por você estar falando comigo que não soube o que fazer. Eu meio que congelei. E naquele dia eu ia mesmo chegar atrasado no trabalho se a gente revezasse o rack. Acho que acabei parecendo meio babaca, né?

Apoio minha cabeça no encosto do banco.

– Nossa, foi uma atitude babaca por excelência. Eu fiquei muito puta com você.

Ele sorri, como se fosse uma conquista pessoal me tirar do sério.

– Sei bem. Ainda me lembro do olhar que você me deu. Tenho certeza de que você poderia ter congelado um país inteiro.

– E no dia que eu ia colocar a Mel pra fazer os exercícios com o trenó? Você roubou nosso espaço de propósito?

Ele engole um pedaço do wrap.

– Com certeza.

– Por quê?

Ele espera alguns segundos, contraindo os lábios antes de falar:

– Porque eu te achei legal e queria uma desculpa pra falar com você. Não encontrei outra forma de fazer isso.

Por um momento, fico atordoada com o quanto o julguei mal.

– Por que você não veio até mim e puxou conversa? Tipo, feito um ser humano normal e maduro?

– Eu já disse que tenho um histórico de ausência de traquejo social. Não saio abordando mulheres sem motivo.

– Acho que as pessoas enxergam você de um jeito muito diferente do que você pensa.

Seu olhar permanece fixo no meu rosto.

– Eu penso a mesma coisa a seu respeito – diz ele, e faz uma pausa. – Quer saber a primeira coisa que notei em você?

– Por favor, não diga que foram os meus olhos.

Eu timidamente os cubro com as mãos. Ao longo da vida inteira, eles sempre foram um fetiche. As pessoas sempre piram com meus olhos "claros", o que me deixa desconfortável.

Ele estende a mão, seus dedos circulando meus pulsos, gentilmente puxando-os para o meu colo.

– Não. Não foram os seus olhos, embora sejam lindos. Eles ficaram em segundo lugar... talvez em terceiro, depois da sua bunda nessa legging.

Scott sorri, observando a expectativa no meu rosto.

Eu deveria me afastar, mas nós dois estamos nos aproximando e sinto o ar mudar ao nosso redor. Estou hipersensível a tudo. O cabelo rebelde caindo no meu olho. A suavidade da minha camiseta contra a pele. A sensação do banco embaixo das minhas coxas, que estão formigando com o calor.

– O que você notou primeiro então?

– Essa pinta, bem aqui.

O dedo dele roça o pequeno ponto logo abaixo do meu olho esquerdo, perto do nariz. Estamos praticamente com os joelhos encostados. Não sei se sou só eu, mas o espaço ao nosso redor diminui a cada segundo que passa.

Ele deixa a mão cair sobre o meu joelho e dá um aperto de leve, eletrizando todo o meu corpo. Nossos rostos estão próximos o suficiente para que eu sinta seu hálito quente contra minha bochecha. Se eu me aproximasse mais um tanto, poderia beijá-lo. Ele olha para os meus lábios. Eu me pego me inclinando um pouco, até que nossas testas se tocam. Ficamos assim por algumas longas respirações e escuto a batida constante do meu coração. Por fim, ele inclina a cabeça para baixo, seus lábios roçando os meus num toque leve.

Estou prestes a me aproximar, igualmente envolvida e disposta a ir em frente, quando um alarme agudo e assustador dispara. Minha pressão fica alta na mesma hora e nós dois recuamos ao mesmo tempo.

– Merda. É uma chamada. Tenho que ir.

De repente, a expressão descontraída dá lugar à ultrasséria de quando nos conhecemos. Scott sai correndo do banco do passageiro, tomando o cuidado de recolher os potes.

Saio logo atrás dele enquanto todos correm para a sala próxima aos caminhões para vestirem o equipamento.

Ele para por um instante, me puxando pela nuca. Então me recompensa com um beijo suave na testa.

– Obrigado pelo jantar, Crys.

Não é um beijo rápido. É uma pressão completa de seus lábios na minha pele.

Então ele sai correndo e me deixa ali atônita e praticamente imóvel.

No caminho de volta para casa, minha testa e meus lábios queimam com o calor do beijo dele. Com a lembrança do toque de nossas testas unidas dentro de um caminhão de bombeiros. Daqueles olhos verdes que despertam todos os sentimentos que estou tentando suprimir até agosto. Não sei se aguento esperar tanto tempo.

capítulo dezenove

NO CAMINHO PARA CASA, ainda me recuperando do nosso beijo no caminhão de bombeiros, compro uns lanches para a nossa noite só de garotas. Uma comédia romântica e uma análise profunda dos riscos de respeitar ou não a regra dos três meses são exatamente o que eu preciso nesse momento.

Mas quando chego em casa, Tara e Mel fizeram uma mudança nos planos sem se darem ao trabalho de me consultar. Elas estão no modo crise. Tara está "aflita" por conta de seu novo corte à la Khloe Kardashian, convencida de que arruinou seu rosto (isso não aconteceu). Para piorar, Mel teve uma briga homérica com o namorado. Enfio a cara em uma almofada e finjo chorar de um jeito dramático quando elas anunciam o novo plano de ir a uma boate "dançar para extravasar os problemas".

Estou na metade de um drinque e o motivo pelo qual boates não fazem mais sentido para mim já está aparente. Em vez das leggings de sempre, estou usando um macacão que fica o tempo todo entrando na minha bunda. Aonde quer que eu vá, meu nariz é invadido por uma mistura de cheiro de suor, perfume forte e o odor de rosas entranhado no papel de parede de veludo que cobre todo o local.

Mel e Tara estão na onda delas, dançando e flertando com desconhecidos, ganhando drinques suficientes para torná-las parcialmente aptas a um desarranjo estomacal.

Uma amiga de Mel, Kelly, encontrou a gente aqui. Ela é tão linda quanto Mel. Asiática e alta, longilínea até. Ao contrário de Mel e Tara, que usam saltos de dez centímetros e vestidos grudados no corpo, Kelly está de papete e veste uma camiseta folgada que diz "NÃO" e uma calça de pijama de seda que não combina em absolutamente nada com as outras peças. É tosco demais, mas eu curto.

No geral, todo mundo curte também. Mesmo não exibindo seus dotes, Kelly atrai a atenção de literalmente todos os caras da boate. Eles se instalam ao redor dela feito mariposas no lustre da varanda. Ela é uma daquelas garotas que emite essa vibe receptiva, meio moleca e de espírito livre, mas que vai acabar com você do mesmo jeito que as outras. É bem provável que ela deixe um rastro de lágrimas e corações partidos por onde quer que passe, o que faz sentido, já que ela é blogueira de viagens.

Mesmo que hoje eu esteja sendo apenas a infeliz que toma conta de todo mundo, estou contente por Tara estar se soltando mais. Depois do término com Seth eu não tinha certeza se ela conseguiria se recuperar por completo. Vê-la se esfregando em um cara assustadoramente parecido com o The Weeknd renova minhas esperanças.

Mel me tira de meu espaço seguro no canto e me carrega para a pista de dança lotada e sufocante, quase derramando em mim seu rum com coca-cola.

– Eu tô de boa aqui, Mel. Tô tomando conta das nossas bolsas e garantindo que ninguém coloque nada na bebida de vocês – explico, esperando que minha postura maternal a afaste.

– Ah, qual é! Deixa de ser estraga-prazeres! – grita ela, me dando um tapão no peito enquanto o house toca ao fundo.

Dou um suspiro e danço com elas algumas músicas para evitar o conflito. Enquanto me balanço desajeitadamente ao som da música, tenho dificuldade de entender como era capaz de frequentar boates durante a faculdade. Dançar com Tara, Mel e Kelly não é o problema. São as outras pessoas que não suporto. Em todo lugar que passo, estou ombro a ombro com jovens de 20 anos socando o ar agressivamente. Será que eles ao menos conhecem a origem do *fist pump*? É bem improvável. Eles tinham 10 anos quando *Jersey Shore* estreou na MTV.

Chego oficialmente no meu limite quando um cara com um corte de cabelo *rattail* me agarra pela cintura, mesmo depois de eu ter dito um não educado em três ocasiões diferentes. Ele é persistente de um jeito inconveniente. Uma daquelas criaturas que não entendem as palavras "não estou interessada". Então me desvencilho dele e me refugio em uma mesa aleatória, em frente a um casal no meio de uma pegação bem intensa, envolvendo línguas e mãos por toda parte.

Sóbria e protegida pela mesa, observo todo mundo rodopiando na pista de dança e tudo em que consigo pensar é como não quero que nenhum desconhecido, bonito ou não, toque em mim nesse momento.

Na verdade, a única pessoa com quem quero sair é Scott, que, ironicamente, era só um desconhecido irritante apenas um mês atrás. Apesar do pouco tempo que nos conhecemos, o nível de descontração que existe entre nós, sem que seja necessário nenhum tipo de esforço, torna impossível imaginar como eram as coisas antes de ele aparecer.

Estou ansiosa para me virar para o lado, com os olhos ainda turvos no início da manhã, e ler as mensagens de Scott, em especial as aleatórias que ele manda quando está trabalhando no turno da noite e eu ainda estou dormindo. Nas estranhas vezes em que não há mensagem dele, sinto uma pontada de decepção.

Não consigo parar de pensar em como as covinhas dele aparecem ao menor dos sorrisos, no brilho em seus olhos ao olhar para mim, em como ele morre de rir com as coisas mais simples, em como é fácil me abrir com ele sobre qualquer assunto, do mais sério ao mais ridículo, e em como é bom *estar* na presença dele, mesmo que não estejamos dizendo nada.

Engolir irritada o restante do drinque azedo é a única coisa que pode me ajudar a expurgar as lembranças invasoras de nosso momento juntos no caminhão.

Meus sentimentos por ele são confirmados quando seu nome aparece no meu telefone. Fico feliz na mesma hora, enfeitiçada e suspirando por conta daquela eletricidade, como se alguém tivesse acabado de acender as luzes.

SCOTT: Acabei de receber uma chamada da casa de uma senhora. Adivinha quantos furões ela tinha dentro do apartamento?
CRYSTAL: Um já não seria muito?
SCOTT: Bem mais que isso.
CRYSTAL: 20?
SCOTT: 23!!
CRYSTAL: O QUÊ???

SCOTT: Né? Nojento. *GIF de Tim Gunn impecavelmente vestido fazendo uma cara horrorizada*

CRYSTAL: Pessoas que têm furões são esquisitas demais.

SCOTT: Concordo. Uma garota do meu colégio tinha um. Ela levou ele uma vez pra mostrar pra todo mundo quando a gente estava no quarto ano. Ela deixava ele pegar comida da própria boca... desde então nunca mais olhei pra um furão da mesma forma.

CRYSTAL: kkkkkkkkkkk

CRYSTAL: Adivinha só! Tô numa boate com a Mel e a Tara.

SCOTT: Boate?

CRYSTAL: Aham. Nesse momento elas estão se acabando de dançar com uns caras aleatórios. Tô aqui só assistindo e tentando afastar os tarados.

SCOTT: Por que vc não tá dançando também?

CRYSTAL: Eu estava... então um cara com um *rattail* estragou tudo.

SCOTT: Quer que eu vá aí acabar com ele?

CRYSTAL: É muita gentileza da sua parte. Mas eu tô bem. Prefiro ficar aqui no meu canto.

SCOTT: Haha, não te julgo. Detesto boates.

CRYSTAL: Jura? Achava que essa era a sua zona de caça. Seu hábitat natural.

SCOTT: Uau, você faz com que eu pareça um babaca completo.

Meu telefone vibra com a ligação dele, então me enfio no banheiro.

– Ei! – atendo com um grito.

Meus ouvidos zumbem, mesmo que o banheiro seja dez vezes mais silencioso que o resto do lugar, exceto pela descarga dos vasos sanitários e pelos gritos de duas garotas bêbadas que dividem uma cabine.

– Você ainda acha que sou do tipo comedor? – pergunta ele.

Eu me inclino contra a pia.

– Eu nunca disse isso. É só que... Você parece um super-herói da Marvel, Scott. Imagino que qualquer um com a aparência igual a sua tiraria o máximo proveito dos dons genéticos – respondo em um tom leve e provocante, lembrando como ele ficou chateado na primeira vez que presumi algo em relação a ele.

– Super-herói, é? Uma vez me disseram que pareço um dos irmãos Hemsworth. Mas eu sou mais bonito.

– Tá se achando, né? – provoco. – Pena que você não tem sotaque australiano pra elevar seu sex appeal.

Ele tem apenas bíceps fortes e protetores nos quais quero me enroscar até a eternidade. Mas não importa.

– Caramba, hein – diz ele forçando um sotaque horroroso.

Estou morrendo de rir quando vejo meu reflexo no espelho manchado do banheiro. Passo a mão pelo cabelo cheio de frizz.

– Scott, isso aí é sotaque britânico, não australiano.

– Ah, merda. Você tem razão. Acho melhor ficar com meu sotaque do Meio-Oeste mesmo.

– Combina com você.

Sou interrompida quando as duas garotas bêbadas saem da cabine aos berros falando sobre uma "piranha" chamada Brittany.

Antes de desligarmos, prometo ligar de volta quando chegar em casa. É triste como estou ansiosa para falar com ele de novo.

Felizmente, as coisas melhoram um pouco depois que volto do banheiro. Encontramos um lugar mais aceitável para dançar e, no final da noite, já estou quase sem voz de cantar "Wrecking Ball" aos berros.

Ligo de volta para Scott no segundo em que tiro os sapatos depois que voltamos para casa.

– Já na cama? – pergunta ele.

– Acabei de deitar. E você?

– Na cama também.

Silêncio. Eu me pergunto se ele está pensando o mesmo que eu. Eu queria muito que ele estivesse aqui. Minha respiração acelera com a mera lembrança do calor de seu corpo ao lado do meu. Desconsiderando o fato de ter resistido fisicamente ao desejo de escalar Scott como se ele fosse uma árvore em todas as oportunidades que tive, em especial durante seus treinos na academia, eu, sem dúvida, gosto dele. Muito.

Na verdade, ele é minha pessoa favorita. Estar com Scott é sempre leve. Mesmo quando um de nós está de mau humor, quinze minutos depois já estamos com dor na barriga em meio a tantas gargalhadas estrondosas. Estamos sempre rindo juntos. Acho que ninguém mais me fez gargalhar a ponto de chorar e de sentir dor na barriga, como se eu tivesse feito uma série inteira de abdominais. E sempre que ele não está por perto, sinto falta.

Toda vez que vejo aquele rosto, quase perco minha determinação, assim como aconteceu no caminhão de bombeiros. Quanto mais penso nisso, mais começo a perceber o quão diferente ele é de Neil, que falava sobre Cammie o tempo todo. Eu sabia que no fundo o meu ex ainda estava apaixonado por outra, mas escolhi ignorar os sinais. Já Scott nunca fala da ex, a menos que eu traga isso à tona e, ainda assim, ele não deixa o assunto render por muito tempo.

Talvez isso seja mesmo diferente. O que estou esperando? Por que estou adiando o inevitável?

Respiro fundo, me preparando para declarar com gosto "Que se dane a história do rebote. Não quero esperar mais", até que ele interrompe minha linha de pensamento.

– Tenho uma pergunta muito importante pra te fazer, Crystal Alanna Chen – diz ele, em tom muito sério.

Engulo a saliva, nervosa, olhando para o teto.

– Sim?

– Você dorme de meias ou sem?

Eu bufo, incapaz de abafar minha risada.

– Claro que durmo sem. Que tipo de pessoa maluca dorme de meias?

Ele solta um suspiro dramático de alívio e faz uma pausa por um segundo constrangedor.

– Bem, na verdade a minha ex dormia. É meio que um fator determinante.

– Foi esse o verdadeiro motivo do término?

Tento manter um tom leve, mesmo surpresa com o fato de Scott ter mencionado a ex sem eu ter provocado.

– Foi um deles. Mas, além das razões pelas quais as coisas terminaram, a gente não dava certo. É difícil explicar. Ela era realmente ótima na teoria. Tinha tudo a seu favor. Mas aí eu fazia uma piada e ela não entendia direito. Nosso senso de humor era diferente, eu acho.

– E senso de humor é importante pra você?

– Muito.

– Por quê?

Ele faz uma pausa.

– Minha avó sempre dizia que a gente precisa gargalhar pelo menos uma vez por dia.

– Adorei isso – respondo, e embarco no tema. – Como ela era?

– Hilária. Minha avó tinha uma daquelas gargalhadas contagiantes. Tipo… mesmo se você estivesse tendo o pior dia da sua vida, ela dava uma risada e fazia tudo melhorar. Uma vez, quando eu tinha 11 anos, a família inteira foi visitar a gente no verão. Ela serviu iogurte e frutas vermelhas pra todos, só que não era iogurte: era maionese.

Ele começa a rir e sua alegria é nostalgia pura.

– Genial. Que ousada!

– Foi demais. Minha irmã mais velha vomitou a sala de estar inteirinha.

Eu sorrio, me deleitando com o som da gargalhada dele. Poderia ouvi-la o dia todo. E não há nenhuma razão para agir diferente. *Fala logo, antes que você desista.*

– Ei, Scott? – Minha voz falha.

– Sim?

– Eu estava pensando na regra do rebote… E se a gente…

Uma estranha pausa na ligação me interrompe.

– Alô? Você tá aí?

– Merda, desculpa, Crys. Estou recebendo uma ligação. Tenho que ir – diz ele, e seu tom é apressado, quase frenético.

Meu rosto se contorce em um misto de preocupação e confusão.

– Ah, tá bem. Boa noite.

A linha fica muda.

O que foi isso que acabou de acontecer?

capítulo vinte

EU NÃO DEVERIA ESTAR assim em público.

Parece que passei anos de sofrimento em uma solitária. Meus olhos estão vermelhos. Minha pele está pálida, quase translúcida. Estou desidratada e meu cabelo está tão emaranhado que certamente vou precisar de uma tesoura para resolver a situação. Passei a noite inteira me revirando na cama, chutando e tirando o edredom, incapaz de impedir que minha mente inventasse diferentes cenários, nenhum deles um bom presságio para mim.

Scott realmente tinha recebido uma ligação? Ou, sentindo que eu estava prestes a falar sobre abrir mão da regra dos três meses, ele mudou de nome e fugiu para uma ilha deserta?

Talvez tenha ficado desapontado com nosso beijo no caminhão de bombeiros, assunto em que nenhum de nós tocou até o momento. Achei que ele faria algum tipo de comentário presunçoso a esse respeito ontem à noite no telefone. Mas não, o que é estranho no caso dele.

E se realmente houve uma ligação, quem estaria entrando em contato com ele às duas da manhã? Depois de todo o tempo que passei no Tinder, aprendi que qualquer ligação ou mensagem depois das dez e meia da noite só pode ser uma emergência ou um convite para transar. Ele tinha acabado de completar um turno de doze horas, então duvido que fosse ser chamado de volta. Será que era a Diana? Ele havia literalmente mencionado a ex na conversa minutos antes.

Ou outra garota, talvez? Ele me disse que esperaria até o casamento dos nossos avós, dando a entender que não ficaria com mais ninguém. Mas talvez um período de seca tão longo seja uma tarefa difícil, ainda mais para um cara que se parece com um galã de filme de ação de Hollywood disfarçado de homem normal para evitar os paparazzi. Toda vez que estamos em público sou lembrada disso. As mulheres ficam chocadas, sempre flertando ou congelando ao vê-lo, nunca há um meio-termo. Uma delas chegou a sorrateiramente lhe passar seu número de telefone na fila da farmácia enquanto ele segurava minha bolsa. Se ele quisesse transar, não teria sequer que levantar um dedo para isso.

Em nada ajuda o fato de ele não ter me mandado uma única mensagem a manhã inteira. Meu coração aperta quando analiso mais uma vez a mensagem que mandei mais cedo – e que foi ignorada –, para me certificar de que não há espaço para que ela seja mal interpretada fora de contexto. Eu o provoquei sobre a derrota dos Blackhawks – nossa brincadeira de sempre –, nada que fosse motivo para se ofender de fato. Então por que de repente ele começou a me ignorar?

Tara é rápida em me lembrar de como Neil passou dias e dias me dando perdido, alegando que estava "muito ocupado" quando, na realidade, ele não passava de um músico desempregado que ficava o dia chapado no sofá. Em sua humilde opinião, estou exagerando.

– O Scott provavelmente só tá resolvendo algum problema da vida adulta – disse ela, confiante, antes de eu sair para a academia.

Mas sabendo de toda nossa troca de mensagens ao longo do último mês, relatando as situações mais corriqueiras, como se servir de um copo de leite, esse silêncio dele me parece incomum. Tem alguma coisa errada. Eu sinto.

Assim que termino meu aquecimento na esteira, Scott finalmente dá sinal de vida:

SCOTT: Você vem aqui em casa hoje à noite?

Ele não fugiu do país, afinal. Talvez esteja tudo bem.

Talvez ele não tenha ignorado a minha existência de propósito.

CRYSTAL: Hum, eu não me lembro de você ter me convidado. Também não me lembro de ter aceitado nenhum convite.

SCOTT: Vai ter lanche.

CRYSTAL: ... tá bem.

Diante da promessa de haver lanches, vou para a casa de Scott à noite, depois de jantar e editar um vídeo com um novo tutorial de treino. Durante todo o caminho até lá, eu me pego cutucando as unhas, ansiosa por uma explicação. Não sei como agir. Devo fingir que estou tranquila em relação a isso? Ou devo ir direto ao ponto e perguntar sobre a ligação assim que chegar?

Quando chego, ainda estou indecisa. No momento em que a porta dele se abre, uma enorme bola de pelo encaracolado bege salta na minha direção, pulando no meu rosto. Em apenas dois segundos, Alvo Doodledore conseguiu cobrir minhas mãos de baba. Ele atira o corpo desengonçado no chão, hiperventilando, língua de fora, felicíssimo em me ver.

– Olá, olá, prazer em revê-lo.

Eu rio, devolvendo o sorriso quase humano de Alvo. Seu rabo grosso balança de um lado para o outro como limpadores de para-brisa a toda velocidade. Eu me ajoelho para fazer uma generosa massagem na barriga dele, que Alvo aproveita ao máximo, rolando de costas.

Tornou-se nosso ritual toda vez que venho aqui.

– Prazer em te ver também, suponho.

Finjo olhar Scott com desdém, tentando ignorar a maneira como ele se eleva acima de mim, e como seu peito musculoso se sobressai por baixo da camisa de malha azul-marinho com as mangas dobradas na altura dos cotovelos. O cara fica mesmo muito bem nessas camisas. Ele chega perto.

– Quer dizer que vai ser assim, é? O cachorro sempre recebe uma saudação mais entusiasmada que eu.

Meu corpo luta contra o desejo de agarrar seu rosto ridiculamente lindo e beijá-lo. Mas quando me lembro de como ele desligou na minha cara depois de mencionar aleatoriamente a ex, penso melhor. Em vez disso, cruzo os braços sobre o peito, empurrando sem perceber meus seios para cima, acentuando meu decote.

– Lamento muitíssimo. Também gostaria de uma coçadinha na barriga?

Seu olhar pisca em direção aos meus seios antes de voltar para o meu rosto com um sorriso diabólico.

– Eu não iria reclamar.

Meu rosto pega fogo. Ele está agindo de modo normal, sendo deliberadamente sedutor, o que só aumenta minha curiosidade em relação à ligação misteriosa da noite anterior. De repente, o hall parece pequeno demais. Em busca de um pouco de ar, passo por ele, entrando na sala de estar.

O apartamento de Scott é simples, bem clean. É mais antigo, tem piso de madeira original e sancas ao redor do teto. A sala de estar é espaçosa, cheia de móveis de couro bem masculinos e uma televisão de tela plana. Um típico apartamento de universitário. Uma parede recortada separa a sala de estar da cozinha um pouco antiquada. Como sempre, está surpreendentemente limpa para dois homens que trabalham em turnos longos.

Scott me acompanha até a sala de estar, observando enquanto eu me empoleiro no braço do sofá. Há um silêncio prolongado, erguendo uma barreira entre nós que nunca existiu antes. Enquanto afago a cabeça de Alvo distraidamente, me pergunto se Scott sente o mesmo.

Não consigo mais esconder minha curiosidade nem suporto o constrangimento.

– Então... quem te ligou ontem à noite? – pergunto por fim.

Ele de pronto baixa os olhos na direção dos pés, evitando o peso do meu olhar penetrante. Então passa a mão pela nuca antes de pigarrear.

– Trevor.

Eu franzo a testa, imediatamente desconfiada. Scott nunca evita o contato visual.

– Por que ele ligou?

– Pra me dizer que levou o Alvo na rua antes de ir trabalhar.

Sua voz está picotada, como se ele estivesse desesperado para mudar de assunto.

Me parece estranho que Trevor tenha ligado às duas da manhã por causa de algo tão banal. Por que não mandou uma mensagem de texto?

Quero pressioná-lo ainda mais, interrogá-lo ao estilo FBI, porque meu instinto me diz que ele está mentindo. Mas o que mais posso dizer sem soar desequilibrada? Não tenho nenhuma prova real do contrário, e não posso nem fazer a *namorada ciumenta*, uma vez que nem sequer somos um casal.

Em vez disso, faço uma pergunta inocente:

– Dia cheio hoje?

Ele ainda está evitando olhar para mim ao dar de ombros, as mãos enfiadas nos bolsos do jeans de lavagem escura.

– Nada, foi tranquilo. Fiz umas tarefas internas.

Eu inclino a cabeça, nem um pouco convencida. Ele registra minha suspeita, e enfim me olha nos olhos.

– Que foi? Você não está acreditando em mim ou algo assim?

– Não tive notícias suas hoje de manhã. Achei meio estranho.

Ele me observa por um momento, a tensão em sua mandíbula se abrandando.

– Desculpa, de verdade. Tinha muita coisa acontecendo.

– Você quer falar sobre isso?

– Não, agora não. Mas obrigada mesmo assim.

A resposta vaga não ajuda muito a acalmar meus nervos, e ele percebe.

– Não é nada que você precisa se preocupar agora. Prometo.

Scott dá um passo à frente, pegando uma mecha de cabelo que cai no meu rosto. As pontas de seus dedos roçam minha bochecha enquanto ele coloca os fios com suavidade atrás da minha orelha, os olhos fixos nos meus. São suaves e sinceros. Eu o conheço bem o suficiente para saber que ele não me magoaria de propósito.

Quero respeitar seu pedido de privacidade. Podemos ser próximos, mas não é como se eu tivesse o direito de saber tudo o que está acontecendo na vida dele. Procuro em seu rosto qualquer sinal de que esteja mentindo, mas não encontro nenhum. Se ele estiver mentindo, merece um prêmio pela atuação.

– Tá bem.

Eu me atiro no sofá, no meu lugar de sempre, enquanto ele vasculha a cozinha. Quando volta para a sala de estar, Scott está dando frutos. Literalmente: há uma caixa de tangerinas debaixo de seu braço direito.

Ele lembrou qual era o meu lanche favorito.

– Mentira! Onde você encontrou isso? Está fora de época!

Grata, me estico para pegar duas da caixa, esquecendo quase por completo seu comportamento suspeito.

– Tenho meus contatos.

Minhas bochechas queimam quando seus olhos me encaram um segundo a mais do que o habitual.

– Então, o que você quer assistir? – pergunto.

Eu me acomodo no canto esquerdo de seu sofá, fazendo um grande esforço para diminuir a força com que seguro as tangerinas, a fim de não esmagá-las.

– Alguma coisa com vinte minutos ou menos? – sugiro, brincando.

Ele se senta ao meu lado, as pernas longas esticadas sob a mesa de centro.

– Ha-ha, muito engraçado. Prometo que não vou dormir. Você tem minha permissão para fazer o que for preciso pra me manter acordado.

Lanço um sorriso malicioso para ele.

– O que for preciso?

– Dentro do razoável – avisa ele, fingindo se afastar de mim.

– Hum, acho que está na hora de você trabalhar sua resistência. Nós vamos assistir…

Quebro a cabeça para pensar em algum filme bizarramente longo.

– *O Senhor dos Anéis* – digo, sabendo muito bem que se trata de uma trilogia e que ao todo renderia cerca de nove horas junto dele.

Ele sorri, achando graça.

– Não imaginei que você fosse nerd.

– Ah, eu sou superfã – minto, apenas para implicar com ele.

Scott tenta não rir.

– Ah, é? Você também se veste igual aos personagens e participa de convenções?

– Duas vezes por ano. Tem uma na semana que vem, na verdade. Ia até ver se você quer ir comigo.

– Ah, é…

Ele não sabe ao certo o que dizer nesse ponto, então lhe dou uma trégua.

– Scott, é brincadeira. Não sou nem um pouco fã de *O Senhor dos Anéis*. Foi só o filme mais longo que eu consegui lembrar.

Deixo de fora "o que significa mais tempo do seu lado". Claramente aliviado, ele ri, passando a mão na barba por fazer.

– Ei, eu teria ido. Teria odiado cada minuto e julgaria você só um pouquinho, mas eu iria.

– Jura?

– Se fosse algo que você gostasse de verdade, é claro que sim.

Meu coração derrete no mesmo instante.

– Talvez eu até deixasse você me fantasiar também.

Ele move as sobrancelhas para cima e para baixo, e não consigo segurar o riso diante da imagem mental extremamente sexy de Scott com cabelos longos e sedosos, empunhando uma espada. Um Orlando Bloom menos etéreo, mais para um Henry Cavill em *The Witcher* sem banho há semanas, e gosto muito da ideia.

Depois de colocarmos o filme, viro de lado para esticar as pernas. Mas não há espaço com ele sentado ao meu lado no sofá. Em vez de fugir, ele coloca minhas pernas em seu colo.

Scott não olha para mim nem sequer se dá conta do que fez. Foi um gesto casual, como se essa fosse a regra. E parece que é.

– Posso dar um chute sobre o que vai acontecer? – pergunta ele quando Frodo parte em sua jornada.

– Manda.

– O tio é o verdadeiro pai do Frodo.

Dou a ele um olhar sarcástico.

– Sério?

– Acertei, não acertei?

– Não. Não chegou nem perto. Isso não é *Star Wars*.

Ele reflete por um segundo.

– Tá. O Gandalf é o pai do Frodo.

– Scott, relaxa. Não rola nenhum drama papai-filhinho.

Ele finge fazer beicinho.

– Bem, acho que eles perderam uma bela oportunidade.

A infinidade de teorias bizarras de Scott não para no pai de Frodo. São bem variadas, tipo, "o elfo louro" e Gandalf são secretamente apaixonados um pelo outro, ou Samwise Gamgee vai trair Frodo, ou o anel é um dispositivo de escuta secreto do Sauron. Na verdade, a única teoria correta que ele lançou é que Aragorn é o rei legítimo.

Na verdade, prestar um pingo de atenção no filme é humanamente impossível enquanto ele passa a mão pelas minhas pernas. Estou respondendo a todas as perguntas que ele faz no automático. Na verdade, a única coisa que me mantém sã e distraída do calor crescente na parte inferior do meu corpo é descascar as tangerinas com cuidado. Quando a irmandade se forma, ofereço uma fruta recém-descascada para um Scott confuso.

Ele está ocupado demais gesticulando na frente da TV, feito um fã de esportes indignado, para se dar conta da minha oferta.

– Como pode aquele esquisito com olhos de inseto ainda estar seguindo eles?

Seus olhos se arregalam e sua boca se abre quando ele se dá conta da tangerina na minha mão.

– Você descascou isso pra mim?

– Aham. Removi meticulosamente cada pedacinho do treco branco pra você.

Ele coloca a palma da mão no coração com um sorriso de boca aberta.

– Porra!

Scott pega a tangerina da minha mão com gentileza, inspecionando sua suculenta nudez antes de me dar um olhar de aprovação.

Ele ajeita minhas pernas em seu colo, dando um apertão na minha coxa antes de colocar um gomo na boca. Em seguida, se vira para colocar um na minha também. É quase erótica a maneira com que seus dedos roçam meu lábio inferior, enviando uma faísca pelo meu corpo. Minha boca inteira formiga com o toque.

Encarno meu eu mais sexy, sensual, dando uma mordida lenta e sedutora. Sou como a Paris Hilton usando um biquíni vintage, ensaboando um Bentley antes de se deliciar com um Texas BBQ burger do Carl's Jr. De repente, noto um esguicho cítrico saindo da fruta. Como se estivesse em câmera lenta, ele sobe, pousando bem no olho esquerdo de Scott.

Tranquila, Crystal. Tranquila.

Ele imediatamente dá uma guinada para a frente, fechando o olho com força.

– Ai, merda.

Giro as pernas para fora do colo dele, cobrindo a boca com as mãos.

Ele olha para mim em meio aos dedos entreabertos, estremecendo com uma risada silenciosa.

– Tá tudo bem. Só fiquei cego. Nada de mais.

Tento afastar as mãos de Scott do rosto dele.

– Deixa eu ver seu olho.

Ele esfrega o olho. Sua pálpebra vibra descontroladamente enquanto ele tenta abri-la por completo, mas sem sucesso.

– Crys, está meio que queimando.

Faço uma pausa no filme e corro para o banheiro para pegar uma toalha, que molho com água morna. Quando volto, ele já conseguiu abrir o olho novamente. Eu pressiono o pano molhado sobre ele.

– Me desculpa mesmo. Acho que foi a pior coisa que já fiz com um cara.

– Sim. Sem dúvida também é a primeira vez que tenho o olho queimado por ácido.

Ele inclina a cabeça enquanto eu removo a toalha, revelando seus lindos olhos verdes.

– Com licença, vou ali morrer de vergonha.

Ele ri.

– Tá tudo bem, parou de arder. Vou te perdoar em algum momento.

Eu olho para ele, as bochechas ainda vermelhas.

– A boa notícia é que você ficou consciente por mais da metade do primeiro filme.

– Porque ainda tenho muitas perguntas.

– Acho que você vai acabar virando fã de *O Senhor dos Anéis*. Pelo menos um de nós vai – digo.

Aperto o Play novamente, recostando-me no sofá.

Ele traz minhas pernas de volta para seu colo como se esse fosse o lugar delas.

– Qual personagem eu seria?

Finjo pensar, mas a resposta é bastante óbvia.

– Aragorn. Sem dúvida nenhuma.

– Por quê?

– Bem, vocês dois têm um bom entrosamento, pra começar. E você é bombeiro. Significa que você é corajoso, ousado e cavalheiro. Quando quer, claro – acrescento.

Ele balança a cabeça em silêncio, concordando, entusiasmado.

– E você?

Essa é fácil.

– Sem dúvida um hobbit. Trabalhadora, paciente, justa e leal. Prefere ficar perto de casa. Código moral sólido, noção de certo e errado.

– Não tenho como me opor a isso. Com certeza você sabe as políticas da Excalibur Fitness Center de cor e salteado.

Reviro os olhos, jogando uma almofada na cabeça dele, que se abaixa.

Quando Scott levanta a cabeça outra vez, há um brilho malicioso em seus olhos.

– Você realmente quer entrar nessa?

Faço que sim, aceitando o desafio.

Antes que eu tenha a chance de falar, ele prende minhas pernas em seu colo e começa a fazer cócegas nas minhas costelas sem dó. Minhas pernas se contorcem e se debatem enquanto tento deslizar para fora da pegada forte. Grito entre uma respiração e outra, incapaz de fazer qualquer coisa além de dar um tapa no peito dele.

– Nossa, eu te odeio. O que eu fiz pra merecer isso?

– Você quer dizer além de me cegar com frutas ácidas?

Faz sentido. Estou totalmente pronta para me entregar e sofrer as consequências, tanto que o deixo subir em cima de mim sem oferecer resistência. Ele joga o peso sobre o meu corpo, prendendo meus pulsos no braço do sofá por um breve segundo. É uma visão espetacular – seus antebraços retesados, um de cada lado da minha cabeça, me prendendo. Tenho a visão perfeita da curvatura de seus cílios.

Ele me observa por alguns segundos antes de piscar em direção aos meus lábios. Se eu levantasse o pescoço só um pouquinho, poderia beijá-lo. E quero beijá-lo. Quero sentir seu gosto mais uma vez. Desesperadamente. Ele engole em seco, seu polegar traçando a linha da minha mandíbula, segurando meu queixo. Ele inclina minha cabeça para cima, deixando escapar um suspiro suave antes de seus lábios roçarem os meus, roubando meu ar e toda a minha determinação.

Nossos lábios se encontram de novo e de novo, afundando em uma enxurrada de beijos carinhosos, mordidas suaves, apenas provando e provocando um ao outro. Corro uma mão sobre a barba por fazer, e com a outra deslizo os dedos por seu cabelo farto e ondulado, que parece seda. Eu o apalpo, desejando-o mais perto.

Ele rola de cima de mim e se senta.

– Vem cá – ordena ele, como se pudesse ler minha mente.

Scott me puxa pelo braço para o seu colo.

Coloco uma perna em cada lado de suas coxas, sentindo seu entusiasmo pela situação enquanto me acomodo em cima dele. Seu gemido preenche meus ouvidos e me faz sentir leve, como se pudéssemos sair flutuando juntos em direção ao céu.

Há uma fragilidade no jeito que ele me olha, como se me visse de verdade. Como se estivesse me convidando para entrar, permitindo que eu veja as profundezas de sua alma. Todos os caras com quem fiquei já teriam tirado minha calcinha a essa altura, mas ele está me tratando como se eu fosse algo para ser apreciado, saboreado.

Estar com ele parece tudo, menos algo passageiro. É como mergulhar de cabeça em uma piscina funda, sabendo que não há saída.

Um pequeno sorriso se forma em seus lábios enquanto ele coloca meu cabelo atrás da orelha.

– Você é tão linda.

Sua respiração sai em ofegos leves, até que ele mais uma vez beija de leve o canto da minha boca. Depois vem uma enxurrada de beijinhos ao longo do contorno dos meus lábios antes de separá-los. Sua língua se funde com a minha e sua mão se move para a parte de trás da minha cabeça, puxando meu cabelo com delicadeza. Estou surpresa que ainda haja algum oxigênio no apartamento.

Esse momento é diferente do nosso primeiro beijo. Nosso amasso intenso no vestiário foi uma pegação louca, chegou perto de desbloquear todas as fantasias secretas que já tive na vida, um ato movido por pura luxúria. A combinação perfeita de luxúria e ódio contra um frequentador da academia sem nome e com o corpo de um deus.

Este beijo é outra coisa, porque agora conheço Scott em um nível mais profundo e que me tira o fôlego. Eu sei que ele é um introvertido extrovertido. Lugares lotados não o incomodam, mas se ele puder evitá-los, fará isso. Sei como ele fica triste quando vê pôsteres de cachorros perdidos – ele passa um tempo olhando, lendo-os pelo menos duas vezes com pesar. Sei como ele gosta do cereal, com pouquíssimo leite, devido à sua aversão a alimentos encharcados. E sei quão engraçada ele achou determinada coisa de acordo com o modo como coloca a mão contra o peito e quão longe ele joga a cabeça para trás.

O simples conhecimento de todas essas coisas, entre milhões de outras, intensifica nossa fusão. Como se os riscos fossem maiores do que nunca a cada movimento que fazemos.

Seus dedos se movem do meu cabelo para as minhas costas, subindo e descendo pela linha da coluna. Eu me arqueio, movendo-me em um ritmo lento contra ele, lembrando como é perfeito o nosso movimento juntos. Em determinado momento, as pontas de seus dedos contornam a minha cintura, por baixo do meu suéter, subindo pela minha barriga com rapidez.

– Tudo bem? – sussurra ele contra a minha boca.

Mais do que bem. Faço que sim com a cabeça e ele continua, suas mãos lentamente percorrendo a parte inferior dos meus seios por dentro do sutiã. Ele os molda nas palmas das mãos, roçando as pontas dos dedos em meus mamilos, sua respiração acelerando a cada segundo. Uma sensação de formigamento percorre meu corpo e eu fico desesperada para me aproximar ainda mais dele.

Quando giro os quadris e fico por cima dele, Scott solta um gemido profundo em meu ouvido, agarrando minhas coxas para me encaixar nele. De repente, sinto ódio da minha legging e da camada que ela representa, mesmo que fina, me separando daquilo que desejo de verdade.

Como se pudesse ler minha mente, seus dedos mergulham por dentro do cós da legging, e descem de um jeito provocante. Sua mão se curva por cima da minha bunda, me dando um apertão. O peito de Scott arfa quando ele encontra meu olhar mais selvagem e primitivo que sinaliza para me pegar com força e fazer o que quiser comigo.

Então, do nada, ele para. Com a respiração entrecortada, ele puxa a mão até a minha cintura. Uma veia pulsa em sua testa. Ele parece faminto, como se estivesse fazendo todo o possível para resistir.

– Crys… – diz Scott entre respirações entrecortadas –, a gente não pode fazer isso.

– O quê? Por quê?

Meu corpo se enrijece em cima dele enquanto sou arrebatada por uma avalanche de decepção. Estou sendo rejeitada. A única razão pela qual eu não saio voando de cima dele é porque Scott ainda está segurando minha cintura com força, como se me dissesse em silêncio para não sair.

Seu rosto parece aflito quando ele abaixa a cabeça.

– Porque não. A gente tá esperando. Indo devagar. Lembra?

Nunca me odiei tanto quanto nesse momento. Por que eu fiz isso comigo? A antiga Crys, de apenas algumas semanas atrás, era realmente tão cega assim? Eu não queria que meu crush estilo Chris Evans me levasse ao limite apenas ao me tocar? Claro, eu não queria ser o rebote dele. Eu queria mais do que apenas sexo. Mas a Crys atual, com o pau duro de Scott a pressionando, não está nem aí. Eu quero isso aqui, que se danem as consequências.

Passo a mão ao longo de sua mandíbula, meus dedos esfregando a barba por fazer enquanto puxo o rosto dele para mais perto do meu.

– Dane-se.

Suas imensas mãos se fecham em torno de meus pulsos relativamente pequenos. Sinto que estou algemada, o que não ajuda em nada a reprimir o desejo que estou sentindo por ele nesse momento. Nossos rostos estão a centímetros de distância. Quero desesperadamente fazer com que esses poucos centímetros desapareçam, mas ele não deixa.

– Não quero transar com você.

Sua voz ansiosa e grave cai uma oitava. Fico atordoada por um segundo, não apenas porque ele soa como a narração aveludada de uma fantasia erótica, mas porque nesse momento ele está me rejeitando totalmente. Sentindo meu choque, ele aperta meus pulsos.

– Espera, isso saiu meio estranho.

– Não. Eu entendi – digo, tentando arrancar sem sucesso meus pulsos de seu aperto mortal.

– Me escuta. Eu quero. Muito – corrige ele, e seus olhos quase imploram.
– Mas você me disse que precisava de um tempo.

– Isso foi semanas atrás. Já tive meu tempo – asseguro. – Por que de repente você resolveu ser contra?

– Porque você tinha razão. Se vamos fazer isso, precisamos confiar um no outro, sem dúvidas. Ainda não chegamos lá.

Eu franzo a testa.

– Você não confia em mim?

– Confio. Mas não sei se é uma via de mão dupla.

Eu me sinto impotente porque ele está certo, e foi exatamente por isso que lá atrás implementei essa regra do tempo. Para me salvar de ser um objeto, uma distração para esquecer Diana.

Solto um pequeno suspiro.

– Desculpa. Eu odeio pensar sempre demais sobre tudo... Queria poder mergulhar de cabeça.

– Não quero que você faça isso até estar pronta. De verdade. E não é só você – diz ele, baixando o queixo e evitando contato visual. – Eu conversei com o Martin também.

– Sério?

– Ele pediu pra gente ter cuidado, em especial antes do casamento. Ele não quer que role nenhum drama. Esse casamento é muito importante pra ele e pra Flo.

Eu entendo a apreensão. Qualquer tensão entre mim e Scott acabaria com a ocasião. Mas estou surpresa com a mudança repentina de atitude em relação à nossa união. Da última vez que verifiquei, Martin e Flo estavam praticamente implorando para namorarmos. Estou tentada a perguntar um pouco mais, mas suspeito que Scott não está interessado em se aprofundar no assunto. Então concordo.

– Sim, faz sentido. Vamos desacelerar.

Segundos depois, ele me encara outra vez, olhos acesos, como se tivesse acabado de encontrar uma promoção raríssima de seu shake de proteína absurdamente caro.

– Mas isso não significa que a gente não pode sair nesse meio-tempo.

– Você quer me cortejar? À moda antiga? – pergunto.

Vovó Flo ficaria muito feliz.

O sorriso convencido de Scott retorna.

– Por que não? Mas haverá condições antiquadas.

– Condições?

Seus dedos percorrem um rastro leve ao longo da minha bochecha, passeando pelo meu queixo e descendo pelo meu pescoço, deslizando pelo meu peito. Seus olhos verdes são um caleidoscópio de desejo, necessidade, tudo que eu quero.

– Nada de se tocar – sussurra ele no meu ouvido enquanto varre meu cabelo para o lado, expondo meu pescoço.

Mal consigo respirar. Na verdade, estou praticamente imóvel. Não sinto nada acima da cintura, talvez seja porque todos os nervos entre as minhas pernas se catapultaram para um mesmo ponto.

Seus lábios roçam os meus.

– Nada de beijos.

Junto as pernas com força. Vou morrer. Vou entrar em combustão espontânea neste sofá agora mesmo.

Sua mão traça a parte da frente do meu corpo, passa por cima dos meus seios, descendo pela minha barriga, circulando a parte interna da minha coxa por cima da legging, muito perto de onde eu quero que ele me toque. Ele se aproxima ainda mais, a respiração pesada.

– E nada de sexo.

– O quê?

Ele alisa o dedo exatamente no ponto onde estou desejando pressão.

– Não. Nada de sexo. Nada de beijos. Nada de toques.

– Você já fracassou. Você está me tocando agora – consigo dizer enquanto seus dedos continuam a fazer sua mágica.

Quando ele pressiona mais forte, quase perco o controle. Minha visão se turva e um calor delicioso se propaga por todos os lados. Eu me mexo um pouco, desesperada por esse contato. Basta literalmente mais um toque e já era. Boa noite e adeus, mundo.

E é aí que ele tem a ousadia de tirar as mãos de mim. É como se eu estivesse a centímetros da linha de chegada e alguém agarrasse com violência a parte de trás da minha camisa, me puxando para longe da vitória.

Um sorriso perverso surge em seus lábios quando ele se senta. O desgraçado sabe muito bem o que está fazendo comigo.

– Começando agora.

Mal consigo enxergar direito. A garganta seca me faz tossir. Pareço um gato cuspindo uma bola de pelos.

– Vejo que está mesmo comprometido com essa ideia.

– Tem que ser assim pra isso dar certo. Caso contrário, vamos acabar ficando muito antes de agosto. Não quero que nenhum de nós se arrependa de nada. Você tinha razão… em relação às nossas famílias. Se as coisas não dessem certo, a Flo provavelmente me mataria enquanto eu estivesse dormindo. Acho que a gente deve isso a nós mesmos e a todo mundo. Precisamos ir com calma.

Ele está certo. Se continuássemos nessa trajetória, acabaríamos transando, e em seguida minhas inseguranças com Neil voltariam e me engoliriam inteira.

Mas é claro que estou frustrada. Sou o próprio novelo de lã emaranhado, necessitando desesperadamente que alguém o desembarace. Mas também estou muito apaixonada. O fato de Scott estar fazendo isso demonstra o quanto ele se importa. Quando penso em quão incrível esse homem é, meu corpo inteiro se acalma, como se soubesse o quão sincronizado ele está comigo em todos os níveis. Na verdade, estou lutando para não forçá-lo a se casar comigo aqui e agora.

– Você não faz ideia do que isso significa pra mim… Não sei o que dizer.

Ele sorri mais uma vez, erguendo a sobrancelha.

– Não precisa dizer nada. Só me mostra o que isso significa para você. No dia 6 de agosto.

capítulo vinte e um

15h20 – POST NO INSTAGRAM: "VOCÊ SE SENTE UMA FRAUDE?", POR **CURVYFITNESSCRYSTAL**

E não, o que quero dizer com fraude não é quando você manda pros seus amigos uma mensagem dizendo "kkkkkkk caraaa hahahaiehfoaehfoaeha" quando na verdade está com uma cara megafechada. Tô falando de coisa séria, do tipo "ah, foi sorte", "eu não mereço esse sucesso todo", "alguém vai descobrir a verdade".

Esses são pensamentos reais que eu tive a meu respeito, e que ainda tenho de vez em quando. Sou humana. Tudo começou quando eu usava apenas roupas de ginástica em cores neon, ouvia trap e cheguei aos meus primeiros milhares de seguidores. Eu me achava "indigna", ainda mais se comparada a todos os personal trainers de abdômen trincado por aí. Esses sentimentos de inadequação dobraram quando fechei minha primeira grande parceria com a Nike. Eles se ofereceram para me enviar – juro – uma faixa de cabeça. Um pedaço de elástico rosa de dois centímetros de largura. E eu chorei em posição fetal, tamanha a certeza de que todo mundo ia dizer que eu era uma fraude.

Da mesma forma, vejo que muitas vezes as minhas alunas não levam seu progresso em consideração. Por mais inofensivo que isso possa parecer, no fundo você está desconsiderando todo o trabalho pesado que fez e mantendo um padrão de exigência absurdamente alto e inatingível.

Mas eu tenho boas notícias pra te dar. Você sabia que a maioria das pessoas (aham, principalmente as mulheres bem-sucedidas) sofre com a síndrome do impostor porque sua única motivação na vida é atingir o sucesso? Se você está se sentindo insegura quanto ao seu sucesso, meu conselho é: pare de tentar ser perfeita. Ninguém quer algo perfeito porque a perfeição não existe.

Comentário de **Train.wreckk.girl**: amei. a síndrome do impostor é muito real! ♡

Comentário de **trainermeg_0491**: tenho esses pensamentos o tempo inteiro. Você tem toda razão. É impossível ser perfeito. A gente realmente devia pegar mais leve com a gente mesmo. ♡

Comentário de **NoScRyan**: Uma personal acima do peso não pode se considerar uma pessoa bem-sucedida. ♡

Pego o celular e vejo:

SCOTT: O Alvo tem uma pergunta pra você.

Cinco segundos depois, ele envia uma foto de Alvo sentado como se fosse uma pessoa, com uma plaquinha dizendo *Quer sair comigo amanhã à noite?*

Se um goldendoodle chamado Alvo te convida para sair, você meio que tem que ir.

CRYSTAL: Sim.
SCOTT: Uau. Fiquei magoado, você diz sim pra ele bem mais rápido do que pra mim.
CRYSTAL: O que posso fazer? Gosto de feiticeiros.
SCOTT: Eu já deveria estar usando ele pra fazer as propostas no meu lugar há semanas.
CRYSTAL: Que roupa eu uso?

SCOTT: Alguma coisa bonita. Não se preocupa, da próxima vez eu vou te levar a algum lugar onde você possa usar suas leggings.

CRYSTAL: Quer dizer que você já está considerando que vai haver uma próxima vez? E se eu for superchata? Ou esquisita?

SCOTT: Eu também sou chato. E já sei que você é esquisita.

CRYSTAL: E se eu mastigar de boca aberta? Ou conversar durante cenas importantes dos filmes? Ou gastar muito dinheiro?

SCOTT: Tudo tolerável.

CRYSTAL: E se eu tiver fetiche por agulhas?

SCOTT: Sem comentários.

– AONDE ESTAMOS INDO? – pergunto, ajustando a bainha do meu vestido floral.

Scott está me levando para o que passou o dia inteiro chamando de encontro "ultrassecreto". Por mais fofo que seja, a expectativa acaba comigo. Nunca fui muito de surpresas. Sou dessas que lê todos os spoilers dos filmes. Sempre sei quem vai ganhar o *The Bachelor*, graças ao Reality Steve.

– Relaxa.

Scott me dá seu sorriso hipnotizante, uma mão no volante, a outra no console central (cem por cento acessível, apenas para me provocar).

Em um determinado momento, tento agarrar a mão dele, mas Scott prontamente me enxota, dando uma piscadinha linda, me lembrando da regra de *nada de toques*. Por mais grata que eu esteja pelos esforços de Scott, estou me sentindo como uma criança que foi informada de que não pode comer um doce que colocaram bem na sua frente. Eu quero testar os limites dele.

Luto para reprimir os impulsos da natureza enquanto passamos por um bairro residencial relativamente novo, em direção a uma área cheia de casas novinhas em folha.

Olho para elas admirada, tentando disfarçar o quanto estou me divertindo.

– Você me trouxe aqui pra ficar espiando pelas janelas?

Algumas semanas antes, enquanto voltávamos do jantar com meus pais, eu havia mencionado por alto minha curiosidade em ver como aquelas casas eram por dentro.

Ele dá uma risada rouca.

– Aham.

– Esse é oficialmente o meu encontro favorito de todos os tempos – digo enquanto Scott para no acostamento.

– De todos os tempos?

– Acho que sim.

– Você é tão esquisita – diz ele com um sorriso imenso.

Tento parecer a pessoa mais tranquila do mundo enquanto caminhamos lado a lado, ombros roçando levemente. Descemos a rua de terra ainda não pavimentada, passando por algumas das lindas casas estilo Craftsman que parecem estar finalizadas pelo menos por fora.

– Amo essas casas. Queria tanto poder ver como é por dentro – lamento.

Ele aponta para uma das maiores casas da rua sem saída.

– Vamos entrar.

Paro no meio da rua.

– A gente não pode simplesmente *entrar*.

– Desde quando você é contra invadir lugares, Crystal? Você não tem nenhuma questão com vestiários – diz ele, me dando um sorriso irônico. – E eu aposto que elas nem estão trancadas.

Dou uma rápida olhada ao redor. Não há ninguém à vista, já que as casas ainda não estão ocupadas. Normalmente, eu não desejaria ser pega invadindo uma propriedade particular, mas o carisma de Scott me faz querer meter a louca e quebrar algumas regras.

Subimos os degraus até a porta da frente. Está trancada. Não sei se fico aliviada ou decepcionada. Estou prestes a correr de volta para a rua quando ele segue em direção aos fundos da casa. Antes que eu possa gritar com ele para desistir, Scott já deu um jeito de abrir a janela do porão. Seus lábios se curvam para cima, me desafiando.

– Vamos.

Observo calmamente enquanto ele se esgueira para dentro, enfiando os ombros largos pela janela, pousando lá dentro em um movimento gracioso.

Ele dá uma olhada no porão inacabado e então olha para mim, com os braços estendidos para fora.

– Vem – ordena ele, em voz baixa e grave.

Dou uma última olhada ao redor para garantir que não haja testemunhas antes de deslizar pela janela, as pernas primeiro, bem em seus braços. Eu me deleito com a sensação de seu corpo rígido contra o meu.

– Nós invadimos a casa.

Ele dá um sorrisinho, orgulhoso do nosso crime. Ele me segura por um instante, a mão acariciando minhas costas. A intensidade do olhar me mantém imóvel. Ele pisca em direção aos meus lábios e eu me preparo para um beijo quente e cheio de adrenalina – decorrente da emoção em desafiar a lei. Ele abaixa o queixo, deixando os lábios a poucos centímetros dos meus, pairando por um momento antes de me dar as costas de repente. Sai correndo escada acima de dois em dois degraus, insensivelmente me privando de seu toque.

No momento em que meus pés atingem o piso principal, saímos em disparada. Corremos de um quarto para outro, voando pela casa, nossas risadas ecoando nas paredes estéreis. A casa está praticamente finalizada, exceto por algumas pilhas de tábuas de madeira e pela serragem espalhada pelo chão. Essa unidade em particular ostenta uma estrutura em madeira de lei em um tom marrom-acinzentado brilhante, e uma cozinha toda branca e reluzente, aberta para a sala. Há quatro quartos no andar superior, além de uma imensa banheira com pés na suíte principal.

Entramos na banheira, sentados um de frente para o outro. As longas pernas de Scott ocupam todo o espaço, sendo impossível que não fiquemos emaranhados.

Eu rio, incapaz de ficar confortável.

– Essa posição não vai dar certo. Você é muito alto.

– Vem pra cá – diz ele apontando para si mesmo. – Senta de costas pra mim.

Eu engulo em seco, digerindo o fato de ele querer que eu me sente entre as suas pernas como se fôssemos dois adolescentes atrapalhados na traseira de uma caminhonete em um drive-in. Ergo a sobrancelha para sua sugestão altamente erótica.

– A gente vai se tocar.

– Não. Não conta. É pra fins práticos – diz ele, lançando um sorriso hipnotizante. – Não vou te tocar. Prometo.

Dou um olhar desconfiado antes de me virar mais rápido do que uma dançarina amadora de break. Eu me acomodo entre suas pernas fortes, encostando as costas em seu peito. De olhos fechados, absorvo seu delicioso perfume, desejando poder engarrafá-lo e borrifá-lo em todos os lugares por onde passar. Aposto que poderia até patenteá-lo e ganhar milhões com isso.

É um pouco estranho ele estar ali com as mãos ao lado do corpo, apoiadas nos joelhos, sem me tocar. Mas se isso é o mais perto que podemos chegar um do outro, não vou reclamar.

– Um dia quero ter uma casa assim.

Fecho os olhos enquanto agarro as bordas frias da banheira, deixando escapar um pequeno gemido levemente pornográfico. Os músculos das coxas de Scott se contraem ao meu redor e ele se move um pouco para trás no mesmo instante. Sorrio porque sei que não sou a única que está sofrendo.

– Se você tivesse uma casa igual essa nunca mais colocaria os pés na rua – diz ele dando risada.

Deixo minha cabeça cair contra seu peito firme.

– Verdade. Você também não.

– Como você decoraria os quartos?

– Sempre quis ter um sofá de veludo verde. Talvez uma decoração meio dourada, verde e bege na sala de estar. A cozinha tá perfeita assim, branca e cinza. Eu sempre pensei em usar cores mais escuras pra suíte principal e outras mais divertidas pros quartos das crianças.

– Ah, é? Quantas crianças?

Eu franzo os lábios, reflexiva.

– Duas. Um menino e uma menina.

– Eu vou ter pelo menos três. E, obviamente, pelo menos dois cachorros – diz ele, inexpressivo.

Quase engasgo.

– *Pelo menos* três filhos? Você vai precisar de um carro daqueles grandes.

Ele dá de ombros, como se estivesse tranquilo em relação a isso.

– Aham, de sete lugares.

Dou risada, imaginando-o como um pai de bairro rico em uma minivan. Ele tem uma vibe mais SUV, mas a imagem é hilária mesmo assim. Agora que eu o imaginei como um pai, dono de casa, absurdamente sexy, é impossível desver a imagem.

– Quero uma piscina – comenta ele, apontando para a janela redonda ao lado da banheira, que tem vista para o imenso quintal ainda sem gramado.

– A gente tinha piscina quando mudou pra Boston. Mas o meu pai sempre reclamava de ter que limpar.

– Quem precisa de piscina quando se tem uma banheira dessas?

Eu me reacomodo, me sentindo à vontade apoiada contra seu peito, recostando nele ainda mais. Scott engole em seco atrás de mim, mas não se move. Na verdade, sinto toda a força de seu entusiasmo. Sinto sua respiração ficar irregular nas minhas costas.

Sorrio, satisfeita comigo mesma, continuando como se não tivesse percebido nada.

– Banheiras são essenciais para minha saúde e para o meu bem-estar.

– Ah, é? Por que você gosta de banheiras? – pergunta ele, e sua voz sai tensa.

Inclino minha cabeça, reflexiva, e me viro, trocando de posição para que fiquemos de frente um para o outro novamente.

– Banheiras são relaxantes. Com velas, música, espuma, óleos... e um sabonete para deslizar pelo corpo...

Eu me inclino contra a extremidade oposta da banheira, imaginando a água morna na minha pele nua, a mistura do aroma frutado e cítrico do meu sabonete e o perfume floral da minha vela.

– Mostra pra mim – diz ele, os olhos fixos nos meus.

– Eu começo por aqui...

Com uma precisão dolorosamente lenta, passo a mão pelo pescoço, seguindo pelos seios e pela barriga. Sei que estou sendo cruel, mas quero que ele ceda. Quero ver Scott perder o controle.

Sua expressão excitada me estimula enquanto mergulho a mão por baixo da bainha do vestido, trazendo-o para cima. Meus dedos brincam ao redor da parte interna das minhas coxas e entre as minhas pernas. Minha pele está pegando fogo apenas com o olhar dele.

– Às vezes, eu faço isso... – digo deslizando a mão sob a renda fina da calcinha.

Scott praticamente dá uma guinada para a frente quando me toco.

Do jeito que ele cerra os punhos, as pupilas dilatadas focadas em meus dedos sob a renda, eu diria que ele está à beira de perder a batalha.

Dou um gemido, e meus dedos continuam a girar, aliviando a pressão. Até aqui, a pegação no vestiário tinha sido o momento mais erótico da minha vida. Mas agora, esse instante em que ele me vê vulnerável diante dele, leva oficialmente o título.

Só o jeito com que ele olha para mim, como se estivesse totalmente ali comigo, é arrebatador. É diferente de tudo que já experimentei, a ponto de me deixar petrificada. Quero me perder por completo nele e desaparecer. E então entendo que nunca mais serei a mesma, não depois disso. Levando em conta o que sinto por ele nesse momento, sei que se Scott me magoar, vou ficar destruída. Meu coração será quebrado de modo irreparável. E, estranhamente, o risco parece valer a pena.

Agarro a lateral da banheira com a mão livre e, com a outra, continuo me tocando.

– Você tá tão molhada… – diz ele ofegante, a evidência úmida do efeito que ele causa em mim espalhada pelos meus dedos.

Nossos peitos sobem e descem, a tensão aumentando a cada segundo que passa e Scott ainda sem me tocar. Na verdade, as mãos dele estão agarradas às laterais da banheira, os nós dos dedos brancos, confirmando que o domínio que ele tem sobre mim não tem nada a ver com o mundo concreto.

O mero som da voz dele me faz estremecer. Eu vejo os músculos de seus antebraços se contraírem. Scott resmunga ao perder o controle, estendendo a mão para colocá-la sobre a minha. Não tenho ideia do que ele está prestes a fazer, mas estou totalmente de acordo com uma passagem só de ida de primeira classe.

Com os olhos fixos nos meus, ele move meu próprio dedo para dentro e para fora de mim em um ritmo tentadoramente lento.

– Você não está quebrando as regras? – consigo dizer em um tom provocante, abafando um gemido.

– Mais ou menos.

Não consigo encontrar uma palavra capaz de descrever a visão dele me dando prazer com minha própria mão. Quebramos a regra de *não se tocar*, mas em parte ele ainda a está respeitando, quando evita me beijar e me tocar em outros lugares, exceto para guiar minha mão, o que é enlouquecedor por si só. Ele se inclina e dá um beijo lento na minha têmpora, nossa respiração se misturando enquanto ele introduz outro dedo meu, sua mão roçando em mim no processo.

– Que delícia… – digo em um suspiro.

Contraio o corpo inteiro no momento em que sou atingida pelo choque de prazer. Estou insensível a toda e qualquer coisa, exceto pelo que ele está fazendo comigo.

Ele então bombeia meus dedos com mais rapidez e intensidade, segurando minha nuca com a outra mão. Uma explosão de calor me invade e se espalha para todos os lugares até então esquecidos. Estou latejando, sinto meu corpo se fechar em torno dos dedos, e a sensação acelera à medida que a tensão vai aumentando até alcançar um nível incontrolável.

– Goza pra mim…

Sua voz baixa e rouca no meu ouvido é tudo o que preciso para o nó finalmente se desfazer.

Uma onda ofuscante me atravessa, rápida e inesperada. Meu corpo inteiro estremece, meus dedos agarram seu cabelo, e estou desesperada para me ancorar nele enquanto o maremoto me atinge, uma, duas vezes, me empurrando de volta para casa. Não quero que isso acabe nunca. Não quero esquecer jamais como é ter Scott olhando para mim do jeito que está me olhando agora, o contato visual ininterrupto enquanto me exponho dessa forma para ele.

Ele solta um gemido estrangulado, pressionando os lábios na minha testa, enfiando os dedos pelo meu cabelo, me segurando enquanto luto para recuperar o fôlego.

– Puta merda. Eu tô te querendo muito agora.

– Muito quanto? – pergunto, ainda surfando o que resta da minha onda.

Ele solta um suspiro exagerado antes de cravar as mãos nas laterais da banheira.

– O suficiente pra que a gente precise sair daqui. Agora.

Lanço para ele um sorriso perverso, acenando para o zíper totalmente esticado de sua calça jeans.

– Você já quebrou as regras. Deixa eu te ajudar então. É justo.

Seus dentes estão cerrados quando ele faz uma pausa, abaixando a cabeça.

– Não. Eu tô a dois segundos de quebrar todas as regras e jogar você em cima daquela bancada.

Minhas bochechas coram.

– Não vou me opor.

– Você tá acabando comigo.

Ele solta um gemido abafado ao sair da banheira, sua excitação muito proeminente na altura dos meus olhos.

Fico imóvel por alguns instantes, apenas olhando para ele, de boca aberta, desejando que ele não tivesse um nível sobre-humano de disciplina.

– Ei, meus olhos estão aqui em cima.

Ele sorri para mim, obviamente satisfeito consigo mesmo. Então se vira, saindo do banheiro, assobiando, como se nada tivesse acontecido.

Quando eu não o sigo na mesma hora, ele enfia a cabeça pela porta.

– Tudo bem aí?

Faço que sim com força, fracassando miseravelmente em permanecer imperturbável diante de seu sorriso que abala minhas estruturas. *Aham. Tudo ótimo. Só fingindo que não estava prestes a pular no seu pau duro e acabar com você em troca do melhor orgasmo da minha vida. Por favor, alguém me segura, porque sou incapaz de ter o mínimo de autocontrole.*

capítulo vinte e dois

JÁ FAZ UMA SEMANA desde *a banheira.* Ao longo dos dias que seguiram o episódio, Scott vem tentando fingir que está tudo na mais total e absoluta tranquilidade ao manifestar um rigoroso autocontrole e garantir uma distância segura entre nós. Mantendo sempre duas almofadas de distância no sofá. Evitando pequenos espaços. O tempo inteiro. Na verdade, ele quase deixou cair uma garrafa d'água quando nossos dedos se tocaram no momento em que ele passava a garrafa para mim, como se minha pele fosse lava.

Por mais que eu queira respeitar o acordo antiquado que fizemos quanto ao "cortejo", no fim das contas ainda sou millennial. A gratificação imediata é mais do que tentadora, em especial quando ele roça em mim toda vez que prestativamente me ajuda enquanto faço meus agachamentos.

Mas hoje não tenho tempo para refletir a respeito da minha frustração sexual reprimida. Fui encarregada de perambular pelo centro de Boston para buscar alguns itens de decoração que vovó Flo encontrou mais barato no marketplace do Facebook (sua nova obsessão), como se ela precisasse de uma desculpa para comprar mais lixo.

Centros de mesa e outros objetos de decoração variados foram as únicas coisas que vovó não herdou do casamento de Tara. Aparentemente, a decoradora de Tara fez um reembolso parcial quando ela começou a chorar em seu escritório dias depois de o casamento ser cancelado.

Buscar itens comprados de pessoas aleatórias na internet é sempre uma aventura. Scott se ofereceu para ir comigo embora no fim tenha feito com que eu me atrasasse uma hora e meia sem me dar qualquer explicação.

Vou buscá-lo e, quando nos encontramos, ele murmura um entediado "Ei", mas não faz contato visual.

Ele mal fala comigo, dando apenas respostas monossilábicas. Está o oposto do Scott de sempre, despreocupado, que sorri quando fala. Não abre sequer um sorriso quando coloco "Thong Song", do Sisqó, no último volume. Ouvir os hinos toscos de nossa juventude millennial em meio a um silêncio denso e prolongado é bastante desconfortável. E também não é fruto da minha imaginação o fato de ele estar o mais longe possível, o corpo pressionado contra a janela do passageiro, rolando a tela do celular por trinta longos minutos enquanto estamos presos no trânsito.

Olho de esguelha para ele enquanto cometo o crime hediondo que é baixar o volume durante uma música da Beyoncé.

– Cara, você nem precisava ter vindo se era passar o tempo todo sendo um mala sem alça.

Ele arqueia a sobrancelha para mim por uma fração de segundo.

– Um mala sem alça? Essa é nova.

– Mantenho o que disse – digo, apertando as mãos no volante. – Mas sério agora, é só você me pedir que volto pra sua casa e te deixo lá.

Ele mantém o olhar fixo à frente.

– Não. Quero ir com você.

Seu tom não ajuda muito a afastar minhas dúvidas em relação a ele.

Mas embora eu esteja curiosa para saber por que ele está agindo como um emo de 16 anos atormentado por pensamentos envolvendo sua mortalidade, tenho pouco tempo para refletir porque já chegamos à nossa primeira parada. Estamos indo buscar uma caixa de velas não usadas com um homem vestindo uma camisa bege horrorosa de gola rolê que deveria ser considerada um atentado contra a vida, como Mel diria. Seu nome é Spike. Porque vovó achou que seria seguro me mandar até a casa de um homem chamado Spike está para além da minha compreensão.

No caminho para a segunda parada, conseguimos avançar para uma conversa fiada sobre o clima opressivamente úmido feito dois aposentados de 65 anos. Ou colegas de trabalho aleatórios que não têm nada em comum, forçados a viajar juntos a negócios, o que, de uma forma estranha, soa um tanto sensual.

Tento ignorar a maneira como ele se comporta enquanto entro para buscar as plantas artificiais de uma senhora de aparência alegre, com energia maternal de sobra e que insiste que eu entre e dê uma olhada em outros itens de decoração à venda. Mas ao ouvir batidas e gritos no estilo Exorcista vindos de uma porta para o que eu suponho ser o porão, saio em disparada, fingindo uma dor de barriga. De volta ao carro depois de sobreviver àquela aventura, Scott segue com os olhos grudados no celular. Se eu tivesse morrido dentro daquela casa, ele não teria nem percebido.

Felizmente, a terceira parada é tranquila, exceto pelos candelabros pesados e horrendos que Scott precisou encaixar no porta-malas do meu carro como se fossem peças de Tetris.

A última tarefa é buscar luminárias e luzinhas de Natal em uma espécie de fazenda onde eram realizadas festas de casamento, mas que encerrou as atividades.

Quando chegamos, fica bem claro por que o local faliu: parece um cenário de *O Massacre da Serra Elétrica*. O celeiro está em ruínas e, sinceramente, não ficaria surpresa se fosse assombrado. Há um monte de ferramentas agrícolas de aparência suspeita abandonadas, se decompondo ao redor das instalações em meio a uma vegetação que chega à altura do meu umbigo. Não quero nem pensar em quantas criaturas selvagens estão à espreita. O fato de a escuridão estar começando a lançar sombras misteriosas em todas as direções também não ajuda em nada.

Scott estica a mão na minha frente quando nos aproximamos do celeiro, como se estivesse à espera de alguma espécie de ataque.

– Tem certeza que estamos no lugar certo?

Quando batemos na porta do celeiro, ninguém atende. Acho que não há outro ser humano em um raio de quilômetros. O lugar fica em uma propriedade bem no final de uma estrada de terra malcuidada, se é que é possível chamar aquilo de estrada, com um matagal fechado de ambos os lados. Na verdade, o local sequer aparece no Google Maps. Estou surpresa que o tenhamos encontrado na escuridão da noite.

Olho ao redor, ouvindo o farfalhar das folhas ao vento. Uma longa fileira de lanternas pende entre o grande carvalho e o telhado do celeiro. Torço muito para que essas não sejam as luminárias que vim buscar.

Ligo para vovó Flo.

– Vó?

– Oi, querida, tudo bem?

– Tudo. Olha, eu e o Scott estamos percorrendo os locais pra buscar os itens que você pediu e…

Paro de falar no instante em que me lembro da conversa entre Scott e o avô e de como Martin tinha pedido para irmos devagar antes do casamento. Ainda estava tentada a perguntar a Flo sobre essa súbita mudança de opinião, mas não tivemos nenhuma conversa a sós ao longo da última semana.

– Como são os candelabros? – pergunta ela, animada, aparentemente nem um pouco preocupada com a menção a Scott.

– Hmm, são bacanas – minto. – Enfim, tô aqui na…

– Conseguiu comprar as plantas artificiais por cinco dólares? Não acho mesmo que elas valiam dez.

– Fechamos em sete – minto mais uma vez.

Depois dos ruídos estilo Exorcista, a última coisa que eu queria fazer era ficar lá para negociar.

– Enfim, tô aqui na nossa última parada, na tal casa de festas, pra pegar as luminárias e as luzinhas. Mas não tem ninguém aqui.

– Sério? Me dá um minutinho.

Consigo ouvir o clique de suas batidas furiosas no iPad. Scott saiu vagando pelas instalações e eu fiquei no lugar, vulnerável e sozinha, em busca de qualquer sinal de movimento em meio às sombras. Passo o tempo inteiro achando que algo irá surgir dos arbustos e me atacar, seja uma pessoa, um animal ou um espírito irritado e com assuntos inacabados.

– A moça acabou de me responder. Eles esqueceram que estávamos indo aí buscar e saíram. Ela disse que você pode pegar tudo de graça, dado o inconveniente.

Suspiro aliviada quando vejo Scott voltar pela frente da casa. Preciso me forçar a desviar o olhar de seus bíceps realçados pela camiseta do corpo de bombeiros indo em direção a uma árvore.

– As luzes ainda estão penduradas nas árvores. Acho que não consigo alcançar – digo, avaliando a altura das luminárias.

Scott segue meu olhar e balança a cabeça, silenciosamente me dizendo com os olhos "Nem pense em fazer isso".

Vovó Flo suspira de decepção.

– Eu amei essas luminárias. Elas custam uma fortuna na loja.

– Olha só, não se preocupa. A gente vai dar um jeito – digo para tranquilizá-la.

– Obrigada, Crystal. Te amo, querida. Manda um beijinho pro Scott.

– Pode deixar. Tchau, vovó. Te amo.

Eu me viro para Scott, que está parado com os braços cruzados, aparentemente confuso.

– Será que tem uma escada em algum lugar por aqui?

Ele se vira, avaliando o local em câmera lenta.

– Talvez. Vou dar uma olhada. Fica aqui.

Coloco o celular de volta no bolso e espero, olhando para a imensa árvore. Deve ter uns cinco metros de altura no mínimo. Alta demais para escalar. Porém, mais uma vez, nunca fui de fugir de desafios.

ESSA FOI OFICIALMENTE a pior ideia que tive na vida. Está lá no topo junto com as três coisas mais idiotas que já fiz, incluindo uma vez no jardim de infância em que, resoluta, comi um bastão de cola roxo como se fosse uma barra de chocolate. Estava segura de mim mesma, escalando a árvore feito o Homem-Aranha. Não percebi o quão alto havia subido. E não estou sequer perto de chegar nas luminárias. Ao que tudo indica, meu medo de altura também era algo desconhecido para mim. Até o momento em que olhei para baixo.

Scott piorou a situação quando saiu do celeiro com uma escada de aparência frágil e que mal seria capaz de aguentar uma criança subnutrida, e me repreendeu por subir. Agarrada ao galho da árvore com toda minha força, tremendo de pânico absoluto, não consigo respirar nem manter os olhos abertos. Ao longo dos últimos quinze minutos, tentei me preparar para a descida, mas estou congelada. A ideia de mover o pé, ou qualquer parte do corpo, faz meu estômago embrulhar como se eu estivesse prestes a despencar em direção à morte.

Nunca imaginei que morreria assim, caindo de uma árvore do lado de fora de um celeiro abandonado. Vovó vai ficar arrasada, não só em razão da minha morte prematura, mas também pela ausência das luminárias mágicas em seu casamento.

Scott encosta a escada no pé da árvore e testa sua resistência.

Ele estreita os olhos na minha direção.

– Fica exatamente onde você está.

Mantenho os olhos bem fechados até que sua voz fique cada vez mais alta, sinalizando a proximidade crescente. Quando me atrevo a abri-los, ele está um metro abaixo de mim, um pé ainda na escada, a mão estendida.

– Querida, me escuta.

– Não me chama de querida – devolvo.

A última coisa de que preciso é ter que lidar com apelidinhos bregas no momento em que a morte se aproxima.

Ele não parece se perturbar com meu tom.

– Você precisa soltar o galho bem devagar e descer pra conseguir pegar a minha mão, tá bem?

Scott fala de forma lenta e premeditada. Ele interrompe o contato visual quando algumas gotas de chuva caem sobre nós. Eu não tinha notado as nuvens se aproximando.

Em poucos segundos, o céu escuro se abre com o estrondo sinistro de uma trovoada. A chuva desaba, e está muito gelada.

Minha mão começa a tremer ao redor do galho da árvore, agora molhado e escorregadio. Eu praticamente começo a hiperventilar quando a chuva respinga em mim.

– Não, eu não vou conseguir soltar.

– Vai ficar tudo bem. Não vou deixar você cair. Você só precisa me dar a mão e vamos descer juntos.

– Não. Vou morrer aqui. Por mim tudo bem. Eu aceito. Fala pra minha família que eu amo eles. Toca Lizzo no meu velório – ordeno.

Fecho os olhos mais uma vez enquanto gotas pesadas e suculentas escoam sob minhas pálpebras, me deixando parcialmente cega. Estou convencida de que a natureza veio acabar comigo.

– Beleza. Qual música? "Tempo" me parece apropriada pra um velório.

Ele abre o primeiro sorriso do dia.

Olho para ele, irritada.

– Aham, se você quiser matar a vovó Flo do coração.

– Crys, você não vai morrer.

– Vou sim.

– Não vai, não. Você confia em mim?

Essa é a pergunta, certo? Tecnicamente, ainda estou desconfortável em relação ao tal telefonema às duas da manhã, bem como com o humor estranho de hoje. Mas confio em Scott com toda minha força. Sei que ele não vai me deixar cair e morrer. Então faço um pacto comigo mesma. No três, vou soltar o galho e descer.

Um. Dois. Três.

A mão dele envolve a minha, me enchendo de calor e conforto, apesar da chuva fria que nos atinge.

Subir na árvore foi rápido, mas descer é duas vezes mais rápido pela escada. Ele acaricia meu cabelo encharcado e fala sem parar de um jeito bem casual, como se eu não estivesse sendo resgatada de uma árvore por um membro do Corpo de Bombeiros de Boston. Algo sobre como Alvo comeu seus tênis novos de academia. Na verdade, não estou ouvindo de fato, ocupada demais pirando ao descer cada degrau aterrorizante desta escada absolutamente precária.

Não ouso abrir os olhos até que Scott sussurre que estamos de volta ao chão. Quando o celeiro decrépito surge à minha frente, percebo que estou agarrada às costas dele com tanta força que posso sentir suas costelas. Ele precisa afastar minhas mãos com firmeza para afrouxar meu abraço. Minhas unhas devem ter deixado marcas permanentes em todo o seu abdômen. Sim, apesar do pânico, descaradamente tiro proveito dessa desculpa ridícula para tocá-lo.

– Caramba, você tem trabalhado na força da pegada. Quase quebrou minhas costelas – diz ele entredentes.

– Desculpa.

– Não precisa se desculpar – diz ele, e seu tom tranquilo me acalma um pouco. – Mas por que você tentou subir nessa árvore quando te falei pra não fazer isso? Você não podia ter esperado até eu encontrar a escada?

Solto meus braços dele, dando um passo para trás para lançar um olhar melancólico para as lanternas balançando na chuva. Pelo menos fiz um esforço corajoso para economizar alguns dólares para a vovó Flo.

– Eu estava desesperada.

– Não se preocupa. A gente vai achar outras. Vamos sair dessa chuva.

Quando chegamos ao meu carro, estamos completamente encharcados.

O assento faz barulho quando Scott se senta e aumenta o aquecimento.

– Ainda bem que consegui sair com você hoje, mesmo você quase quebrando o pescoço.

O som suave da voz dele em meu ouvido mexe com meu corpo inteiro. Sinto tudo ficar tenso e formigar, e tenho certeza de que não é apenas o frio causado pelas roupas molhadas. Inclino minha testa contra o volante por um momento antes de ligar os limpadores de para-brisa a toda velocidade.

– Eu sou uma idiota. Não deveria ter subido naquela árvore. Obrigada por me resgatar, Scott.

Quando olho para cima, ele dá de ombros discretamente, como se dissesse: "Acontece."

– Acha que ainda rola de ver um filme extralongo hoje à noite? – pergunto, saindo com o carro.

No outro dia, ele concordou em ver *Titanic* pela primeira vez. Pelo que entendi, ele nunca tinha conseguido ver o filme na íntegra. Como é de esperar de um garoto, ele só assistiu a cena em que Jack pinta Rose de topless como uma de suas "garotas francesas".

Fico achando que ele vai dizer não, mas, surpreendentemente, ele concorda.

– Rola sim.

Aperto o volante com força, incapaz de conter as preocupações que invadem minha mente.

– Tem certeza? Porque você passou o dia todo estranho comigo.

Ele dá um aperto reconfortante no meu ombro.

– Tenho certeza, Crys. Você é a única pessoa com quem eu quero estar hoje.

MEU PRÉDIO ESTÁ SILENCIOSO, exceto pelo rangido do piso original de madeira sob nossos sapatos molhados, e as gotas de água ricocheteando no chão do corredor do lado de fora da minha porta.

Estou arfando enquanto torço meu cabelo, assim como meu vestido e jaqueta, ambos agora grudados a mim como uma segunda pele.

Scott não se preocupa em torcer as roupas. Ele apenas me observa, a testa franzida, como se quisesse dizer alguma coisa.

Quando me encosto na porta, ele dá um passo à frente, diminuindo a distância entre nós. Solto um suspiro trêmulo quando ele coloca a palma da mão na porta ao lado da minha cabeça. Seus olhos se desviam do meu rosto e vão para baixo.

– Quer que eu seque as suas roupas antes de começarmos a ver o filme? – pergunto, quebrando o silêncio constrangedor.

Seus olhos alcançam os meus novamente.

– Sim. Obrigado.

Entramos. Exceto pelo facho de luz do fogão iluminando a cozinha, a sala está vazia e escura, o que me diz que Tara está trabalhando essa noite. Nossas roupas fazem barulho quando percorremos o corredor em direção ao armário que contém minhas máquinas de lavar e secar roupa, uma em cima da outra.

A cada passo, minha frequência cardíaca acelera com o mero pensamento de nós dois tirando nossas roupas molhadas. Meu coração bate tão forte que estou convencida de que Scott consegue ouvi-lo.

Paro de forma abrupta e ele tromba em mim.

– Não tenho nada que você possa vestir enquanto isso.

Minhas palavras saem trêmulas, não só porque estou tremendo, mas pela mera proximidade dele e da rigidez de seu peito praticamente encostado em mim.

O silêncio se estende até que ele fala por cima do meu ombro.

– Verdade. Sem problemas. Vou pra casa me trocar.

Fico esperando que ele se afaste, mas ele não faz isso.

Sofro com a ideia de ele ir embora agora. Não acho que seja fisicamente possível ficar sem ele nesse momento, não importa o quão alto minha razão grite "Pare". Graças a uma completa falta de autocontrole, me encosto nele. Fico esperando que ele se afaste e me lembre de que não podemos nos tocar. Mas ele não faz isso. Scott me aceita de imediato, me puxando apertado contra seu peito, como se precisasse de mim. O calor me preenche a tal ponto que não estou mais tremendo de frio.

Ficamos assim, no meio do corredor, por algumas respirações enquanto ele aninha o rosto no meu pescoço. Scott deixa um rastro de beijinhos proibidos no meu ombro antes de me virar para que fiquemos cara a cara.

Nossos olhares se conectam, penetrantes, e quase me dissolvo em uma poça no chão. Ele desliza as pontas dos dedos para cima e para baixo nas minhas costas. Depois encosta a testa na minha, assim como fez no caminhão de bombeiros.

– Tenho uma confissão a fazer – diz ele.

Engulo em seco, me preparando para o pior.

– O quê?

– Se eu não te beijar em cinco segundos, vou enlouquecer – confessa ele em um sussurro.

Penso nas promessas que estamos prestes a quebrar. Penso em cada uma que já fizemos. Esses pensamentos resistem por um segundo antes de eu bani-los para as profundezas obscuras da mente. Adeus, razão. Você não vai fazer falta.

Olho para cima, ao encontro do olhar ardente que ele me lança.

– Então beija.

Eu não havia sequer terminado a frase quando a boca dele tocou a minha.

capítulo vinte e três

Os lábios dele encontram os meus sem qualquer hesitação.

Scott suspira em minha boca e parece aliviado, como se precisasse dessa conexão tão esperada tanto quanto eu. De forma ávida, chego ainda mais perto, deslizando minha língua na dele. Coladas, nossas bocas se abrem e se fecham em um ritmo agonizantemente lento. Ele explora a minha boca com paciência, como se fôssemos ficar aqui a noite toda. E talvez a gente fique mesmo.

Ele corre um dedo pelas minhas costas, até acima da minha bunda. No momento em que solto um gemido em resposta, uma chave vira. O beijo encaixa com avidez, força e intensidade. Ele tem o gosto da bebida de pêssego que estava tomando no carro. Aparentemente, esse é o meu sabor favorito do momento, porque estou sugando e provando, querendo tudo que vem dele. Scott atende minhas demandas de imediato, me preenchendo e demonstrando todo seu desejo com a boca.

Estamos em meio a uma maratona de línguas e dentes, nos esfregando um contra o outro no meio do corredor até que por fim reunimos forças para nos mudarmos para o quarto, tirando as roupas molhadas enquanto caminhamos. Quando começo a puxar sua camiseta para cima, ele para, ainda com a boca encostada na minha, hesitante. Seus olhos percorrem meu rosto, como se ele estivesse escolhendo entre as regras que criamos e aquilo que queremos.

– Vamos mesmo fazer isso? Quebrar as regras?

Eu o tranquilizo quase rasgando o tecido da camisa ao arrancá-la por cima da sua cabeça, revelando a obra de arte que é seu glorioso tanquinho.

– Por favor.

Ele faz uma pausa.

– Mesmo que a gente não vá esperar, você sabe o quanto gosto de você, não sabe?

Olho para Scott, incapaz de não saborear o que ele diz.

– Eu gosto muito de você… tanto que até me assusta – continua ele.

Seus dedos traçam a linha da minha mandíbula, pairando sobre meus lábios.

– Penso em você o tempo todo. Todos os dias, o dia inteiro. A única coisa que eu quero fazer é estar com você. Mesmo que a gente não esteja fazendo nada.

Seus olhos são da cor de um lago cheio de lírios, as flores flutuando pacificamente no espelho d'água. Ele não parece nem um pouco nervoso.

Mal tenho tempo para murmurar um "Eu penso em você o tempo todo também" antes de ele me beijar outra vez e puxar o vestido molhado pela minha cabeça.

Quando meu vestido cai no chão aos meus pés, perco o ar por um segundo. Mesmo que eu ame meu corpo, sempre sinto vergonha na frente de outras pessoas, ainda mais dos homens. Mas com Scott, me sinto absolutamente linda.

Cada centímetro da minha pele vibra quando ele desliza o dedo pela borda da minha mandíbula, pelo meu pescoço, pela curva dos meus seios e da minha barriga, envergando para se enganchar à lateral da minha calcinha de renda. Eu me sinto acarinhada, adorada e cuidada de uma maneira que nunca senti com ninguém. Neste momento, sei que estar fazendo isso é certo, independentemente de rebotes e famílias entrelaçadas.

– Você é perfeita. Cada pedacinho seu – diz ele, com um sussurro.

A voz dele soa rouca e seus olhos vagam para baixo, me absorvendo, me adorando total e completamente. Posso dizer o quanto ele está sendo sincero pelo jeito como olha para mim. Ele segura minhas bochechas com as mãos, os lábios colados nos meus com intensidade e paixão. Deslizo a língua de volta para o conforto recém-familiar de sua boca e então Scott cai de joelhos, agarrando a parte de trás das minhas coxas antes de seus lábios descerem pela minha barriga. Ele puxa minha calcinha para baixo com agilidade e parece ter perdido o controle quando volta a ficar em pé, elevando-se sobre mim, me proporcionando a visão perfeita de seu abdômen, brilhando com a água da chuva.

Não faço ideia de como ainda estou de pé, porque meu corpo inteiro derreteu sob os dedos dele. O dia em que eu me toquei na frente dele na banheira foi quente, mas o calor da pele de Scott é muito mais. Quando minhas panturrilhas batem na beirada da cama, ele repousa o corpo por cima do meu lentamente, deixando a calça e a cueca pelo caminho, e de uma vez por todas a hipótese de Mel em relação à energia de pau grande é atestada. Ele pousa os antebraços nas laterais da minha cabeça e me beija com sofreguidão. Então para acima de mim por um instante e as fortes batidas de nossos corações se sincronizam, cada vez mais rápidas. Seus lábios viajam pelo meu pescoço, passam pelos meus seios, sobre a curva da minha barriga, percorrem todo o caminho até embaixo. Ele afasta minhas pernas, passando a língua de leve pelas minhas coxas antes de deslizar os dedos para dentro de mim, o polegar se movendo em círculos do lado de fora. Estremeço quando nossos gemidos colidem, minha mão agarrando os lençóis.

Tudo gira ao redor. No momento em que Scott passa a língua em mim, eu me perco completamente nele e em todas as coisas que ele me faz sentir. Arqueio as costas ao ser pressionada contra o colchão.

Puxo Scott pela cabeça, os dedos afundados em seu cabelo, trazendo-o para o mais perto possível enquanto ele continua fazendo círculos e mais círculos com a pressão perfeita. Quando sinto a vibração de seu gemido gutural e primitivo contra mim, tudo fica branco. Intenso. Pulsante. Ondas e mais ondas. Não saberia dizer meu nome, minha idade nem onde estou neste momento.

Quando me sinto pronta e reabro os olhos, ele está pairando sobre mim antes de me beijar de novo, só que desta vez o beijo é mais gentil. Dou um gemido quando ele se afasta, querendo nada além dele perto de mim pelo resto da vida.

Encontro a segurança de seu olhar mais uma vez. Scott ainda está em cima de mim, a mandíbula tão trincada que percebo que ele está a ponto de enlouquecer. Quero ser eu a levá-lo ao limite, a testá-lo e, o mais importante, a mostrar a ele o quanto desejo isso.

Eu me dou conta de que precisamos de camisinha. A metade de cima do meu corpo mergulha de lado em direção à mesinha de cabeceira para pegar uma. Quando meus dedos encontram um pacote, eu praticamente o atiro nele. Ele ri, pegando-o antes de rasgá-lo. Nunca vi um cara colocar um preservativo tão rápido. Afastando os cabelos rebeldes que caem no meu rosto, ele dá um beijo suave na minha pinta enquanto desce a mão para afastar minhas coxas outra vez. Então me encara.

– Tem certeza?

Tomada pela visão impressionante daquele homem, tudo que consigo fazer é assentir.

– Não ouvi. Fala mais alto – ordena ele, sem quebrar o contato visual.

– Se você não estiver dentro de mim em cinco segundos, vou enlouquecer – digo, repetindo suas próprias palavras.

Ele sorri, rapidamente enganchando uma das minhas pernas ao redor de sua cintura. Abro as pernas um pouco mais para guiá-lo. Scott desliza para dentro de um jeito dolorosamente lento, da mesma forma que me beija. Desliza centímetro a centímetro, recuando de leve, quase em provocação. Quando me movo contra ele, sinalizando que quero mais, ele enfim me preenche por completo. Sinto o corpo de Scott estremecer quando eu me ajusto e fecho as pernas ao seu redor. Ele roça o polegar pelo meu rosto e pelos meus lábios. Corro meus dedos por suas costas, cravando as unhas de acordo com o quão fundo ele vai.

– Puta merda. Você é muito gostosa.

Ele desliza para dentro e para fora, sua respiração em ondas quentes contra meu pescoço. A sensação é maravilhosa, mas não é só isso. Tem o modo como ele olha para mim, inteira, afastando todas as minhas preocupações e os meus medos. É como ele me pega, sabendo exatamente o que quero antes que eu precise verbalizar. Nunca me senti conectada a alguém dessa maneira. É uma sensação de completude inédita. Uma plenitude que me diz que nunca mais vou me sentir vazia se depender desse homem.

A cada movimento, nossos corpos deslizam juntos como duas peças do mesmo quebra-cabeça, juntando-se e fundindo-se. Neste momento, não consigo imaginar como vou ser capaz de ficar sem ele outra vez.

Encontramos o ritmo perfeito, nos movendo mais rápido e mais forte juntos, e em momento algum Scott tira os olhos de mim. Ele se comunica o tempo todo comigo, me dizendo como sou bonita ou o quanto aquilo é bom. E quando ele me diz que está perto de gozar, meu corpo inteiro cede embaixo dele, chegando ao limite, num caminho sem volta.

ACORDO COM O TERRÍVEL assobio crepitante que a torneira da cozinha faz quando a água quente está ligada. Pressiono os olhos com as pontas dos dedos indicador e médio. Quando estico as pernas sob as cobertas, sinto tudo abaixo da cintura doer. Parece que acabei de fazer uma série de pernas matadora.

Tento afastar o sono, abrindo um pouco os olhos para absorver o feixe de luz que irrompe por uma brecha entre as persianas. Vivo dizendo que preciso consertá-las, mas nunca o faço.

Por que me sinto como uma jovem de 19 anos na manhã seguinte a uma mega-ressaca em que virei doses de tequila demais, todas oferecidas por desconhecidos? Eu nem bebi ontem à noite.

O som fraco da risada de Tara e a voz grave que a provocou ecoam atrás da porta do meu quarto. Agarro o edredom quando a ficha cai.

Presa na árvore. Chuva gelada. Quebrar todas as regras. Sexo alucinante. Scott.

Minha memória volta a funcionar com força total, como um filme em ultra-HD. Lembro-me de tudo. O jeito com que ele me olhou como se de fato gostasse de mim. O gosto deliciosamente doce em seus lábios. A precisão tamanha do toque dele, como se estivéssemos juntos há anos. Sua voz rouca me dizendo que não ia conseguir segurar mais. E quão alto, masculino e gutural ele soou, sem um pingo de constrangimento, quando enfim gozou.

Pegamos no sono depois da primeira vez. Acordamos uma hora depois e transamos de novo para compensar o tempo perdido. Dessa segunda vez, o sexo foi mais lento, comigo por cima. Levamos todo o tempo do mundo, memorizando cada centímetro do corpo um do outro, nos movendo em um ritmo quase tântrico, sem querer que aquela janela de felicidade se fechasse. Depois, Scott me envolveu com aqueles braços enormes, seu abraço me trazendo uma segurança e uma paz avassaladora.

Uma vibração na mesinha de cabeceira interrompe minhas lembranças incessantes. Suspiro, saindo do conforto do meu casulo para checar o celular. Olho para a tela. Uma mensagem de texto de *Diana*.

Meu estômago fica embrulhado. Os arrepios de felicidade que flutuavam pelo meu corpo desaparecem quando registro que aquele número não é familiar.

Esta não é a minha capinha cafona e espalhafatosa.

Não é o meu celular que está conectado ao carregador. É o de Scott.

capítulo vinte e quatro

MINHA GARGANTA FECHA na mesma hora. Estou completamente paralisada. Da tela de bloqueio, que é uma foto maravilhosa de um Alvo Doodledore sorridente, não consigo ver o que ela mandou para ele. Fico olhando para o celular, me coçando para digitar a senha, que ele já admitiu ser o ano de seu nascimento.

Chego a curvar os dedos, mas desisto. Não consigo fazer isso. Parece uma invasão bizarra de privacidade. E para ser sincera, estou com medo da possibilidade de descobrir uma verdade brutal.

Olho para o nome dela por mais alguns segundos, piscando em descrença até perder toda a determinação. Começo a fuxicar as redes sociais de Diana do meu próprio telefone.

E é aí que eu vejo, no Twitter:

Diana Tisdale – Boston, como senti sua falta! Feliz por estar em casa. ♥

Diana está de volta. Em Boston.

O tweet é de uma semana e meia atrás. Na mesma noite em que Scott recebeu o misterioso telefonema.

Vasculho o Instagram dela, procurando por alguma mísera evidência que possa me ajudar a juntar as peças. Mas Diana só postou duas fotos desde seu retorno, e nenhuma me dá qualquer pista.

Nada disso faz sentido. Confio em Scott com toda a minha força. Eu me expus. Falei e demonstrei o quanto quero estar com ele. Dormi com ele dois meses antes do planejado. E agora isso?

Por mais que eu não queira acreditar que Scott esteja escondendo o fato de que eles estão se falando, essa mensagem e todo o comportamento estranho dele me dizem o contrário. Analiso as possibilidades. Eles estão em vias de voltar agora que Diana está na cidade? Ou só estão conversando casualmente? Não faz muito sentido, já que Scott afirma que eles não são mais amigos. O que será que pode ter acontecido após o retorno dela que o deixou com um humor tão terrível ontem?

Eu me sinto da mesma forma como me senti na história com Neil. Semanas antes de terminarmos, comecei a suspeitar que ele tinha voltado a falar com Cammie depois de os dois postarem fotos no mesmo café. Informação que só descobri porque dei uma de CSI. Eu estava mesmo sendo enganada uma segunda vez?

Depois de dez minutos ali deitada, pensando, sem saber como agir com Scott agora que a mensagem não podia ser desvista, consigo reunir forças para vestir um suéter largo e uma legging para me enfiar no banheiro. Felizmente, meu rosto não está manchado de rímel e nem base, como estaria na época da faculdade. Estou de cara limpa. Meus lábios estão vermelhos e inchados, e tenho um chupão imenso no lado direito do pescoço.

Sigo pelo corredor até a cozinha, onde vejo Scott parado na frente do fogão com suas roupas da noite anterior secas, como se fosse o lugar dele. Como se esta fosse uma manhã normal. Não estou surpresa que ele seja uma dessas pessoas que acordam impecáveis, só com o cabelo um pouco despenteado como evidência de seu status de mero mortal. Mordo o lábio, lembrando de como era macio entre os meus dedos na noite passada.

Tara está sendo Tara, ainda com o uniforme do trabalho, observando-o de um jeito casual da mesa da cozinha enquanto Scott prepara alguns ovos na frigideira grande.

Eu me preparo para a estranha interação da manhã seguinte. Scott, no entanto, se ilumina por completo ao me ver.

– Ela tá viva – diz ele com um sorriso tranquilo, como se não tivéssemos passado horas grudados um ao outro em várias posições.

Penso nos ruídos proibidos para menores que ele fez ontem à noite. Será que algum dia vou conseguir esquecer? Ou será que isso vai se repetir na minha mente como minha trilha sonora favorita (de todos os tempos) toda vez que eu o vir?

– Oi – resmungo.

Contrariando o que seria considerado normal, dou tchauzinho com as mãos.

– O Scott preparou o café da manhã pra você. Ovo mexido sem leite.

Tara me dá um sorriso satisfeito. Pelo olhar esbugalhado, sem dúvida ela está lutando contra a vontade de gritar "Eu avisei" a plenos pulmões. Não faço ideia de que horas ela voltou do trabalho na noite passada, mas sei que as paredes do meu apartamento são tudo menos grossas.

Mortificada, olho de novo para a frigideira.

– Sério? Você odeia ovo mexido.

Ele dá de ombros.

– Eu sei, mas você gosta.

Meu coração entra em combustão e estou tentada a esquecer tudo relacionado à tal mensagem. Um silêncio pesado preenche a cozinha enquanto ele serve os ovos. Esse momento deveria ser a perfeição. Scott não saiu de fininho na calada da noite assim que acabamos de transar. Ele ficou para preparar o café da manhã para mim. Eu deveria estar sorrindo feito doida nesse momento, mas só consigo pensar na mensagem de Diana.

Tara pigarreia.

– Eu, é... tô indo pro meu quarto – anuncia ela, arrastando os pés para nos dar algum espaço. Não consigo decidir se estou grata ou apavorada.

Scott estende um prato e um garfo para mim. Encaro suas mãos por um instante e depois seus lábios, lembrando de seu talento excepcional. Na verdade, eu deveria mandar instalar uma placa, um reconhecimento público por seu serviço de inovação, liderança e iniciativa em relação ao meu corpo.

Confusa, pego o prato e furo um montinho de ovos com o garfo, de pé ao lado dele. Assim como ontem à noite, o corpo de Scott irradia calor, e sou atraída por ele como uma mosca por um monte de bosta.

Ele se recosta na bancada.

– Tá tudo bem?

Pisco rápido, várias vezes, afastando a lembrança recente demais de nossos corpos entrelaçados, satisfazendo as necessidades um do outro com todo prazer, sem qualquer julgamento ou restrição. Preciso falar sobre a mensagem. Imediatamente. Mas não consigo.

Minha expressão vai ficando cada vez mais séria quanto mais ele me encara. Sei por que ele desligou na minha cara naquela noite. Sei por que ele estava de mau humor e com a cara enfiada no celular. Preciso perguntar sobre isso, mas decido abordar uma questão de cada vez.

Engolindo o nó na minha garganta, inclino a cabeça e digo:

– A gente transou. Dois meses antes.

A expressão dele não muda. Na verdade, Scott está inexpressivo.

– Peraí... a gente o quê?

Fico imóvel por um momento antes que os cantos de seus lábios se transformem em um sorriso diabólico. Dou um soco no braço dele.

– Você é muito babaca – digo.

Ele solta uma risadinha.

– Desculpa, foi uma piada de mau gosto – diz ele, e, depois de uma breve pausa: – Na verdade, estou me sentindo um babaca mesmo. Não deveria ter deixado a situação ir tão longe.

Não sei dizer o que ele está pensando, ainda mais agora que sei que ele voltou a ter contato com a ex. E isso está me enlouquecendo tanto que estou me sentindo insegura.

– Foi legal, né? Ontem à noite?

Ele não responde de imediato. Na verdade, seu sorriso desaparece em uma neutralidade cinzenta. Ainda ilegível.

Puta merda. Eu amei. Ele odiou. Quase distendi um músculo na perna por nada. Tudo que quero fazer é me curvar em posição fetal e ficar imóvel.

Por fim, ele volta a sorrir.

– *Legal*? Você classificaria aquilo só como *legal*?

– Não. Foi bom. Muito bom. Foi bom pra você também?

Cubro o rosto com as mãos, espiando pelas frestas entre meus dedos.

Ele joga a cabeça para trás.

– Você tá de sacanagem? A noite passada está gravada na minha memória. Gravada em uma tábua de pedra sagrada.

Não consigo não dar uma gargalhada, a mão na barriga. Não é nem um pouco sexy, mas estou aliviadíssima. Eu não estava sozinha ontem à noite em minha jornada rumo ao paraíso.

Ele pega meu prato e o coloca suavemente sobre a bancada antes de me envolver em um abraço, me puxando em direção a seu peito quente. Eu aninho minha cabeça contra ele, tentando guardar este momento. Quero lembrar como é estar em seus braços. Sinto seu cheiro almiscarado, que, mesmo depois de uma noite inteira de exercícios aeróbicos pesados, ainda é absolutamente tentador. Aproveito cada gota da sensação daqueles braços musculosos me envolvendo com a quantidade certa de força. Não apertado o suficiente para esmagar meus ossos nem solto o suficiente para que eu consiga me libertar.

Ficamos assim, balançando para frente e para trás na cozinha, até que recobro os sentidos. Não posso fingir que não vi a mensagem, por mais que eu queira. Isso não pode esperar mais. Não é assim que funciona. Não posso mais ficar aqui pisando em ovos.

Saio do abraço e sinto frio sem o calor do corpo dele. Por instinto, me envolvo com meus próprios braços. O que, sendo sincera, é um péssimo substituto.

– Scott…

– Oi?

– Eu sei da Diana.

Ele contrai a mandíbula e franze a testa para mim.

– Do que você tá falando?

– Sei que ela voltou. Sei que vocês estão se falando.

Ele passa a mão pelo cabelo.

– Eu não tô falando com ela, Crys.

– Então por que ela está mandando mensagem? Eu não tinha a intenção de ver… Quando acordei achei que fosse o meu celular na mesinha.

Ele suspira.

– Ela me mandou uma mensagem outro dia, dizendo que estava voltando pra Boston e que queria vir buscar um colar que ela deixou na minha casa. É só isso. Era pra ela ter ido buscar ontem à noite… mas obviamente eu não estava em casa. Eu não disse nada porque não considerei importante.

Pisco devagar, registrando as palavras.

– Então não tem nada acontecendo entre vocês agora que ela voltou?

– Você acha mesmo que eu trairia você com ela? Depois de tudo?

– Como vou saber? Nós não estamos tecnicamente juntos. Você poderia fazer qualquer coisa e não seria de fato traição.

Ele se afasta de mim.

– Eu disse que não ia ficar com mais ninguém.

– Como posso acreditar em você? Você tem agido de um jeito todo estranho comigo. Não faz sentido, sabe? Se ela mandou a mensagem só por causa de um colar, por que você estava tão esquisito?

Ele estende as mãos enormes para segurar minhas bochechas.

– Acredita em mim, não tem nada a ver com a Diana – diz ele.

Nesse momento vejo que seus ombros caem, o que me diz que ele não está mais suportando.

– Então o que é?

Seu corpo se contrai e ele deixa as mãos caírem para os lados.

– Não posso te dizer.

Dou uma gargalhada escandalosa de pura frustração.

– Muito conveniente.

Como diabos ele espera que eu confie nele quando ele se recusa a elucidar qualquer que seja esse segredo profundo e sombrio?

– Sei que parece ridículo – diz ele, baixando a cabeça.

– Então me fala. Por favor. É alguma coisa ruim?

Ele respira fundo e solta o ar lentamente, como se estivesse escolhendo as palavras com cuidado.

– Você vai me odiar.

Meu estômago se revira quando noto seus olhos lacrimejantes. Isso não é nada bom. E por mais que eu tente, não consigo pensar em nada que possa ser.

– Scott, me fala.

– Talvez o meu avô esteja doente.

Eu pisco.

– Doente? Como assim, *doente*?

– Ele não tem se sentido bem nas últimas semanas. Foi essa a ligação que recebi naquela noite. Ele precisava de alguém pra ir com ele ao pronto-socorro.

Solto o ar com força, a mão no peito. Estou tonta. Graças a Deus Scott me alimentou, senão eu teria desmaiado.

– Ele fez uns exames e encontraram um tumor. Agora ele precisa voltar pra saber se é câncer. Eu e a minha mãe vamos lá com ele hoje à tarde.

Câncer. A palavra ecoa na minha mente, quicando de um lado para outro, me atormentando como uma bola de pingue-pongue descontrolada. A mesma doença que matou meu avô. E agora, pode ser que aconteça tudo de novo com o Martin. Estou arrasada por Scott e sua família, que agora são minha família também. Quando penso neles tendo que suportar a dor de perder Martin, o mesmo que sentimos ao perder meu avô, tenho vontade de gritar.

E então minha ficha cai.

– Foi por isso que de repente você começou a defender com tanta força que deveríamos ir devagar. Não foi?

– Foi. Não podia seguir em frente sabendo que estava escondendo isso de você. Foi por isso que o Martin me pediu pra ir devagar também. Até a gente ter certeza.

– Mas por que você escondeu isso de mim? A Flo sabe? – pergunto.

Ele balança a cabeça.

– Não. Ele não quer que ela se preocupe. E é por isso que eu não podia te dizer. Ele me fez jurar que não ia te contar.

A raiva borbulha na minha garganta feito bile. Minha família jamais guardaria segredos desse tipo. Nós passaríamos por isso juntos, assim como fizemos com o vovô no momento em que recebemos o diagnóstico.

– Então você não confiou em mim pra guardar um segredo?

No fundo, sei que jamais seria capaz de esconder isso da minha família, mas estou furiosa mesmo assim.

Ele afunda o queixo em arrependimento.

– Eu não seria capaz de te pedir pra guardar um segredo tão grande da Flo, Crys. Sabia que isso acabaria com você.

Minha mente gira ao pensar no rosto da vovó Flo quando ela descobrir. Estendo a mão para frente, impedindo-o de se aproximar. Não consigo nem olhar para ele agora.

– Scott, por favor, vai embora.

Seu rosto se contorce, magoado.

– Eu quis muito te contar. Eu disse pra ele que isso não era certo e que ele precisava contar pra Flo hoje. Antes de ir ao especialista…

Estendo a mão pedindo que ele pare de falar.

– Por favor. Preciso de espaço agora.

Por mais que eu queira abraçá-lo e tirar toda a dor de seu peito, tudo em que consigo pensar é na vovó Flo e em como ela vai ficar arrasada. Eu preciso estar lá para ela, agora.

Scott faz que sim e me dá um olhar desalentado antes de abrir a porta.

– Sinto muito por isso, Crys.

capítulo vinte e cinco

– ESTAMOS A CAMINHO – digo a vovó.

Assim que Scott saiu, Tara disparou escada abaixo às lágrimas depois de ouvir nossa discussão. Pensamos em ir até a casa da vovó imediatamente, mas desistimos. Talvez Martin ainda não tenha contado a ela. Por sorte, ela ligou pouco depois para dizer que estava indo para o hospital com ele, aguardar o resultado dos exames.

Embora Tara e eu estejamos com ódio por termos ficado no escuro esse tempo todo, nossos sentimentos não importam muito dadas as circunstâncias. Ainda que Martin tenha lidado muito mal com essa situação, seu lado barulhento e desagradável conquistou um lugar no meu coração ao longo dos últimos dois meses.

Ele e Scott são tão parecidos em alguns aspectos que chega a ser assustador. Nas reuniões de família, eles só se servem depois que todo mundo já se serviu. Ambos são ouvintes atentos, lembrando sempre de pequenos detalhes aparentemente inofensivos a respeito da vida de todo mundo. Ambos farão de tudo para proteger suas famílias, mesmo que isso signifique guardar segredos. A mera ideia de perder Martin, ainda que ele pareça novo e desconhecido para mim, é algo que não sou capaz de processar sem ser dominada pelo medo.

Dirigir até o hospital, encontrar uma vaga para estacionar e localizá-los no andar correto é uma tarefa complicada e confusa. Sei que estamos no lugar certo quando quase bato de frente com minha mãe e a vovó Flo ao entrar na sala de espera.

Vovó está com olheiras imensas sob os olhos chorosos. Ela está curvada, pálida e abatida. A imagem me faz lembrar dos longos e difíceis meses em que o vovô estava fazendo quimioterapia. Ela não comia nem dormia direito. Tenho certeza de que essa experiência horrível fez com que ela envelhecesse muitos anos de forma prematura. É mais do que cruel que ela talvez tenha que passar por isso de novo.

– A Patricia e o Scott estão com ele no consultório agora – diz vovó enquanto Tara a abraça com tristeza.

– Como você está? – pergunto enquanto um grupo de enfermeiras passa apressado pelo corredor branco e estéril.

– Estou bem.

Seus olhos estão marejados quando ela aponta para as desconfortáveis cadeiras da sala de espera como se pedisse para nos sentarmos. Como a maioria dos hospitais, o lugar tem cheiro de suor e desinfetante. O andar está até silencioso, exceto por bipes aleatórios distantes, conversas abafadas e uma garotinha que ri no colo da mãe algumas cadeiras adiante.

– Quando ele te contou? – pergunta Tara enquanto nos sentamos.

– Ele passou na minha casa bem cedo hoje de manhã e me contou enquanto a gente tomava café – responde ela de forma neutra, dificultando nosso trabalho em determinar como ela está se sentindo em relação a tudo isso.

Dou a ela um olhar solidário.

– Você tá chateada por ele não ter contado antes?

– Estou. Nós íamos nos casar no mês que vem, morar juntos.

Os lábios da vovó se contraem enquanto ela brinca com a pulseira de ouro em seu braço.

– Mas aí eu penso, qual é o propósito? Não tenho tempo pra sentir raiva de coisas assim na minha idade. Martin teve a melhor das intenções, mesmo estando errado.

Assimilo as palavras dela e de repente a ficha cai: Scott teve que carregar esse fardo por quase duas semanas. Não é à toa que ele tem estado mal-humorado e distante. Não é culpa dele que Martin tenha pedido que ele mentisse em seu nome, por mais errado que seja. Ele estava em uma situação muito difícil, forçado a escolher entre sua família e seu novo relacionamento. Se eu estivesse passando por isso com a vovó Flo, teria feito a mesma escolha: família em primeiro lugar.

Cruzo e descruzo minhas pernas um milhão de vezes enquanto os minutos passam, os olhos distantes embora na direção do noticiário local que passa na TV. Não consigo prestar atenção em muita coisa, nada mais parece importar nesse momento. Vovó e mamãe sentam e levantam de suas cadeiras, tentando se ocupar andando de um lado para o outro do corredor. Tara lê em seu Kindle. Eu me pergunto se ela está assimilando alguma coisa do livro. Do jeito que seu joelho saltita para cima e para baixo, ela parece tão ansiosa quanto eu.

Depois de esperar mais de uma hora, tendo passado a noite com Scott e enfrentado a montanha-russa de emoções que foi esta manhã, o cansaço começa a bater. Apesar de as cadeiras serem desconfortáveis, cruzo as pernas sobre o braço de uma delas e consigo fechar os olhos por algum tempo.

– NOSSA, ISSO AQUI tá parecendo um velório – diz Martin com sua voz ruidosa e o som familiar me desperta do cochilo.

Esfrego os olhos, planto os pés de volta no chão e o vejo se arrastar até a sala de espera. Martin sorri como se estivesse aqui apenas para um exame de rotina. Qualquer um acharia que isso é sinal de uma boa notícia, mas tenho a sensação de que ele é do tipo que sorriria diante de qualquer resultado. Para adiar o sofrimento de todos pelo maior tempo humanamente possível.

Vovó Flo quase derruba a mesa de centro quando corre para os braços dele.

– É câncer?

Ele a abraça com todo amor e depois dá um beijo suave em sua testa. Então balança a cabeça, lançando um sorriso triunfante para mim, para Tara e para mamãe.

– O tumor é benigno. Não é câncer.

A sala inteira muda de cor. Não é mais sem vida, azul e sem esperança. É vibrante, ensolarada e cheia de luz. O espaço que era tão abafado e deprimente apenas alguns segundos antes de repente se torna vivo, animado pelo alívio coletivo. Acabamos de receber um presente inestimável. Ter mais tempo com alguém que amamos.

Ainda bem que Martin está com os braços em volta dela, caso contrário vovó Flo teria caído no chão, o rosto encharcado com uma mistura do que imagino serem lágrimas de felicidade e as lembranças dolorosas da perda do vovô.

O aperto no meu estômago começa a ceder quando me levanto para abraçar Martin. Não sei se alguma vez me senti tão grata por alguma coisa na minha vida.

– Desculpa, Crystal – diz ele.

– Pelo quê?

Martin se afasta e aperta meus ombros, parecendo pesaroso.

– É culpa minha... o que o Scott fez. Por favor, não o culpe. Pedi a ele que mentisse e agora vejo que foi um pedido injusto.

– Obrigada – agradeço, soltando um enorme suspiro, assim que Patricia e Scott se aproximam vindo pelo corredor.

Scott ainda está com as mesmas roupas desta manhã, que tecnicamente são as mesmas de ontem. Seu cabelo ondulado parece ter sido escovado de cinco maneiras diferentes, e seus olhos estão vermelhos.

Ele para alguns metros na minha frente, como se não tivesse certeza do que fazer a seguir.

– Você veio.

Aguardo alguns segundos antes de praticamente pular em cima dele como um esquilo voador, desesperada para estar de volta em seus braços. Assim como Martin fez com a vovó Flo, Scott me abraça, mais apertado do que nunca. Seu corpo inteiro parece relaxar nesse momento.

Depois da provação das últimas horas, depois que nossa família recebeu uma segunda chance, nunca mais quero ficar longe dele. Não me importo com o fato de termos tido uma mega briga. Não me importo que ele tenha me magoado. E não me importo que estejamos no meio de uma sala de espera de hospital lotada de espectadores.

– É claro que eu vim. Me desculpa por ter ficado tão chateada com você – sussurro no pescoço dele.

Ele passa os polegares sobre as minhas bochechas, pressionando sua testa na minha.

– Eu jamais teria escondido isso de você. Foi muito ruim ter que fazer isso.

– Scott, tá tudo bem. Eu entendo.

– Juro, jamais vou esconder algo assim de você. Eu gosto tanto de você, Crys... não sei nem o que fazer. Não posso te perder.

Ele puxa minha mão, segurando-a contra o peito. As batidas constantes de seu coração vibram contra minha palma. É o momento mais puro e sincero da minha vida.

Eu praticamente derreto ali mesmo, porque acredito nele de todo o coração.

– Você não vai me perder. Nunca – sussurro, passando meu dedo em seu queixo, sentido a barba que espeta um pouco.

Scott pisca e observa meus lábios ao encostar a testa na minha mais uma vez. Então me envolve com seus braços musculosos, me prendendo a ele, e solta um longo suspiro enquanto corro minhas mãos sobre seus ombros, pescoço e cabelo.

Há um peso em seu olhar, e não é apenas desejo. É um carinho avassalador. A intensidade desse momento me rouba o ar. Eu me desmancho nos braços dele. Quero capturar esse olhar e guardá-lo para sempre.

Faço levemente que sim com a cabeça para que ele vá em frente. Parecendo aliviado, ele abaixa a cabeça e pressiona os lábios macios nos meus.

Tudo fica em silêncio. Os bipes das máquinas do hospital, as vozes urgentes ao nosso redor e todas as regras quebradas e as preocupações do passado desaparecem. A única coisa que escuto é a pulsação do sangue em meus ouvidos enquanto nos aproximamos com voracidade, as línguas se tocando em um misto de delicadeza e furor. Não há nenhum tornado causando estragos e destruindo meu coração. Scott me faz sentir em paz. E isso faz toda a diferença.

Eu me afasto um segundo para fitar aqueles olhos lindos.

– Que se dane 6 de agosto?

Ele me dá um sorriso malicioso.

– Que se dane 6 de agosto – repete ele antes de me beijar outra vez.

capítulo vinte e seis

14h31 – POST NO INSTAGRAM: "CAMPANHA SIZE POSITIVE – LIDANDO COM OS HATERS", POR **CURVYFITNESSCRYSTAL**

Ei, pessoal! A resposta ao Size Positive foi incrível!!! Estou TÃO feliz que essa campanha tenha feito sentido pra tantas de vocês. Espero que estejam descobrindo a felicidade que é abandonar a balança e entrar em uma sintonia cada vez maior com seu corpo. RAINHAS!

Infelizmente, as pessoas seguem sendo escrotas. Houve um aumento de babacas nos comentários, como tenho certeza que vocês notaram. Aqui estão algumas dicas sobre como lidar com os haters:

1) Ignore – é mais fácil falar do que fazer, eu sei. Às vezes até respondo quando sinto que de fato é necessário esclarecer alguma questão. Mas lembre-se de que essas pessoas só estão querendo chamar a atenção. É melhor não dar a elas esse gostinho.

2) Eles não significam nada na sua vida – se você se cercar de boas companhias e tiver uma boa rede de apoio, o comentário de um babaca da internet não terá importância alguma a longo prazo.

3) São eles os infelizes aqui – quem está na escuridão é atraído pela luz. Pessoas tristes e tóxicas não conseguem lidar com outras felizes e bem-sucedidas. Não deixe que elas te puxem para baixo.

Comentário de **MarleyYogaInstructor**: Você tem toda razão. Quem está na escuridão é atraído pela luz, como as mariposas pelo fogo. As pessoas fazem qualquer coisa pra arrastar os outros pra sua própria infelicidade. São todas invejosas. ♡

Comentário de **Stannerjr**: hahahahh vc é ridícula. ♡

NÃO EXISTE UMA PALAVRA adequada para descrever as últimas semanas com Scott. *Maravilhoso, fantástico, incrível, fabuloso, inesquecível.* Nenhuma delas engloba o caleidoscópio de sentimentos que me atinge e toma conta de todo o meu ser quando estou com ele.

A sensação é semelhante àquela onda pós-treino, uma espécie de vertigem, exceto que ela não acaba assim que a gente tira os tênis de corrida e volta para a vida normal, reclusa e sedentária. A magia perdura, como um líquido fervendo.

Estamos na véspera do casamento de vovó Flo e Martin e estou *muito* feliz por não termos esperado. Desde que descobrimos que Martin não tem câncer, Scott passou todas as noites em que não estava trabalhando comigo. Alvo fica feliz em segurar vela. Ele adora correr pelo tapete do meu apartamento. Ao que tudo indica, ele não consegue correr no piso de madeira da casa de Scott sem escorregar.

Scott também me traz caixas de tangerinas, sob a condição de que eu as descasque para ele. Ele fez uma playlist especial da Lizzo no Spotify que coloca sempre que estou no carro dele. Quase todas as manhãs ele me traz algo do café que fica na esquina do meu prédio em troca de almoços saudáveis feitos em casa.

Mas apesar de quase idolatrar o ser humano bondoso e geneticamente talentoso que ele é, ainda sou mesquinha e competitiva. E ele também.

Estamos fazendo um circuito de aquecimento que consiste em um minuto e meio de *high knees*. Macho alfa autocentrado que é, Scott não se dá ao trabalho de esconder que está tentando ganhar de mim. Típico. Encaramos um ao outro selando o desafio, ambos indo bem além do ponto de um aquecimento tranquilo.

Infelizmente a gravidade não está a meu favor, apesar do meu sutiã esportivo com ultra sustentação. A menos que eu queira que meus peitos batam no queixo, não posso continuar nessa velocidade.

– Isso é muito injusto. Meus peitos estão descontrolados. Vou estirar um músculo das costas – digo ofegante, parando de vez.

Ele se inclina contra um aparelho próximo com uma expressão falsamente inocente.

– Linda, isso não é uma competição.

– É sim. Você sempre transforma as coisas em competição.

– Você sabe que você que é competitiva. Só tô aqui, num ritmo tranquilo, curtindo a vista.

– Que vista?

Ele dá de ombros, os olhos verdes caindo sobre meus peitos. Fico boquiaberta. Que safado!

O sorriso dele é digno de um vilão da Disney.

– Quanto mais rápido eu for, mais rápido você vai também, e mais alto eles pulam…

Finjo dar um soco no peito dele, aflita.

– Você é ardiloso.

Scott agarra meu pulso e me puxa em sua direção, o calor de nossos corpos se fundindo. Ele me dá um beijinho inocente no nariz e pressiona o corpo mais forte contra o meu, fazendo surgir um arrepio na parte inferior da minha barriga.

– Prefiro *gênio*.

Coloco meus lábios sobre os dele e o beijo de língua de um jeito lânguido que definitivamente não é apropriado para uma academia. Ele solta um suspiro pesado quando me afasto de repente, só para torturá-lo.

– Preciso filmar meu treino. Se você me dá licença – digo, e dou uma piscadela maldosa por cima do ombro antes de sair.

Quando começo a filmar meu tutorial de braço com halteres, ele mantém distância, sabendo que não deve me interromper no meio da gravação por correr o risco de sofrer com o poder da minha ira. Em vez disso, ele me envia uma mensagem de texto.

SCOTT: Você acredita em amor à primeira série? Ou será que precisamos de mais dez repetições?

CRYSTAL: Uau. 🙌

SCOTT: Nova regra: você não pode mais usar essa legging na minha frente.

Neste momento, ele está me observando do outro lado da academia, enquanto ergue o corpo sem esforço numa barra. Ele começa a exibir sua força sobre-humana, fazendo alguns abdominais sofisticados que envolvem torcer as pernas no ar de todas as maneiras possíveis de forma controlada.

CRYSTAL: Não vai rolar. Não depois de você ter me enganado pra conseguir um showzinho particular.

SCOTT: Perdão. Zero arrependimento.

CRYSTAL: E já pedi pra você, por gentileza, não flexionar seus músculos na minha frente também, mas você não me ouve. Então a legging fica.

SCOTT: Tá me provocando.

CRYSTAL: 😉

Quando finalmente estou satisfeita com todos os passos do vídeo, vejo uma nova mensagem de Scott enviada alguns minutos atrás:

SCOTT: Preciso da sua ajuda no vestiário.

Faço uma análise do meu entorno. Há apenas uma mulher no transport assistindo a qualquer coisa em seu iPad, e um jovem casal se revezando no rack de agachamento ao lado da janela.

Que se danem os vestiários separados por gênero da Excalibur Fitness. Prendo a respiração ao entrar no vestiário masculino, sorrindo para mim mesma com a lembrança da última vez que estive ali, em circunstâncias muito diferentes.

Ao me esgueirar em meio aos armários, localizo Scott sentado de pernas abertas no banco. Ele está sem camisa, o abdômen definido se destaca e brilha com uma camada de suor. O homem é mesmo um risco à segurança pública. Não é à toa que camisas são exigidas pelo código de vestimenta da academia.

O jeito com que ele me olha é incendiário. Scott fica em pé de repente e me puxa para o fundo do vestiário, para perto dos chuveiros. Estou prestes a perguntar o que ele está fazendo, mas Scott cobre minha boca e aponta para a direita, sinalizando que há alguém em uma das cabines.

Quando a porta da cabine se abre, Scott rapidamente me empurra para dentro do chuveiro, puxando a cortina para nos esconder. Ficamos imóveis, mal respirando enquanto ouvimos a voz rouca do homem. Parece que ele está no telefone.

– O que for preciso, Janice. Não me importo com o valor. Não se esqueça que te dei uma BMW no seu aniversário – resmunga ele.

Estremecemos com risadas silenciosas. A voz do homem desaparece à medida que ele se move em direção aos armários na parte da frente.

– O que você tá fazendo? – pergunto, com um sussurro.

Scott responde colando os lábios sobre os meus, tomando todo o meu ar com avidez. Ele se afasta e, brincalhão, puxa meu rabo de cavalo.

– O que eu queria fazer no dia em que você me seguiu até aqui e me abordou – responde ele baixinho antes de seus lábios abrirem uma trilha quente até o meu pescoço.

A excitação de estar aqui e a possibilidade de ser pega dão muito tesão. Derreto na mesma hora e sinto o corpo inteiro vibrar de ansiedade, desejando desesperadamente o que ele tem a oferecer.

Seus beijos são famintos e nossas línguas se tocam. Ele morde meu lábio inferior, segurando-o por um segundo até me fazer gemer com o gosto salgado de sua boca. Em geral os beijos dele começam devagar. Na verdade, Scott começa tudo devagar. Ele é especialista em fazer o tesão ir se acumulando. Mas isso é diferente. Isso aqui é puro desejo.

Ele engancha os dedos sob o tecido da minha regata, quase rasgando ao arrancá-la pela minha cabeça. Rapidamente nos livramos do resto das roupas e dos tênis. Assim que fazemos isso, ele abre o chuveiro para abafar os sons que não somos capazes de reprimir.

Seus dedos se movem ao longo de cada centímetro do meu corpo, me esfregando com sabão, mergulhando entre as minhas pernas, me massageando de um jeito enlouquecedor. Minha cabeça cai para trás contra o azulejo frio quando seus dedos começam um movimento circular bem no ponto onde mais anseio por ele. Quando ele murmura "Você é linda", o prazer triplica, porque eu sei que ele acha isso de verdade.

Agarro seu rosto com as mãos e colo meus lábios nos dele, mostrando o quanto gosto de Scott da única maneira que posso. Não consigo pronunciar uma única palavra. Qualquer coisa sai em pequenos gemidos indiscerníveis.

Ele pressiona o dedo livre na minha boca, me dizendo para ficar quieta enquanto o vapor se espalha ao nosso redor. Faço que sim, mas minha promessa é quebrada no momento em que sua mão alcança meu ponto fraco com mais intensidade.

– Gostosa – sussurra ele em meu ouvido enquanto seus dedos entram e saem de mim com uma lentidão torturante.

Em troca, minhas mãos dançam pelos músculos rígidos e impressionantes de suas costas, em sua barriga e mais para baixo, acariciando tudo que podem. Eu me deleito com a visão dele, olhos tempestuosos e selvagens cheios de puro desejo, abdômen contraído, trêmulo de desespero.

Quando não consegue mais aguentar as minhas mãos, ele traz os lábios para o meu pescoço e beija todo meu corpo, até encaixar o rosto bem onde eu quero. Ele deixa a língua mole, esfregando-a em mim num movimento circular perfeito. Então ele levanta minha perna, indo ainda mais fundo.

Agarro seu cabelo, ainda tentando me segurar para não gritar seu nome. Desse ponto em diante acontece muito rápido. Eu sinto que está vindo, avassalador, fechando meu campo de visão até que Scott seja a única coisa na minha frente.

Quando termina, Scott se levanta e me beija outra vez antes de pressionar o corpo contra o meu.

– Você não vai poder fazer barulho dessa vez. Promete? – pede ele, esfregando o polegar nos meus lábios.

Faço que sim obedientemente enquanto ele entra em mim com uma força tão inesperada que é impossível não gritar. Scott estremece e deixa escapar um gemido gutural enquanto prende meus pulsos contra os azulejos acima da minha cabeça. Ele posiciona minha perna ao redor da cintura para meter mais fundo, enterrando-se em mim.

Estamos unidos por uma força proposital e pelo desejo, sem parar, a ponto de eu sequer me lembrar de como é ficar sem ele. Scott é muito melhor do que qualquer esperança, sonho ou fantasia que eu possa imaginar. E ele é real.

Scott sussurra o quão bonita eu sou. O quanto ele me deseja a cada minuto do dia. Ele está aqui comigo, cimentando todas as infinitas razões pelas quais roubou meu coração.

A água ricocheteia nos azulejos enquanto seguimos juntos rumo ao clímax.

PLENAMENTE SACIADA E PODENDO abrir mão do treino de perna na manhã seguinte, deito na cama e fico olhando as fotos que Mel tirou de mim e Scott durante um passeio na praia na semana anterior. Faz semanas que Mel me pergunta quando darei aos meus seguidores um vislumbre do meu relacionamento. Do ponto de vista profissional, ela é da opinião de que preencher meu feed com exercícios para casais pode ampliar meu público. Ela não está errada. Por alguma razão, as pessoas adoram as fotos de catálogo com casais perfeitos em suéteres de tricô combinando, posando em canteiros de abóboras, cortando pinheiros de Natal perfeitos ou olhando nos olhos um do outro na frente de uma fogueira crepitante.

Negócios à parte, sempre fui um livro aberto com minhas seguidoras em um nível pessoal. Considero muitas delas minhas amigas. Mantê-las de fora do meu relacionamento parece estranho, como se de algum jeito eu não estivesse sendo sincera a respeito de uma parte importante da minha vida.

Tenho hesitado em revelar Scott principalmente porque ele não está nem um pouco interessado em ser famoso no Instagram. Apesar de apoiar meus negócios e me ajudar bastante com meu conteúdo, ele quase não usa a própria conta.

Embora Scott e eu não sejamos mesmo um desses casais perfeitos que usam pijamas combinando, nossas fotos na praia são de fato adoráveis. Estamos morrendo de rir porque ele acabou de tirar meu maiô de dentro da minha bunda, impedindo-o de subir demais (um dos problemas de usar maiô e não biquíni).

Estou tomada por uma felicidade esmagadora enquanto percorro as imagens. Talvez Mel tenha razão. Por que não compartilhar minha alegria com as pessoas que vêm acompanhando minha jornada por anos? Além disso, Scott é um gato, um pedaço de mau caminho, isso para dizer o mínimo. O mundo merece um colírio para os olhos.

Observo minha foto favorita de nós dois, lado a lado, o braço dele em volta da minha cintura com firmeza, seu tanquinho definido em todos os pontos certos. Estamos sorrindo um para o outro, absortos naquele instante.

Antes de irmos para a cama, finalmente apresento Scott para minhas seguidoras.

capítulo vinte e sete

SCOTT E EU acabamos dormindo até as dez da manhã, apesar de o cabelo e a maquiagem estarem agendados para as nove em ponto no hotel.

Com os olhos ainda turvos, checo meu celular e ao mesmo tempo pego do chão meu vestidinho de verão todo amarrotado. Vejo a enxurrada de notificações relacionadas ao post de ontem à noite.

São milhares, e não param de apitar uma após a outra, mas não tenho tempo livre para conferir. Na verdade, o celular fica em casa, porque vovó Flo deixou claro que no dia do casamento todos devem estar "desconectados".

A corrida rumo ao hotel é caótica: estou usando uma calcinha modeladora, completamente encharcada de suor, pensando em como Tara deve estar planejando assar meus órgãos e vendê-los no mercado clandestino por estar uma hora atrasada.

Mas em vez de ser recebida com os tormentos do inferno, eu sou a menor das preocupações de Tara. Ela sequer percebe que acabei de chegar, já que a primeira coisa que sai de sua boca é:

– Sabe onde estão as alianças?

Ao que parece, Tara tem todo o direito de estar estressada. Em primeiro lugar, a fotógrafa chegou desesperada precisando de água e um analgésico. Lamentavelmente, ela admitiu estar com uma ressaca homérica. Depois, Tara ficou sabendo que o padeiro confundiu o pedido dos cupcakes, cometendo o grave erro de usar *buttercream* na cobertura em vez de cream cheese. O paradeiro da florista continua desconhecido, assim como o do nosso pai, que foi visto pela última vez há duas horas socializando com a família à beira da piscina, mas agora ninguém sabe onde está. E Hillary fez xixi no vestido da mamãe depois de ser ignorada por um total de sete minutos.

De fato, impressionante. Entro no modo crise, apesar de já estar penteada e maquiada. Dopada e parcialmente cega por conta do laquê, corro descalça pelas instalações do hotel, conferindo os itens da lista de Tara. As solas dos meus pés estão pretas como carvão e ainda é meio-dia.

– Crystal, as velas flutuantes vão nos castiçais de vidro, não nos de metal.

Tara me ataca de maneira agressiva na frente da mesa principal como se fôssemos concorrentes em um reality show, competindo por cem mil dólares.

– Caramba, desculpa.

De relance, vejo Scott, que foi encarregado de checar pela quarta vez os cartões nas mesas com os nomes dos convidados. Sua expressão diz "Me salva pelo amor de deus".

– O que você acha? Tá muito sem graça, né? – pergunta Tara.

Ela lança um olhar constrangido ao redor do salão à luz de velas, prancheta na mão, narinas dilatadas. Mal consegue encarar o recém-instalado carpete de estampa chamativa, que parece lhe causar ânsia de vômito. Tara ficou bem irritada depois que esqueci de trazer pela manhã um fichário cheio de instruções, desses do tipo "guarde-como-se-sua-vida-dependesse-disso". Ali há uma lista detalhada de tarefas para cada minuto do dia (*16h35 – Remover as plantas do arco e espalhar uniformemente pela mesa principal*), digitada em fonte Times New Roman, tamanho 9, espaçamento simples, margens estreitas, páginas impressas frente e verso.

Mas toda vez que me sinto tentada a responder, eu me lembro de que era *ela* que deveria estar se casando hoje. A família inteira concorda que Tara tem todo o direito de estar um pouco sensível, ainda mais depois da experiência quase traumatizante que foi a prova do vestido de dama de honra na semana anterior. Tara deu uma leve surtada na cabine quando se deu conta de que não era mais a noiva. Precisei de meia hora para convencê-la a sair do cubículo, onde estava estatelada no chão, soluçando, enroscada em chiffon cor de pêssego como se fosse uma múmia.

Apesar do turbilhão de emoções, Tara fez um excelente trabalho. Jamais imaginaria que ela fosse capaz de organizar tudo isso sozinha.

– Acho que está tudo lindo – digo, e noto um de seus olhos tremelicar de nervoso.

Dou um grande passo para trás, para minha segurança, e Tara dá um gemido.

– Ah, fala sério. Diz o que você realmente achou.

Minhas sobrancelhas se unem enquanto faço outra varredura do salão.

– Já disse, tá lindo. Coisa de revista.

– Você sempre dá essas opiniões vagas e genéricas. Como se não quisesse me magoar porque acha que estou à beira de outro surto. Às vezes nem sei do que você gosta na verdade – comenta ela, que então joga as mãos para cima com um grunhido e segue na direção oposta feito um furacão.

Apesar do estresse, tudo se encaixa no último minuto. E qualquer coisa vale a pena para ver a vovó Flo caminhando em direção ao altar.

Não é apenas o fato de ela estar usando um belo vestido de manga curta, a renda Chantilly cobrindo o corpete cinturado, se estendendo pelas pernas e caindo de forma elegante sobre os tornozelos. Ou de seu cabelo estar penteado lateralmente em ondas, estilo anos 1920, e preso com um broche antigo que era da minha bisavó. É o sorriso radiante que ela tem no rosto, e o brilho em seus olhos quando refletem o sol que entra pelos opulentos vitrais.

Ver Martin e vovó Flo se afastando do altar, lado a lado, já como marido e mulher, faz meu peito inflar de alegria a tal ponto que me sinto culpada por estar incomodada com o relacionamento deles. Se isso não é um sinal evidente de que o amor, desses que vemos em filmes, acontece em qualquer idade, eu não sei o que é.

Assim como a cerimônia de casamento, a recepção segue o rigoroso cronograma de Tara: entrada dos noivos, música clássica suave e discursos intercalados entre cada um dos quatro pratos.

Scott e eu estamos amontoados em uma longa mesa retangular que acomoda a maior parte de nossos parentes diretos. Vovó Flo e Martin estão sentados em uma mesa para dois na parte da frente do salão. Estavam sendo encantadores como sempre, até que Martin começa a usar as mãos para dar comida na boca de vovó Flo como se ela fosse um passarinho ferido.

Tia Shannon está pegando pesado esta noite, forçando aos convidados seu mais recente empreendimento de esquema de pirâmide: o poder de cura dos cristais. Na condição de profissional da área de bem-estar, já tentei não julgar as pessoas que seguem esse estilo de vida dos cristais. Mas é muito difícil me conter quando ela está exibindo seu excêntrico pingente, tentando coagir todos ao redor a comprar a joia de trezentos dólares que ela jura ter curado sua artrite crônica.

Papai está no auge de sua glória enquanto mestre de cerimônias, abusando das frases de efeito. Ele sabe mesmo como entreter o público. É um talento.

– Você acha que seu pai toparia ser o mestre de cerimônias do nosso casamento? – pergunta Scott, com um sussurro.

Meu pai acabou e fazer uma tirada particularmente bem-feita sobre o peru seco da vovó que levou os convidados às gargalhadas.

Sinto um calor me envolver da cabeça aos pés quando registro o que Scott acabou de dizer. Uma breve imagem de Scott e eu dizendo "Aceito" passa pela minha mente. É o momento mais feliz da minha vida, e ainda nem aconteceu. Agora que o vislumbrei, não dá mais para voltar atrás.

Toda vez que penso em como Scott se encaixa tão bem na minha vida, no quanto fico desesperada para estar com ele depois do trabalho e em como meu corpo inteiro vibra de pura alegria só de ouvir seu nome, simplesmente não consigo imaginar a vida sem ele. Ainda não dissemos "Eu te amo"; embora eu tenha me sentido tentada a deixar a frase escapar em várias ocasiões, ou escrevê-la em uma placa e colocar do lado de fora da janela dele, estou teimando em esperar que ele diga primeiro. Apesar da fachada de convencido, ele não esconde o que sente. Se ainda não me disse, não deve estar pronto para isso. E a última coisa que quero fazer é apressá-lo.

– Não vai se empolgando, ok? Primeiro você precisa da permissão do meu pai – respondo, aplaudindo quando papai sai do palco e volta para a nossa mesa no final de seu discurso.

Scott me dá uma piscadinha confiante antes de terminar o resto da bebida.

– Tsc. Não tô nem um pouco preocupado. Seu pai já me deu a benção dele muito antes de a gente começar a namorar. Plantei essa semente bem cedo.

Rio com a lembrança do meu pai bêbado me ligando na noite das respectivas despedidas de solteiro de vovó Flo e Martin.

– O que você disse pra conseguir a aprovação dele?

Scott se distrai com os garçons servindo as entradas. Deixando a pergunta sem resposta, ele cuidadosamente desenrola meus talheres do guardanapo de pano e o dobra com o mesmo cuidado no meu colo. Quando seus dedos tocam de leve na minha coxa, sinto um tremor involuntário.

– Bem, eu disse que você era teimosa, hipócrita, territorial, principalmente na academia… – diz ele, fingindo listar meus defeitos. – Um pouquinho desequilibrada de modo geral. Seu pai concordou com tudo. Disse que você sempre foi assim e que havia poucas chances de mudar. Ele quase me implorou pra livrá-lo de você.

Dou um tapa brincalhão no peito de Scott.

– Meu deus, seu ego é mesmo do tamanho de Boston.

Ele aperta minha coxa por baixo da mesa e um sorriso se espalha por seus lábios.

– Crystal, você ainda tá no *Instaworld*? – pergunta tio Bill pela quadragésima sétima vez.

Ele está destroçando uma coxa de frango assada com as mãos como se estivesse no KFC. Além de perguntar quantos anos eu tenho, toda vez que me vê ele também pergunta sobre o Instagram com um tom condescendente. Não sei se está mesmo curioso ou se resolveu se juntar ao meu pai na tentativa de comprovarem um argumento. Seja como for, é muito irônico, dado o vício de tio Bill em repostar memes envolvendo tópicos politicamente delicados e racistas no Facebook com uma frequência impressionante.

– Instagram – corrijo em meio a uma garfada de salada. – Mas sim, estou. Minha vida profissional nunca esteve melhor, pra falar a verdade.

Papai dá um suspiro pesado, sentando-se na minha frente.

– Mesmo que eu e a mãe dela continuemos falando sobre a importância de arrumar um emprego de verdade. Algo mais estável a longo prazo.

Mamãe assente e balança Hillary em seu colo, que está alegremente ocupada em capturar as migalhas na borda da mesa com sua língua de lagarto. Não é possível que isso não viole algum código sanitário, mas ok.

Minha mão se fecha em um punho na hora, relaxando apenas quando Scott passa o braço por trás da minha cadeira.

– Eu tenho um trabalho de verdade – respondo com toda educação porque não quero criar uma cena.

– Mas quanto tempo essa moda de Instagram vai durar? O que vai acontecer quando as pessoas migrarem pra outra plataforma? – pergunta meu pai, obviamente sem se dar conta de como é constrangedor ter essa conversa na frente da família inteira.

– Se isso acontecer, vou me adaptar – digo, encontrando o olhar curioso do meu pai. – Sou formada em administração e marketing, tenho várias especializações na área de saúde e nutrição. Não preciso do Instagram pra espalhar minha mensagem.

– Millennials – reclama meu pai, provocando uma gargalhada ao redor da mesa. – Eu simplesmente não entendo.

Eu o encaro.

– Pai, você não precisa entender.

Ao colocar o guardanapo ao lado do prato, seu rosto está estranhamente inexpressivo. Ilegível. Não consigo dizer se ele está chateado ou constrangido por estarmos discutindo isso na frente de outras pessoas. Por fim, ele solta um pigarro e abre um sorriso.

– Tem razão. Eu não deveria pegar tão pesado com você.

Respiro fundo. Por essa eu não esperava. Meu pai pode não ter dito isso de livre e espontânea vontade, mas acho que, ainda assim, foi o estranho sinal de aprovação que ele reteve ao longo dos sete anos em que trabalho com Instagram. Eu nem sabia ao certo que precisava dessa aprovação. E foi muito bom recebê-la.

Scott se inclina sobre a mesa na direção de papai.

– Sua filha é a pessoa mais trabalhadora que eu conheço. Não sei vocês, mas mal posso esperar pra ver o que ela vai conquistar esse ano.

Fico toda boba com o apoio inabalável de Scott, ainda mais quando meu pai assente e diz:

– Eu também. De verdade.

Assim que o jantar termina, Scott me puxa para a pista de dança lotada. Se eu não soubesse, presumiria que este era o casamento de um casal de 20 anos, levando em consideração o jogo de luzes do DJ e todos os Ritchie (mais o papai) mandando ver nos passos de dança ao som de músicas antigas.

Papai acabou de tentar o *worm*, o que me diz que a conta do open bar vai sair cara para Martin e a vovó Flo. Faço uma nota mental para ficar de olho. Meu pai tem um histórico de se empolgar demais quando há música, bebida e pessoas. No último casamento da família, ele rasgou as calças ao som de "Get low", do Lil Jon & East Side Boyz.

– Esse é o melhor casamento que já fui! – grita Scott entusiasmado ao som de Whitney Houston enquanto afrouxa a gravata. Não sei se é o terno feito sob medida, mas não consigo tirar os olhos dele por mais de um minuto. Já babo quando ele usa o básico, tipo camiseta, jeans e boné. Mas esta noite, seu cabelo está penteado para trás de uma forma que o faz parecer uma estrela de Hollywood de antigamente. Quero muito arrancar Scott da pista de dança, encontrar um canto escuro e apalpar ele inteirinho.

Quando ele me gira, eu me sinto na *Dança dos famosos* e giro de volta na direção de seu peito, satisfeitíssima. Nem o fato de tio Bill ter pisado no meu pé sem querer e derramado cerveja em cima de mim cinco minutos antes foi suficiente para tirar o sorriso do meu rosto.

Com o cabelo grudado no rosto por conta do suor, faço uma pequena pausa para pegar outra bebida, deixando Scott dançando com as irmãs, ambas mega entusiasmadas com os passinhos sincronizados de "Cha Cha Slide" e "YMCA".

Volto minutos depois com meu whiskey sour e encontro Scott conversando com uma ruiva de pernas longas que reconheço no mesmo instante. Holly Whitby, neta de Ethel, uma amiga de vovó Flo. Holly e eu crescemos juntas, graças às nossas avós.

Éramos amigas próximas quando crianças, mas nos distanciamos depois que comecei a praticar esportes e ela entrou no circuito de concursos de beleza. Ela é uma espécie de celebridade local, tendo participado de prestigiados concursos internacionais. É claro que só sei de tudo isso por stalkear o Instagram dela. Na verdade, eu não a vejo pessoalmente desde o ensino médio.

Ela sempre foi linda, com um rosto simétrico quase perfeito, lábios carnudos e olhos azuis bem claros e angelicais. Mas, nesse momento, Holly parece ter saído de uma passarela em Milão, com seu cabelo volumoso e cílios postiços exuberantes.

Holly se aproxima mais de Scott, que acena para mim educadamente.

– Dança comigo – ordena ela com a música ao fundo, estendendo seu pulso delicado.

Ele me olha com cara de assustado e dá um sorriso fofo, não que eu tenha duvidado dele. Despreocupada, aceno na direção dele, sinalizando para que vá em frente e dance com Holly. Ele me lança um olhar de "Melhor não".

Holly segue o olhar de Scott e olha por cima do ombro, estremecendo ao me ver.

– Crystal?

Sorrio.

– Holly. Que bom ver você.

Simultaneamente nos aproximamos para um abraço desconfortável. Enquanto nos afastamos, o rosto dela ainda está retorcido em confusão. Ela vira a cabeça de volta para Scott.

– Peraí, a *Crystal* é sua namorada?

Quando Scott abaixa o queixo, confirmando, Holly não esconde a perplexidade. Ela se vira para me analisar.

– Uau. Você... se deu muito bem. Quer dizer... que bom pra você.

Seu tom é tudo menos sincero. Tampouco é mal-intencionado ou malicioso. Ela está surpresa de verdade.

– A gente precisa marcar de colocar o papo em dia. Talvez almoçar – acrescenta ela.

Um pensamento fugaz passa pela minha cabeça: *Quem ela pensa que é para ficar chocada? Será que todo mundo se sente assim quando vê a gente juntos?*

Quando a toxicidade desses pensamentos começa a revirar meu estômago, eu os afasto, voltando para a realidade.

– Sim, seria ótimo – digo, mantendo um tom amigável, apesar da minha mandíbula cerrada.

Scott estende a mão, passando direto por Holly, na minha direção.

– Vamos dançar.

Eu instintivamente deixo que ele me conduza para o meio da multidão. Ele me abraça e dançamos ao som de uma música lenta que reconheço, mas não sei o nome. As luminárias que acabamos comprando depois da tentativa fracassada de subir na árvore estão espalhadas pelo teto, lançando um brilho dourado em seu rosto.

– Não faço ideia de quem era essa mulher. Ela veio até mim enquanto eu estava conversando com a sua mãe – explica ele, como se precisasse se justificar.

Eu o interrompo.

– Scott, tá tranquilo. Holly é neta da Ethel. É uma garota legal.

Ele passa a mão para cima e para baixo nas minhas costas de um jeito protetor, me puxando para mais perto.

– Você tá bem?

– Sim, muito bem – respondo, mesmo sem saber se estou de fato.

Tento me esquecer do espanto de Holly ao saber que sou a namorada de

Scott. Tento esquecer o jeito com que ela olhou para mim. Ou como ela literalmente me parabenizou por ter conquistado ele. Mas por algum motivo, a dor é implacável, a ponto de eu não saber mais qual música está tocando ou quem está dançando ao meu redor.

Scott pressiona seus lábios na minha testa quando a música termina.

– Quer ir lá pra casa daqui a pouco? E com *daqui a pouco* quero dizer *em exatos quinze minutos*? Tenho que estar no trabalho às seis da manhã.

Consigo dar um meio sorriso imersa em toda aquela negatividade intrusa.

– Tudo que mais queria era dormir com você, mas acho melhor ficar pra ajudar a minha mãe e a Tara a arrumarem tudo.

Ele me dá um beijo inocente na bochecha.

– Sem problemas. Academia amanhã depois que eu sair do trabalho?

Faço que sim.

– Acho ótimo. Mas, falando sério, vai pra casa dormir um pouco.

DESMONTAR A DECORAÇÃO no final da noite é um esforço gigantesco que envolve eu mancando, descalça e meio bêbada, fazendo bom uso de minhas habilidades na academia. Na verdade, Tara me designou como a "força bruta", responsável por carregar todos os itens pesados do salão da recepção até o carro dos meus pais.

Quando voltamos para casa, estou absolutamente exausta do dia e desesperada para colocar minha fiel calça de pijama com elástico na cintura.

Quando me acomodo na cama, consigo por fim checar o celular pela primeira vez desde antes da festa. Quando minha tela acende em meio à escuridão, com seu brilho azul ofuscante, eu dou um pulo.

Há milhares de notificações. Todas na foto da praia.

capítulo vinte e oito

Não dá pra acreditar que um cara bonito desse jeito namoraria uma garota como você. Acho que alguns homens como ele são inseguros. ♡

Reli essas palavras pelo menos cinquenta vezes. Agora elas são uma captura de tela permanente na minha cabeça. É uma manifestação perfeita de todos os pensamentos que imaginei passando pela cabeça de Holly quando ela se deu conta de que eu era a namorada de Scott. E há milhares de comentários como esse, todos de pessoas desconhecidas.

Ele só tá com ela por causa do dinheiro que ela ganha com Insta. Com certeza ele tem outras. ♡

Nossa, um gato desses! Com certeza ele merece coisa muito melhor!!! ♡

Ela é capaz de comer ele no café da manhã. ♡

O imenso número de comentários maldosos na foto e DMs a cada segundo é sem precedentes. Normalmente, minhas postagens atingem o auge do engajamento nas primeiras horas em que são publicadas. Mas quase 24 horas depois de ter compartilhado nossa foto na praia, a enxurrada ainda não diminuiu. Na verdade, a foto recebeu pelo menos cinco vezes mais atenção do que a maioria dos meus posts.

Meu coração afunda cada vez mais em desespero à medida em que vou lendo tudo. É tipo um vício. Como se eu estivesse injetando veneno nas veias de propósito apesar de saber das consequências catastróficas. O mais inteligente a fazer seria desligar o celular e me entregar a uma boa noite de descanso. Mas não consigo colocá-lo de lado, por algum motivo doentio. Leio os comentários até que a pressão se torna insuportável. Até meus olhos ficarem pesados, secos e ásperos como uma lixa.

Depois de menos de duas horas de sono, a primeira coisa que faço na manhã seguinte é sentar, pegar meu celular e continuar de onde parei.

Tento me lembrar de que há três vezes mais comentários de apoio do que comentários negativos, mas isso não ajuda muito em acabar com o aperto que sinto se formando no estômago.

Ai meu deus, tô muito feliz por você!! ♡

Casal lindo! ♥ ♡

GATOS DEMAIS. ♡

Ele tá tão apaixonado por você, dá pra ver nos olhos dele. ♡

Mesmo enquanto Tara tagarela sobre um encontro constrangedor com o DJ do casamento enquanto devora um biscoito, eu ainda estou grudada no celular na mesa da cozinha, curvada como Igor naquele antigo filme do Frankenstein em preto e branco, me preparando para mais um comentário abusivo.

Ela joga o prato na pia e pula na bancada, as pernas balançando.

– Enfim, aí ele me adicionou no Snapchat. Quando a gente chegou em casa ontem à noite, ele me mandou uma selfie. Tirada de baixo pra cima, um ângulo que nunca vou entender. Quem quer ter três queixos? E não tinha nem uma mensagem junto. Tipo… tudo bem querer transar, mas será que não rola um "Oi" ou um "E aí?".

Tara faz uma pausa, respirando fundo.

– É isso que eu tenho que esperar do mundo aí fora? Se sim, acho que vou comprar o primeiro dos meus treze gatos.

Dou de ombros, sem muito entusiasmo.

– Não, o DJ Heavy J é definitivamente um preguiçoso.

Ela suspira, examinando seus excêntricos chinelos de flamingo.

– Scott vem hoje? Preciso colocar um sutiã?

– Talvez à noite, mais tarde. A gente vai pra academia quando ele sair do trabalho – respondo, atordoada, quando outro comentário desagradável aparece na minha tela.

Só de pensar em ver Scott esta noite sinto meu estômago embrulhar. A última coisa que eu quero é explicar essa foto. Não quero que ele veja, simplesmente porque estou constrangida. Não só pelo que as pessoas estão dizendo sobre mim, mas pelos comentários dirigidos a ele, em especial depois que ele me contou sobre o bullying que sofria na infância. Enquanto passo o que parece uma eternidade mergulhada nas entranhas dos comentários, sou tomada por uma ansiedade implacável. Estou hipnotizada, sem a menor noção de quanto tempo passou. Uma hora? Três? Como saber? Estou com zero vontade de sair de casa para resolver as coisas, ou dar aula para Mel mais tarde.

Tento banir os pensamentos negativos para as profundezas da minha mente, como costumo fazer, só que dessa vez é diferente. Por algum motivo, eles se recusam a ceder. São muitos e quicam como bolinhas de pingue-pongue, grudando como carrapichos. Implacáveis. É como se eu estivesse me afogando neles.

Já pensei em deletar o post, mas isso seria um sinal de fraqueza. Então passa pela minha cabeça lidar com isso como o de costume: postando uma selfie bem sexy para chamar a atenção e seguindo em frente com o meu dia. Mas só de pensar em postar outra foto minha sinto como se estivesse despejando álcool em uma ferida aberta.

No momento, a única estratégia que parece parcialmente interessante é fazer uma pausa nas postagens e esperar a tempestade passar.

Mas, apesar de ter decidido permanecer em silêncio até que tudo isso passe, ainda tenho responsabilidade com as minhas alunas. Percebo a grande ironia dessa situação toda depois de passar um tempão tentando escrever uma mensagem para uma delas sobre a importância de amar a si mesma, apesar dos defeitos. É hipocrisia duvidar de mim mesma? Minha marca é toda fundamentada no conceito de body positive. Então, por que deixei que os comentários de pessoas desconhecidas me fizessem duvidar de mim mesma depois de chegar tão longe e me tornar capaz de amar o meu corpo?

Repasso os piores comentários e mensagens na minha mente, sobre como Scott é bom demais para mim. Sobre como ele ou está me traindo ou se contenta com pouco. Fico pensando na cara que Holly fez. O jeito com que me olhou de cima a baixo, incapaz de entender como eu poderia estar com Scott.

Enquanto sigo para a academia para o treino com Mel, estou dolorosamente ciente da insegurança que vem abrindo caminho até a superfície, como um rato cheio de doenças cavando um buraco na parede.

Mel acena de onde está, se alongando em um tapete em seu modelito da marca Gymshark em tons combinando. Ela está animada e irradia uma confiança que não exige qualquer esforço, como sempre.

– Oi, gata.

Ela para alguns metros na minha frente e estreita os olhos castanhos, eviscerando meu look totalmente descoordenado.

– Tá tudo bem?

Faço que sim. A última coisa que quero é falar sobre a foto por medo de desmoronar na frente da galera do Setor dos Marombeiros.

– Só não dormi muito essa noite.

– O Capitão América te deixou acordada a noite toda de novo? – pergunta ela, subindo e descendo as sobrancelhas modeladas à perfeição de um jeito sugestivo.

– Não, só cansada do casamento mesmo – respondo, incapaz de abrir um sorriso.

– A Tara me mandou umas fotos. Parecia incrível. Todos estavam maravilhosos. Seu vestido caiu muito bem em você.

– Obrigada – murmuro, apontando para o shoulder press, precisando desesperadamente de uma distração.

Mel está surpresa com minha aspereza. Posso dizer por sua expressão ansiosa que ela quer saber mais, mas não diz nada. De propósito, eu me abstenho de seguir com o papo para que ela perceba que não estou a fim de conversar.

Consigo atravessar nossa sessão de uma hora sem olhar para o celular, embora minha ansiedade ainda esteja borbulhando, pronta para transbordar.

Quando estamos saindo da academia, Mel pergunta se ela pode ir até minha casa para "se esconder um pouco". Ao que tudo indica, o irmão dela enfim está se mudando e ela prefere mostrar os peitos para a Excalibur Fitness inteira a fazer trabalho braçal.

Digo que sim, porque a companhia de Mel é reconfortante mesmo que eu não esteja com vontade de conversar.

Assim que chegamos na minha casa, troco a legging de sair por uma calça de pijama. Ficamos em silêncio durante quase um episódio inteiro de *The Real Housewives of New Jersey.* Mel tem certeza de que tem algo acontecendo, porque eu mal prestei atenção, mesmo se tratando de um episódio quente, envolvendo puxões de cabelo, mamilos escapando da blusa e um bolo de aniversário voando longe.

Normalmente fico superligada no episódio, tecendo comentários sarcásticos e julgando a atrocidade que é o último vestido de Teresa. Hoje, meus olhos observam o celular como um falcão, comentários e mensagens privadas continuam chegando sem parar e vou mergulhando cada vez mais fundo em uma espiral de tristeza.

Quando o episódio termina, Mel se vira para mim e diz:

– Muito bem, essa vibe de desgraça e melancolia está me deixando deprimida. O que tá rolando?

– Que vibe?

Ela ajeita os cílios e me lança um olhar que grita "Parou a palhaçada".

– Ah, fala sério, Crys. A gente teve acesso total ao rack de agachamento da janela hoje. Normalmente você ficaria toda eufórica e emotiva por causa disso, agindo como se tivesse ganhado na loteria. Mas você passou a tarde com essa cara de tristeza.

Dou um suspiro. Não dá mais para evitar esse momento. Sem dizer nada, viro a tela do celular para Mel com a foto da praia ampliada.

Seu rosto se ilumina.

– Você finalmente postou! Nossa, vocês estão incríveis nessa foto.

Faço uma pausa, roendo a unha até o sabugo. De maneira racional, sei que estou ótima na foto. O maiô me valorizou demais. Então por que estou tão obcecada com a opinião de completos desconhecidos?

– Você leu os comentários?

– Vou ter que xingar alguém?

Mel pega o celular dela na mesa de centro, já de cara feia antes de começar a rolar a tela, como a amiga leal que é. Aquece meu coração que ela já esteja indignada e pronta para me defender sem nem saber o que está acontecendo. Enquanto lê, ela solta um suspiro estrangulado, balançando a cabeça.

– Sinto muito, muito mesmo, Crys. Essas pessoas têm sérios problemas. Tipo, sérios problemas de cabeça.

Eu contraio os lábios.

– Você precisa ver as mensagens no direct. São piores ainda.

Lanço meu celular para ela para que Mel possa ver por si mesma. Ela lê duas em voz alta, o que só consolida a brutalidade do conteúdo.

Ela me observa por um momento.

– Que se foda essa gente. Por que a gente deveria se importar com quem tem algum problema com os nossos corpos? Espero que você não esteja levando nada disso a sério.

– Acho que não… sei lá – minto, mesmo que meu coração esteja sangrando como um maldito bife malpassado.

Gostaria muito de ser forte o suficiente para deixar os comentários passarem batido como Mel faz. Mas depois de sete anos no Instagram, minha armadura está gasta e me sinto totalmente exposta.

– Não deixa isso te consumir. E não responde. Não é saudável dar trela pra hater. Confia em mim, sei o que tô falando.

– Pode deixar. Não vou postar nada até descobrir como lidar com isso.

– Toda influenciadora passa por esse tipo de coisa e todas voltam mais fortes do que nunca. Até as magras. Tentaram constranger a Selena Gomez uns anos atrás dizendo que ela estava gorda. Não tô tentando dizer que é a mesma coisa, mas acho que…

– É, não é a mesma coisa – interrompo, num tom mais áspero do que o pretendido.

Ela me lança um olhar severo e cruza os braços. Eu sou oficialmente uma babaca.

O arrependimento me dá um nó na garganta e volto atrás.

– Desculpa, Mel. Tô um pouco mexida.

A expressão de Mel vai suavizando aos poucos até que por fim ela descruza os braços. Estou grata por ela não ter me deixado aqui sozinha, já que estou sendo uma completa idiota.

– O Scott sabe disso?

– Acho que não. Pelo menos ele não disse nada.

Felizmente, Scott não verifica o Instagram com frequência. Eu também não marquei ele na foto, para tentar manter sua privacidade.

– Você vai contar pra ele, não vai?

Minha resposta é um dar de ombros.

– Você precisa contar antes que ele descubra sozinho. Hoje à noite.

– Eu sei.

No fundo, sei que Mel tem razão. Scott merece saber. Meus dedos coçam para ligar para ele, mas uma olhada rápida para a tela do celular me mostra que ele me mandou mensagem alguns minutos atrás.

SCOTT: Animada pro treino de perna? Vai tentar bater seu recorde?

SCOTT: Aliás, tô com uma série nova de alta intensidade pra gente. Prometo que vou pegar leve com você 😉

A combinação da mensagem despreocupada de Scott com a dor causada pelos comentários no Instagram me deixa ainda pior. É como se alguém tivesse me prendido sob uma barra com várias anilhas de cada lado.

A última coisa que preciso agora é que Scott sinta pena de mim, mesmo sabendo que ele vai me confortar. Ele já viu comentários de ódio em outros posts meus, já conversamos muito a esse respeito. Mas ele nunca viu comentários relacionados a ele mesmo. Nunca leu alguém dizer explicitamente que ele "curte mulher gorda", "merece coisa melhor" ou que eu sou "absolutamente nojenta". Se os comentários aos quais estou tão acostumada podem me afetar a ponto de cair no choro, até que ponto poderiam afetá-lo?

E pior, será que Scott pode acabar acreditando neles?

– ESTAVA AQUI PENSANDO, já que você não está se sentindo bem pra ir à academia hoje à noite, eu posso ir aí ficar com você. Posso até levar um sushi pra gente – sugere Scott ao telefone.

Ele está completamente alheio à avalanche que está me enterrando viva.

Scott me ligou no caminho do trabalho para casa, quando eu estava lendo um e-mail aleatório de uma jornalista do BuzzFeed.

Prezada Crystal,

Sou uma seguidora de longa data de seu perfil no Instagram, CurvyFitnessCrystal. Sua jornada sempre me inspirou e não pude deixar de notar seu último post com uma foto do seu novo namorado. Sei que o post recebeu muita atenção e muitos comentários negativos. Estou escrevendo uma matéria sobre isso, você se importaria de responder algumas perguntas? Tenho cinco horas até o meu prazo, então gostaria de ouvir seu lado da história antes que o artigo seja publicado.

Atenciosamente,
Daphne Jenkins
Colaboradora de saúde e estilo de vida

Meus olhos disparam lasers em direção ao celular. Que porra é essa? Uma matéria sobre a minha foto? No BuzzFeed? Isso é uma piada?

Embora essa jornalista pareça ter boas intenções, expor o caso vai chamar ainda mais atenção indesejada para toda a negatividade envolvida. O próprio fato de alguém ter considerado isso digno de ser publicado só reforça a ideia ridícula de que eu estar com Scott é de alguma forma "controverso". O plano de passar por isso sem chamar atenção já era.

Minhas mãos começam a tremer mais uma vez enquanto tento voltar para o momento presente.

– Desculpa. Eu me distraí. O que você disse?

– Perguntei se você quer que eu vá praí. Você ainda tá a fim de comer sushi? Outro dia você disse que estava morrendo de vontade.

Eu me encolho, puxando a coberta até o pescoço como um escudo protetor. Não quero companhia, principalmente a de Scott.

– Na verdade, não tô muito legal – digo, em pânico.

Minha desculpa para negar sushi precisa ser muito boa ou Scott vai desconfiar. Forço um som abafado de vômito, fazendo uma careta quando o ruído sai como os gritos angustiados de um gato ferido.

– Você tá passando mal?

– Acho que sim – digo com uma voz fraca, o que é um pouco verdade.

Estou sem uma gota energia por conta da montanha-russa emocional do dia anterior.

– Me fala o que você tem. Vou até aí cuidar de você – diz ele com um tom sugestivo, obviamente sem captar a mensagem.

– Dor de garganta. Nariz escorrendo. Não é nada sério.

No mesmo instante levo a mão ao rosto quando me dou conta de que cometi um erro de principiante ao fingir que estou doente. Sendo bombeiro, Scott tem certificação de paramédico.

– Eu tô a uns dez minutos daí. Você consegue permanecer viva até lá?

– Não! – grito.

Prefiro nadar em águas infestadas de tubarões do que ficar cara a cara com Scott agora. Não estou pronta para testemunhar sua humilhação, tampouco para lidar com a inevitável pena que ele vai sentir de mim.

– Quer dizer, não vem não. Pode ser contagioso. Não quero que você fique doente também.

– Eu não me importo. Vou levar sopa pra você.

– Não gosto de sopa.

Ele bufa.

– Gosta sim, mentirosa. Você sempre toma sopa quando a gente sai pra almoçar.

– Scott, me escuta. Eu não quero.

Ele fica em silêncio por um momento.

– Tá, beleza. Tem certeza de que você tá bem? Você parece irritada. Eu fiz alguma coisa?

– Não, você não fez nada.

Minha voz soa triste. Eu quase gostaria que ele tivesse feito qualquer coisa que pudesse justificar o fato de eu estar sendo babaca e fria com ele.

– É claro que eu fiz alguma coisa. Você tá chateada por eu ter passado glacê na sua bochecha no casamento?

– Não tô chateada com você, Scott – digo, curta e grossa.

– Tá… Tem alguma coisa que eu possa fazer?

– Não. Mas obrigada. De verdade.

Silêncio outra vez.

– Hum, tá bem. Acho que vou pra casa então…

– Isso. Amanhã a gente se fala.

Meu corpo inteiro dói por conta dessa ligação. Não consigo nem imaginar como vai ser dormir sozinha, sabendo que tem uma jornalista escrevendo uma matéria a meu respeito. Eu encerro a ligação, segurando o celular contra o peito.

Devo ter caído em um sono muito necessário, porque quando meus olhos se abrem ao som de chaves tilintando na fechadura, a sala está envolvida em uma escuridão deprimente. Enquanto esfrego os olhos com os punhos para afastar o sono, Tara paira sobre mim como um fantasma sinistro de um filme de terror. Quando recupero o foco, percebo que ela acabou de chegar do trabalho, levando em conta o uniforme. Ela está com cheiro de canja, o que faz sentido quando percebo o pote de sopa Whole Foods que ela está segurando.

– Scott me mandou mensagem pedindo pra trazer isso pra você, já que você está "doente" – diz ela fazendo aspas com a mão livre.

Tara me lança um olhar perspicaz. Mel contou tudo sobre os comentários no Instagram. Sei disso porque minha irmã me enviou um milhão de mensagens, em letras maiúsculas, menos de cinco minutos depois que Mel foi embora no início da tarde.

Pego a sopa, parecendo exausta e de saco cheio.

– Obrigada. Como você tá?

– Levei um megatombo do lado de fora da Whole Foods e ainda queimei um cara. Obrigada por perguntar.

Ela sobe a perna da calça do uniforme revelando um corte sangrento no joelho.

Eu me inclino para mais perto para examinar. Parece feio, mas não profundo o suficiente para exigir cuidados médicos, mesmo que ela esteja agindo como se precisasse.

– O que aconteceu? Como assim, queimou um cara?

– Eu estava saindo com a sua sopa e, sem sacanagem, um cara idêntico ao falecido Paul Walker, que deus abençoe sua linda alma, apareceu do nada. Parecia um filme… ele veio direto pra cima de mim – diz ela, batendo palmas para um efeito dramático. – Mas em vez de um momento romântico, de contato visual prolongado, a sopa saiu voando.

Arregalo os olhos.

– Não!

– Aham. Aconteceu em câmera lenta. Eu mergulhei pra frente, sei lá, sob a ilusão de que heroicamente seria capaz de pegar o líquido a tempo e evitar um desastre, mas não consegui. A sopa respingou toda e o cara soltou um grito como se estivesse morrendo. Não tenho certeza se foi por causa da sopa queimando a pele ou por me ver mergulhando na direção dele... Enfim, ele deu um pulo pro lado e eu caí de quatro na calçada.

Tara faz uma careta para o joelho outra vez.

– Você pelo menos descobriu o nome dele?

Ela balança a cabeça com veemência.

– Não. Depois que passou, ele olhou pra mim como se eu fosse uma doida e saiu correndo em direção à loja. E eu tive que ir mancando atrás dele pra pegar outra sopa.

A história é hilária, e é a cara dela. Eu normalmente estaria gargalhando. Mas nesse momento os músculos da minha boca se recusam a formar um sorriso.

– Você tá bem? – pergunta ela, se acomodando na beirada do sofá perto dos meus pés.

Dou de ombros devagar.

– Tô me sentindo uma merda.

– Por quanto tempo você vai fingir que tá doente? O Scott não vai engolir essa história por muito tempo – argumenta ela.

– Sei que não, mas ainda não tô pronta.

Meus olhos saltam em direção a uma nova mensagem de texto.

SCOTT: A Tara levou a sopa pra você?

CRYSTAL: Sim. Muito obrigada.

SCOTT: Espero que isso faça você se sentir melhor. Queria muito que vc tivesse me deixado ir praí. Amanhã vou dobrar de novo no trabalho e tô com saudade.

CRYSTAL: Eu tô bem. Por favor, não se preocupa. Também tô com saudade.

SCOTT: Tá bem. Descansa um pouco. Aliás, não me pergunta como sei disso pq é constrangedor, mas aquela legging que você gosta da Lululemon tá em promoção.

CRYSTAL: Ah, que bom. Obrigada.

SCOTT: Tá bem, iRobot. Sei que você tá doente, mas seria demais mandar um pontinho de exclamação? Um emoji??? Um GIF???

CRYSTAL: 😃😃😃😃😃😃

SCOTT: Isso foi um pouco exagerado, mas eu aceito.

Espero a culpa de mentir para Scott passar antes de reler o e-mail do BuzzFeed. Pesquiso no Google o nome e os contatos da jornalista para confirmar se ela trabalha mesmo lá. Sim, é real.

Considero responder ao e-mail, implorando para ela não escrever a matéria. Rascunho uma resposta, o que me exige quase uma hora – a maior parte do tempo gasto apagando palavrões e tirando letras maiúsculas de frases inteiras, para tentar parecer a pessoa madura e emocionalmente equilibrada que sou. Mas antes de clicar em *Enviar*, meus pensamentos voltam à minha campanha Size Positive. "Ame você mesma e ignore os haters."

Apago o e-mail de rascunho e fecho o laptop.

Com ou sem minha resposta, a matéria vai viralizar. Amanhã.

capítulo vinte e nove

INFLUENCIADORA FITNESS PLUS-SIZE SOFRE BODY SHAMING POR NAMORAR GATO COM TANQUINHO

Crystal Chen (@CurvyFitnessCrystal), 27, quebrou a internet ao postar (e viralizar) uma foto sexy na praia com o novo namorado para seus 250 mil seguidores no Instagram. Postada em 5 de agosto, a foto recebeu mais de 50 mil curtidas e 6 mil comentários, muitos deles questionando seu novo romance – sugerindo que um cara sarado como ele não deveria namorar uma mulher "acima do peso" como ela.

Defensora do body positive, Chen está na área há anos, espalhando alegremente a seguinte mensagem para suas seguidoras: "Abracem seu tamanho e amem seu corpo." Ela tem sido uma inspiração para mulheres de todos os tamanhos e formas, incentivando-as a adotarem estilos de vida saudáveis e que não tenham como foco o peso. Suas clientes há muito elogiam seus programas de exercícios flexíveis, que enfatizam a importância do bem-estar mental associado à saúde física.

Embora não tenha exposto o nome do novo namorado de tirar o fôlego, ele foi identificado como Scott Ritchie (@Ritchie_Scotty7), 30, do Corpo de Bombeiros de Boston.

As seguidoras de Chen esperam que ela continue compartilhando sua vida ao lado dele e servindo de exemplo para o mundo fitness, sem se deixar influenciar pelos comentários maldosos sobre seu corpo.

*Nota do editor: Chen não respondeu à mensagem do BuzzFeed pedindo que comentasse o ocorrido, e já está há dois dias inativa em seu perfil no Instagram.

Aninhada no sofá sob a proteção de uma pesada manta de tricô, leio a matéria pela quinquagésima oitava vez. Com certeza estou desenvolvendo um caso grave de síndrome do túnel do carpo por segurar o celular com uma força astronômica.

Na primeira vez que li a matéria, fiquei lívida. Queria cuspir fogo e virar uma mesa, no estilo *Real Housewives*. Eu sabia que a jornalista ia escrever o artigo, mas de algum jeito, não parecia real. Não até ver meu nome circulando por toda a internet.

Já faz um total de dois dias desde que a foto foi postada, e oficialmente ultrapassou o conceito de viral. Oscilando entre me odiar e olhar para o abismo, acompanho a cobertura de maneira obsessiva, tentando localizar todos os lugares em que os artigos são repostados e retuitados.

Também fui contatada por repórteres dos maiores veículos: a revista *Glamour*, Perez Hilton e o *The New York Times*. A matéria virou até um Hot Topic no *The View*. Quando a Whoopi Goldberg grita com entusiasmo do outro lado da mesa em sua defesa, você sabe que chegou lá. Se ao menos fosse por outro motivo…

Recebi uma enxurrada de mensagens de apoio me dizendo como sou "inspiradora". Mas não posso deixar de sentir que a mensagem que venho tentando passar foi completamente ofuscada. Não tem mais a ver com body positive. Tem a ver com fat-shaming, com gordofobia. Crystal Chen é a vítima. A gorda que sei lá como conseguiu fisgar um cara gato e sarado.

O lado racional do meu cérebro me diz para dar fim ao silêncio e me apropriar da situação. Mas, outra vez, será que o tiro não sairia pela culatra? Isso tudo não acabaria servindo só para assustar outras mulheres, impedir que comecem a se amar, em especial diante de tantos comentários horríveis? O simples fato de a foto ter viralizado *por causa* da negatividade dos comentários reforça ainda mais as dificuldades de ser uma mulher gorda.

Não há de fato nenhum vencedor nessa história – além dos haters, aos quais não quero dedicar nem um milésimo de atenção. Preciso de mais tempo para estruturar uma resposta. E, sendo realista, não tenho energia para me defender nem para servir de modelo para ninguém nesse momento.

Estou esquentando uma tigela de macarrão, minha nova refeição preferida, quando vejo a hora no micro-ondas. São seis da tarde. Scott provavelmente está encerrando o turno. Eu me dou conta de que ainda não tive notícias dele hoje, o que não é comum. Mas, sim, minhas respostas ontem foram todas insossas, para dizer o mínimo. Com certeza ele está incomodado por eu não querer vê-lo depois de termos passado os últimos dias longe, o que parece mesmo uma eternidade.

Assim que me acomodo no sofá, com a tigela de macarrão fumegante na mão, Scott irrompe pela porta da frente sem bater. É como se o simples fato de ter pensado nele tivesse convocado sua presença. Ele está vestindo o moletom verde escuro que eu amo e que realça os profundos tons de verde floresta de seus olhos.

Eu nunca o vi desse jeito antes, exceto quando ele achava que Martin estava doente. Os olhos duros e injetados de sangue. Mandíbula tensa. O cabelo desgrenhado, arrepiado, sem saber para que lado cair. Ele fica parado por alguns segundos agonizantes antes de entrar, brandindo o celular na frente do meu rosto com uma das matérias na tela.

– Que merda é essa?

Afundo ainda mais no sofá, imóvel, olhos marejando. Eu me sinto péssima por ele ter descoberto tudo isso por outras fontes. Não ajuda em nada o fato de eu não ter nenhuma justificativa plausível para não ter eu mesma contado a ele. Toda vez que pensava em ligar eu desistia, morrendo de medo do que aconteceria se ele lesse esses comentários antes da hora. Mas agora que ele está bem aqui, como posso sequer começar a explicar?

A expressão severa de Scott suaviza quando ele se senta ao meu lado, de olhos fechados, com o polegar e o dedo indicador apertados sobre a ponte do nariz. O calor familiar de seu corpo acalma o aperto no meu estômago, mas só um pouco.

O silêncio é ensurdecedor. Acho que está prestes a nos engolir, até que ele diz:

– Por que você não me contou?

Enterro o rosto manchado de lágrimas nas mãos, avançando para a beirada do sofá, sabendo muito bem que não há justificativa. Eu devia ter contado na noite do casamento, ou dias atrás, quando recebi o e-mail do BuzzFeed. Ou, melhor ainda, no momento em que postei a foto.

– Eu queria lidar com isso sozinha. – É tudo que consigo dizer.

Ele esfrega os polegares nas minhas bochechas para enxugar as lágrimas que jorram livremente.

– Por quê?

– Você viu os comentários?

– Aham, mas parei antes de quebrar meu telefone. Isso é ridículo, Crys – diz ele, endurecendo a expressão. – Por que você estava me evitando?

Respiro fundo, rateando.

– Porque sei o quanto você odeia essas coisas. Não queria que você lesse esse monte de merda sobre você, tudo por minha causa. Sei que não justifica. Desculpa não ter te contado antes.

Ele pressiona os lábios contra a minha têmpora.

– Você sabe que nenhum desses comentários é verdade, não sabe? Eu...

Ele faz uma pausa, se afastando.

– Eu odeio que isso esteja acontecendo com você.

No momento em que nossos olhares se encontram, meus lábios tremem e as lágrimas voltam a jorrar. Minha visão fica embaçada e me vejo cambaleando para frente, soluçando em seu peito. Nunca fiz isso na frente dele ou de qualquer cara. Nesse momento sou uma versão destruída de mim mesma, sem a menor chance de me recompor.

Eu me sinto fraca, como não acontecia desde os tempos da escola. A época em que me escondia no vestiário para me trocar. Passei todos os meus anos de ensino médio e de faculdade tentando apagar esses sentimentos, tentando desesperadamente me sentir do jeito oposto, forte e confiante. Tentando ser alguém que não dá a mínima para o que as pessoas pensam, em especial pelo bem das minhas seguidoras. Estou diante da realidade de que, no fundo, eu não sou essa pessoa segura e feliz. Não para as minhas seguidoras, e nesse momento, não para a pessoa que mais importa. Scott.

Odeio isso. Não posso voltar para aquele lugar escuro e solitário. Eu me recuso.

Meus olhos endurecem com esses pensamentos, e me ajeito no sofá, enxugando as lágrimas na mesma hora.

– Tô bem. Juro – digo em meio a uma fungada. – Pra ser sincera, acho que quero ficar sozinha hoje à noite.

O rosto dele se contrai. Scott parece muito incomodado.

– Sério? Você não deveria ter que passar por isso sozinha – comenta ele, passando a mão no cabelo em um gesto exasperado. – Tem que ter alguma coisa que eu possa fazer...

– Scott, por favor – interrompo com a voz trêmula. – Para de me tratar como se eu fosse um cachorrinho triste e infeliz. Não tem nada que você possa fazer. Não preciso que você entre no modo herói. Na verdade, preciso exatamente do oposto. Tudo o que estou te pedindo é mais uma noite sozinha, só pra eu poder organizar meus pensamentos e descobrir o que fazer em relação a tudo isso.

– Crys, eu…

Eu o interrompo, colocando minha mão sobre a dele.

– Vou resolver isso sozinha. Confia em mim.

TARA FECHA SEU LIVRO de forma abrupta e solta um suspiro pesado ao meu lado no sofá.

– Lembra do que você me disse na segunda semana depois que eu vim pra cá morar com você?

– Hum… pra você parar de espalhar migalhas de biscoito em todas as bancadas da minha cozinha senão eu nunca mais ia cozinhar pra você? – murmuro, a bochecha pressionada no braço do sofá em um ângulo estranho.

Estou deitada nesta mesma posição desde que acordei. Poderia muito bem ter um contorno de giz em torno do meu corpo sem vida.

– Isso também.

Tara se move para a beirada do sofá, o joelho quicando, ansiosa para me explicar.

– Você falou pra eu ir jogar uma água no rosto e pelo menos fingir que tava tudo bem.

Não consigo deixar de bufar com a lembrança sombria.

– E você jogou um livro em cima de mim.

Ela aperta o livro com mais força.

– Exatamente. Você pegou superpesado comigo. Mas sabe de uma coisa? Me ajudou. Eu me senti mil vezes melhor. Então, se eu consegui parar de chorar porque meu noivo me deu um pé na bunda e todo o meu futuro foi jogado na privada, você também pode sair dessa. Você tá agindo feito esses caras infantis dos romances que eu leio e não é uma comparação legal. Você precisa colocar isso pra fora.

Lanço a ela um olhar de reprovação, desejando em silêncio que ela me deixe em paz.

Mas nada acontece.

Essa é uma das muitas diferenças gritantes entre nós duas. Diante de qualquer dificuldade, Tara expõe seus problemas para todo mundo, literalmente qualquer pessoa que aparece pela frente, tipo o pobre do funcionário da farmácia a um quarteirão do meu apartamento. Quanto mais pessoas e opiniões, melhor (não que ela aceite de fato o conselho de alguém).

Nunca fui de confiar nos outros quando estou chateada. Por alguma razão, prefiro sofrer sozinha. Sou basicamente o Grinch (a versão do Jim Carrey) em seu covil, falando sozinho e odiando tudo que há de bom no mundo.

Faz um dia que Scott foi embora com relutância. Para ser sincera, sinto o estômago revirar no momento em que ele saiu pela porta. Mas o choque de a história ter viralizado, combinado com a atitude dele de "tenho que dar um jeito em você", foi demais para mim, foi quase sufocante.

Estar sozinha com meus pensamentos, por mais aterrorizantes que eles sejam, me reenergiza e me ajuda a esclarecer minhas ideias, que é exatamente o que eu preciso para planejar uma resposta à situação. Não posso desaparecer do Instagram para sempre.

Para meu azar, ter silêncio absoluto para pensar é algo difícil. Tara tem ouvido "Rumors" de Lindsay Lohan no repeat. Segundo ela, essa é minha nova música tema, trágica e vergonhosamente apropriada. É um clássico, mas estou ficando um pouco irritada.

Estou prestes a enviar uma mensagem para Scott para dar oi e agradecer por ele ter me dado espaço quando Tara dá um grito, pausando Lindsay bem quando ela está perguntando por que as pessoas não conseguem deixá-la em paz.

– O que foi? – pergunto.

– Você viu o comentário do Scott?

Torço o nariz, confusa. Scott nunca abre o Instagram, exceto pelo dia em que curtiu todas as minhas fotos depois que nos conhecemos.

– O quê? Não.

Tara me passa o celular dela, os olhos arregaladíssimos.

– Você não vai gostar.

capítulo trinta

Comentário de **CJS_49er**: Não tem como esse cara estar com ela sem ser por dinheiro e fama kkkkk. Como assim um cara desses se contenta com isso? Com certeza ele tem outra! ♡

> Resposta de **Ritchie_Scotty7**: **@CJS_49er** Você é ridículo e deveria se envergonhar. A Crystal é linda, por dentro e por fora. Sinto pena de quem não consegue enxergar isso. Ela é o tipo de pessoa que tiraria a própria roupa pra dar pra um desconhecido, e que dedica a vida a ajudar outras pessoas. Faz um favor pra todos nós e vai arrumar o que fazer, ok? Direciona a força desse seu ódio e sua ignorância para algo útil, só pra variar um pouco. ♡

– Você não consegue mesmo se segurar, né? – digo entredentes.

Scott parece exausto quando se afasta para me deixar entrar, e não o julgo. Eu apareci na casa dele do nada, praticamente soltando fumaça. Mas é bem difícil manter qualquer nível de indignação quando Alvo Doodledore está galopando pela sala de estar como um pequeno cavalo, eufórico com a minha chegada. Sua língua pende para fora pela lateral da boca enquanto ele mordisca meus dedos.

Cerro os punhos, protegendo meus dedos de Alvo, o que reinicia meu estado de espírito na mesma hora. Esse simples ato me lembra do motivo de eu estar aqui, reativando a fúria que pulsa em minhas veias. Se eu fosse um personagem de desenho animado, a fumaça estaria saindo pelos meus ouvidos.

– Eu posso explicar.

Ele observa enquanto eu ando de um lado para o outro cumprindo a extensão da mesa de centro da IKEA na frente do sofá, Alvo atrás de mim, querendo que eu jogue o macaquinho de pelúcia que ele deixou cair aos meus pés.

– Scott, deixei claro que não precisava de ajuda. Que eu queria lidar com isso sozinha. Mas você foi lá e agiu pelas minhas costas, respondendo a um monte de comentários. Você fez exatamente o que eu disse pra você não fazer. Você se meteu, tentando ser um herói do qual não preciso. Você me tirou a oportunidade de pensar numa estratégia. De me reestruturar. De resolver essa situação toda do meu jeito. E agora eu tô parecendo uma donzela em perigo que precisa ser resgatada e validada pelo namorado forte e poderoso.

Ele engole em seco, a cabeça pendendo em arrependimento, como uma criança pequena em apuros na frente do diretor da escola.

– Eu vou apagar.

Minha irritação aumenta.

– É tarde demais pra fazer isso.

Os comentários foram postados apenas duas horas atrás, e o BuzzFeed já publicou outra matéria intitulada *Namorado sarado de influenciadora fitness plus size se manifesta: amo o corpo dela.* Essa matéria faz com que eu pareça ainda mais patética do que a primeira.

E pior, justamente quando os comentários estavam diminuindo, no momento que eu estava me tornando notícia velha, enterrada pela próxima fofoca suculenta, o ódio voltou com força total.

Scott se recompõe e se levanta, pegando minhas mãos. Envolvo meus braços ao redor do corpo, evitando o toque dele.

– Desculpa, mas não podia deixar as pessoas bombardearem a gente com esses comentários idiotas sobre como eu só posso estar traindo você, ou usando você. Porque é o tipo de coisa que não poderia estar mais longe da verdade. Não posso deixar as pessoas dizerem coisas horríveis sobre a pessoa que eu amo.

Amo.

Tudo é interrompido com um guincho alto e estridente. Minha mente parece um daqueles *dummies* que eles usam nos testes de batida de carro, voando diretamente no airbag. Estou em choque. Paralisada. Congelada. Ele acabou mesmo de dizer que me *ama*?

– O quê? – consigo dizer em meio ao choque, meu campo de visão reduzido.

O olhar dele não vacila, olhos fixos nos meus.

– Eu disse que amo você, Crys. Mais do que posso colocar em palavras.

– Em que momento você concluiu isso? – pergunto, minha voz saindo em um mero sussurro.

Quando o peso daquelas palavras cai sobre meus ombros, me sento no sofá. Ele se senta ao meu lado, os joelhos tocando os meus. Há uma longa pausa, como se ele realmente precisasse pensar a respeito.

– Desde que você descascou minha tangerina pela primeira vez. Naquela noite que a gente viu *O Senhor dos Anéis*.

Tudo dentro de mim se contrai. Essas são as palavras que eu mais quis ouvir dele no último mês. Em alguma medida, Scott parece estar dizendo a verdade, ou pelo menos pensa que está. Mas falar isso agora soa como pena. Por que ele não falou nada no momento em que soube? Ele teve muitas oportunidades desde então. Por que esperar até o pior momento possível? Quero desesperadamente acreditar que é verdade. Mas há uma dúvida incômoda que não vai embora, não importa o que ele diga. É a mesma que obscureceu tudo na minha vida desde que a foto viralizou.

Como *ele* pode me amar se *eu mesma* não tenho certeza se me amo?

Depois do turbilhão que foram os últimos dias, a conta simplesmente não fecha.

– Scott, eu não sei bem.

A paciência dele diminui.

– Você *não sabe bem* o quê? Acabei de dizer que te amo.

– Eu tô muito chateada com você. Você deveria ter me perguntado antes de sair respondendo.

– Não te perguntei porque sabia que você ia surtar. Desse jeito.

Ele aponta para mim como se estivesse de saco cheio.

– Essa é a primeira regra das redes sociais. A gente nunca responde os haters. Nunca.

– Mesmo que eles estejam falando um monte de mentiras?

– Ainda mais nesses casos – insisto, e uma nova onda de ressentimento sobe pela minha garganta. – Fica parecendo que os seus comentários são a minha resposta pra tudo isso. Faz com que eu pareça fraca. Como se eu precisasse de você pra me defender publicamente. Como se os comentários tivessem me afetado. Como se eu odiasse meu corpo e precisasse ser reafirmada por alguém como você.

– Mas por que isso é tão ruim assim? Por que você precisa ser a única a responder?

– Porque sim! É a minha imagem. Minha marca.

Ele franze os lábios em desânimo.

– Você não fica de saco cheio disso? De ser sempre ofendida?

– Você sabe que fico. Mas que escolha eu tenho?

Corro as mãos pelo rosto em sinal de irritação. Parece que estou sendo forçada a resolver um quebra-cabeça sem solução.

– Por que você não apaga essa foto idiota? Isso vai acabar com você, pouco a pouco.

Ele para quando percebe minha cara amarrada. Eu devia ter imaginado que isso ia acontecer.

– Scott. Quantas vezes tenho que te dizer? Não sou uma criança de 12 anos no colégio. Sinto muito pelo que aconteceu com você. De verdade. Mas não é a mesma coisa. Apagar uma foto não vai mudar nada.

Ele ergue as palmas das mãos no ar, a irritação queimando seu rosto.

– Mas olha só o que isso fez com você. Você vive consumida por isso. Tem sido assim desde que eu te conheci. Fico preocupado, Crys. Isso não deveria te definir, sabe? Você vale muito mais do que isso. Você *é* muito mais do que isso.

– Não é tão simples assim.

A mandíbula dele se contrai.

– Como vai ser se você continua me excluindo totalmente toda vez que esses haters idiotas falam merda sobre você?

– Não sei! – respondo, a voz saindo mais alta do que eu pretendia.

Fico em pé. Scott bufa e também se levanta, mãos na cintura.

– Olha, esse é o grande problema entre nós. Desde o começo. Você não confia em mim. Você não confia em mim o suficiente pra recorrer a mim quando dá uma merda. E sabe de uma coisa? Cansei de tentar ganhar sua confiança. Não sei o que mais eu posso fazer pra isso.

– Como posso confiar em você quando você age pelas minhas costas desse jeito? – pergunto com sinceridade, gesticulando feito uma louca na direção do espaço entre nós. – Eu disse que ia resolver sozinha.

Ele passa a mão pelo cabelo, tenso.

– Mas essa é a questão. Você não precisa mais resolver as coisas sozinha. Esse é o objetivo de um relacionamento, sabe? Agora você tem a mim. A gente deveria passar por essas coisas juntos. Como um time.

Fico quieta por alguns segundos. Ele tem razão. Meu primeiro instinto deveria ter sido lidar com isso junto com ele. Mas não. Eu fiz exatamente o oposto. Escondi isso dele como um segredinho sujo, porque, no fundo, eu estava com medo de que ele acreditasse nos comentários. Estava morrendo de medo de que ele se afastasse de mim.

Scott continua:

– E se vamos mesmo ser um *time*, me recuso a ficar parado e continuar deixando essa merda rolar.

Eu pisco.

– Scott, não posso ficar conhecida como a gorda que se atreveu a namorar um cara gostoso. Não posso. Eu trabalhei muito pra chegar aqui.

Ele digere minhas palavras e balança a cabeça, como se tivesse acabado de se dar conta de algo.

– Então é disso que se trata?

– Há anos não me sinto tão mal comigo mesma, Scott... Preciso de um tempo pra me entender antes de poder me concentrar na gente.

Scott se afasta como se eu tivesse lhe dado um tapa na cara. Ele olha para o chão sob seus pés descalços pelo que parece ser uma eternidade.

– Então... você... o quê? Tá terminando comigo, é isso? Depois de eu te dizer pela primeira vez que te amo? Depois de tudo o que a gente passou pra chegar aqui, você tá disposta a jogar tudo fora por causa de uma foto idiota? – pergunta ele, a voz baixa, grave e exausta.

– Sim.

Meu coração é reduzido a pó quando a palavra se assenta. Não posso argumentar nem voltar atrás, porque é a verdade. Se realmente quero me sentir forte outra vez, preciso encontrar essa força sozinha, não me escondendo nos braços de Scott enquanto ele acaricia meu cabelo, me dizendo que tudo vai ficar bem.

Ele leva as mãos ao rosto. Quando ergue a cabeça para respirar, parece que todo o oxigênio do apartamento foi sugado. Eu acabei com ele. Bati o pé e pronto.

Instintivamente, eu me aproximo para puxá-lo para um abraço. Ele dá um suspiro prolongado, pressionando a testa na minha. Memorizo seu cheiro amadeirado e a sensação de segurança que é estar perto dele. Tento me agarrar a este momento o máximo que posso.

Fecho os olhos e, de um jeito inesperado, seus lábios encontram os meus. Não é delicado nem suave. É pura angústia. Nossas línguas lutam uma contra a outra, em turbulência. Em meio a raiva, tristeza e amor, tudo gira ao nosso redor em um tornado de caos.

Antes que eu consiga reabrir os olhos, ele se afasta de mim como se tivesse sido queimado. Ele passa a mão pelo cabelo, sem saber o que fazer. Nossos olhos lacrimejantes se encontram de novo quando ele expira de forma tensa.

– Crystal… você me ama?

Eu quero dizer a ele que sim. Profundamente. Que há semanas sei que o amo. Mas com que propósito? Dizer isso só vai dificultar ainda mais as coisas.

– Me desculpa – digo em um sussurro.

Olho para Scott e tudo que vejo é tristeza. É como se eu estivesse testemunhando o coração dele amassar e se partir em dois. E a mesma coisa acontece com o meu. É como se um kettlebell caísse com toda força no meu peito, quebrando meus ossos.

Quando se dá conta de que não vou mudar de ideia, ele se afasta.

Não me resta mais nada a não ser ir embora.

capítulo trinta e um

ESTOU CONFINADA NO meu apartamento há dois dias. Ainda nem tirei o pijama. Tara assumiu a tarefa de pentear meu cabelo rebelde todos os dias. É uma experiência dolorosa, porque ela passa a escova diretamente da raiz, e não a partir do meio, como um verdadeiro monstro. Estou surpresa por não estar careca.

Odeio me sentir assim. Odeio o fato de ter deixado os inimigos saírem vencendo. E isso faz com que eu sinta como se toda a minha proposta de trabalho seja uma mentira. Como posso pregar o amor-próprio e o body positive quando me permiti ser capturada por toda essa negatividade?

A essa altura eu esperava ter tido uma grande epifania. Ter conseguido montar um plano para seguir em frente com o meu Instagram. Mas em vez disso, estou no modo zumbi. Só existindo. Como, durmo, repito tudo de novo.

Depois que me recuso a sair do sofá, Tara chama reforços. Mel invade meu apartamento com uma caixa cheia de tangerinas. Imediatamente, começo a chorar de um jeito horroroso, estilo Kim Kardashian. Em defesa de Mel, ela não conhece o significado por trás dessas adoráveis e inocentes frutas cítricas. Tudo o que consigo pensar é no sorriso de Scott no dia em que as descasquei para ele.

– Meu deus, Crystal, você tá um bagaço – diz Mel.

Ela não se dá ao trabalho de esconder seu descontentamento ao ver o absoluto pesadelo que se tornou meu apartamento que é sempre tão arrumado. Ela franze a testa para os pratos sujos empilhados na pia, os lenços usados espalhados na mesinha de centro e as migalhas de biscoito espalhadas no sofá. Como estou nesse estado, Tara começou a limpar os lugares por onde eu passava, mas sua iniciativa ainda é, na melhor das hipóteses, um pouco errática. Mel se senta no minúsculo pedaço de sofá que não está coberto de migalhas. Dá alguns tapinhas nas minhas costas enquanto eu me balanço para a frente e para trás, soluçando e assoando o nariz machucado.

Em algum momento volto para tomar ar.

– Desculpa, Mel. Tenho sido uma babaca egoísta. Como você tá?

Ela balança a cabeça, dando um tapinha no ar, como se sua vida fosse a última coisa que ela quisesse discutir.

– Eu tô bem. Mesmo. Consegui uma parceria com uma marca de moda praia superfofa.

– Ah, que ótimo. Fico feliz você – digo a ela com sinceridade.

Apesar da minha tristeza, poder digerir boas notícias de outra pessoa é, na verdade, uma novidade bem-vinda.

– Como estão as coisas com o Peter? – pergunto depois de alguns segundos de silêncio.

Não conheço Peter em um nível pessoal, exceto pelo dia em que Scott e eu fomos com eles a uma academia de escalada. Ele é um daqueles caras que vive com uma expressão entediada e sob a ilusão de ser muito intelectualmente superior para se envolver em atividades banais como escalada. Ele também assiste à televisão só para fins educacionais, nunca para entretenimento. Scott sempre dizia que ele era blasé, e apostou comigo que eles não durariam mais do que alguns meses, dado que não tinham nada mesmo em comum.

Os ombros de Mel sobem e descem, como se estivesse irritada.

– Sei lá. Tudo bem, eu acho. Ainda não conseguimos concordar em nada. Nunca. Tipo, outro dia, eu estava super ansiosa pra encontrar com ele quando ele saísse do trabalho, mas Peter disse que não ia dar porque queria um *tempo sozinho.* Mesmo depois de eu tentar seduzir ele com um boquete.

Tara projeta o queixo para a frente.

– Você ofereceu um boquete e mesmo assim ele não quis ir?

– Aham. E eu raramente ofereço boquetes. Pensei que ele fosse aceitar na hora. Você acha que isso é um mau sinal?

Tara franze a testa.

– Tipo, não conheço ele. Não tenho como julgar a vida nem as motivações dele. Embora eu nunca tenha conhecido um cara que se recusou a ganhar um boquete.

Faço uma careta, atordoada.

– O Scott é a única pessoa na vida com quem senti vontade de estar o tempo todo, mesmo quando estou sem paciência pra qualquer outra coisa.

Os últimos dias sem Scott Landon Ritchie foram chatos. É como se o filtro "vibrante e quente" tivesse sido removido da câmera da minha vida, deixando apenas uma escuridão sombria. Tudo parece vazio. Seu lugar no meu sofá, seu lado da minha cama, a falta de sua risada contagiante e expansiva ecoando pelo meu apartamento.

Sinto falta de ver filmes absurdamente longos com ele. Dele fazendo um milhão de perguntas, confuso porque cochilou por dez minutos e perdeu uma cena crucial.

Mel discretamente joga no chão algumas migalhas de biscoito que repousam no meu sofá.

– Vocês se falaram desde aquele dia?

– Não.

Scott não me bombardeou com ligações e mensagens de texto, e não sei se deveria me sentir aliviada ou pior com isso. Embora ele tenha deixado uma mensagem de voz, que dizia "Crys, eu... me desculpa por responder aos comentários. Quando estiver pronta, por favor, me liga".

– Ainda não entendo por que você precisa se afastar dele. Ainda mais depois que ele falou que te amava – diz Mel.

– O problema é que ele fez isso no pior momento possível. E quando ele disse, eu nem consegui acreditar. Pra você ver como tô perdida nesse momento.

– Como assim, gente? É claro que ele te ama. Eu não sei por que você tá fazendo isso com você mesma – acrescenta Tara.

Ela se junta a nós depois de arrumar a cozinha. Mas, em vez de se enroscar na ponta do sofá, ela se aninha em cima de mim, os pés balançando no colo de Mel feito um bebê gigantesco.

Por mais que eu queira ligar para ele a qualquer momento para dizer que o amo, que vou voltar a ser confiante como eu era, não posso fazer isso.

– Não até que eu me reorientar – digo. – Eu não posso arriscar magoar o Scott de novo até resolver essa situação. E ainda estou um pouco chateada com ele.

Tara me lança um olhar furioso.

– Não é culpa do Scott que sua confiança esteja abalada. É dos haters.

Você não pode culpar ele por isso, ele só estava tentando te proteger. Ok, ele mandou mal. Mas também teve a melhor das intenções. E pra ser muito sincera, meio que concordo com Scott. Estou preocupada com você também.

Eu a encaro.

– Sério?

– Cara, acho que você ficou obcecada com essa coisa de body positive de um jeito ruim. Você deixou que esse bando de idiotas e invejosos te afetassem a ponto de terminar um relacionamento.

– Mesmo assim, Tara. Ele agiu pelas minhas costas – repito, com teimosia.

Mel revira os olhos.

– Rolaram uns comentários desagradáveis sobre ele também, sabia? Por que ele não pode *se* defender? Nem tudo tem a ver com você.

É, ela tem um ponto. As pessoas fizeram comentários horríveis sobre ele também, não apenas sobre mim. Será que fui mesmo tão egoísta assim?

Enterro o rosto nas mãos, envergonhada de culpá-lo de maneira tão equivocada.

– Bem, isso não importa. A única forma de evitar isso tudo seria excluindo o meu perfil. E desistir da minha plataforma não é uma opção.

– Seja lá qual for a sua decisão, as coisas não podem continuar assim. Não tem condição – alerta Mel.

– Não tem outro jeito.

Mel me passa mais lenços quando começo a soluçar.

– Você não precisa ser tão forte e confiante o tempo todo, Crystal. Mesmo sendo personal. As pessoas gordas não precisam de você pra defendê-las. Estamos todos muito bem. A gente precisa é que você seja o melhor que consegue ser.

Dou um suspiro.

– Essa é a pior parte. No final das contas, eu não me sinto bem. E parece que vivi uma mentira esse tempo todo. Como você consegue ser tão positiva o tempo todo, Mel? É como se você não deixasse nada te incomodar, nunca.

Ela me encara, impassível.

– Terapia. Desde que fiquei famosa ou o que for no Instagram, faço sessões de quinze em quinze dias. Minha terapeuta opera verdadeiros milagres.

Inclino a cabeça, ponderando.

– Talvez eu devesse fazer terapia também.

– E eu sou positiva, sim, na maior parte do tempo – continua Mel. – Assim como você. Posso não dar mais a mínima pra comentários, mas ainda tem dias em que não amo tudo a meu respeito. É normal.

Tara faz que sim, apoiando a cabeça no meu ombro.

– Você está se colocando uma pressão muito injusta, Crystal. Todo mundo duvida de si mesmo às vezes. Faz parte de ser humano. Especialmente depois do que você passou.

Eu me esforço para assimilar o que ela diz.

– É, acho que sim.

Depois que Mel vai embora, me pego percorrendo minha pasta de e-mails de feedback. É onde eu salvo todas as mensagens das alunas depois que elas completam seus programas. Abro uma de Jennifer – uma de minhas favoritas.

Oi, Crystal,

Mal posso acreditar como esses meses passaram rápido. Não tenho como dizer o quanto seu apoio significou para mim. Eu nunca tive confiança para ir à academia e levantar peso. Isso tudo mudou quando tivemos nosso primeiro encontro e você me disse que não tem ninguém prestando atenção de fato no que a gente está fazendo. Você me deu aquela playlist incrível e, pela primeira vez, me senti empoderada.

Progredi muito, tanto na academia quanto mentalmente. Você me convenceu de que me alimentar mal um dia não vai apagar meu progresso. Não conto mais calorias nem fico obcecada em pesar porções. Estou feliz pela primeira vez em anos. Alguns dias são melhores que outros... mas como você disse, desde que os dias bons superem os ruins, isso é o que importa.

Não tenho palavras pra elogiar o seu trabalho! Você é mais do que uma instrutora de fitness. Sempre vou considerar você uma das minhas melhores amigas.

Amo você!
Jennifer

Passo a noite inteira relendo esses e-mails. Se há algo em comum entre as minhas clientes é que todas seguiram em sua jornada rumo à autoaceitação. É claro que nenhuma delas passou a se amar em todos os segundos de todos os dias, mas deixei claro que tudo bem ser assim, que enquanto se amassem mais do que se odiassem, elas estariam no caminho certo.

Talvez eu estivesse descobrindo algo importante.

capítulo trinta e dois

MEU CHAMADO PARA A VIDA vem no dia seguinte, quando recebo minhas novas roupas de treino de um patrocinador. A repulsa nos olhos do entregador ao ver meu rosto pálido e cadavérico, e meu pijama manchado enquanto pede a minha assinatura é um soco no estômago. Tanto que me sinto compelida a forçar uma tosse e a dar a explicação não solicitada de que sou vítima de uma praga misteriosa e possivelmente fatal. "Não estou sofrendo de um caso grave de autoflagelo! Não me julgue. Obrigada, tchau."

Se ainda existe alguma esperança de voltar ao normal, tenho que começar de algum lugar. Preciso voltar para a academia – o local que costumava ser meu santuário contra todas as coisas ruins, feias e estressantes. Não só pelo bem do meu negócio e do meu sustento, mas por mim mesma.

No instante em que passo pelas catracas e sinto aquele cheiro familiar de suor, spray desinfetante, força de vontade e determinação, a ansiedade por ter saído de casa começa a se dissipar. A academia está meio vazia, já que estamos no meio da tarde. Dou uma rápida olhada ao redor, reconhecendo alguns rostos. O cara do Walkman com cavanhaque. A fisiculturista contraindo a bunda dura na frente do espelho. Por sorte, a única pessoa que estou tentando evitar de verdade não está em lugar nenhum.

Quando estou frente a frente com meu rack de agachamento favorito perto da janela, a culpa me invade. Esse é o problema dos treinos de força: pausas atrasam o progresso, independentemente da memória muscular.

Na segunda série, estou com o rosto vermelho, frustrada, e à beira das lágrimas. Sinto a pressão. A dor imediata e a sensação de que minhas pernas são feitas de gelatina após dias sem me exercitar.

Estou brilhando de suor, pensando em desistir e me recolher para o conforto da minha cama, quando uma pessoa que não sei quem é se aproxima. É uma mulher de meia-idade, pele bronzeada e olhos castanhos lindos e intensos. Minha atenção imediatamente se concentra em sua camiseta neon do show da Lizzo, que diz *Feelin' Good As Hell.*

– Bela camiseta – digo.

Ela sorri, olhando para baixo e esticando o tecido.

– Ah, obrigada! Comprei no show que rolou no inverno. Ela manda muito bem. E em cima de um salto.

– Né? Não sei como alguém consegue dançar de saltos por tanto tempo sem acabar com os pés.

Ela balança a cabeça, concordando vigorosamente, ainda parada na minha frente.

– Desculpa te incomodar...

Eu respiro fundo, já esperando que ela me pergunte se eu sou a garota da foto.

– Não quero parecer esquisita nem nada, mas eu estava vendo você fazer os agachamentos e não pude deixar de pensar, puta merda, essa mulher é incrível. Quanto pesam essas anilhas?!

Eu a encaro incrédula por tanto tempo que ela deve achar que sou louca. Depois de dias agonizando por conta do que pessoas desconhecidas pensam de mim, aquele elogio não solicitado parece algo muito estranho.

– Hum... obrigada – gaguejo.

– Acho que não consigo fazer isso nem se usar só a barra – lamenta ela enquanto examina o peso na barra atrás de mim. – A propósito, meu nome é Rhonda.

Ela estende a mão em uma saudação amigável.

– Crystal. – Devolvo o aperto de mão antes de apontar para o rack de agachamento. – E, bem, em matéria de agachamento, depende do seu peso corporal. Isso que vai determinar quanto peso você é naturalmente capaz de levantar. Mas na real é como qualquer outro treinamento muscular, precisa começar devagar. É mesmo aos poucos. A gente precisa deixar o corpo se acostumar com o movimento dinâmico.

Ela descansa o peso do corpo no rack enquanto assente com interesse, então continuo:

– O agachamento é um exercício de corpo inteiro, o que envolve o tronco e o bumbum também. Você não está só trabalhando as pernas.

– Você parece especialista.

Fico impressionada ao me dar conta de que eu sei mesmo o que estou fazendo.

– Tecnicamente, sou. É que sou personal trainer.

– Ah, não é à toa que você pega tão pesado. Tenho pensado em marcar algumas sessões com um personal, só pra começar a fazer musculação. Hoje é meu segundo dia e…

Ela olha ao redor do Setor dos Marombeiros, bem perdida.

– Confesso que estou me sentindo um pouco oprimida.

Faço que sim em solidariedade, lembrando do terror e da vergonha que senti ao entrar na academia pela primeira vez tantos anos atrás. Examino o espaço, observando os intimidantes colegas grunhindo à nossa esquerda. Meus olhos focam na estação onde Scott protagonizou o Evento da Toalha de Papel. A lembrança faz meu estômago doer, mas apenas por alguns segundos antes de ser transportada de volta para a conversa com Rhonda.

– É, esses caras intimidam um pouco, mas eles são muito legais quando você os conhece. Estão sempre dispostos a ajudar se você precisar – tranquilizo.

Por mais que eu implique com o comportamento de universitários membros de fraternidade, eles são sempre amigáveis, me cumprimentando toda vez que me veem.

Rhonda não parece convencida, e realmente não a julgo, sendo ela uma novata. Depois de reler os e-mails das minhas alunas, sinto vontade de ajudar alguém outra vez.

– Eu tenho mais duas séries e depois termino. Posso te mostrar algumas coisas, o que acha?

Ela sorri animada, mas logo balança a cabeça.

– Não, tudo bem. Não quero tomar seu tempo se você estiver ocupada.

– Não está, não. Me dá só uns minutinhos.

Depois da minha última série, mostro a Rhonda um ou dois exercícios básicos nos aparelhos. Costumo colocar alunos novos nos aparelhos primeiro, para que eles possam ganhar uma boa base antes de passar para os pesos livres.

Rhonda conta que é orientadora em uma escola de ensino médio e que é recém-divorciada. Ela morava em uma pequena cidade próximo a Atlanta e se mudou para Boston. Está "em uma jornada de autoaceitação", como ela mesma descreveu. Embora não tenha dinheiro para mergulhar em uma aventura no estilo *Comer, rezar, amar*, ela fez um novo corte de cabelo e repaginou o guarda-roupa.

Quando ela me diz que foi inspirada por mim a começar a fazer musculação, preciso me sentar em um banco para me recompor. É a primeira vez em semanas que sinto esperança, assim tão de perto, bem diante dos meus olhos. Espero que o sucesso e a felicidade de outra pessoa consigam me motivar mais uma vez. Espero que esse incidente com a foto não me defina pelo resto da vida.

Conhecer alguém que aprendeu a se aceitar e a se respeitar novamente depois que sua vida virou de cabeça para baixo é inspirador. Talvez eu possa aprender um pouco com ela também. Por isso, me ofereço para ser sua personal, de graça.

– ATENÇÃO À POSTURA. Endireita um pouco as costas... muito bem. Isso aí.

Estou toda orgulhosa ao ver Rhonda embarcar em sua terceira série de agachamentos. Começamos só com a barra, mas depois de apenas algumas sessões, ela já avançou para 50 quilos.

Embora ela seja uma década mais velha que eu, nos tornamos amigas bem rápido. Ela ainda está procurando emprego, então nossas sessões geralmente são à tarde. Entre os treinos, quando para a fim de recuperar o fôlego, ela me atualiza sobre as questões do divórcio, a feroz batalha pela custódia dos dois gatos *sphynx*, Tim e Tam, e sobre como é libertador fazer xixi com a porta aberta na casa nova.

– Comprei até umas calcinhas mais largas – anuncia com orgulho, dando uma reboladinha. – Chuck sempre odiou essas calcinhas. Baniu todas quando a gente começou a namorar. Tipo, eu sei que não é sexy. Mas, caramba, são muito confortáveis.

– Meu ex também odiava. Não o último. O anterior. O Neil.

– Ah, o cara que usou você como rebote?

– Aham. Antes do Scott.

Sua testa enruga quando registra minha imediata mudança de humor.

– E o que aconteceu com o Scott?

Mordo o lábio inferior e, apesar de meus instintos de introspecção, coloco tudo que sinto para fora. Estilo velozes e furiosos. Como se alguém tivesse cortado meu guarda-chuva em meio a uma chuva torrencial. Conto tudo sobre a foto. Ao deixar tudo sair, sinto como se um peso enorme tivesse sido tirado dos meus ombros.

Rhonda ouve como uma verdadeira orientadora educacional, sentada no topo da escada, muito depois de nossa sessão de uma hora.

– É por isso que fujo da internet a todo custo – diz ela, mas sua expressão provocadora é logo substituída por empatia. – Lamento muito que você sinta que perdeu seu projeto e um pouco de sua confiança por causa desse episódio. Isso é péssimo. Seres humanos não são feitos pra esse tipo de escrutínio. Ninguém deveria ter que passar por isso.

– Não tem sido nem um pouco fácil, mas tô levando. Odeio sentir que vendi mentiras, sabe? Eu encorajei as pessoas a se amarem, independentemente de qualquer coisa. Mas estou começando a achar que é pedir muito. Amar a si mesma o dia todo, todos os dias?

Ela dá de ombros.

– Eu não acho que confiança e autoestima sejam algo que a gente conquista num passe de mágica. E a gente não se agarra a essas coisas de forma perene como se fossem tangíveis. São coisas fluidas. Você pode estar se sentindo confiante em todos os aspectos, menos um. Ou algo pode acontecer e toda a sua confiança pode ser quebrada em um instante. Tipo no seu caso com a foto do Instagram. Isso não significa que no fundo você não se ama, sabe?

Assimilo as palavras por um momento.

– Mas como faço pra recuperar a autoconfiança?

– Você precisa fazer isso do seu jeito. Redescubra tudo aquilo que ama em você mesma, não só o que a sociedade diz que você deve amar, e alimente isso. A beleza não é uma coisa objetiva, né, por mais que nos digam que sim.

Faço beicinho.

– Não sei se concordo com você – digo.

– Por que não?

– Porque as pessoas parecem gostar sempre das mesmas coisas. Todo mundo acha a Scarlett Johansson bonita. Os irmãos Hemsworth. Idris Elba. Rostos em formato de coração. Olhos claros. Entre outras coisas.

– Apenas um segmento da sociedade ocidental – observa ela. – Corpos grandes costumavam ser reverenciados na antiguidade. E, pessoalmente, não sei o que as pessoas veem nesses irmãos Hemsworth. Abdômens definidos não me dizem nada. Tipo, Hollywood, minha filha, cadê os corpinhos estilo pai de família?

Dou uma risada, puxando um fiapo da minha legging. Rhonda tem um ponto. Diferentes regiões do mundo têm ideais diferentes de beleza. E padrões de beleza mudam com o tempo.

– É, pode ser.

– Cada pessoa vê a beleza de uma forma diferente, Crystal. E o que é pior, essa mesma sociedade ensinou pra gente quando éramos novinhas que não somos bonitas porque não somos brancas e magras. Tipo, quando você era criança teve alguma Barbie que se parecia com você?

– Não.

Ela me dá um olhar severo.

– Pois é. E todas essas grandes empresas que disseram pra gente que nós não éramos bonitas… que não éramos dignas de desejo… de repente estão gritando pra que a gente se ame.

– E quando não nos amamos o tempo todo, nós somos o problema.

Estou chegando a uma conclusão gritante. Eu me tornei parte desse sistema, vendendo essa ideia para as minhas seguidoras.

Depois da minha sessão com Rhonda, volto para casa e me deito no chão da sala, fico ali, olhando para o teto. Para ser sincera, nem me lembro quando ouvi pela primeira vez os termos body positive e amor-próprio. Acho que foi na época em que comecei meu Instagram. Eu me apeguei a esses termos com todas as minhas forças, porque achava que eram poderosos. “É claro que mereço me amar. Foda-se a sociedade”, pensei na época.

Seguindo o conselho que eu mesma dei em um post recente, pego um pedaço de papel e faço uma lista de todas as coisas que gosto em mim. Não só o que eu gosto porque a sociedade considera valioso. Faço também uma lista das coisas de que não gosto.

Curiosamente, minha lista de “Coisas que gosto” é duas vezes maior que a lista de "Coisas que não gosto". Vários tópicos entraram nas duas listas. Fico olhando para as colunas e começo a internalizar tudo aquilo.

A confiança e o amor-próprio estão em constante mudança. Posso me sentir bem em alguns momentos e não tão bem em outros. Quem tem o direito de me dizer que eu deveria me envergonhar por não me sentir bem tendo sido humilhada na internet apenas alguns dias atrás?

Com isso em mente, volto aos treinos nos dias seguintes, lentamente, mas com segurança. Toda vez que piso na academia, sinto a minha confiança crescer, pouco a pouco.

Estou começando a respeitar a imagem que vejo no espelho, mesmo que não a ame o tempo todo. Outro dia, notei meu reflexo no espelho depois de fazer uma série desafiadora. Abri um sorriso, não só porque meu cabelo estava ótimo, mas também porque me senti orgulhosa de mim mesma. E é provável que esse tenha sido o momento mais feliz que tive em muito tempo.

Claro, sempre há contratempos a cada passo. Mas contanto que eu seja honesta comigo mesma nos momentos difíceis, contanto que eu esteja seguindo em frente, descobrindo pequenas maneiras de combater sensações negativas com outras positivas, já é mais do que suficiente.

19h30 – POSTAGEM NO INSTAGRAM: "SINTO MUITO", POR **CURVYFITNESSCRYSTAL**

Oi, pessoal. Este é um post difícil. Eu devo a vocês um sincero pedido de desculpas. Não apenas por ter desaparecido. Mas pela minha campanha Size Positive. Sinto muito por todas as vezes em que eu disse a vocês pra se amarem O TEMPO TODO. Sinto muito por todas as vezes que usei termos como "body positive" e "amor-próprio". Basicamente, sinto muito por todo o meu projeto até o momento.

Não sou mais uma defensora desses conceitos, e eis o motivo:

Ao longo da infância, sendo uma menina de ascendência asiática e gordinha, nunca me vi representada na mídia como digna de afeto nem como uma pessoa bonita. Eu não estava em conformidade com os padrões sociais de beleza. Eu não deveria me amar.

E depois foi como se eu tivesse ligado um botão. O termo body positive estava em toda parte. De repente, marcas populares que antes usavam apenas fotos retocadas de modelos tamanho 34 passaram a usar mulheres maiores em seus anúncios. Mulheres com o corpo fora do padrão apareceram dizendo que eu precisava ME AMAR e tudo ficaria bem. Que eu não tinha permissão pra ter nenhum pingo de dúvida, nunca.

É óbvio que o amor-próprio é o objetivo final. Não estou dizendo pra você não se amar se você já ama (sério, eu respeito muito isso). Mas isso leva mais tempo para algumas pessoas. É uma viagem pra toda a vida. Eu odeio esse ônus que recai sobre pessoas cujos corpos não estão em conformidade com os padrões, para que elas se esforcem para mudar uma percepção que foi infiltrada em nossas cabeças. De repente, não é socialmente aceitável se sentir mal consigo mesma, nunca.

Sinto muito, mas não posso dizer que amo cada gordurinha e cada celulite do meu corpo o dia inteiro, todos os dias. Ao mesmo tempo, também não preciso me odiar nem me martirizar. É uma questão de você se aceitar e respeitar a si mesma, enquanto percebe que você é muito mais do que apenas o seu corpo.

As coisas vão mudar no meu perfil. Vou continuar oferecendo meus programas de treino, fazendo tutoriais, etc. Mas minha mensagem será diferente. Vocês não vão ver mais a seção de comentários em algumas das minhas postagens. Em vez disso, criei um grupo privado no Facebook pra que todas as minhas alunas e seguidoras possam interagir.

Realmente torço para que vocês participem desse novo grupo comigo e curtam a viagem. 🥰

Crystal

Comentário de **trainerrachel_1990**: amei!! você tem toda razão. Somos ensinadas a odiar qualquer coisa que não seja o padrão de beleza imposto pela sociedade e, ao mesmo tempo, dizem pra gente engolir o choro e se amar de qualquer jeito, e nos sentimos mal por isso. ♡

Comentário de **fitnessgoalsbymadison**: Uau. Essa mensagem é tão poderosa! Tô pronta pra embarcar nessa com vc. ♡

Comentário de **gainz_gurlie**: Crystal isso é incrível!!!! Estou tão feliz que você abraçou o respeito pelo corpo. ♡

Comentário de **DarcyChapman12**: sinto falta dos seus posts. Espero que você tenha voltado de vez! ♡

capítulo trinta e três

VOVÓ FLO FINALMENTE conseguiu convencer Martin a se mudar para o Lixão Mal-assombrado (como Tara chama a casa dela). O lugar ainda tem lixo empilhado até o teto, mas Martin a convenceu a jogar fora pelo menos alguns itens desnecessários – entre outras coisas, sua coleção de abajures velhos e manchados (ela estava convencida de que faria uso deles), três batedeiras KitchenAid (todas sem uso e em perfeitas condições), e duas gaiolas luxuosas (ela nunca teve pássaros) – a fim de abrir espaço para as coisas dele.

– Como anda o Scott? – pergunta Martin enquanto corta seu bife bem passado demais.

Embora meus pais saibam sobre meu rompimento com Scott graças à boca grande de Tara, venho evitando compartilhar a notícia com vovó Flo e Martin, sabendo que eles ficariam arrasados. Vovó Flo certamente vai surtar com a perspectiva de eu morrer sozinha.

Não vejo Scott há quase dez dias. Quando me dou conta de quanto tempo faz desde que falei com ele, meu humor muda na mesma hora.

Por mais orgulhosa que eu esteja por finalmente estar conseguindo ver uma luz no fim desse túnel de merda, começo a achar que talvez Scott tivesse razão. Talvez tudo isso fosse mais fácil com ele ao meu lado.

Antes que eu precise responder, mamãe chama a atenção de todos ao colocar Hillary no colo.

– Chega de bife pra você – diz ela, cutucando Hillary nas costas.

Minha cabeça voa para longe enquanto a família conversa sobre a iminente lua de mel de vovó Flo e Martin no Havaí, bem como a aprovação da sobrinha-neta de Martin na faculdade de medicina. Só consigo pensar no quanto sinto falta de ter Scott ao meu lado, sua mão protetora apertando minha coxa sob a mesa.

Depois do jantar, saio de fininho para me sentar no deque instável da vovó Flo, aproveitando os últimos raios de sol. Faço um esforço imenso para evitar contato visual com os aterrorizantes duendes espalhados pelo gramado. Quando éramos mais novas, eu tinha prazer em dizer para Tara que eles estavam vivos, como Chucky, o boneco assassino. Estreito os olhos e os cubro como braço ao me acomodar na cadeira de jardim retrô, uma relíquia que tem a minha idade.

Papai surge pouco depois com uma cerveja na mão.

– Você achou que o bife passou do ponto? – pergunta ele no seu estilo clássico.

Meu pai sempre começa as conversas com uma pergunta aleatória.

O sol está se pondo e lança uma luz dourada radiante no gramado marrom, desesperado por um pouco de chuva neste verão particularmente seco.

– Aham, mas estava bom.

Ele assente, olhando para a frente enquanto se senta na cadeira ao lado da minha.

– Já te contei como comecei minha empresa de limpeza?

Solto um suspiro exagerado. Logo quando estou começando a recuperar a confiança, papai precisa aparecer com uma palestra sobre estabilidade financeira.

– Pai, eu não quero mesmo ouvir outro sermão sobre arranjar um emprego de verdade.

Ele me ignora, dando um tapinha no ar.

– Eu tinha acabado de terminar o ensino médio. Não tinha dinheiro pra pagar a faculdade. Estava trabalhando numa lavanderia no centro da cidade uma noite quando sua mãe chegou.

Ele faz uma pausa, os olhos se enchendo de nostalgia.

– Ela estava com uma amiga. O cabelo dela era todo arrepiado, parecia um poodle. Era o estilo naquela época – conta ele, me cutucando com o braço antes de tomar outro gole da cerveja. – Enfim, ela fez contato visual comigo e sorriu. Aí eu sorri de volta. Eu achei ela linda. Bonita demais pra mim, com certeza.

Um esquilo passa correndo pelo deque e se joga para o outro lado.

– Daí ela voltou, acho que uns cinco dias depois. Dessa vez não estava carregando roupa nenhuma. Achei que talvez ela tivesse esquecido alguma coisa. Mas ela veio direto na minha direção e me chamou pra sair.

Dou uma risada. Consigo imaginar mamãe fazendo isso. Apesar de seu jeito quieto, ela vai atrás do que quer, peito estufado, queixo erguido.

– Eu tinha quarenta dólares na conta. Mas ela queria sair comigo, então fomos ao McDonald's e comprei uma promoção. Depois ela segurou minha mão e me beijou.

Ele estremece com uma risada suave e tranquila.

– Um clássico.

Minhas bochechas aquecem diante da estranha imagem de meus pais jovens se beijando em um McDonald's.

– Depois daquele dia, eu soube que queria me casar com ela.

Penso em como era estar nos braços de Scott, sabendo que queria passar o resto da minha vida com ele, não importando o que viesse, não importando os obstáculos.

– O que isso tem a ver com a empresa de limpeza? – pergunto.

Ele levanta a mão.

– Vou chegar lá. Em uma das primeiras vezes que levei sua mãe a um restaurante bacana, cheguei atrasado. Ela já estava lá quando cheguei. Eu disse ao garçom que tinha ido encontrar minha namorada, e ele olhou de um jeito estranho e disse "Ela não está aqui". Eu espiei por cima do ombro dele e vi o topo da cabeça de sua mãe sentada à uma mesa, algumas fileiras atrás. Acenei para ela, e nesse momento o cara me deu um olhar que nunca vou esquecer. Ele falou: "Aquela não pode ser sua namorada." Ele não disse isso pra ser cruel pois estava confuso de verdade. Isso acontecia o tempo todo, principalmente naquela época. As pessoas não entendiam como uma mulher branca podia namorar um homem asiático.

Respiro fundo, chocada. Nunca tinha pensado nisso antes. Enquanto uma mulher metade chinesa, metade branca, eu vivenciei o racismo e ouvi comentários de gente ignorante que faziam perguntas do tipo "Mas você é o quê?". No entanto, ninguém jamais me disse que eu não podia namorar alguém por causa disso.

– Não sabia disso – digo, me recostando na cadeira.

Ele encontra meus olhos mais uma vez.

– Sua mãe achava que racismo sutil não existia. Mas existia, sim. Ouvimos muitos comentários das pessoas, piadinhas até dos nossos próprios amigos, que não tinham a intenção de ofender. Mas ofendiam, porque reforçavam o fato de que eu não ser branco era algo que eles pensavam sempre que olhavam pra nós dois. Até os pais da sua mãe ficaram um pouco hesitantes no começo.

– Mas a vovó Flo te ama, e o vovô também amava.

– Passaram a amar depois de um tempo – admite ele, passando a mão pelo queixo. – E eu sentia que precisava fazer mais coisas do que um cara branco precisaria pra conquistar os dois. Não ajudava em nada o fato de eu não ter um tostão. Então comecei o negócio... quase como um jeito de provar pra mim mesmo que eu era bom o suficiente pra ela.

Encaro o meu pai, incapaz de acreditar no que estou ouvindo. Meu coração dói, pensando em como alguém tão confiante como ele poderia se sentir indigno por causa de sua origem. Nada poderia estar mais longe da verdade.

– Mas você era o suficiente. Você sempre foi.

– Era o que ela me dizia. Ela não entendia por que eu deixava isso me abalar tanto. Brigamos por causa disso. Mas em um determinado momento percebi que, não importa o que aconteça, as pessoas sempre vão ser cruéis. E que se eu quisesse ter uma vida feliz, precisava fazer o que estivesse ao meu alcance pra me proteger.

– Tipo? – pergunto.

– Tipo não permitir gente intolerante na minha vida. Me defender quando alguém diz algo ofensivo. Só que existe uma diferença entre falar e deixar que a ignorância deles exerça poder sobre você – explica ele, e suspira antes de continuar: – Demorei um pouco pra ficar bem com isso. Mas eu não precisava da aprovação de ninguém e também não precisava alimentar essa negatividade nem deixar que ela me definisse.

As palavras "Eu não precisava da aprovação de ninguém" reverberam na minha mente. Scott disse isso também, mas parece diferente vindo do meu pai. Alguém que tem sido alvo das questões dos outros, alguém que não se encaixa nos moldes rigorosos impostos pela sociedade. Eu tinha sido ingênua o suficiente para acreditar que era a única passando por isso. Que ninguém mais seria capaz de entender o que eu estava sentindo.

– Mas foi a sua mãe que realmente me ajudou a enfrentar isso tudo. Eu poderia ter feito isso sozinho, é claro, mas o fardo era mais leve quando permitia que ela participasse. Ela nem sempre entendia, mas tentava. Escutava. E ela me ajudou a ver o lado positivo das coisas quando eu estava pra baixo. Ela era meu porto seguro. Ainda é.

Estreito os olhos para ele.

– Eu sei por que você tá me dizendo isso.

Ele dá de ombros de maneira inocente, dando uma piscadinha enquanto toma um gole de sua cerveja.

– Só estou contando uma de minhas histórias. Se você vai relacionar com a sua própria vida ou não, aí é com você.

Ele se levanta para me puxar para um abraço.

Quando seus braços me envolvem, meus olhos começam a lacrimejar ao perceber que estou frente a frente com alguém, meu próprio pai, que passou pelo que estou passando. E ele conseguiu superar. Ele não deixou o ódio acabar com tudo, muito menos com seu amor por mamãe. Isso os tornou mais fortes. Juntos.

– Não deixe ninguém ditar o seu valor, filha. Nunca. Nem mesmo o seu velho pai quando ele insiste que você deve arranjar um emprego. Muito menos desconhecidos – afirma ele, dando um passo para trás para me entregar um lenço aleatório que tinha no bolso.

– Pai – digo, fungando.

– Sim?

– Odeio quando você fala que eu preciso arranjar um emprego. Estou feliz com o ponto em que cheguei no meu trabalho. Principalmente nos últimos tempos. Não preciso ouvir críticas o tempo todo, sabe?

Ele congela por alguns segundos antes de soltar um suspiro.

– Eu sei.

– Então por que você faz isso?

Ele abaixa a cabeça, chutando uma folha seca perto de seus pés.

– Desculpa. Eu não achei que estava te magoando. Achei que estava ajudando.

– Mas não está. Acho que nossos conceitos de sucesso e estabilidade são muito diferentes.

– Então vamos concordar em discordar? Prometo parar com os comentários. Não toquei mais no assunto desde que você se posicionou no dia do casamento, né?

– Não, e eu te agradeço por isso.

Ele se levanta, dando um tapinha no meu ombro.

– Enfim, não se esqueça do que eu disse, tá? Você não está sozinha. E sinto muito orgulho de você e da mulher que você se tornou.

– Obrigada, pai.

Fico mais um tempo ali parada no deque, revisitando suas palavras, enquanto ele volta para dentro.

Se papai tivesse sucumbido a esses comentários desprezíveis e se deixado definir por eles, a história entre ele e mamãe jamais teria acontecido. Eles nunca teriam tido a festa de casamento catastrófica porém perfeita em meio a uma tempestade, bem aqui no quintal da vovó Flo. Nunca teriam tido a lua de mel agitada em um quarto de hotel com uma cama cheia de percevejos nas montanhas Adirondacks. Jamais teriam tido Tara e eu. Ou trinta anos de uma bela vida juntos.

A vida que eu poderia ter com Scott. A vida que quero desesperadamente ter com Scott.

capítulo trinta e quatro

– NÃO ME PARECE ter nenhum sinal de fumaça. Achei que fosse uma chamada de incêndio…

A voz rouca e familiar de Scott ecoa na academia vazia.

Eu não esperava que Scott e a equipe de bombeiros chegassem à Excalibur Fitness tão rápido. Assim que vi a caminhonete vermelha parando do lado de fora, corri para o almoxarifado na sala de ioga.

Eu me agacho em um manto de escuridão, espiando pela pequena fresta da porta, como a esquisita que sou. Meu coração bate forte e desejo permanecer imóvel feito uma pedra. A montanha de tapetes de ioga ao meu lado ameaça cair e me soterrar viva toda vez que eu respiro. Não ajuda em nada o fato de a vassoura ter caído, me acertando na cabeça em três ocasiões no intervalo de um minuto. Quem diria que grandes gestos poderiam ser tão perigosos?

Quando comecei a planejar isso, sabia que precisava ser bem elaborado. Scott merece, depois de tudo que o fiz passar. Preciso provar a ele que estou arrependida. Que nunca mais vou deixar o medo e a insegurança ditarem nosso relacionamento outra vez. Que eu também o amo. Vendo alguns vídeos antigos e não usados dos meus tutoriais de treino, soube exatamente o que fazer.

– Talvez seja só um alarme com defeito – diz uma voz grave que reconheço ser de Trevor.

Graças a Trevor, todo esse plano maluco se tornou possível. E, para minha surpresa, ele foi um tanto além, analisando de forma meticulosa todas as possibilidades e planos B que pudessem garantir uma execução impecável. Para um mulherengo que foge só de pensar em um relacionamento monogâmico, Trevor é um romântico enrustido. É uma pena que todo esse seu talento seja desperdiçado.

– O que é isso? – pergunta Scott, a voz cada vez mais próxima.

Quando passos pesados entram na sala de ioga, minha garganta seca e se fecha. Scott está maravilhoso. Acho que minha alma acabou de sair do corpo. Mesmo que a fresta na porta não me dê uma visão completa, dá para ver que ele é sexy demais para os olhos humanos. Nem mesmo a jaqueta e as calças grossas e pesadas são capazes de disfarçar seu físico imponente. Ele tira o capacete, colocando-o debaixo do braço, revelando o cabelo volumoso e penteado para trás que me fez babar ao vê-lo pela primeira vez.

Sua expressão é de foco e confusão ao analisar a parede. A projeção ocupa a maior parte da parede oposta com *a* foto. A foto que estragou tudo. A nossa foto na praia. A foto que virou notícia nacional.

Ele lança um olhar acusador para Trevor.

– Isso é algum tipo de brincadeira sem graça?

Trevor balança a cabeça, lançando a Kevin um olhar conspiratório.

– Espera só um minuto.

Scott olha para eles, apontando para a foto.

– Isso é armação, né? Vocês estão tentando fazer tipo uma intervenção ou alguma merda assim? Sei que eu tenho andado mal, mas isso é...

– Para de ser um babaca e assiste – ordena Trevor, rapidamente perdendo a paciência.

Ele pega o controle remoto na pequena mesa do projetor e dá o Play antes de sair pelo corredor escuro com Kevin e o resto da equipe.

O vídeo começa. A foto da praia desaparece, substituída por uma imagem minha olhando para a câmera.

– Ei, Scott. – Minha voz enche a sala. – Desculpa te arrastar até aqui sob circunstâncias tão misteriosas e dramáticas. Eu sei que as coisas entre nós não acabaram bem. Mas tô muito, muito arrependida de ter te magoado. Sei que tudo isso fez você duvidar do que eu sinto e da minha confiança em você. Então tem algumas coisas que preciso dizer. Mas, primeiro, queria que você desse uma olhada nisso.

O vídeo corta para uma cena minha fazendo repetições de remada sentada. A imagem é perfeita, até que um vulto imenso entra na frente da câmera, bloqueando a maior parte da tela, exceto metade do meu rosto.

– Aqui. Assim você não se esquece de limpar o assento.

Os olhos de Scott se arregalam quando ele reconhece a própria voz.

Quando ele sai do quadro, fico sentada no aparelho, piscando. O que eu não sabia na época, e que ele admitiria mais tarde, era o quanto ele queria continuar falando comigo. "Eu não fazia ideia de como continuar a conversa sem parecer um completo idiota e passar vergonha de um jeito irreparável. Então fui embora", ele me disse certa noite enquanto falávamos sobre como nos conhecemos.

O vídeo corta para mim no tapete fazendo um treino de abdominais. Scott assiste incrédulo quando ele entra na cena e se ajoelha na minha frente com aquele sorriso arrogante.

– O que você fez com o meu celular?

– Eu não sei do que você tá falando – digo, sentada.

Passamos alguns segundos frente a frente, nos encarando, até que a brincadeira continua. Há um sorriso enorme no meu rosto, o que me chocou ao ver a filmagem pela primeira vez, porque na época eu tinha certeza de que estava dando a ele um olhar ameaçador.

O vídeo segue, mesmo quando a imagem fica preta depois que ele coloca meu celular no bolso. Implico com ele por causa do Tinder e peço que Scott se justifique dizendo por que precisa do celular. Depois negociamos a devolução dos aparelhos. O vídeo corta para a imagem do rosto dele, de muito perto, no momento em que ele se recusou a me devolver o aparelho, e começa a rolar meu Instagram para descobrir meu nome.

Em seguida, muda para um treino que fizemos juntos algumas semanas depois de concordarmos com a regra dos três meses. Acho que provavelmente esquecemos que a câmera estava filmando.

Estamos em um tapete nos recuperando, pernas abertas à nossa frente, só falando bobagens, como era de costume. Estou o acusando de ser anti-vacina (o que ele nega ferozmente) e enchendo seu saco dizendo que acabei com ele nos burpees (o que de fato aconteceu). Eu mal consigo respirar, por causa do treino, mas também porque ele sorri para mim o tempo todo. O vídeo para, congelado na minha imagem no meio de uma risada.

Então, o vídeo muda para uma montagem de Scott fazendo caretas para a câmera antes de ficar sério e filmar meus treinos. Há algumas fotos dele me dando um beijo, e até uma em que estamos tentando tirar uma foto juntos no meu sofá, sem perceber que a câmera estava no modo de gravação.

O vídeo corta para uma sessão com Mel. Eu estava documentando a postura dela durante uma série de flexões de braço. Foi gravado no dia em que descobrimos que Martin estava bem. A câmera se vira para Scott a alguns metros de distância, fazendo box jumps.

– Oi, lindo – digo.

Minha mão aparece na cena enquanto aceno para ele.

A câmera volta para Mel, que me dá um sorriso engraçado.

– Vocês dois são muito fofos.

Minha risada enche a sala.

– Para.

– Você ama ele – brinca Mel.

– Amo – digo.

Então viro a câmera para meu rosto sorridente.

– Eu amo mesmo.

Scott parece atordoado. Ele olha para a tela, capturado pelas imagens que exibem mais vídeos e fotos nossas no casamento de vovó Flo e Martin. Então a nossa foto na praia reaparece.

Ele se vira na minha direção quando abro a porta do armário. Nesse exato momento, a vassoura cai na minha cabeça mais uma vez quando saio do meu esconderijo.

capítulo trinta e cinco

ELE PARECE UMA ESTÁTUA. Um cervo diante dos faróis acesos de um carro. Nem mesmo o fato de os tapetes de ioga rolarem do armário feito uma avalanche o perturba. Seu olhar oscila entre mim e o vídeo projetado na parede da academia.

– Tenho algumas coisas a dizer – disparo.

Entrelaço e reviro os dedos, incapaz de lidar com o nervosismo, enquanto rezo para que a lesão causada pela vassoura não vire um galo. Qualquer sentimento de tranquilidade que eu tinha desapareceu.

– Em primeiro lugar, eu te amo. E odeio o fato de não ter te dito isso quando você perguntou, porque era a verdade. Eu te amo há um tempo constrangedoramente longo, como você viu no vídeo.

Meu olhar segue o movimento da garganta dele enquanto Scott engole. Ele parece estar em uma angústia profunda. Na verdade, estou convencida de que está prestes a se virar, ir embora e nunca mais aparecer. Mas ele não faz isso. Fica no mesmo lugar e abaixa o queixo para que eu continue.

Eu tinha todo um discurso preparado, mas agora que ele está bem na minha frente, todos os meus pensamentos fluem como água saída de uma represa. O que quer que esteja prestes a sair da minha boca vai fazer isso de um jeito nada suave.

– A verdade é que o que aconteceu tem a ver com mais coisas do que apenas a foto que viralizou. Durante a infância, eu tinha esse complexo estranho, de que nunca era boa o suficiente. E não era só por causa do meu tamanho. Era em relação a tudo. Nunca pensei que fosse boa o suficiente para os esportes, inteligente o suficiente na escola ou engraçada o suficiente para os meus amigos.

Faço uma pausa para respirar.

– Tudo isso mudou um pouco quando comecei o meu perfil. Passei a ser aceita por completos desconhecidos e pensei: *uau, eu realmente me amo agora.*

A expressão dele vai suavizando cada vez mais à medida que eu divago.

– Tentei dedicar a minha plataforma pra ajudar as pessoas a sentirem o oposto do que eu senti a vida toda. Era como uma fuga de como eu estava me sentindo por dentro, especialmente na época do Neil. E funcionou, na maior parte do tempo...

Reviro as mãos na minha frente, incapaz de parar de me mexer.

– Mas à medida que o perfil crescia, os comentários foram piorando. Eu não queria retrucar porque vivia dizendo que devemos ignorar os haters. Ou seja, a coisa virou uma obsessão, porque eu estava desesperada pra mudar a mente das pessoas. Estava desesperada pra, de algum jeito, provar a minha importância, e deixei isso se transformar na minha identidade.

Scott dá um pequeno passo à frente, como se quisesse dizer alguma coisa. Mas não diz nada e apenas me deixa falar.

– Quando a foto viralizou, foi como uma concretização de tudo o que eu temia. Que de alguma forma, eu não era digna. Então me desculpa por não ter levado em consideração os seus sentimentos. Me desculpa por não ter reconhecido quão horrível isso tudo foi pra você também. Fui muito egoísta.

Ele faz que sim, o que entendo como aceitação.

– Eu entendo por que você estava preocupado comigo e por que você respondeu aos comentários. E acho que encontrei um meio-termo. Um jeito de me desvencilhar da negatividade e ainda assim manter uma conexão pessoal com minhas alunas e minhas apoiadoras.

– Que bom, fico feliz em ouvir isso – diz ele com sinceridade, ainda mantendo distância.

– Scott, sei que nunca vou conseguir corrigir o erro que cometi. Demorei além do que deveria para perceber que confio em você mais do que em qualquer outra pessoa. Era em mim que eu não confiava e simplesmente porque estava tentando alcançar um padrão inalcançável. Agora sei disso.

Faço uma pausa.

– Percebi que... achar que vou conseguir me amar o tempo todo não é realista. Tenho o direito de me sentir insegura e triste às vezes, mas também confiante e feliz em outros momentos, desde que eu me aceite e me respeite. E eu quero você no meu time.

Ele ajeita o capacete debaixo do braço.

– É mesmo bastante coisa pra lidar. Mas tô realmente orgulhoso de você – comenta ele, e seu tom é suave e sincero. – Mas, só pra constar, foi errado da minha parte responder aos comentários. Passei dias me sentindo um merda por causa disso. Eu sei quanto você é apaixonada pelo seu trabalho e jamais quero ficar no seu caminho. Exagerei partindo da experiência que eu tive quando era mais novo. Mas eu nunca deveria ter projetado isso em você. Eu sei que você é capaz de lidar com isso sozinha.

– Eu já te perdoei.

Ele passa a mão pela barba por fazer.

– Eu não tô acreditando que você encenou uma chamada de incêndio.

Ele se vira para a janela de onde sua equipe observa nossa conversa de maneira nada sutil.

– Vocês estavam todos metidos nisso?

Eles assentem e fazem um entusiasmado sinal de positivo.

– Eu acho que essa é a maior loucura que já fiz – admito com uma risada contida, lutando contra a vontade de tocá-lo. Sentir seus braços imensos ao meu redor. – Sei que é muita coisa pra assimilar.

Scott abre a boca para falar, mas eu continuo:

– Queria dizer o quanto eu amo você e a pessoa que você é. Sei que deveria ter dito isso antes, assim que tudo aconteceu. Sinto falta de suas cantadas toscas. Sinto falta de assistir a filmes sozinha enquanto você dorme do meu lado. Sinto falta de rir até chorar com você.

– Você sente falta mesmo das minhas cantadas?

Um lampejo daquele sorriso convencido ressurge, mas apenas por um segundo fugaz. Ele balança o corpo para trás antes de avançar, elevando-se sobre mim, assim como fez no primeiro dia, quando nos conhecemos, quando ele insensivelmente roubou meu rack de agachamento. O calor irradia de seu corpo.

– Aham. Até das mais toscas.

O sorriso malicioso e abrasador está de volta. Até as covinhas aparecem. É discreto, como se ele estivesse genuinamente aliviado e feliz.

No momento em que sorrio, as rugas em sua testa se suavizam. Qualquer tensão que ainda restava em sua mandíbula se desfaz. Não restam dúvidas: todo o corpo dele é magnético. Tanto que meus pés instintivamente se movem em sua direção.

Ele não se afasta. Na verdade, ele corre, preenchendo o vazio entre nós, seus braços fortes me envolvendo em um abraço apertado. Ele segura meu rosto com as mãos e me dá um sorriso antes de se curvar para me beijar. Então envolvo meus braços ao redor de seu pescoço, puxando-o para mais perto.

A sensação de seus lábios nos meus, depois de todo esse tempo separados, é como a primeira gota de água batendo na língua depois de um treino matador de CrossFit. Esse beijo é um renascimento. Está cheio de vida, me alivia de todo o caos e do barulho que tomaram conta da minha mente e me paralisaram por tanto tempo. Tudo para quando ele me toca, me trazendo uma serenidade plena. É calmo. Cristalino. Consigo ouvir todos os meus pensamentos pela primeira vez em anos.

Quando Scott repousa a testa contra a minha, sussurro:

– Me desculpa por ter demorado tanto.

Ele pressiona o dedo indicador nos meus lábios.

– Eu teria te esperado pra sempre. Eu te amo.

capítulo trinta e seis

APESAR DO MEU GRANDE GESTO cinematográfico, Scott e eu não conseguimos sair de lá de mãos dadas galopando rumo à noite estrelada. Ele é obrigado a voltar ao trabalho, como um adulto responsável. Mas está tudo bem, porque assim que o turno termina, ele está na minha porta, olhos verdes exuberantes literalmente brilhando, com uma caixa de papelão novinha em folha embaixo do braço, cheia de tangerinas.

Meus olhos marejam ao vê-lo em sua camiseta bem ajustada ao corpo, bíceps proeminentes como os de um deus mítico. Ele se inclina contra o batente da minha porta com seu sorriso convencido, como se nunca tivesse saído dali.

– Sabe, você não tem que comprar tangerinas pra mim o tempo todo – digo, mesmo que não queira que ele pare de fazer isso nunca mais.

– Tenho sim. Quem mais vai descascar elas pra mim?

Ele me dá um sorriso hipnotizante enquanto entra, colocando a caixa na mesa de centro. Ele faz uma pausa, apontando para a tela da televisão, que exibe *O Poderoso Chefão*, mais um filme ridiculamente longo, prontinho para assistirmos com prazer.

– Tô vendo que você já selecionou o nosso entretenimento.

– Aham, mas dou uma hora pra você pegar no sono. No máximo.

Dou um passo em direção a ele, meu corpo inteiro zumbindo com a energia reprimida, desesperado para explodir e anular toda a negatividade que estou deixando para trás.

Ele sorri e se aproxima, me trazendo para o calor e a segurança do seu abraço. Em troca, envolvo meus braços ao redor de seu torso como um coala, dizendo em silêncio que jamais vou soltar. Minhas pernas ficam bambas enquanto me deleito com seu cheiro familiar e sedutor, roupa limpa e sabonete.

Ele dá um beijo suave na minha têmpora.

– Mas mesmo assim você me ama.

– Amo.

Meu sorriso congela no momento em que as palavras saem, porque mal posso esperar para dizê-las mais uma vez. Depois outra e mais outra. Suas covinhas estão aparentes quando ele passa as pontas dos dedos pela minha bunda, me dando um apertão firme.

– Ora ora, alguém tem passado um tempinho a mais naquele rack da janela, hein?

– Precisava fazer alguma coisa pra preencher o tempo. Na verdade, foi muito bom ter o rack todinho pra mim. Sem você lá pra roubar.

A testa dele se ergue e ele me dá um apertão ainda mais firme.

– Ah, claro. Minhas mais sinceras desculpas. Esqueci que o rack está proibido pra todo mundo a não ser Crystal Chen.

– Ei, naquele dia eu reivindiquei o rack de forma justa e honesta – digo e dou um cutucão provocante no peito dele. – Não tenho culpa de você não ter visto as minhas coisas.

Scott tenta fingir que não está achando graça.

– Muito bem, hora da confissão. Talvez eu tenha visto as suas coisas lá e roubado de qualquer jeito.

Coloco a mão na boca, meio satisfeita e meio escandalizada com a revelação.

– Sabia!

Seu peito vibra com uma risada ensolarada enquanto ele passa os dedos pelo meu cabelo, apoiando a parte de trás da minha cabeça, a outra mão pousando na minha bochecha.

– Tinha me matriculado na Excalibur vinte minutos antes daquele momento. Era minha primeira vez lá e eu não estava muito seguro. Era quase o dobro do preço da academia no final da rua. Mas eu estava com pressa pra treinar antes do trabalho, então decidi pagar por um passe diário.

Ele me prende com um olhar sério e continua:

– Quando estava prestes a pagar, eu te vi na esteira, se recuperando da corrida. Você estava absolutamente deslumbrante. Eu parecia uma criança de tão perturbado. Tenho certeza de que coloquei a carteira de motorista na máquina de cartão de crédito. Eu não estava me saindo muito bem nesse dia.

– Não tô acreditando nisso... – consigo dizer em meio ao choque daquela revelação.

Scott já tinha admitido que se sentiu atraído por mim desde o início, naquele dia em que o visitei no trabalho, mas eu jamais soube que ele tinha me notado antes do incidente com o rack de agachamento.

Dou um suspiro, e ele passa o polegar na minha pinta.

– Soube que estava perdido no momento em que falei com você pela primeira vez. E foi isso mesmo que aconteceu. Então, depois que terminei meus agachamentos, voltei na recepção e fiz o plano anual.

– Muito presunçoso de sua parte.

Ele lança um olhar cheio de certeza para mim.

– Eu conheço meu tipo de mulher.

– E qual seria? – digo enquanto meus dedos traçam os músculos de suas costas.

– Obstinada, confiante, gentil e desafiadora.

Ele deixa escapar uma risada suave.

– Minha mãe diz que eu tenho uma queda por qualquer coisa que dê muito trabalho.

Enterro meu sorriso em seu peito e sinto outra vez seu cheiro tranquilizador antes de olhar para cima.

– Sabe, mesmo que você nunca tivesse ido à minha academia, a gente teria se conhecido de qualquer jeito, pela vovó Flo e o Martin.

Ele inclina a cabeça, refletindo.

– É verdade. Acho que era pra ser. Embora eu tenha me divertido enchendo o seu saco na academia...

Dou um apertão no braço dele.

– Por que você nunca me disse que se matriculou por minha causa?

– Porque não. Eu tinha acabado de sair de um relacionamento e não tinha certeza de como você ia reagir naquela época se eu te contasse.

– Faz sentido.

– Mas eu estava planejando fazer isso. Guardar a história pra quando estivesse numa situação difícil – diz ele contra o meu ouvido.

Com o coração maior do que o bíceps de um cara cheio de anabolizantes, dou um beijo no canto da boca dele.

– Te amo. Você me conhece tão bem.

– Também sei que você não tá *tão* a fim assim de ver um filme agora.

Eu inclino a cabeça como um cordeirinho inocente enquanto ele dá beijos leves no meu pescoço.

– Não?

– Não. Eu tinha outros planos.

– Tipo o quê?

– Temos um treino intenso de corpo inteiro programado. Pra agora.

Nem tento fingir hesitação: meu corpo formiga em expectativa, incapaz de resistir a correr as mãos sobre o peito de Scott, praticamente fincando as unhas nele.

– Do quão intenso estamos falando?

– Alta intensidade. Vários rounds. Sem pausas.

Ele me lança um olhar inexpressivo por dois segundos antes de seus lábios se curvarem em um sorriso malicioso. Seu olhar se fixa no meu enquanto ele me move para trás, pelo corredor até o quarto, e depois para a cama.

Sorrio, assimilando o momento sublime enquanto seu corpo se molda ao meu, como se nunca tivéssemos nos separado. Memória muscular.

Eu nunca me senti mais amada do que agora, neste exato momento, por mim e por ele.

Posso não ser querida por todo mundo, e Scott também não. Rimos de coisas idiotas. Preferimos morrer a vestir roupas de verdade e sair de casa, a menos que seja para ir à academia. Não fazemos joguinhos. Nunca agimos por impulso, não alimentamos loucuras nem contos de fadas.

Somos simplesmente nós dois, dia após dia, vivendo a vida juntos. E cada dia é um novo recorde pessoal.

epílogo

INFLUENCIADORA CURVYFITNESS SOLTA A VOZ CONTRA OS BODY SHAMERS, INSPIRANDO MULHERES AO REDOR DO MUNDO

Em agosto, a influenciadora Crystal Chen postou uma foto apaixonada com seu novo namorado, Scott Ritchie, que por acaso tem um tanquinho. O que Crystal não esperava era a reação que enfrentaria depois disso.

"A maioria dos comentários era extremamente amorosa e solidária. Mas tive que ler várias mensagens horríveis. Algumas diziam que Scott estava comigo apenas pelo meu dinheiro, ou que ele estava me traindo", conta ela ao BuzzFeed News.

"Sou humana", complementa Crystal. "Eu me senti culpada por deixar os haters me afetarem, porque tinha acabado de lançar o Size Positive, um projeto que pregava o amor-próprio, não importando o tipo de corpo, a cor de pele ou as habilidades da pessoa."

Ela afirma: "A verdade é que não uso mais termos como body positive e amor-próprio. Em vez disso, agora uso 'respeito ao corpo' e 'autoaceitação'. Por quê? Porque amar a si mesmo O TEMPO TODO é impossível. Todos nós temos dias em que duvidamos de nós mesmos. E é aí que precisamos nos concentrar na aceitação e no respeito, em vez de no ódio ou no amor. Posso amar meu corpo e ainda ter momentos de dúvida sem me sentir culpada. Estou farta de ser 'gorda demais' para a sociedade, e depois demonizada se não 'me amo do jeito que sou'. É um ciclo tóxico, e foi preciso passar por essa experiência para conseguir enxergá-lo."

Crystal conta que teve o apoio do namorado: "O Scott também recebeu muito hate depois que eu postei a foto. Mensagens de pessoas dizendo que ele poderia conseguir coisa melhor, chamando-o de 'caçador de gordinhas'. Ele também foi elogiado por 'enxergar minha beleza' para além do meu tamanho. Esse é até um bom sentimento, mas ele ama o meu corpo. Ele diz que sou linda mesmo quando estou suada na academia, ou quando acabei de acordar. E eu o amo ainda mais por isso. E a melhor parte: eu sei que é verdade. Sempre soube."

Para ela, "É fácil dizer 'ah, os haters são só invejosos e infelizes'. Talvez isso seja verdade. É uma pena que as pessoas não consigam enxergar além do tamanho, da cor ou da classe social. E levou tempo para eu perceber que não posso mudar a mente das pessoas sozinha."

Crystal diz ainda que tem esperança de que sua história inspire outras pessoas: "Quero que todos aqueles que não se enquadram nos padrões de beleza convencionais saibam que também são dignos de uma história de amor inesquecível. Todo mundo é."

*Nota do editor: Depois da realização desta entrevista, Chen anunciou para os seus agora 650 mil seguidores que ela e Ritchie estão noivos, e o casamento deve acontecer na próxima primavera. Para ver fotos do pedido de casamento e do anel personalizado, não deixe de visitar a conta dela no Instagram.

20h34 – POST NO INSTAGRAM: "SERÁ QUE ESSE ANEL QUER DIZER QUE EU ESTOU NOIVA?", POR CURVYFITNESSCRYSTAL

Hoje o dia começou como a maioria dos dias normais. Meu cachorro, Alvo, tentou pular na minha perna enquanto eu dançava pela cozinha ao som de "Soulmate", da Lizzo (novo hino, de nada). Então Scott e eu fomos para a academia para um dia de treino de pernas.

Quando acabamos, comecei a filmar um tutorial sobre elevação pélvica. No meio do vídeo (que estava indo perfeitamente bem), Scott do nada se enfiou na frente da câmera com um sorriso engraçado. Eu o repreendi na hora por arruinar meu vídeo (a experiência mostra que esse é o modus operandi dele quando quer me irritar). Eu estava prestes a ameaçar entrar com um processo contra ele, mas então ele se ajoelhou e pegou um anel.

Ele disse um milhão de palavras incrivelmente amorosas (deslize para o lado para ver o vídeo). Parece que no começo ele ficou bastante preocupado, achando que talvez devesse fazer algo mais elaborado. Mas foi perfeito. Foi tudo a nossa cara.

Depois que eu disse (gritei) SIM, nossas famílias saíram da sala dos fundos da academia, onde estavam impacientemente escondidas há mais de uma hora. Acho que isso vai ficar marcado como um dos momentos mais felizes da minha vida. Até agora. ;)

Crystal

Comentário de **Melanie_inthecity**: tô morta. MEUS AMORES ESTÃO NOIVOS!!! *respirando no saco de papel* ♡

Comentário de **BostonKelly89**: Esse anel é maravilhoso. Tô muito feliz por você garota. Me encontra em Fiji pra sua lua de mel 😉 ♡

Comentário de **Samantha_Tay1991**: GENTE, ESSE VÍDEO É TUDO. Ele te ama tanto. Vocês foram feitos um pro outro! ♡

Comentário de **FairyDustWeddings:** DM pra collabs de casamento! bjssss ♡

Comentário de **Ritchie_Scotty7**: Você é tão linda. Por dentro e por fora. Eu nunca vou parar de tentar superar esse momento só pra te ver sorrir. Mal posso esperar pra passar o resto da minha vida ao seu lado, até que a gente tenha 90 anos e vá pra academia com moletons combinando. Te amo pra sempre, Crys. ♡

agradecimentos

Publicar *De olho em você* em uma grande editora foi um sonho que eu jamais imaginei ser possível realizar. Estaria mentindo se dissesse que teria sido capaz de fazer isso sem o apoio, o amor e a experiência de tantas pessoas ao longo do caminho.

Obrigada a Kim Lionetti, minha agente *rock star*, defensora ferrenha de tantas histórias de amor escritas por diversos autores. Sou eternamente grata por todo o seu apoio, orientação, experiência e disposição em responder a todas as minhas perguntas aleatórias ao longo deste processo. Sempre darei a você os créditos por ter me dado uma oportunidade e ajudar a tornar meus sonhos realidade. Eu ainda me belisco sempre que vejo seu nome na minha caixa de entrada. Muita obrigada ao restante da incrível equipe da BookEnds Literary.

Sou mais do que grata à minha editora dos sonhos, Kristine Swartz, por acreditar nesta história e defendê-la a cada passo dessa jornada. Um dos meus medos era que as pessoas não entendessem as nuances dessa personagem e de sua experiência vivida como uma mulher chinesa birracial. Não sei como reforçar quanto não só sua expertise como também a sua conexão pessoal com esses personagens foram importantes para mim. Obrigada à incrivelmente talentosa equipe dos sonhos da Berkley por tornar minha primeira experiência de publicação tão perfeita.

Para a comunidade de blogueiros de livros no Instagram, onde meu amor pelo romance contemporâneo começou: não devemos subestimar a lealdade e o apoio das pessoas na internet que nunca vimos na vida (e que rapidamente se tornaram amigos de verdade). As mensagens de entusiasmo pelos meus livros me fizeram ganhar o dia (o dia, não, a vida). Foi nesta comunidade que encontrei meus incríveis leitores beta e sensíveis. Agradecimento especial a Kelly por seu olho de águia. Você ajudou a tornar este livro o que ele é hoje.

Sou extremamente grata aos meus amigos escritores por todo o apoio e por me salvarem de vários momentos difíceis. Sou muito grata aos #Berkletes por todas as risadas de doer a barriga no Discord enquanto eu deveria estar escrevendo. Vocês são os melhores amigos escritores que eu poderia querer.

Obrigada aos meus melhores amigos, Sam e Robin: vocês são sempre os primeiros a ler todos os meus rascunhos toscos e iniciais (minhas mais sinceras desculpas). É para vocês que mando mensagens de texto ou ligo quando estou enlouquecendo com alguma questão do enredo (como costumo fazer). Obrigada por manterem meus esforços para ser uma escritora em segredo antes de eu ter a coragem de contar às pessoas. Sam, obrigada por ler todas as minhas histórias ridículas e mal escritas ao longo dos últimos quinze anos. Você sempre esteve em primeiro lugar entre os meus fãs e jamais vou esquecer isso. Para meus pais: primeiro, espero que esta seja a única parte do livro que vocês tenham lido. Mas, sério, eu devo tudo o que sou a vocês. Devo meu amor pela leitura a vocês. Obrigada, pai, por passar seus fins de semana comigo no Chapters enquanto eu caçava os livros da Meg Cabot e da V.C. Andrews nos corredores. Obrigada por me deixar monopolizar o computador da família por horas quando era criança, digitando meus contos em fonte Comic Sans.

Por fim, agradeço ao meu marido, John. É impossível dizer o quanto sou grata por seu apoio inabalável ao longo desta jornada. Você permitiu que eu o deixasse de lado para passar horas a fio debruçada sobre o notebook escrevendo antes mesmo de sabermos que esse "hobby" levaria a algum lugar. Você lidou com a minha ansiedade (no verão de 2020, quando eu aguardava resposta das editoras, não vamos esquecer), meu trabalho interminável nos enredos e até minha obsessão pelos homens gatos fictícios que criei. Obrigada por sempre me trazer comida enquanto estou escrevendo, e por obedientemente descascar minhas tangerinas e remover todo o miolo como Crystal faz para Scott. Você sempre vai ser a minha inspiração para os heróis dos romances (junto com Chris Evans, é claro).

Para saber mais sobre os títulos e autores da Editora Arqueiro,
visite o nosso site e siga as nossas redes sociais.
Além de informações sobre os próximos lançamentos,
você terá acesso a conteúdos exclusivos
e poderá participar de promoções e sorteios.

editoraarqueiro.com.br

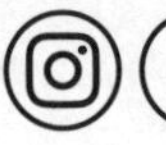